LES MESSIEURS DE CLERMONT

DU MÊME AUTEUR

La Cathédrale de Clermont-Ferrand (Éd. CREER, 1994)
Les Dames de Clermont, tome 1 (Presses de la Cité, 1993)
Florine Les Dames de Clermont, tome 2 (Presses de la Cité, 1994)
Dieu le Veult (Presses de la Cité, 1995)

Anne Courtillé

LES MESSIEURS DE CLERMONT

Roman

Production Jeannine Balland

PRESSES DE LA CITÉ

ISBN 2-258-04017-5

A tous ceux qui croient en leur étoile

Introduction historique

Devenu roi en 1380 à l'âge de 12 ans, le jeune Charles VI est soumis à la tutelle de ses oncles paternels les ducs d'Anjou, de Berry et de Bourgogne sur fond de guerre avec les Anglais, de révoltes, de disettes et d'épidémies. Marié en 1385 avec la belle Isabeau de Bavière, Charles VI exerce seul le pouvoir à partir de 1388, ou plutôt avec l'aide d'anciens conseillers de son père, baptisés par dérision « marmousets » (figurines grotesques), qui décident d'une sage politique de réformes. Mais en 1392, le roi est victime d'une crise de folie et ses oncles en profitent pour récupérer le pouvoir. Ils tentent alors un rapprochement avec l'Angleterre qui aboutit au mariage d'une fille du roi, Isabelle, avec Richard II.

Eprouvé par des crises de folie plus ou moins aiguës, le roi va de pèlerinage en pèlerinage, au Mont-Saint-Michel ou au Puy, pour tenter de recouvrer la santé. Il y est suivi par ses oncles, notamment Jean de Berry, comte du Poitou et d'Auvergne. Une personnalité haute en couleur qui a épousé en secondes noces la très jeune Jeanne de Boulogne, fille du comte d'Auvergne, et qui, bien qu'habile politique, préfère faire bâtir des châteaux, comme celui de Riom, et des chapelles par les meilleurs architectes de son temps, ou collectionner des objets précieux comme les manuscrits enluminés. Le duc s'intéresse à ses provinces surtout pour en recueillir les impôts nécessaires à son œuvre de mécénat, un mécénat tout à fait exceptionnel.

En Auvergne comme ailleurs il trouve en face de lui les Etats dont les trois ordres (clergé, noblesse et tiers état), « élus des bonnes villes », se réunissent désormais régulièrement.

L'Auvergne et ses cités, comme Clermont ou Riom, vivent sur fond de conflit franco-anglais, dans une insécurité relative du fait des routiers, bandes armées et désordonnées souvent à la solde de l'Anglais. Riom est la ville ducale, Clermont, « principale et capitale du bas pays d'Auvergne », est toujours comme aux siècles précédents la ville épiscopale. Des cités qui se sont à nouveau enfermées dans leurs remparts et dont les bourgeois découvrent doucement la vie municipale à travers leurs élus et leurs conseillers.

1

Austremoine s'était installé sur la borne du pont-levis qui protégeait l'une des portes de Clermont. Les genoux repliés sous le menton, le visage dans les mains — une pose qu'il affectionnait particulièrement —, il regardait le spectacle. Rien n'aurait pu l'en distraire et de temps en temps ses yeux attentifs s'allumaient, ses traits se tendaient et sa bouche se fendait d'un rire franc et sonore qui lui découvrait les dents. Son tic d'enfant, à la fois boudeur et avide de la vie, le reprenait alors ; passer sa langue entre les deux incisives trop écartées de sa mâchoire supérieure, ses dents du bonheur comme disait sa mère.

Les deux singes exécutèrent en chœur une nouvelle cabriole impeccable. Leur maître leur intimait des ordres d'une voix douce mais autoritaire. C'était un homme grand, plus grand que la moyenne, dont la vaste houppelande masquait en fait la vraie stature, lui conférant sans doute plus d'importance que la réalité. Il dominait naturellement les animaux qui lui obéissaient au doigt et à l'œil.

Soudain, pourtant, l'un des singes parut oublier son maître pour se jeter dans les bras d'une petite fille qui se tenait sagement à l'écart. Aussitôt l'autre le suivit, sautillant et piaillant autour de ce couple étrange.

— Chipo, Chipi ici ! cria l'homme, haussant pour la première fois le ton.

Mais les singes, si dociles un instant plus tôt, ne l'écoutaient plus. Austremoine, qui ne les avait pas quittés des yeux, n'en revenait pas. Ils avaient pris la fillette par la main et la ramenaient vers leur maître.

Le spectacle était à la fois grotesque et attendrissant. Trop naïf pour imaginer qu'il s'agissait d'un numéro bien rôdé et que la colère du dresseur était feinte, le garçon éclata de rire. La petite fille, dont la cotte avait dû être bleue mais était délavée par l'eau et le soleil, se mit à sautiller à son tour entre ses deux compagnons qui se livraient maintenant autour d'elle à un étrange ballet. Puis, tout à coup, elle exécuta un saut périlleux ; ses cheveux longs jusqu'aux reins suivirent le mouvement, créant une sorte d'écran qui voila un instant son visage. Puis, les pieds au sol, elle salua avec grâce le maigre public qui s'attardait sur le Champ-Herm en cette fin d'après-midi.

Les cloches de Sainte-Marie Principale sonnant avec entrain les vêpres, puis celles de Saint-Laurent, couvrirent les applaudissements spontanés. Dérangés, les merles nichés dans les chênes voisins s'envolèrent, traçant des traits sombres dans le ciel sans couleur d'un jour brumeux.

Austremoine n'en avait cure. Eberlué, ravi, il n'était pas le dernier à battre vigoureusement des mains. Moins intéressé, son ami Sidoine, assis sur l'autre borne du pont-levis, fit mine de partir.

— Reste ! lui cria Austremoine. Cornedouille, culvert ! Tu en vois souvent, des singes ?

— Cornedouille toi-même ! Je rentre, confirma Sidoine en se dirigeant vers la porte où deux sergents montaient distraitement la garde.

Eux aussi observaient de loin le spectacle insolite.

Austremoine haussa les épaules ; fasciné, il avait déjà remis le menton dans ses mains et les dents du bonheur apparurent entre ses lèvres entrouvertes. La petite fille avait repris sa danse avec les singes de plus en plus excités ; puis ce fut un nouveau saut, avec un nouveau jet de la chevelure éblouissante comme un soleil couchant, puis encore et encore, comme si l'enfant, mue par quelque folie intérieure, ne pouvait plus s'arrêter. Mais, soudain, sans doute conscient de cette étrange frénésie, l'homme mit fin à l'exhibition en se saisissant d'elle et, dans ses bras, elle parut subitement si fragile. Furieux de se voir enlever leur partenaire, les singes hurlèrent de plus belle, stimulés encore par les encouragements des spectateurs déçus. Nullement impressionné, l'homme salua de son grand chaperon sombre dont la longue queue vint balayer les cailloux du sol poussiéreux. L'un des singes s'en empara pour la plus grande joie de tous ; l'autre, jaloux, se mit à faire des gestes obscènes. Des plaisanteries grasses parcoururent l'assemblée.

La magie était rompue. Austremoine soupira. Il était temps de rentrer chez lui, sinon Tiphaine, sa mère, s'inquiéterait. Il n'était cependant pas pressé de quitter son poste d'observation ; sa langue pointa entre ses dents et il fit la moue. L'homme avait ramassé un gros sac de toile et passé rapidement deux minces colliers de cuir clouté autour des cous des singes, qui se retrouvèrent en laisse. Enfin calmés, ils semblaient attendre sagement un ordre de leur maître qui ajusta le baluchon au bâton vivement posé sur son épaule. La petite fille lui prit la main et ils s'engagèrent aussitôt sur le pont. Elle faisait deux pas quand lui en faisait un. Il paraissait si grand et elle si menue.

Austremoine n'avait pas bougé, ne perdant pas une miette de ces gestes simples, presque rituels. Encore tout ébahi, les yeux pleins du spectacle, il fixait les estivaux de la petite qui n'en finissait pas de courir près des brodequins immenses. La cotte trop courte dont le tissu élimé dessinait des franges irrégulières découvrait des mollets nerveux à la peau très blanche.

Le garçon leur emboîta le pas. L'homme fut cependant vite arrêté dans son élan. On n'entrait plus dans la cité aussi facilement depuis que le roi Charles, le cinquième du nom, avait intimé l'ordre de consolider les remparts pour lutter contre l'insécurité due aux Anglais ou aux routiers, ces bandes armées qui dévastaient le pays alentour et s'en prenaient parfois aux bourgeois des villes.

— Hé, l'homme, où vas-tu ? demanda l'un des deux sergents, appuyé sur son arc, un carquois bourré de flèches lui barrant le dos.

L'œil inquisiteur détaillait, maintenant que le spectacle était fini, la houppelande dont la toile était vivement bariolée de larges rayures vertes et jaunes.

L'homme, qui retenait les singes au plus court de la laisse, surprit le regard peu amène. Il savait bien qu'en portant cet habit il s'attirait inévitablement la suspicion, mais il aimait braver l'opinion et affirmer clairement et sans honte son état de bateleur. Pour lui, l'important c'était la joie des spectateurs, les applaudissements que déchaînaient certains de ses numéros, les yeux pétillants des enfants. Il en était fier et n'avait pas à cacher sa condition. Que signifiait donc ce vêtement réputé infamant [1] ? Etait-ce donc un crime d'amuser ses contemporains ? Pourquoi tant de gens étaient-ils aussi prompts à blâmer qu'à s'amuser ?

Cherchant le regard du sergent qui fut un instant gêné de son insistance, l'homme, cachant ce feu intérieur, expliqua calmement :

— Je cherche une auberge pour la nuit. Demain, je demanderai à vos consuls l'autorisation de donner un grand spectacle.

— La belle affaire, ricana le second sergent, un grand gaillard aux cheveux drus, nous n'avons pas de consuls ici !

— Peu importe, il y a bien quelqu'un pour gouverner cette cité, repartit l'autre, toujours sans se laisser démonter.

— Oui, l'évêque. Et quel genre de spectacle ?

Austremoine n'avait pu résister à une bouffée de curiosité. Sa voix haut perchée de petit garçon qui n'a pas encore mué fit se retourner l'homme. La fillette le regarda aussi, battant fébrilement des cils sur de grands yeux fatigués.

---

1. Certaines catégories de la population étaient requises en effet de porter des vêtements permettant de les reconnaître, comme les prostituées ou les bateleurs.

— Je suis Landry, l'homme le plus haut du royaume, lança le bateleur de sa voix grave qui résonna contre les murailles épaisses de la porte.

— Le plus haut du royaume, répéta Austremoine, dubitatif.

Il ne voyait pas ce que l'autre voulait dire.

— Vous n'êtes pas si grand, finit-il par murmurer, en plantant un regard candide dans celui de l'homme qui sourit.

— Ce n'est pas une question de taille. Je marche dans les airs.

— Cornedouille !

Encore plus étonné, Austremoine se tourna vers les sergents qui ne semblaient pas comprendre non plus.

L'homme éclata alors de rire.

— N'est-ce pas que je marche dans les airs ?

Il prenait à témoin la fillette qui hocha la tête d'un air entendu.

— Plutôt qu'une auberge, vous pourriez venir chez moi !

— Ta mère va être contente ! souffla aussitôt le deuxième sergent, toujours aussi ricaneur.

— Je pense bien, accueillir l'homme le plus haut du royaume.

La réflexion du garçon détendit l'atmosphère. Les rires fusèrent de bon cœur et le premier sergent ajouta même :

— Vous en avez, de la chance, parce que Tiphaine est une bonne cuisinière et en plus elle vous dira l'avenir.

La bouche d'Austremoine se fendit d'un vrai sourire, découvrant ses dents du bonheur, et la fillette, boudeuse jusqu'alors, laissa éclater sa joie. D'un geste presque aimable, les sergents les invitaient déjà à avancer dans la rue où le charroi abondant trahissait la fin d'une journée de travail pour les commerçants et les chalands.

Austremoine avait mis sa main en visière pour se protéger du soleil qui venait de s'installer dans l'axe de la rue et faisait rougeoyer pierres et colombages. Il faillit heurter deux chanoines de Sainte-Marie Principale, pressés de rejoindre leur église pour les vêpres et qui regardèrent avec effroi les deux singes pourtant solidement retenus par leur maître.

— Cornedouille, ils ne sont pas méchants, prévint le petit Clermontois.

Mais les chanoines étaient déjà loin.

Progressant lentement, l'inhabituel convoi suscitait moult commentaires. Habitué, Landry n'y prêtait guère attention, suivant avec application le garçon qui se frayait un chemin avec habileté. A l'entrée de la rue du Four-L'Evêque [1], la porte d'une échoppe s'ouvrit même brusquement à leur passage, et un jeune homme s'y encadra sous le linteau de pierre claire. Au-dessus de sa tête tintait à la brise du soir une belle enseigne où étaient peints de menus objets et son nom, Eloi Dargent.

— Austremoine, qui est-ce ?

— Salut, Eloi ! répondit le garçon heureux de cultiver le mystère.

Intrigué, vaguement déçu, le fiancé d'Apolline, la sœur d'Austremoine, regarda, songeur, en frottant machinalement ses mains sur le devantel [2] de toile épaisse qui protégeait sa cotte, l'étrange cortège déambuler, puis se remit au travail avec entrain. La petite bague où il sertissait une fine émeraude n'était-elle pas justement destinée à sa fiancée ? Une occasion en or de montrer à son futur beau-père qu'il était un bon orfèvre et qu'il pouvait faire vivre sa fille car cet homme, de bonne volonté mais exigeant, n'en était pas vraiment convaincu. Contrairement à sa femme qui n'hésitait pas à confier au jeune orfèvre quelques menus travaux, comme ces médailles dites astrologiques réprouvées par les clercs et condamnées par le maître de sa confrérie. L'esprit d'Eloi se mit à vagabonder des singes aux médailles, en passant par sa fiancée et sa famille, et il eut bien du mal à se concentrer à nouveau. La bougie vacilla et la pierre jeta des éclats follement verts, comme les raies de la houppelande de ce singulier bonhomme. Mais Austremoine et ses compagnons étaient déjà loin.

1. Actuelle rue Savaron.
2. Tablier.

— Mon Dieu, qu'est-ce que c'est que ça ?

Assise sur un banc de pierre dans la petite cour, profitant d'un dernier rayon de soleil, Tiphaine était occupée à ravauder un surcot de laine bleue quand elle vit passer sous le porche l'étonnant attelage. Un homme, très grand, tenait en laisse deux animaux qu'elle identifiait mal, et deux enfants. Elle reconnut bien sûr tout de suite Austremoine mais qui étaient donc cette petite fille et cet homme ?

— Maman...

Laissant ses amis sous le porche, Austremoine franchit rapidement la cour et se planta devant sa mère.

— Maman, voila de nouveaux amis. Lui, c'est l'homme le plus haut du royaume, et elle, elle fait des sauts extraordinaires.

Ses yeux brillaient ; entre les dents pointues, la langue pointait sur ses lèvres pulpeuses d'un beau rouge cerise. Tiphaine sourit. Elle avait tant de tendresse pour cet enfant, le plus jeune de ses fils, qu'elle voyait à regret grandir. Déjà quatorze ans, songea-t-elle avant de demander, amusée et surprise à la fois.

— L'homme le plus haut du royaume, qu'est-ce que tu veux dire ? Et tes nouveaux amis, où les as-tu rencontrés ?

— Madame.

L'homme avait quitté son grand chaperon qu'il tenait sur son cœur, en s'inclinant légèrement.

— Madame, je ne sais si j'ai bien fait de suivre votre fils et son aimable proposition. Je suis Landry et voici ma fille, Ursine ; nous arrivons de Bourges et donnons çà et là quelques spectacles pour assurer notre nourriture ; je ne sais faire que cela...

Un sourire accompagna les derniers mots, prononcés avec modestie et toujours ce calme qui impressionnait tant Austremoine. Vaguement contrariée, elle ne savait trop pourquoi, la houppelande et ses grandes rayures bariolées sans doute, Tiphaine s'était levée. L'homme avait belle prestance et manières plaisantes, mais le temps n'était plus où maître Gauthier, son mari, remplissait leurs greniers de récoltes magnifiques. Depuis longtemps maintenant, il fallait compter, et la générosité d'Austremoine l'embarrassait. Deux bouches à nourrir en plus, elle n'y aurait sans doute guère prêté attention, quelques années plus tôt, mais aujourd'hui...

Conscient tout à coup des difficultés familiales, dont ses parents ne faisaient aucun mystère, Austremoine regardait sa mère, suppliant. Tiphaine ne fit heureusement pas durer son angoisse.

— Messire Landry, vous voila le bienvenu, déclara-t-elle enfin avec simplicité.

Elle avait balayé ses inquiétudes, retrouvant avec bonheur la chaleur de l'hospitalité coutumière de la famille quand sa situation était florissante.

— Je ne sais comment vous remercier, répondit aussitôt Landry en s'inclinant respectueusement devant cette femme, de belle stature, dont les traits tirés trahissaient sans doute les soucis mais aussi un charme indéniable.

— Laissez, cela fait tellement plaisir à Austremoine, et à moi aussi. Les temps sont durs mais il est bien naturel de s'aider. Et toi, quel est ton nom, je ne l'ai pas bien saisi ?

Tiphaine s'adressait maintenant à la fillette qui se tenait derrière son père.

— Ursine, madame.

— Un joli nom, souffla Austremoine qui jubilait enfin.

— Un nom de Bourges, celui de notre saint patron, Ursin, expliqua l'enfant mise en confiance, et qui s'enhardissait malgré sa timidité.

— Un très joli nom, confirma Tiphaine en regardant Austremoine, rouge de bonheur.

— Et j'ai douze ans, je suis petite pour mon âge, poursuivit Ursine décidément loquace.

Son père lui jeta un regard attendri :

— Elle est née le jour où notre roi a été couronné [1].

L'intimité de la scène fut cependant vite rompue quand, aux fenêtres percées dans les murailles sombres de la maison, apparurent des têtes nouvelles.

1. En 1380.

— Qui est-ce ?
— Qui est-ce ?

La même question était sur toutes les lèvres. Aussi vite qu'elles avaient surgi, les têtes disparurent et on entendit des pas rapides sur la pierre de l'escalier ; puis, se bousculant en riant, quatre adolescents, deux filles et deux garçons, s'encadrèrent dans la porte de la petite tourelle d'angle.

— Maman, qui est-ce ? Austremoine, qui nous ramènes-tu ?

— Je suis Landry et voilà Ursine, annonça aussitôt le bateleur. Et nos amis, Chipo et Chipi.

Amusé, un grand sourire éclairant un visage aux traits pourtant rudes, l'homme désignait les animaux sagement installés sur leur derrière. Il tenait toujours son chaperon dont la longue queue recouvrait ses brodequins.

— Des singes ! Moi qui n'en ai jamais vu que dans les bestiaires.

Le plus grand des garçons, Nectaire, ressemblait beaucoup à Austremoine, avec les mêmes cheveux noirs et drus, aux mèches indisciplinées, et le même nez légèrement épaté. Toujours prêt à s'intéresser à tout du haut de ses dix-huit ans, il s'était précipité vers les animaux dont le maître avait enfin légèrement relâché la laisse.

— Sages, Chipo, Chipi, se contenta-t-il de prévenir.

Mais les animaux étaient calmes et quand les filles, un peu craintives, s'aventurèrent près d'eux, ils se laissèrent approcher gentiment.

— Comme ils sont drôles ! constata Pernelle. Regarde les yeux qu'ils nous font !

— Ils font des grimaces comme le sonneur de Saint-Genès, ricana Apolline.

— Et toi, Blaise, qu'en dis-tu ?

Austremoine était allé chercher l'autre garçon qui se tenait un peu à l'écart et le ramenait par la main. A sa démarche hésitante, Landry comprit qu'il était aveugle. Mais Austremoine, son cadet dont il était si proche malgré leurs trois années d'écart, voyait pour deux ; avec beaucoup de douceur et des mots bien choisis, il lui raconta le spectacle, puis lui décrivit Landry et Ursine, et enfin les singes. Ursine s'approcha à son tour et lui prit la main.

— Je suis Ursine, dit-elle sans façon.

— Tu as la voix douce, répondit simplement Blaise, qui, malgré son isolement, se trouva lui aussi tout à coup au cœur de la fête.

— Que se passe-t-il, ici ?

La voix venait du porche. Le ton était bourru. Il y eut un instant de flottement. Les conversations cessèrent et tous les regards se reportèrent vers l'entrée. Une imposante silhouette se détachait en rouge sur la pierre grise. C'était Gauthier, le maître des lieux.

— Gauthier ! Je ne t'attendais pas si tôt !

A grands pas, Tiphaine traversait maintenant la petite cour, contournant le puits où attendait un seau encore accroché à la chaîne.

— Je vois, et en mon absence, vous prenez du bon temps, maugréa Gauthier qui avait enlevé son chaperon à bec poussiéreux. Pourtant, ce n'est pas avec les grains que je rapporte qu'il y a lieu de faire la fête. Tous les greniers sont vides, cornedouille !

Chaque fois, le marchand, qui battait la campagne pour acheter des grains aux paysans pour les revendre au détail aux boulangers et autres fourniers de Clermont ou des cités alentour, rentrait plus déçu de ses tournées. Et quand il passait le porche de la rue Grenette [1], ce n'était plus la liesse qui accueillait ses père et grand-père dont le commerce avait toujours été si florissant. Aujourd'hui, les hommes et le ciel conjuguaient leurs efforts pour compromettre les récoltes !

— Père, viens voir !

Les deux jeunes filles s'étaient à leur tour approchées et passaient le bras autour du cou de Gauthier qui sembla se détendre enfin.

— Ils s'appellent Chipi et Chipo, dit Apolline, la plus jeune et la plus menue.

— Ils sont très drôles ! renchérit Pernelle, l'aînée de la famille et aussi la plus proche de sa mère, grande et belle

1. Actuelle rue Massillon.

fille, aux joues colorées, à l'enthousiasme prompt, bien différent de la réserve naturelle de sa sœur, et visiblement déjà conquise.

— Et Landry, c'est l'homme le plus haut du royaume. Il marche dans les airs.

Austremoine avait lui aussi couru jusqu'à son père.

— Vous voila bien excités, tous ; moi, cornedouille, je suis moins gai car je ne sais comment je vais vous nourrir demain, soupira Gauthier qui ne parvenait pas à se mettre à l'unisson de sa famille.

— Le ciel y pourvoira, répondit Tiphaine en souriant. En attendant, Austremoine a des invités et, ce soir, j'ai un bon potage de pois chiches et je vais faire cuire de la langue de bœuf. Les filles, venez m'aider !

Vaincu par le calme de son épouse, Gauthier se rendit enfin. Après tout, un peu d'animation dans la maison n'était pas pour lui déplaire.

— Alors, qui est ce Landry ? demanda-t-il d'un ton devenu affable en s'avançant dans la cour d'où le dernier rayon de soleil s'était évanoui, laissant s'installer l'humidité de la vêprée.

— Messire, je viens de Bourges et on me dit bateleur ou encore voleur puisque je marche dans les airs ; j'ai quelques tours dans mon sac ; je les ai montrés autrefois au roi Charles, et j'ai eu l'heur de lui plaire et de le faire rire ; mais aujourd'hui, cela est bien loin, il a dû m'oublier. Et voici ma petite Ursine et nos compagnons...

— Chipo et Chipi.

Blaise avait interrompu Landry qui rit de bon cœur en découvrant l'aveugle encadré des animaux d'une étrange docilité, qu'il caressait de ses doigts adroits.

— Dis-moi, Nectaire, de quelles couleurs sont leurs poils ? Ils ont l'air d'avoir des pattes si longues.

— Ils sont un peu roux et ce ne sont pas vraiment des pattes mais comme des bras d'homme, expliqua patiemment le troisième frère.

— Des bras comme nous ?

Etonné, Blaise avait tendu ses mains en avant.

— Oui, comme nous, confirma Landry.

2

La trompette retentit gravement à l'entrée de la rue Grenette. Les portes des échoppes voisines s'ouvrirent ; des têtes apparurent aux fenêtres à l'étage des maisons à colombages. Un chien se mit à aboyer, affolant une chèvre qui traînait par là. La trompette se fit plus insistante et le musicien, un huche[1], en avait les joues toutes gonflées et le front écarlate. Quand il estima le voisinage suffisamment alerté et calme pour être attentif, il laissa pendre l'instrument rutilant fixé à son épaule par une cordelette blanche dont la couleur tranchait avec le bureau[2] noir de sa cotte et de son chaperon drapé avec un pan négligemment posé sur le bras.

Même la chèvre retenait son souffle, cabrée sur les deux pattes arrière, et le chien rongeait un os lancé opportunément d'une fenêtre où une commère échevelée s'accoudait pour écouter le message du huche. Toujours prompt à ne rien manquer, Austremoine s'était précipité, aux premières notes de la musique à la fois plaintive et triomphante. Ursine l'avait évidemment suivi et près d'eux, son ami et voisin, Sidoine, appuyé sur un des

1. Sergent municipal dont la principale mission était de « crier » les nouvelles.

2. Lainage ou sorte de bure.

poteaux corniers de la rue, avait, lui aussi, été attiré par le spectacle mais son intérêt était surtout capté par la compagne d'Austremoine. Que pouvait bien faire auprès de lui la petite fille aperçue au Champ-Herm la veille ? Austremoine, jouissant de l'air interrogateur de son ami, se contenta d'un clin d'œil malicieux et d'un doigt posé sur les lèvres, intimant le silence, ce qui renforça encore la perplexité de Sidoine.

Il n'était pas question d'interroger son ami au moment même où, satisfait de l'attention suscitée par son numéro musical, le sergent qui avait enfin repris son souffle s'apprêtait à débiter un texte qu'il connaissait par cœur pour l'avoir déjà récité dans les quartiers du Port et de Saint-Pierre.

— Faisons savoir aux bourgeois, habitants et manants et même aux clercs que l'assemblée générale des citoyens aura lieu ce dimanche, jour de la Saint-Michel. Toute la population est invitée à se rendre en la chapelle Saint-Nicolas où les élus et les conseillers se tiendront. Bourgeois, marchands, laboureurs ou gens de métier, tous doivent être présents pour affaires importantes. Ont ordonné mesdits seigneurs les élus et conseillers en cette treizième année du règne de notre roi Charles le sixième du nom[1]. Votre serviteur vous salue bien.

Joignant le geste à la parole, le sergent s'inclina en effet vers ses auditeurs dont l'attention n'avait pas failli, puis emboucha de nouveau sa trompette dont il sonna quelques notes guillerettes, marquant la fin de sa prestation, mais vite interrompues quand le chien abandonnant son os vint lécher puis mordiller les chausses du fonctionnaire.

— Je vais te vider les tripes, annonça-t-il d'un ton infiniment moins académique.

— Fils de larron, bâtard ! cria la commère toujours accoudée à sa fenêtre, laisse mon chien.

En face, le boulanger Guillotin ricana en se frottant les mains sur la grande toile blanche qui lui servait de tablier.

1. En 1392.

Indifférent et pressé, le sergent remontait déjà vers la Porte Neuve qui devait son nom à sa tour entièrement réparée et consolidée du temps du roi Charles le cinquième ; de là il allait sans doute porter son message au-delà du rempart aux habitants de Jaude.

Austremoine le suivit des yeux, puis observa dans le ciel une volée de moineaux qui prenait son essor à la rencontre du vent descendu du Puy de Dôme. Autour de lui, la vie un instant suspendue reprenait. Au débouché de la rue des Aises [1], il aperçut, près de la façade austère du couvent voisin, un attroupement autour d'un char de pierres venu approvisionner le chantier de l'église des carmes. Immobilisé pendant l'annonce du sergent, il était à nouveau bruyamment mis en branle. Deux moines l'accompagnaient à grandes enjambées.

Ursine frissonna. La bise automnale était déjà froide. Sidoine avait quitté son poteau cornier et s'approchait.

— Ton père doit être au courant de ces affaires importantes, dit-il, cherchant surtout une entrée en matière afin de savoir pour quelle raison la petite acrobate se trouvait rue Grenette.

— Bah, il était aux champs ces derniers jours, répondit Austremoine avec une moue dubitative.

Quand Gauthier, marchand de grain comme l'avaient été avant lui son père et son grand-père, quittait la maison pour approvisionner ses greniers, sa famille utilisait l'expression consacrée par deux générations, « aller aux champs ».

— Et toi, comment t'appelles-tu ? finit par demander Sidoine, fou de curiosité.

— Ursine !

— Un drôle de nom...

Sidoine était hilare.

— Ce n'est pas parce que tu ne le connais pas qu'il est drôle, intervint aussitôt Austremoine, rouge de colère.

— Je n'ai pas voulu vexer ton amie, s'excusa le garçon visiblement ennuyé de sa gaffe. Moi, je suis Sidoine et j'habite à côté.

---

1. Actuelle rue Abbé-Girard.

Il avait désigné une maison qui touchait celle de maître Gauthier ; les colombages de l'étage et les crépis étaient accordés comme si les deux habitations avaient été bâties en même temps. Simplement, au lieu de la lourde porte de bois donnant sur le porche qui permettait l'accès à la cour intérieure de la maison de Gauthier, un bel arc surbaissé et très profond occupait la largeur de la façade pour éclairer l'atelier où Gilbert, le père de Sidoine, travaillait. C'était un sculpteur réputé dans la cité et son fils ne dédaignait pas de manier marteau et ciseau.

— Si tu crois que Sidoine est un joli nom, poursuivit Austremoine agacé.

— Moi je trouve qu'il est très joli.

Ursine avait détaché ces quelques mots d'une voix claire. Austremoine la fixa un instant.

— Plus joli qu'Austremoine ? demanda-t-il sans cacher son agacement.

— Tous les deux sont très jolis.

— Cornedouille, voilà qui est bien dit !

Les deux garçons avaient parlé en même temps ; ils se regardèrent, puis éclatèrent de rire. En un instant Austremoine avait recouvré sa bonne humeur. Tout heureux, Sidoine lui donna une tape amicale sur l'épaule.

— Si on allait voir Chipo et Chipi ? proposa alors la petite fille ravie.

— Chipo, Chipi ?

Sidoine ouvrait des yeux ronds.

— Eh oui, les singes... répliqua Austremoine en s'engouffrant sous le porche.

Gauthier et Landry sortaient justement en bavardant. Ils avaient sympathisé pendant la soirée. Le repas avait fait merveille, bien moins frugal que ce qu'avait laissé craindre Tiphaine, très habile à tirer parti des aliments les plus modestes ; et les deux hommes avaient bavardé tard dans la soirée à la lueur de la seule cheminée, afin d'économiser les chandelles, devant des gobelets de vin de Chanturgue que Gauthier avait tiré d'un petit tonneau de chêne dans un étroit baquet à bec.

— Il est très bon, quelle belle couleur ! avait constaté Landry dès la première gorgée.

Un compliment qui alla droit au cœur de Gauthier dont le frère, vigneron sur la colline dominant au septentrion la cité, approvisionnait volontiers la cave.

— Où allez-vous ? interrogea Austremoine dont la curiosité n'était pas le moindre défaut. Sidoine, voici l'homme le plus haut du royaume !

Le garçon présentait fièrement celui qu'il considérait comme son invité.

— Justement, je ne dois pas te faire mentir, répondit en riant Landry. Puis-je te confier Ursine ?

— Oui, souffla Austremoine en plantant avec franchise ses yeux dans ceux du bateleur amusé.

Celui-ci avait découvert, la veille, l'anomalie étrange que Tiphaine avait transmise à tous ses enfants, sauf à Blaise l'aveugle : des yeux de couleurs différentes, l'un tirant sur le bleu, l'autre sur le vert. Cela conférait à toute la famille un regard singulier.

— Je ne sais d'où viennent ces yeux, avait commenté Gauthier, philosophe. Seuls Blaise et moi avons comme tout le monde deux yeux pareils !

— Oh père, faut-il en parler ? avait protesté Blaise. Mes yeux sont peut-être pareils, comme vous me le dites, mais à quoi me servent-ils ?

— L'œil bleu regarde les étoiles dans le ciel, le vert est fait pour notre terre, avait alors ajouté en riant la brune Tiphaine dont la réputation d'astrologue n'était plus à faire dans la cité.

— Occupez-vous de Chipo et Chipi, surveillez-les bien, lança encore Landry en franchissant la lourde porte qu'il retint un instant.

— Moi, je vais dessiner, annonça Ursine d'un ton buté qui surprit Austremoine.

— Ne fatigue pas tes beaux yeux, commanda avec tendresse son père.

Gauthier et Austremoine eussent été plus attentifs, ils auraient constaté l'ombre fugitive dans le regard de Landry, le froncement de sourcils imperceptible, témoin d'une certaine contrariété.

Mais Austremoine était bien trop heureux de jouer avec les singes et le marchand de grain avait d'autres préoccupations. Il entendait bien aider Landry dont les desseins l'avaient séduit. Il était prêt à le soutenir pour qu'il redevienne à Clermont « l'homme le plus haut du royaume », comme l'avait baptisé, quelques années plus tôt, le roi lui-même, enthousiasmé par ses prouesses.

— J'ai besoin de deux bâtiments suffisamment élevés, avait expliqué Landry. A Paris, j'avais tendu mes cordes entre Notre-Dame et le palais du roi.

Si pour Landry qui avait passé son enfance près de l'Hôtel-Dieu à Paris — sa mère ne lui avait-elle pas donné le nom d'un évêque de la cité royale ? —, l'évocation de ces lieux était aisée, Gauthier ne pouvait guère imaginer le spectacle ; il ne connaissait pas Paris, mais déjà tout acquis à la cause de son invité, il était prêt à se laisser séduire. Bien sûr, sans doute avait-il frémi lorsque Landry lui avait exposé qu'il marchait sur une corde au-dessus des toits, et la pensée qu'il avait affaire à un fou lui avait effleuré l'esprit. Mais le « bateleur » avait l'air si sûr de lui et il avait été si convaincant. Toute la maisonnée de la rue Grenette était décidément sous le charme.

Devenu même volubile, lui qui savait être si bourru, Gauthier dirigeait maintenant leurs pas vers le haut de la rue pour déboucher sur le carrefour de l'Echaudé. Légèrement courbé en avant selon son habitude, les jambes arquées et ainsi solidement ancrées à la terre qui le faisait vivre, il était nettement dominé par son compagnon beaucoup plus grand. Très droit, la démarche tout en souplesse, comme s'il déambulait toujours sur sa corde, Landry ne passait pas inaperçu avec sa houppelande rayée. Ni l'un ni l'autre ne prêtaient attention aux regards des passants, plus ou moins appuyés, tant Gauthier avait à cœur de raconter sa cité, celle de ses aïeux.

— Autrefois, du temps de mon père, sous le règne du roi Jean, il y avait ici grand charroi chaque jour avec le marché du blé, expliquait-il, ne craignant pas d'accompagner ses paroles de quelques gestes vifs. Maintenant, la marchandise est si rare que le marché a lieu un jour par ci, un jour par là. Ah, nous ne sommes pas à la veille de voir des pavés.

Gauthier faisait allusion au vieux projet des élus de la

cité destiné à faciliter l'accès au marché dont le sol boueux devenait un bourbier glissant les jours de pluie. Landry hochait la tête d'un air dubitatif quand leur attention fut soudain attirée par des cris. Il reconnut les deux sergents qui l'avaient interpellé la veille à la porte de la ville et qui poussaient vers le pilori un condamné récalcitrant. Et la populace friande de ce genre de spectacle houspillait les gardiens qu'elle jugeait vraiment trop mous. Les marques sanglantes sur la chainse de toile écrue indiquaient assez que le condamné avait été déjà, selon l'usage, généreusement fouetté. Excités par la foule, les sergents l'attachèrent promptement aux rayons de la roue, déclenchant enfin les vivats des spectateurs.

— Qu'il y reste longtemps ! Et voici le soleil pour le faire bouillir, cria une commère.

— Mon Dieu, Bonne Mère, ma pauvre Pétronille, quelle méchante tu fais, glapit sa voisine.

— Il aurait pu nous empoisonner, affirma une troisième de l'avis de la première.

L'homme était en effet un boucher du quartier du Mazel, qui avait enfreint la législation sur le gros et le menu bétail en cours dans la cité, et avait dû s'en expliquer devant la justice de monseigneur l'évêque. Une pratique normale dans une cité bien tenue.

Un instant distraits, Gauthier et Landry, tout à leurs préoccupations, passèrent vite leur chemin. Au-delà de l'Echaudé, s'amorçait une descente impressionnante le long de l'église des cordeliers jusqu'à la porte du même nom qui menait par-delà le rempart dans le faubourg de Jaude. Essoufflé, un groupe de moines apparut à cet instant au sommet de la côte ; leurs sandales poussiéreuses attestaient bien de l'état du sol comme le bas de leur robe de toile grossière serrée à la taille par une corde nouée trois fois.

Médusé par le spectacle, Landry s'intéressait plutôt aux montagnes qui fermaient au loin l'immense cuvette dont Clermont, perchée elle aussi sur une colline, occupait le centre. Il songea même qu'elles constitueraient un vaste domaine qu'il pourrait survoler dans les airs. Mais comment y tendre ses cordes et qui viendrait le voir là-bas ? Il ne devait guère y avoir âme qui vive. Ce n'était qu'un rêve inaccessible.

Sans doute était-il plus réaliste de s'attacher aux clochers et aux tours de la cité. Au premier plan se dressait justement le clocher des cordeliers, fin et élancé.

— Par saint Ursin, voilà un bel endroit pour mettre ma corde, dit-il aussitôt.

— Cornedouille, tu me fais peur ! répondit Gauthier qui ne put réprimer son inquiétude. Et de là, où irais-tu ? A la cathédrale, peut-être ? N'es-tu pas fou ?

En se retournant, le marchand désignait, au-delà d'un vaste bâtiment, à l'aspect sévère, que les Clermontois appelaient pompeusement le palais de l'évêque, une église dont les murailles grises étaient régulièrement rythmées par des arcs-boutants et des clochetons habités de statues aériennes. Curieusement, le mur de pierres sombres venait buter sur une façade de mœllons clairs.

— Une pitié que cette cathédrale ! expliquait déjà Gauthier, presque honteux d'avouer cette tare de la cité. Nous n'avons jamais trouvé les moyens de la terminer. La façade a au moins trois siècles et ses fissures sont tellement inquiétantes qu'on ne la quitte guère des yeux en récitant un pater, si on se risque à passer son portail. Il n'est pas rare qu'une pierre tombe quand le sonneur a la main un peu lourde et les chanoines se désolent d'y voir nicher tous les oiseaux de la terre ! Il y a tellement de trous !

Amusé, Landry regardait son interlocuteur qui, après avoir déploré les déboires du marché aux grains, semblait presque oublier le but de leur promenade. Tout à son sujet, Gauthier poursuivait :

— Il n'y a pas un évêque qui n'ait eu le projet de finir cette église et combien de chanoines sont partis fort loin pour des quêtes ! Et je ne te parle pas des papes qui ont accordé des indulgences aux généreux donateurs ! Mais rien à faire pour mener à bien le projet et ce n'est pas aujourd'hui, alors qu'il est plus convenable de se protéger des dangers extérieurs, que nous trouverons l'argent !

Landry avait écouté sans perdre pour autant une

miette du spectacle environnant et quand Gauthier s'arrêta enfin en soupirant, il le questionna aussitôt :

— N'y a-t-il pas une tour près de la cathédrale ?

— Oui, la tour de la Monnaie... A moins que tu ne veuilles parler de la tour du guet au septentrion, que nous nommons la Bayette. Et derrière, ce sont les tours du palais de Boulogne, l'ancienne demeure des comtes d'Auvergne, qui n'est guère en état, puisqu'ils n'y demeurent plus depuis longtemps.

Les bras croisés, les doigts pianotant sur les manches de sa houppelande, Landry écoutait placidement sans mot dire. Intrigué par son silence, Gauthier le regarda, puis laissa errer ses yeux vers les tours fièrement dressées vers le ciel bleu et illuminées d'un soleil enfin triomphant.

— Tu ne vas tout de même pas tendre tes cordes là-haut ? finit-il par murmurer, inquiet. C'est de la folie.

— Je suis un peu fou, tu sais, rétorqua le bateleur en éclatant de rire. Allons voir !

— Tu ne vas tout de même pas te promener à plus de vingt-cinq toises[1] de haut ? continuait Gauthier en dévisageant son nouvel ami, les poings sur les hanches.

— Les tours de Notre-Dame à Paris en faisaient bien trente !

— Trente toises ? Cornedouille, Bonne Mère...

Dans les situations délicates, Gauthier n'hésitait pas à mélanger jurons et invocations pieuses.

— Ce n'est pas sainte Berthe qu'il faut prier pour te délivrer de la folie mais plutôt saint Amable pour te déposséder du démon ou encore saint Namace, notre vieil évêque d'autrefois. Et j'imagine la tête des chanoines si tu leur demandes de te promener au sommet de leur tour !

— N'es-tu pas conseiller de la cité ? N'as-tu pas quelque pouvoir ? se contenta de demander Landry que la longue tirade du marchand de grains n'avait guère impressionné.

— Le pouvoir d'un conseiller est bien mince et puis

1. Une toise équivaut à environ deux mètres.

moi, je suis un homme de la terre, alors comment veux-tu que je plaide pour toi qui semble appartenir au ciel ?

— Comment te raconter ma joie d'être là-haut ?

Gauthier opinait de la tête. Certes il ne demandait qu'à croire Landry, mais tout de même.

— Ce sont bien les tours les plus hautes de la cité ? questionnait Landry qui prenait maintenant leur direction.

— Oui, assura bien vite le marchand en lui emboîtant le pas pour longer la façade ouest du palais épiscopal, puis déboucher vers l'ancienne porte Terrasse et l'antique portail de la cathédrale et découvrir l'énorme talus qui renforçait la base de l'imposante tour de la Monnaie.

Il était presque sixte[1] ; ils croisèrent une vendeuse d'oublies qui leur fit un clin d'œil avenant en leur proposant ses gâteaux rangés sur un grand plateau d'osier suspendu à son cou. Ils se rapprochaient en effet des marchands forains installés depuis le matin devant le grand portail de la cathédrale et dans le cimetière voisin, et déjà prêts à remballer tant les chalands étaient maintenant peu nombreux.

— Messire, voilà des belles volailles, je ne vais pas les remporter chez moi et, avec le droit de barre[2], je ne rapporterai guère pour nourrir ma famille. Je ne reviendrai plus avant la foire de la Saint-Martin d'hiver.

Barbu et chevelu, une plume d'oie plantée dans son chaperon bleu, le vendeur avait bonne figure.

— Et moi, je n'ai vendu que quelques oignons et fromages. Pierre Loignon, pour vous servir.

Devant lui, une corbeille de jonc présentait du fromage égoutté, et du lait caillé reposait dans un seau.

— Nos aumônières sont vides, répondit Gauthier.

La marchande de cire voisine leur tendit une botte de chandelles.

— Elles ne sont pas chères et durent longtemps...

— Quatre livres de clous de girofle pour 42 sous ou une livre de noix muscade pour 8 sous, disait l'épicier

1. Midi.
2. Droit à payer sur les marchandises à l'entrée de la cité.

posté devant un étal coloré où voisinaient encore safran, cumin ou gingembre.

— Chauds mes gâteaux.

— Frais mon beurre, surenchérissait la laitière en montrant le pot fièrement posé sur sa tête.

Mais Landry n'en avait cure. Déjà au pied de la tour, il la considérait en se tordant le cou pour tenter d'en apercevoir le sommet.

— Celle-ci ne fait pas vingt toises et ma corde doit être tendue droite, observa-t-il, dubitatif.

— Oui, tu vois bien que c'est folie ! Rentrons, Tiphaine doit nous attendre pour dîner.

— Belles, elles sont belles mes tresses d'oignons.

Un âne lourdement bâté refusait obstinément d'avancer entre deux étals.

— Belles, elles sont belles mes tresses d'oignons, continuait à proclamer son maître.

— Ma belle poirée...

— Très bons mes espinoches, très bons...

3

— Réveillez-vous, vous qui dormez, et priez pour les trépassés !

Le huche de service sillonnait tous les matins les rues de Clermont. Un rite auquel les Clermontois étaient si attachés que la proposition des élus de le supprimer pour faire des économies avait été violemment rejetée en assemblée.

Frissonnant, Austremoine se retourna sur sa couette. Emergeant doucement, Blaise et Nectaire qui partageaient la même soupente s'agitèrent aussi. La courtepointe de toile rayée et la couverture de laine avaient été légèrement chahutées pendant la nuit. Austremoine avait rêvé qu'il marchait au-dessus des toits et qu'il était lourdement tombé au pied de la Porte Neuve ; Sidoine avait bien essayé de le rattraper au vol mais sans succès.

— Pourquoi as-tu crié cette nuit ? demanda Blaise.

— Je ne sais pas, dit rapidement Austremoine qui ne voulait pas avouer que, depuis deux jours, il ne cessait de penser au projet de Landry.

Il était fasciné, comme son père qui parlait de folie mais avouait qu'il mettrait tout en œuvre pour que Landry redevienne à Clermont l'homme le plus haut du royaume. Austremoine avait déjà sommé son ami

Sidoine, beaucoup moins enthousiaste, de se mettre aussi au service de cette cause. Dans l'espoir de séduire Ursine autour de laquelle s'était ouverte une évidente compétition entre les deux garçons, le fils du sculpteur avait accepté.

Le jour se levait à peine et la lueur entrée par la minuscule fenêtre du toit permettait de distinguer les bouquets de fougères que Tiphaine ne manquait pas d'accrocher aux poutrelles pour chasser les mouches. Austremoine s'amusait parfois à imaginer dans ces plantes des êtres plus ou moins difformes guettant les dormeurs de leurs doigts effrayants. A ce jeu, il s'était beaucoup fait peur ; maintenant, il continuait à jouer mais sereinement et, du haut de ses quatorze ans, il méprisait ses angoisses passées.

La porte grinça, une volée d'oreillers tomba sur le lit et trois formes furtives se précipitèrent vers les frères. En un tournemain, Apolline, Pernelle et Ursine s'emparèrent de la courtepointe et de la couverture, ouvrirent la fenêtre et les jetèrent, déclenchant un joli tohu-bohu dans la pièce minuscule où s'engagèrent trois combats acharnés. Blaise n'était pas le dernier à tenter de se défaire de l'ennemi et ce n'est que lorsque tous se mirent à suffoquer au milieu des plumes d'un oreiller éventré que le combat cessa. Puis dans le silence retrouvé, on entendit les marches de bois grincer et la voix bourrue de Gauthier :

— Qu'ai-je fait au ciel pour avoir tous ces barbares dans ma maison ? Votre mère va être contente !

Mais lorsqu'il parvint au petit palier, les filles avaient déjà fui dans leur soupente, abandonnant les garçons aux plumes et à la colère plus ou moins feinte de leur père.

Tiphaine et Gauthier occupaient la chambre la plus spacieuse, autrefois aménagée par la grand-mère de Gauthier, au temps où les grains donnaient prospérité et notoriété à la famille. Une belle crédence et le coffre de mariage richement sculpté, apporté par Tiphaine du château de son enfance, rappelaient cette époque ainsi qu'un faudesteuil de cuir de Cordoue sur lequel gisaient des coussins de velours rouge, bien fatigués.

Quant à Landry et aux singes, ils avaient été installés dans une salle du rez-de-chaussée au fond de la cour près de l'entrepôt à grains. Chipi et Chipo avaient adopté toute la famille, avec une prédilection particulière pour Blaise dont ils prenaient volontiers la main pour déambuler dans les rues, surprenant ainsi plus d'un voisin ou passant.

Matinale, Tiphaine entendit depuis la cuisine le chahut des enfants et les remontrances de Gauthier qui la firent sourire. C'était une scène habituelle au dimanche. Plus insolite évidemment était cet homme qui traversait la cour, suivi de ces deux animaux qui ne l'attiraient guère. Seule de toute la famille, elle ne pouvait se défendre de réticences face aux singes. Son grand-père ne lui racontait-il pas autrefois que leur ruse pourrait être celle du diable ? Il lui avait même montré un jour, dans l'église voisine de leur maison-forte à Thuret, l'image de l'animal maléfique, sculptée par un imagier, il y avait bien longtemps — le grand-père l'avait toujours connue !

Landry qui avait bien saisi l'attitude réservée de Tiphaine, s'efforçait d'être aussi discret que possible et ne pénétrait jamais dans la cuisine sans intimer l'ordre aux singes de rester dehors. Ceux-ci, livrés à eux-même, en profitaient pour multiplier leurs facéties, ponctuées de cris qui affolaient la basse-cour.

— Bonjour, Tiphaine, avez-vous bien dormi ?

Landry avait vivement refermé la porte derrière lui et à contrejour sa silhouette était encore plus impressionnante.

— Oui et vous ? demanda la maîtresse des lieux de sa voix feutrée, que les cloches des églises carillonnant les premières messes dominicales couvrirent. Voilà le gros bourdon de la cathédrale ; le tintement plus grêle est celui de Saint-Genès, notre paroisse, expliqua Tiphaine en surveillant dans l'âtre une grosse marmite au culot noirci.

Landry s'était approché du lourd manteau de la cheminée de pierre et quand le tintamarre des cloches se tut enfin, il dit avec sa placidité coutumière :

— Tiphaine, en ce premier dimanche en votre compagnie, il faut que je vous avoue que je ne vais plus à l'église. Depuis que Dieu m'a enlevé ma douce épouse, je ne peux plus le prier.

— Comment pouvez-vous dire cela, que Dieu vous a enlevé votre femme ? se récria Tiphaine, en poussant dans un grincement douloureux le trépied sur lequel la marmite s'était mise à bouillir. Il est si bon, si attentif à nos misères.

— Avec moi, il n'a été ni bon, ni attentif à mes misères, répondit Landry, l'air buté.

Tiphaine le regarda. Ses cheveux presque blancs le faisaient paraître beaucoup plus vieux qu'il n'était en réalité ; ses traits, en dehors d'une longue ride qui barrait le front et de deux fins sillons près des ailes du nez légèrement aquilin, étaient ceux d'un homme encore jeune et, Tiphaine se l'avouait secrètement, séduisant. Son regard sombre la mettait pourtant mal à l'aise. Elle n'arrivait pas depuis trois jours à se faire une opinion sur cet homme qui la troublait et lui faisait peur à la fois. Elle le regarda sortir avec le pot de terre où il avait préparé la pitance des singes qui l'accueillirent avec moult démonstrations d'affection.

— Ce ne peut être un mauvais bougre, murmura Tiphaine en l'observant. Et cette petite, comme elle sait dessiner !

Ses yeux s'étaient posés sur un pupitre installé devant la fenêtre ; sur une feuille de parchemin, Ursine avait tracé une ébauche rapide de la cour avec le puits ; elle avait aussi, pour faire plaisir à Austremoine, dessiné un singe ; l'air simiesque de l'animal avait sans doute été exagéré, presque caricaturé comme l'image de l'église de son enfance, mais Tiphaine était étonnée. Il n'y avait jamais eu d'artiste dans leur famille ! Landry et Ursine étaient si différents d'eux !

Tiphaine soupira. Depuis son réveil, très tôt, alors que le jour était loin de se lever, elle était anxieuse. Quelle idée d'avoir choisi pour l'assemblée de la cité la Saint-Michel qui coïncidait avec la nouvelle lune ! Elle savait bien qu'il n'était pas très chrétien d'imaginer des jours noirs. Mais elle connaissait par cœur certains écrits, comme ceux d'Albert Le Grand pour qui le premier jour de la lune n'était guère favorable aux malades. Et puis elle avait étudié les astres la veille et ils ne lui avaient pas semblé bienveillants.

— Les mouvements des célestiels sphères et planètes ne me plaisent pas, avait-elle annoncé à Gauthier qui avait haussé les épaules.

L'incrédulité de son mari ne l'étonnait guère. Il avait toujours souri de cet art qu'elle tenait justement de ce grand-père qui l'avait élevée et qui l'avait étudié à Montpellier ; pourtant, grâce à ses connaissances en astrologie, elle s'était acquis un grand crédit dans la cité auprès de nombreux Clermontois. Gauthier qui en convenait l'avait d'ailleurs dit à Landry dès le premier soir :

— Tiphaine est très expérimentée dans la spéculation des astres ; moi, je n'y crois guère, et toi ?

Landry n'avait pas répondu franchement.

— Aujourd'hui, il est peut-être bien de savoir les jours dont l'étoile est heureuse ou malheureuse. A Paris, j'ai connu le physicien du roi Charles le cinquième, un certain Thomas de Pisan, un Italien ; notre roi actuel avait tenu à ce qu'il lise dans les astres si ma traversée dans les airs réussirait. Il avait conclu à un bon ciel !

Gauthier avait hoché la tête d'un air dubitatif.

— Le peuple ignorant et grossier impute à sortilège ces talents ; je suis bien proche de le soupçonner aussi.

— Certains sont prêts à donner grand prix à ces services pourtant, commenta Landry sans reconnaître vraiment s'il y croyait ou non.

— Cela pourrait rapporter plus que le grain, avait répondu son hôte. Tiphaine a aussi des connaissances en médecine qu'elle tient de son grand-père mais elle les exerce secrètement car les médecins de l'hôpital Saint-Esprit n'aiment pas la concurrence. Et les clercs n'apprécient pas beaucoup son art des astres même s'ils y recourent parfois secrètement !

— Et pourtant, grâce à cette science, je suis amoureuse des beautés de là-haut et aussi de Celui qui les fit, avait protesté Tiphaine qui tenait compagnie aux hommes, tout en ravaudant un surcot usé à la lueur d'une chandelle, près de l'immense cheminée au manteau orné d'épis de blé.

— Mais aujourd'hui il ne fait pas bon ne pas être comme tout le monde. Regardez les juifs que l'on n'en finira jamais de persécuter ! avait soupiré Gauthier.

— Et les bateleurs... Imaginez que l'on me croit souvent magicien ou sorcier ! avait enfin avoué Landry en riant.

Quand Gauthier arriva du côté de Notre-Dame de Grâce, la cathédrale, où aboutissait l'étroite rue des Notaires, l'animation était grande. Le message du sergent trompettiste avait été entendu par les Clermontois accourus déjà nombreux à l'assemblée de leur cité. Ce n'était guère étonnant car ils souhaitaient de plus en plus être associés aux décisions qui régissaient leur vie quotidienne. Gauthier salua Robin, le barbier de la rue des Aises, puis Robert, le gros tavernier de la porte de la Boucherie.

— Les voilà !

Léonard, un regrattier[1] du Terrail, désignait du menton trois hommes qui déambulaient lentement en discutant le long du palais de Boulogne. Ils ne passaient pas inaperçus avec leurs robes de drap cramoisi identiques, et leur chaperon de laine pourpre posé crânement en casquette et dont un pan finement plissé revenait sur l'épaule. Un uniforme en quelque sorte, que cette tenue portée également par les officiers de la cité et les conseillers. Gauthier avait donc droit, lui aussi, à la tenue municipale rouge.

— Elle ne te va pas bien au teint, avait coutume de dire Tiphaine qui n'était pas forcément admirative de ses fonctions.

La peau de son mari, très mate, était souvent rougie par ses longues chevauchées dans la campagne, et Tiphaine exprimait ainsi l'agacement des Clermontois.

1. Commerçant non spécialisé qui vend aussi bien des légumes que des denrées comme les fromages, les grains ou les épices.

En ces temps de pénurie, ces belles tenues étaient, en effet, l'objet de dissensions entre élus, conseillers et administrés. Mais les premiers tenaient à leurs prérogatives et le désir de paraître l'emportait chez ces élus dont la mission aurait dû être au premier chef le bien-être de leurs concitoyens. Ils l'oubliaient souvent et se servaient d'abord.

Les trois hommes étaient maintenant arrivés devant le portail de la cathédrale où trônait un imposant Christ-Juge dont le manteau ouvert découvrait les plaies au-dessus d'une élégante Vierge offrant aux fidèles son enfant mutin. Soucieux de sa popularité, Jean Chalmeyrat, le représentant du quartier du Port, entreprit de saluer du bout des doigts chacun de ses concitoyens rassemblés ; les autres, plus distants, firent un simple signe de la main. Gauthier en profita pour s'approcher d'Etienne Souchet, l'élu du quartier Saint-Genès où il habitait.

— J'aurai une demande à faire à l'assemblée, lui dit-il.

L'autre hocha la tête.

— Nous t'entendrons sans déplaisir.

Gauthier avait la réputation de ne pas prendre la parole pour ne rien dire.

C'était la cinquième fois que les élus réunissaient les Clermontois depuis leur élection au début de l'année, la veille de l'Epiphanie, et tout naturellement ils prirent la tête du cortège improvisé vers la chapelle Saint-Nicolas, en contournant le cloître des chanoines.

— Voilà un beau succès quand on connaît le nombre d'habitants à Clermont depuis la dernière grande maladie, murmura Gauthier à Eloi, son futur gendre, venu le saluer respectueusement.

Mais les trois élus faisaient déjà signe aux six conseillers de les suivre. L'atmosphère était presque aussi humide que dehors dans la chapelle où le secrétaire avait allumé quelques chandelles pour tenter de combattre l'obscurité d'un de ces premiers jours d'automne gris et pluvieux. Elus et conseillers s'installèrent rapidement dans le chœur surélevé de trois marches, prenant ainsi un peu de hauteur pour découvrir l'assemblée dans son ensemble.

Au premier rang sur les bancs de bois blond s'étaient placés les officiers de la ville qui dépendaient directement des élus. Les trois avocats voisinaient avec les quatre procureurs, les trois auditeurs avec les tauxeurs ; les sergents et les huches formaient une seconde rangée et derrière eux, venaient encore les bergers, dominés par la haute taille d'un personnage des plus importants en ces temps d'insécurité, Michel Bouchard, le gardien de la tour de la Bayette, chargé de surveiller, depuis ce poste d'observation, le plus haut de la cité, les environs de la ville, et d'organiser le guet et la garde des dix portes qui jalonnaient les remparts.

Gauthier avait tenté sans succès de l'approcher pour le saluer, puisqu'il se trouvait directement concerné par le projet de Landry. Gauthier répéta dans sa tête le petit discours qu'il tiendrait à l'assemblée, tout en observant Pierre Usson, un autre personnage clé à ménager. Ce clerc, gras et bonhomme, représentait l'évêque toujours soucieux de peser par cette présence symbolique sur les décisions de l'assemblée. Le prélat, Henri de La Tour, qui avait dû s'incliner, quinze ans plus tôt, devant la volonté royale d'accorder le droit d'assemblée aux bourgeois et habitants de Clermont, entendait ainsi rappeler qu'il était toujours le vrai maître de la cité.

La situation clermontoise était, en effet, bien embrouillée : un seigneur, l'évêque, plus ou moins autoritaire selon la personnalité en place, les élus qui disposaient de certains pouvoirs, même s'ils étaient minces, et le duc apanagiste de l'Auvergne, Jean de Berry, qui venait se substituer malheureusement à une autorité royale plus naturellement acceptée que celle d'un prince avide et dépensier. Les trois capitaines installés côte à côte étaient l'aveu flagrant de cette cohabitation laborieuse. L'un était nommé par l'assemblée, sans avoir besoin d'en référer à qui que ce soit, même pas l'évêque, l'autre était justement au compte de l'évêque, et le troisième dépendait du duc.

— La trêve apportée par l'arrestation d'Aymerigot Marchès [1], ce très fort traître, n'a duré qu'un temps...

Le silence à peine installé dans la chapelle, l'un des élus entrait dans le vif du sujet : l'insécurité patente de la cité et des alentours. Le nom du brigand décapité à Paris quelques mois plus tôt fit frémir l'assistance. Ce meurtrier, traître et bouteur de feu, avait tellement terrorisé l'Auvergne ! Murmures et chuchotements indiquaient assez combien le sujet était sensible. Jean Chalmeyrat, très imbu de ses fonctions et soucieux de maintenir un ascendant sur ses pairs et les bourgeois, eut vite fait de signifier d'une main autoritaire qu'il n'entendait pas être interrompu, et poursuivit en haussant le ton :

— Le frère dudit Aymerigot continue les hostilités, sous la bannière anglaise. Michel Bouchard, notre veilleur, signale des chevauchées inquiétantes hors de notre ville, autour de Montferrand, de Cébazat ou de Gerzat, donc à moins d'une lieue [2] de nos remparts.

— Il se lève à nouveau un grand vent de pillards qui ont le diable dans la tête pour tout occire, continua Etienne Souchet avec son sens inimitable de la formule qui fit sourire Gauthier. J'invite les marchands à veiller à leur sécurité quand ils vont et viennent pour approvisionner notre cité.

— Parlons-en, des marchands !

Le boulanger Guillotin s'était dressé, triturant son chaperon vert de ses grosses mains comme il devait pétrir la pâte de ses miches.

— Oui, ils affament la population ! lança son voisin. Il n'y a plus de grain et j'ai dû payer une amende parce que mon pain était trop petit.

— Nous ne parlons pas de cela, rétorqua Etienne Souchet.

— Mais alors à quoi sert de nous assembler si nous ne pouvons parler ? demanda Guillotin en prenant le public à témoin.

---

1. Ce dangereux mercenaire avait été condamné à mort et exécuté à Paris en juillet 1391.

2. Environ quatre kilomètres.

— Bien dit ! marmonna le barbier Robin qui, très timide, n'aurait pas osé prendre la parole.

Gauthier qui souhaitait répondre au boulanger, son voisin rue Grenette, avait levé le doigt. Agacé, rejetant en arrière d'un geste machinal la grosse mèche de cheveux bruns qui lui barrait le front, l'élu accéda à regret à sa demande.

— Je voudrais vous rappeler, dit posément le conseiller, soucieux de conserver son calme, que le grain de France est mal parvenu en Auvergne cette année et que nos récoltes ont été médiocres.

— Hé, n'en gardes-tu pas dans tes greniers pour faire monter les prix ? interrogea avec aplomb Guillotin. Ton père savait le faire !

— Je ne permettrai pas qu'on insulte la mémoire de feu mon père.

Furieux, Gauthier s'était rassis.

— Suffit !

Jean Chalmeyrat, l'élu du quartier du Port, avait frappé du plat de la main sur la table devant lui, une simple planche de bois blanc sur des tréteaux.

— A quoi servent donc les foires ?

La nouvelle question jaillie du fond de la chapelle exaspéra encore un peu plus l'élu. Dans sa face ronde devenue rubiconde, ses yeux globuleux bleus avaient viré au vert comme chaque fois qu'il était contrarié ; son front rouge, étonnamment rebondi et dégagé par une calvitie qui ne lui avait laissé qu'une couronne de mèches folles et grisonnantes, désespoir de son barbier, se plissa, et ses bajoues tremblotèrent au-dessus du collet tout aussi pourpre de la cotte. Inquiets, ses voisins n'osaient intervenir et soupirèrent quand ses lèvres s'entrouvrirent enfin pour entamer un discours au débit saccadé, rapidement inaudible, même à ceux qui siégeaient tout près de lui.

Les Clermontois savaient trop que Jean Chalmeyrat aimait ces longs monologues déclinés sur un ton monocorde par une voix à la fois nasillarde et venue du fond de la gorge. Surpris, voire décontenancés, ses interlocuteurs abandonnaient rapidement la polémique. L'homme buté clouait ainsi le bec à ses contradicteurs désemparés, et quand il s'embarquait dans une diatribe contre les pouvoirs en place, sa mauvaise foi atteignait des sommets. Il prononçait d'ailleurs le mot « pouvoir » en pointant goulûment les lèvres. Et tous les puissants en prenaient pour leur grade, de l'évêque qu'il détestait au roi, en passant par le duc de Berry pour lequel son estime était mince.

« Quelle idée d'avoir réélu cet homme ! » songea Gauthier qui ne voyait pas cette colère de bon augure pour sa future proposition.

Le flot verbal s'arrêta cependant et l'autre élu, tentant de renouer avec le fil normal de la réunion, reprit la parole avec clarté :

— Vous vous plaignez de manquer de grain, mais il faut d'abord lutter contre cette engeance qui dévalise les gens venus vendre leurs précieuses denrées dans nos marchés du mercredi et du samedi. N'a-t-on pas dû transporter à l'hôpital Saint-Esprit un pauvre paysan roué de coups et dépouillé de ses œufs, de ses chapons, chevreaux et autres gélines [1] et fromages ? Et sa femme et ses enfants n'avaient plus besoin que du cimetière et d'une pierre tombale. Nous ne pouvons risquer d'être affamés comme au temps de la peste ou des Anglais.

— Que proposez-vous ? lança Gilbert, le sculpteur de la rue Grenette, voisin de Gauthier.

— Il faut remettre des gaytes [2] à Croelle et à Chanturgue comme au temps des tue-chiens [3].

— Nous avons assez du guet sur nos murailles, protesta Robin le barbier. Comment voulez-vous que nous travaillions, si nous passons nos nuits à veiller ?

— Ce sera provisoire, expliqua aussitôt l'élu. Nous avons l'assurance du duc que le maréchal Boucicaut est en route pour nettoyer le pays.

Une onde de satisfaction parcourut l'assemblée quelque peu endormie malgré le pâle rayon de soleil filtrant

1. En ancien français, poules
2. Guets.
3. Les tue-chiens ou tuchins étaient des bandes incontrôlées qui sous le prétexte de libérer le pays des impôts s'attaquaient surtout aux clercs, aux nobles ou aux marchands.

à travers les vitraux colorés. Sur l'une des verrières, le saint patron de l'édifice, Nicolas, devenait intensément présent avec sa crosse et sa mitre au-dessus d'une mer agitée où il sauvait miraculeusement de pauvres marins en perdition. A côté, c'était la fameuse histoire du saint ressuscitant trois enfants jetés au saloir comme pourceaux par un infâme boucher.

— Le duc se soucierait-il enfin de nous ?

— Dites plutôt que c'est le roi.

Chacun commentait la nouvelle.

— Le maréchal Boucicaut est un grand guerrier. L'affreux Olim Barbe qui croit remplacer cet Aymerigot de malheur n'a qu'à bien se tenir !

— Et quand arrivera le maréchal ? demanda Gilbert.

— Aux ides d'octobre[1], répondit, très sûr de lui, Etienne Souchet qui s'était tourné vers Gauthier. Le conseiller Champgrain veut nous entretenir d'une proposition. De quoi s'agit-il ?

Gauthier s'agita un instant sur le petit escabeau de bois sombre qui lui servait de siège. Son chaperon pourpre faillit glisser de ses genoux ; il le rattrapa adroitement et commença :

— J'ai chez moi depuis trois jours un homme étrange ; je ne le connaissais pas ; c'est mon fils Austremoine qui a toujours le cœur sur la main qui l'a invité avec sa petite fille.

Gilbert, le sculpteur et le père de Sidoine, l'ami d'Austremoine, sourit.

— N'oublie pas de dire qu'il a aussi deux singes, remarqua Guillotin le boulanger d'un ton agressif.

— Je ne l'oublie pas, dit Gauthier en souriant.

— Messire Gauthier, dites-nous votre proposition, s'impatientait déjà Jean Chalmeyrat.

L'élu n'avait guère d'indulgence pour le marchand de grain qui s'était souvent, depuis le début de l'année, opposé à lui. Son franc-parler et son ironie parfois blessante l'exaspéraient.

1. 15 octobre.

— Voilà, j'y viens ; mon hôte, un certain Landry, dit être l'homme le plus haut du royaume...

— Qu'est-ce que cela veut dire ?

— C'est un voleur qui sait marcher au-dessus des toits sur une corde tendue.

Gauthier n'escomptait pas déclencher une telle tempête. Rires, exclamations et commentaires divers fusaient de toutes parts. Le secrétaire, tapant d'une baguette le pupitre où s'entassaient des feuilles de parchemin jauni, tentait de ramener l'ordre.

— Faites-les taire ! cria Jean Chalmeyrat, en reportant une nouvelle fois sa fureur contre Gauthier.

Mal à l'aise et déjà persuadé de l'échec du projet, celui-ci s'était levé. Gilbert eut pitié de lui et se retourna pour tenter de faire taire son propre entourage. Peu à peu, le calme revint.

— Continue, l'encouragea Etienne Souchet.

— Landry voudrait nous montrer à Clermont comment il est l'homme le plus haut du royaume. Sachez qu'il a donné son spectacle devant le roi, à Paris.

Maladroitement, Gauthier qui croyait tenir un bon argument ne réussit qu'à raviver des commentaires plus ou moins acerbes auxquels s'associa Jean Chalmeyrat de plus en plus agacé.

— Et alors en quoi cela nous regarde-t-il ? finit-il par demander, sans cacher sa mauvaise foi et pressé d'en finir. Le roi est prêt à croire n'importe quel bonimenteur ! Et maintenant qu'il est fou...

Haussant le ton, Gauthier reprit la parole et quand il eut expliqué posément les souhaits de Landry, attendit les réactions.

— C'est un fou !

— Ou un sorcier !

— Je ne vois pas les chanoines l'autoriser à grimper dans la tour de la Monnaie, proclama Jean Coustave qui les représentait.

— Et pourquoi ? Vous n'y faites plus grand-chose dans cette tour depuis que vous ne frappez plus monnaie, souffla Etienne Souchet qui, lui, semblait tout acquis à la demande de Gauthier.

— A part dénicher quelques corbeaux, je n'imagine pas bien ce que votre homme pourrait provoquer comme ennui, acquiesça Robin, le barbier.

— N'oubliez pas les cigognes qui y ont niché au printemps dernier !

— Elles sont loin, ricana le chanoine.

— Mais elles peuvent revenir.

— Quant à la tour de la Bayette, il convient de demander aussi son avis à monseigneur, intervint le représentant de l'évêque dont le ton rogue et tranchant provoqua le mécontentement général.

— A défaut de pain, ayons de la distraction, lança le troisième élu quand les huées se turent enfin ; lui, au moins, voyait dans ce projet une digression aux soucis de la cité.

— Bien parlé ! Monseigneur et les chanoines ne peuvent dire non !

— Voire !

4

— Il est né le jour de l'Assomption ! annonça fièrement la jeune mère qu'Apolline et Pernelle venaient d'introduire dans la grande salle qui servait à la fois de cuisine et de salle à manger.

Tiphaine jeta un œil dans le fond de la marmite posée sur le trépied au-dessus des braises, puis avec une longue cuillère en bois remua les morceaux de poulet qui cuisaient dans l'eau et le vin, aromatisés de girofle, gingembre et graine de paradis. Un fumet délicat emplit la salle.

— Veille à réduire le feu ! commanda-t-elle à Apolline. Le brouet de cannelle va un peu fort et la tourte d'espinoches doit être cuite.

— Cela sent bon, commenta la jeune femme qui serrait contre elle un enfant emmailloté dans un drap blanc ficelé de rubans bleus.

Apolline l'avait installée dans un petit faudesteuil dont elle avait hâtivement tapoté les coussins. Abandonnant la cheminée, Tiphaine vint s'asseoir près d'elle, un manuscrit à la main ; la reliure de cuir brun usagée s'ouvrit facilement et elle se mit à feuilleter les folios de parchemin. Une douce odeur d'absinthe se répandit ; Tiphaine avait soin chaque année de placer dans ses manuscrits une feuille de cette armoise réputée éloigner toutes les bêtes qui auraient pu manger le parchemin. Il s'agissait de l'almanach donnant le calcul des positions de toutes les planètes pour chaque jour de l'année.

— Donc, tu m'as dit l'Assomption, dit enfin Tiphaine qui avait fini par s'arrêter à une page où l'écriture très serrée montrait une certaine irrégularité. Des notes à l'encre rouge avaient été rajoutées dans l'étroite marge.

Impressionnée, la jeune femme acquiesça timidement. L'enfant agita les bras et poussa une légère plainte ; sa mère le berça doucement et il se rendormit.

— L'homme sage domine les astres.

Tiphaine commençait toujours ses prévisions par cette phrase, avertissement pour celui qui l'écoutait, et concession aux clercs qui lui reprochaient son art. La jeune mère la regarda sans comprendre sans doute la portée de la mise en garde.

— Je vais commencer avec l'état du corps, proposa Tiphaine. Es-tu prête à écrire, Pernelle ?

Derrière elles, assise sur un petit escabeau, Pernelle avait posé une feuille de parchemin sur un pupitre ; une plume d'oie dans la main, l'encrier à proximité, elle était prête à transcrire la nativité [1] de l'enfant.

— Le flegme croîtra en lui et dominera, ce qui provoquera paresse et somnolence, avec forte participation de bile rouge...

L'astrologue énonçait ses révélations calmement de cette voix un peu sourde, à la fois douce et ferme qui impressionnait autant qu'elle charmait ses visiteurs.

— La bile le poussera facilement à la colère mais il sera gai et aimera ceux qui sont gais ! Il devra particulièrement prendre garde aux années pendant lesquelles le Soleil ou la Lune seront éclipsés dans les Poissons ou dans la Vierge. Il n'a pas à craindre la folie.

La jeune femme, attentive, presque tendue, soupira, comme rassurée tout à coup.

— Son corps sera grand et chaud et il aura une tendance à l'embonpoint à cause du Bélier à l'Ascendant, poursuivit Tiphaine.

---

1. Horoscope.

— Comme son père, dit la mère d'une petite voix en regardant avec attendrissement son chérubin qui esquissait de ses minces lèvres rosées un mouvement de tétée.

— Il doit avoir faim, observa Ursine qui venait de rentrer de la cour où l'on entendait Chipo et Chipi pousser de petits cris aigus. Il est si mignon ; j'aurais tellement voulu avoir un petit frère mais maintenant c'est impossible.

Ses yeux s'embuèrent un instant.

— Ton père pourrait se remarier ! souffla Apolline.

— Jamais ! Je t'interdis de dire cela.

— Le Soleil dominera sa jeunesse...

— Le voilà !

Pernelle avait vivement posé sa plume d'oie et se précipitait déjà dans la cour, suivie d'Apolline.

— Alors ?

Accompagné d'Eloi, Gauthier, qui poussait la lourde porte sous le porche, fut littéralement assailli par toute la famille.

— Alors ?

Même Tiphaine avait abandonné sa cliente, et Chipo et Chipi, qui n'étaient pas spécialement familiers avec le maître de maison, échappèrent un instant à la surveillance de leur maître et manifestèrent leur excitation pour le plus grand bonheur de Blaise.

— Alors ? répéta Austremoine en plantant son drôle de regard dans les yeux sombres de son père.

— J'ai bon espoir, finit par dire Gauthier, dont le regard allait des yeux brillants d'Austremoine à ceux inquiets de Landry, si les chanoines ou l'évêque ne donnent pas leur accord, les Clermontois feront mauvaise figure. Tous espèrent maintenant voir l'homme le plus haut du royaume.

— Merci, tu as bien su plaider, dit simplement Landry, soulagé, et pour récompenser les Clermontois, allons faire une petite représentation. Chipi, Chipo, Ursine, tous à l'Echaudé.

— Non, je n'y vais pas !

Ursine fondit en larmes. Landry se précipita pour la soulever dans ses bras mais elle se débattit.

— Non, laisse-moi ! cria la petite fille dont les sanglots secouaient la poitrine.

Les bras ballants, Landry semblait désemparé. Austremoine qui avait sauté de joie quelques instants plus tôt, lui aussi décontenancé, s'approcha à son tour d'Ursine.

— Toi aussi, laisse-moi ! Tu ne penses qu'à cela, voir mon père sur sa corde marcher au-dessus des toits. Je te déteste !

Coupé dans son élan, Austremoine la regardait, éberlué. Du regard, il interrogea sa mère. Près d'elle, Blaise ne jouait plus avec les singes qui avaient cessé leurs cris et regardaient la scène, paisiblement assis sur leur postérieur pelé. Austremoine ne put s'empêcher de sourire quand il les vit croiser leurs bras comme le faisait justement son père, tout à la perplexité d'avoir provoqué un tel désespoir.

Apolline et Pernelle entouraient maintenant Ursine qui se calma peu à peu ; Tiphaine lui tendit un mouchoir dans lequel elle souffla bruyamment avant de parler doucement :

— Je déteste Austremoine parce qu'il veut faire comme mon père... Je ne veux pas avoir peur pour Austremoine comme je n'en finis pas de trembler pour mon père.

Landry l'observait sans mot dire. Tiphaine vit que deux grosses larmes coulaient le long de ses joues.

— Austremoine, tu vois, je ne crois pas qu'elle te déteste ; elle t'aime plutôt beaucoup, dit-il alors en posant la main sur l'épaule du garçon dont le visage s'illumina d'un franc sourire, ses yeux brillant encore plus qu'à l'accoutumée.

Un éclat qui devint éclair quand Ursine, qui avait rejeté ses longs cheveux en arrière, lui sourit enfin avant de dire précipitamment :

— Tiphaine, quand mon père montera dans le ciel, vous regarderez vos étoiles et nous direz si c'est un bon jour.

Surprise d'être investie d'une mission aussi délicate, Tiphaine ne fit cependant guère languir la petite fille. Elle appuya simplement le « oui » murmuré au soulagement de tous d'un signe de tête et de ce rire de gorge qui n'appartenait qu'à elle.

Soulagés comme leurs amis les humains, et conscients que l'émotion et la colère de leur petite maîtresse s'en étaient allées, les deux singes reprenaient déjà leurs facéties et, pour le plaisir de tous, Landry leur fit exécuter quelques acrobaties qui s'achevèrent par un étonnant duo de danseurs mimant de façon incroyable les figures de la carole[1]. Nectaire et Austremoine s'étaient emparés de leurs rebecs[2], Blaise de l'orgue portatif hérité de sa grand-mère et dont il savait tirer des sons surprenants.

— Quel spectacle nous ferions tous ensemble ! s'exclamèrent les filles.

Gauthier invita Tiphaine à danser ; il y avait bien longtemps que cela ne leur était pas arrivé. Eloi s'était emparé d'une main ferme de la taille d'Apolline et Landry qui avait pris Ursine dans ses bras esquissait aussi quelques pas tout en lui parlant doucement à l'oreille. L'enfant rayonnait. Austremoine les regardait, en grattant distraitement son rebec ; quelques fausses notes lui attirèrent les moqueries de Nectaire dont les talents musicaux étaient beaucoup plus affirmés. Austremoine faisait aussi un compte rendu détaillé à Blaise qui l'écoutait béatement.

— Quelle joie quand nous pouvons danser dans la cour... chantonnait Pernelle en tournant sur elle-même.

Gracieusement, elle avait saisi les pans de sa cotte rose et se laissait bercer par la musique. Ses cheveux avaient été relevés en macarons près des oreilles, dégageant le cou à la peau laiteuse, et un fin chapel de soie verte retenait les mèches au-dessus du front. Le regard de Pernelle croisa celui de Landry et ses joues s'empourprèrent.

Tous avaient oublié la jeune mère dont l'enfant se mit à hurler. Assise sur le banc de pierre, d'où elle regardait la fête improvisée, elle défit les noyaux[3] de son surcot, puis écarta l'échancrure de sa cotte, laissant apparaître

1. Danse.
2. Sorte de violon.
3. Boutons.

un sein très blanc sur lequel l'enfant se jeta goulûment. Troublé, Austremoine multiplia les fausses notes ; Nectaire surprit son regard intéressé. Tout rouge, Austremoine détourna les yeux.

— Tu ne me racontes plus rien, murmura Blaise dont les doigts agiles parcouraient inlassablement les touches de l'orgue retenu dans son dos par des lanières de cuir sombre.

— Il n'y a rien à dire, répondit Austremoine en effleurant nerveusement l'instrument de musique peu habitué à être ainsi maltraité.

Quelques jours plus tard, le voleur était officiellement autorisé à préparer son spectacle. Monseigneur l'évêque comme les chanoines avaient jugé qu'il n'était pas nécessaire de se mettre à dos les habitants de la cité. On ne parlait plus que de cela à l'intérieur des remparts et dans les faubourgs, et personne ne rechignait à aller faire le guet à Croelle ou à Chanturgue.

— Tu vois, les astres n'étaient pas si hostiles, jubila Gauthier.

— Voire, l'avenir nous dira si cette décision est heureuse, répondit prudemment Tiphaine, soucieuse depuis la demande de la petite Ursine.

— L'homme sage domine les astres ! railla Gauthier.

Tiphaine soupira. Jusqu'à ce jour, l'astrologie lui avait paru un jeu, certes sérieux, mais un exercice qu'elle avait toujours prétendu pratiquer sans prétention ; la crédulité de ses clients l'amusait parfois car elle était bien consciente des limites de ses recommandations, conseils et prévisions. Là il n'était question ni d'enjoliver ni de tricher.

Gauthier repartit aussitôt aux champs pour tenter de remplir ses greniers, entraînant avec lui Nectaire à qui il inculquait les rudiments du métier bien qu'il fût devenu depuis quelques années, comme il se plaisait à le répéter, une occupation maudite tellement aléatoire, qui ne dépendait plus seulement des caprices du ciel, mais de ceux plus vicieux des hommes. Il n'avait guère digéré les accusations du boulanger Guillotin qui avait cependant tenté de se faire pardonner en apportant, dès le lendemain, de délicieux petits pains dont toute la famille s'était régalée. Un prétexte pour voir de près l'homme le plus haut du royaume et ses singes.

La maison de Gauthier, d'ailleurs, ne désemplissait pas ; tout le monde souhaitait rencontrer ce fameux Landry ; Tiphaine connut ainsi un regain de clientèle. Outre les jeunes mères de famille qui étanchaient leur curiosité en demandant la nativité de leur nouveau-né, affluèrent aussi des patients venus profiter des recettes médicales de Tiphaine. Ses filles avaient fort à faire pour la seconder.

Cela ne lui laissait guère de temps pour étudier les astres et Ursine, qui avait dessiné sur douze feuillets de parchemin les signes du zodiaque qu'elle mettrait en couleurs pour les offrir à Tiphaine, la tarabustait sans cesse :

— Tiphaine, tu dois faire l'élection[1] du bon jour.

— Oui, répondait Tiphaine qui s'était replongée dans les ouvrages légués par son grand-père et pieusement conservés dans un lutrin circulaire et une roue à livres, les seuls meubles qu'elle avait apportés en plus de son coffre de mariage.

Le *Quadripartum Ptolomei*[2], son préféré, y voisinait dans le petit caisson cylindrique avec les *Leçons sur la sphère* et les *Questions sur le ciel et le monde* d'un Piémontais, Domenico de Chivasso. Mais les auteurs utilisaient un jargon parfois difficile à interpréter et Tiphaine préférait de beaucoup se remémorer les leçons de son grand-père. Lui ne lui avait jamais dit, comme Ptolémée, que, pour porter un vêtement neuf, il fallait interroger les astres et que si, à l'heure de l'interrogation, le Lion est signe ascendant et qu'en outre la Lune s'y trouve il faut éviter de porter ledit vêtement ! De telles recommandations lui semblaient vaines et dérisoires.

---

1. C'est-à-dire le choix de l'heure la plus favorable pour l'action.
2. Ptolémée était un des astronomes antiques les plus connus (90-168) ; ses ouvrages étaient présents dans les grandes bibliothèques médiévales.

La mission dont l'avait investie Ursine l'angoissait. Et si le ciel de Landry était mauvais, l'annoncerait-elle vraiment ? Elle était tourmentée à l'idée de découvrir des choses inquiétantes. Mais l'enfant était tellement pressante et semblait lui faire une telle confiance qu'elle ne pouvait plus revenir en arrière.

— Comme l'écrit Ptolémée, l'homme sage domine les astres, ne cessait-elle de répéter lorsque sa famille l'encourageait à poursuivre ses recherches.

— Ne nous fais pas languir, suppliait Austremoine.

Landry ne parlait pas de l'exigence de sa fille. Lui ne croyait plus à rien, ni à Dieu, ni aux « astronomiens ». Certes, il éprouvait un grand respect pour Tiphaine, mais ne voulait pas croire à ses « histoires ». Convaincu que, quel que soit le ciel décrit par Tiphaine, il traverserait l'air de la tour de la Bayette à celle de la Monnaie, il se contentait de se préparer activement, aidé par Austremoine qui avait momentanément abandonné l'école des cent frères. Un prétexte sur lequel le garçon avait sauté, lui qui n'était guère assidu aux études.

D'ailleurs, Tiphaine n'avait-elle pas déjà reconnu que sa « pronostication » pour l'année était plutôt favorable à la période qui venait ? L'arrivée du maréchal Boucicaut pour délivrer l'Auvergne du fléau des routiers le confirmait.

— Nous quittons l'opposition du Soleil et de la Lune, qui expliquait au mois de septembre cet air froid, trouble et venteux, et même la grêle ; maintenant le Soleil est conforté par Jupiter, disait-elle.

— Oui mais les routiers peuvent aussi bénéficier de ces bonnes étoiles, répondait avec bon sens Austremoine. Elles seront bonnes pour tout le monde !

Tiphaine souriait en regardant son dernier fils qui avait beaucoup grandi pendant l'été et rayonnait depuis que Landry l'avait promu comme premier aide. Elle aimait l'entendre rire avec Ursine et Blaise, quand le bateleur s'entraînait à traverser leur cour sur une corde tendue de la petite loggia de l'escalier, côté maison, au-dessus du puits, jusqu'à l'oculus du magasin de grains. Encouragé par Chipo et Chipi qui battaient des mains en sautillant, les bras écartés pour singer leur maître, Landry, une grande perche au bout des doigts, s'avançait à deux toises [1] du sol, avec une sûreté extraordinaire. De l'entrepôt à grains, le vieux Léonard, qui veillait seul maintenant à la bonne marche du commerce depuis qu'il n'y avait guère de marchandise, se régalait aussi du spectacle. Seules, dans leur enclos au fond de la cour, les volailles continuaient à picorer, indifférentes, le grain que Léonard leur lançait avec toujours plus de parcimonie pour les associer, elles aussi, à la crise. Le coq l'invectivait parfois, imité par les dindons et les oies.

Ursine avait pris le relais d'Austremoine, trop absorbé pour décrire la scène à Blaise. Le jeune aveugle accompagnait parfois de quelques notes de son orgue les activités des uns et des autres, la tâche principale consistant pour son petit frère à courir d'un bout à l'autre de la cour pour tendre la perche à Landry ou pour la recueillir. Blaise le suivait pas à pas, identifiant le bruit de ses brodequins sur les dalles ou la terre de la cour.

Toute la maisonnée se trouvait donc concentrée sur l'entraînement de Landry, et Tiphaine avait souvent bien des difficultés à obtenir l'aide de ses filles. Elles préféraient s'installer sur le banc de pierre et broder que de s'enfermer dans la cuisine. La plus assidue était Pernelle, qui prodiguait sans compter ses encouragements. Sa broderie posée sur les genoux, elle n'en finissait pas de rêvasser en observant ce diable d'homme si adroit et dont le moindre regard posé sur elle la transportait dans un univers dont elle ne soupçonnait pas les merveilles.

Au bout de quelques jours, Austremoine ne rêvait plus que d'imiter Landry qui, amusé à l'idée de former un émule, entreprit de lui enseigner chaque jour quelques rudiments de son art au grand dam d'Ursine. Navrée, elle haussait les épaules et entraînait alors Blaise dans les rues de la cité, les singes sur leurs talons.

— Tant pis pour vous, vous serez privés de musique, annonçait-elle en fixant son père d'un regard qui lui faisait baisser les yeux.

1. Environ quatre mètres.

Mais ni le maître ni l'élève n'avaient cure de l'opinion de la petite fille qui trouvait cependant une alliée fidèle en Tiphaine. Son instinct maternel condamnait cet apprentissage. A qui s'en ouvrir ? Gauthier courait la campagne, Landry ne pouvait s'empêcher de manifester sa joie devant les progrès d'un Austremoine radieux. Tiphaine se réfugiait dans son art comme si les étoiles pouvaient l'apaiser. Elle se surprit à aller prier plus que de coutume celle que les Clermontois imploraient volontiers depuis tant de siècles, installée telle une reine dans le chœur de la cathédrale. En sortant de l'église, elle levait avec inquiétude la tête vers ces tours d'où Landry prétendait réaliser ses exploits et se signait précipitamment.

L'un des grands bonheurs d'Austremoine fut justement d'accompagner Landry à la découverte de ces bâtiments qui faisaient partie de son environnement depuis toujours, mais auxquels il n'avait guère prêté attention. Accueillis par l'officier du chapitre, garde de la Monnaie, un certain Hugues, Landry et Austremoine s'engouffrèrent dans l'escalier raide en pierre, puis gravirent l'échelle de bois qui permettait d'accéder au petit chemin de ronde caché derrière les créneaux du deuxième niveau de la tour massive où, autrefois, le chapitre battait monnaie. Comme la majorité des Clermontois, hormis ceux qui pratiquaient le guet au sommet de la tour de la Bayette, Austremoine n'était jamais monté aussi haut. Il ne put contenir sa joie de découvrir tout à coup la cité tapie à leurs pieds.

— Comme les gens sont petits ! Et même les remparts, qui sont si hauts, quand on est à leur pied. Et le Puy de Dôme, on le voit encore mieux qu'à l'Echaudé.

Austremoine courait d'un côté à l'autre, amusant leur accompagnateur, le chanoine Hugues qui, après avoir beaucoup peiné dans la montée, reprenait enfin son souffle.

— Regarde, petit, le clocher si mince de l'église Saint-Pierre, et la tour de la Porte des Gras, et au-delà, le clocher de Saint-Adjutor. Et de ce côté, tu reconnais les grands bâtiments de l'abbaye de Saint-Alyre.

— Tu ne regardes pas ce beau spectacle, Landry ?

Ravi, Austremoine aurait voulu associer le bateleur à sa joie, mais Landry avait bien d'autres soucis que le paysage. Ses yeux détaillaient avec application la muraille irrégulière qui formait le dernier niveau de la tour afin d'y déceler l'endroit où il pourrait arrimer ses cordes. Un des pans de mur un peu plus élevé conviendrait sans doute avec ses quelques corbeaux à la saillie appropriée. Suivant son regard, Austremoine fut subitement inquiet.

— Tu ne vas tout de même pas monter là-haut ? interrogea-t-il. Et d'abord c'est réservé aux cigognes !

— Je ne les dérangerai pas, répondit prestement Landry.

— Elles ne sont pas encore de retour ! observa le chanoine qui, les mains en visière, regardait en bas.

Le bruit du marché installé entre la façade de la cathédrale et la tour leur parvenait assourdi. Austremoine suivit l'évolution de deux bœufs attelés à un char où des bouchers du Mazet avaient entassé des carcasses d'animaux. Ils croisèrent avec difficulté une charrette transportant des tonneaux, et les deux conducteurs s'abreuvèrent d'injures. Scène de rue qu'Austremoine avait observée cent fois mais qui, vue d'en haut, prenait un tout autre sel.

Incrédule, mais intéressé — on parlait tant en ville de ce bateleur qu'il rencontrait enfin — Hugues questionna à son tour :

— Vous allez vraiment monter là-haut ?

Landry semblait en avoir fini avec ses observations depuis le chemin de ronde.

— Eh oui, laissa-t-il tomber laconiquement.

— Mais c'est impossible ! protesta Hugues.

— C'est pourtant bien ce qui avait été convenu avec le prévôt.

— Il y a beau temps que personne n'y a grimpé ! Comment voulez-vous faire ?

— Pardi, avec une échelle ! répondit en souriant le bateleur.

Le chanoine, après s'être rapidement signé pour effacer le juron sacrilège, rétorqua l'air pincé :

— Et cette échelle, où la trouvez-vous ?

— N'en usez-vous jamais dans votre cathédrale pour quelques travaux ? Vos luminaires doivent bien en avoir, sacredieu !

— Maudit homme ! murmura le chanoine en se signant à nouveau.

Les yeux d'un bleu étrangement délavé, légèrement globuleux, de Landry se plissèrent ironiquement. Le garçon sourit aussi.

— Nous verrons cela demain ; maintenant, allons à la Bayette.

Soulagé, le chanoine redevint plus affable. Demain était un autre jour, et ce fou aurait peut-être changé d'avis. Satisfait, Landry avait entamé lestement la descente ; l'échelle tremblait sous son poids. Austremoine le suivait. Abandonné, le chanoine regardait avec inquiétude le vide. Lui prendrait son temps et pour se donner du courage il entama un *pater*. Puis, quand il chercha d'un pied mal assuré le premier barreau de l'échelle, il éprouva involontairement une certaine admiration pour ce maudit homme qui avait forcément signé un pacte avec le diable pour avoir de telles idées !

Austremoine aperçut le chanoine Hugues devant la porte de la tour, alors que Landry et lui étaient depuis longtemps parvenus au sommet de la Bayette où Michel Bouchard, le responsable du guet dans la cité, les avait accueillis avec grande amabilité. Amusé, le veilleur en chef faisait déjà visiter les lieux, et Landry avait aussitôt repéré un point où il pourrait sans difficulté attacher sa corde pendant que les sergents montraient à Austremoine comment ils communiquaient par signaux avec les guetteurs de Croelle et où devait surgir un jour prochain la troupe libératrice du maréchal Boucicaut.

— Là-bas, tu vois Montferrand, son rempart avec la porte de Belregard, et dedans l'église et le château...

Attentif, Austremoine détaillait au loin les créneaux et les tours qui ponctuaient régulièrement la muraille de la cité voisine au-delà de prairies et de courtils. Il enregistrait tout pour Blaise à qui il raconterait son expédition. Il savourait à l'avance le bonheur de partager toutes ses joies de la journée.

5

Le lendemain à la vêprée, la maison frôla pourtant le drame. Saisissant le grand roseau abandonné par Landry dans un coin de la cour, le garçon inconscient s'élança dans l'escalier et apparut debout au bord de la loggia, là précisément d'où s'élançait Landry lors de ses exercices. Ursine qui jouait avec les singes poussa un cri.

— Non, Austremoine, tu es fou ! Tiphaine !

Alertée par les hurlements de la petite fille, celle-ci sortit de sa cuisine, suivie d'Apolline et de Pernelle.

— Tu es fou, descends tout de suite.

Le timbre de la voix feutrée s'élevait pour une fois dans la cour.

Sourd aux admonestations de sa mère, Austremoine avait déjà posé un premier pied sur la corde qui se mit à trembler légèrement. Dans ses mains, le roseau commença aussi à osciller.

— Descends, criait toujours Tiphaine dont le ton se faisait de plus en plus pressant.

Austremoine avait encore l'autre pied sur le garde-corps de la loggia. Sa mère remarqua qu'il avait chaussé les estivaux rouges de cuir fin appartenant à Nectaire. Landry portait aussi de telles chaussures pour ses exercices ! Au-dessus flottait sa cotte verdâtre devenue trop courte depuis qu'il avait tant grandi. Il en avait malgré tout remonté un pan dans la cordelette qui lui servait de braiel[1] et, au-dessous, on apercevait ses petits linges[2] de toile écrue.

D'abord statufiée sur le seuil de la cuisine, Tiphaine traversa la cour et se jeta dans l'escalier. Il fallait le retenir à tout prix, mais débouchant sur la loggia, elle n'en crut pas ses yeux. Austremoine avait maintenant les deux pieds sur la corde ; le roseau n'oscillait plus. Appuyée au garde-corps, la main crispée sur sa poitrine, elle le vit avancer un estivau, puis l'autre, et encore. En bas, Chipo et Chipi ne bougeaient plus non plus ; Ursine serrait la main de Blaise dont le visage tendu vers la corde aurait pu laisser croire à quiconque ignorait son infirmité qu'il voyait. De l'autre côté, attiré par les cris de Tiphaine, le vieux Léonard était accouru ; pétrifié devant la petite baie ronde, il regardait lui aussi le spectacle, terrifié comme les deux sœurs tendrement enlacées. Austremoine progressait pourtant sur cette maudite corde ; ses pas semblaient même presque assurés quand la lourde porte grinça sous le porche. Le garçon tourna la tête ; le roseau pencha à droite, puis à gauche ; Tiphaine eut le temps de mettre la main devant les yeux ; Ursine poussa un cri auprès de Blaise qui s'empara de sa main.

Quand Tiphaine rouvrit les yeux, elle vit Landry par terre avec Austremoine. C'était en effet le bateleur qui rentrait et qui, ayant mesuré en un instant la situation, s'était précipité pour amortir la chute d'Austremoine. Tous deux avaient roulé devant la margelle du puits dans la terre. Le chaperon de Landry avait été projeté de l'autre côté.

— Mon Dieu !

Tiphaine dévala les marches plus vite qu'elle ne l'avait sans doute jamais fait, et déboula comme une furie dans la cour.

— Vous ne nous apporterez que le malheur ! hurla-

1. Ceinture.
2. Sorte de caleçon.

t-elle. Quittez cette maison. Voyez les idées que vous avez mises dans la tête de mon fils !

Eberlué, Landry se releva. Sans mot dire, il secoua sa houppelande dont les rayures jaunes et vertes portaient des traces de terre. Austremoine s'était assis à ses pieds ; de ses deux mains, il frottait ses genoux égratignés où commençaient à couler presque symétriquement deux traits de sang. Comme sonné, lui si bavard ne disait rien. Ursine s'était approchée, suivie de Blaise et des singes. Clouée devant la porte de la cuisine, Apolline avait mis les mains dans le tablier qui protégeait sa cotte rose pendant que Pernelle, après avoir ramassé le chaperon de Landry, s'affairait déjà à remonter un seau d'eau du puits pour laver les plaies d'Austremoine.

Tous se taisaient. Tiphaine continuait à invectiver Landry. Le vieux Léonard les avait rejoints par le petit passage donnant directement accès du grenier à grains à la cour.

— Vous êtes le diable avec vos animaux de malheur...

La porte grinça à nouveau sur ses gonds fatigués, attirant l'attention de Tiphaine qui s'interrompit enfin. Quittant des yeux le pauvre Landry, contrit, qui n'osait plus bouger, elle vit s'encadrer sous le porche la silhouette de Nectaire. Il était seul devant les lourds vantaux de la porte sombre qui se referma bruyamment. Pernelle laissa le seau en suspens.

— Où est ton père ?

Le ton de Tiphaine n'avait pas changé, tout aussi acerbe que dans sa diatribe contre Landry. Où était la voix douce et ferme qui charmait ses clients ?

Nectaire sortit lentement de l'obscurité du porche.

— Mon Dieu, mais dans quel état es-tu ?

La cotte et le mantel du jeune homme étaient en lambeaux et sa joue gauche portait une longue estafilade rouge qui se poursuivait, épargnant miraculeusement l'œil, sur l'arcade sourcilière et le front.

— Où est ton père ? répéta Tiphaine, pressentant le pire.

La voix s'était enfin adoucie. Nectaire qui boitait fit

encore quelques pas. Dans son visage pâle, le regard était hagard.

— Parle, je t'en supplie.

— Père est prisonnier, finit-il par dire avant de s'effondrer sur le sol.

Landry fit mine de se précipiter.

— Laissez-le, ordonna Tiphaine qui, après un instant de faiblesse, recouvrait ses esprits. Je ne veux pas qu'un suppôt du diable le touche. Quand je vous le disais que vous n'apportiez que le malheur dans cette maison ! Mon mari prisonnier, deux de mes fils blessés !

Landry haussa légèrement les épaules et un sourire se dessina même sur ses lèvres. La mauvaise foi des femmes l'étonnerait toujours mais Tiphaine était si malheureuse qu'il pouvait comprendre. Les singes sur les talons, il se dirigeait maintenant vers la salle où il logeait avec les animaux. Avant d'y entrer, il entendit seulement Ursine qui protestait doucement :

— Mon père n'est pas le diable ; et toi, n'es-tu pas une magicienne quand tu lis dans les étoiles ?

Mais Tiphaine n'en avait cure. Elle avait fait signe à Léonard et Blaise offrit ses services maladroitement imprécis pour soulever le corps évanoui de son frère.

Quand Landry apparut à nouveau devant la petite porte de bois clair, son baluchon posé bien haut sur son bâton, les deux singes en laisse, il dit simplement en posant crânement son chaperon en casquette sur ses cheveux blancs :

— Viens.

Ursine comprit aussitôt qu'il n'y avait pas à discuter malgré l'envie qu'elle en avait. Elle courut pourtant vers Austremoine et lui planta sur les joues deux baisers sonores.

Eperdu de désespoir, Austremoine la regarda courir derrière Landry et quand le lourd battant de la porte vivement entrouverte claqua d'un bruit sec, il se mit à pleurer ; jamais il n'avait été si malheureux. Ses genoux lui faisaient horriblement mal. Il était tout seul dans la cour.

Des éclats de voix lui parvinrent cependant de la cuisine.

— Comment as-tu pu être aussi odieuse, aussi injuste ?

Rouge, ses nattes en bataille, Pernelle apparut sur le seuil de la porte. Furieuse, elle jeta le seau qu'elle tenait encore dans la main et l'eau vint ruisseler aux pieds d'Austremoine. Au fond de la cour, les poules se remirent à caqueter.

Au même moment, le maréchal Boucicaut était annoncé par le veilleur de la Bayette. La nouvelle se répandit en ville à la vitesse inouïe des nuages qui parcouraient le ciel, mus par un vent déchaîné, un nouveau signe de malédiction pour la pauvre Tiphaine occupée à soigner ses fils.

— Le vent montre le courroux de Dieu, murmura-t-elle en se signant quand la petite fenêtre mal fermée s'ouvrit bruyamment et que le courant d'air fit s'envoler tout ce qui pouvait voler dans la cuisine.

Une bourrasque à l'image de celle qui secouait sa famille.

Austremoine qui pleurnichait toujours éternua bruyamment.

— Dieu te bénisse, souffla Apolline qui tentait de raviver le feu moribond en actionnant avec vigueur le soufflet.

Tous entouraient le pauvre Nectaire, qui enfin revenu à lui racontait en détail son équipée. Gauthier et lui avaient rencontré des hommes d'Olim Barbe qui les avaient capturés.

— Ils nous ont emmenés à La Roche d'Onzac[1], nous ont battus. Olim Barbe doit être le diable...

— Le vrai diable, pas comme Landry, intervint Aus-

1. Vraisemblablement La Roche-Blanche où s'était retranché Olim Barbe, chef des routiers auvergnats après la mort d'Aymerigot Marchès en juillet 1391.

tremoine qui se remit à geindre quand sa mère posa des feuilles de chèvrefeuille sur ses plaies.

Des gestes tout en douceur qui contrastaient curieusement avec la dureté du regard que Tiphaine posa alors sur lui. Mais déjà Nectaire, qui n'était guère un bon conteur pourtant, ponctuant ses phrases d'hésitations, poursuivait un récit imagé tant il avait été impressionné :

— Tout en noir, les chausses et le pourpoint, avec un immense chaperon dont le bec obscurcit encore son visage, il est installé sur une haute cathèdre dans une grande salle sombre éclairée par quelques torchères de suif ; elles font luire la grosse pierre qu'il porte en bague à la main droite. Au majeur, je crois.

— De quelle couleur, la pierre ? demanda par curiosité Tiphaine.

— Comme la tienne, répondit Nectaire en montrant la petite améthyste qu'elle portait au cou avant de poursuivre : c'est si sombre et en même temps, on se croirait dans une riche demeure avec des tapisseries aux murs et des coffres où brillent des objets d'or et d'argent. Autour de ce diable vont et viennent des hommes sales qui ricanent, qui pètent et rotent bruyamment ; ils vous éblouissent les yeux avec un tison brûlant, vous posent des questions et hurlent si elles restent sans réponse...

La sueur perlait au front du garçon qui passa la main sur son visage comme s'il cherchait à effacer ces souvenirs terrifiants. Tiphaine lui tendit un godet de suc de plantain destiné à combattre la fièvre. Austremoine en réclama aussi.

— Et comment leur as-tu échappé ? demanda enfin Blaise qui ne pouvait s'empêcher d'envier les aventures vécues par son frère et qui lui étaient interdites.

— Il doit être impossible de s'enfuir ; ils sont si nombreux à veiller de toutes les tours de la forteresse ; ils sont si nombreux postés devant ces portes derrière lesquelles on entend des cris ou des râles !

— Alors ? questionna Austremoine, intrigué.

— Ils m'ont libéré mais ma vie ne vaut pas chère si je ne rapporte pas la rançon de mon père. Ils sauront me retrouver.

— Une rançon ? Mon Dieu, mais où trouverai-je cet argent ? Comment réunir une telle somme ? se lamenta Tiphaine.

Angoissée, elle fit et refit le ciel de son mari jusqu'au petit matin ; les étoiles n'étaient pas si mauvaises ! La maisonnée dormait. Rassérénée, elle alla jeter un coup d'œil à Nectaire resté dans la cuisine où flottait encore une odeur de purée de lentilles au romarin ; des dernières braises montait de la cheminée une lueur rougeâtre et se dégageait une douce chaleur. Saisissant un cruchon de terre brune, Tiphaine se versa un gobelet de lait qu'elle avala d'un trait. Nectaire se retourna sur sa couche.

— Belle, elle est belle...

Intriguée, Tiphaine le contempla quelques instants.

— Trop belle pour lui...

Puis la respiration de Nectaire redevint régulière. A son cou pendait la médaille de cuivre ornée du signe du Bélier que sa mère, un peu honteuse, lui avait accrochée à un ruban bleu. Ne traitait-on pas autrefois son grand-père de sorcier et de magicien quand il utilisait ces médailles dites « astrologiques » ? Fondues en métal au moment précis où le Soleil entrait dans le signe du Zodiaque concerné par la zone malade, elles étaient un complément à sa médecine. Tiphaine n'en aurait jamais fait commerce ou presque — il lui était tout de même bien arrivé d'en céder discrètement quelques-unes —, mais pour soigner ses fils, elle était prête à tout. Elle avait aussi extrait du petit coffre de bois caché dans le mur de sa chambre celle dont elle avait muni Austremoine, avec le signe des Poissons qui devaient protéger jambes et pieds. Il avait protesté mais finalement accepté le talisman. Elle se remémora que la petite Ursine l'avait traitée de magicienne et sourit. Où était l'enfant ? Tiphaine eut un peu honte et quelques larmes lui vinrent aux yeux.

Soudain très lasse, elle monta dans sa chambre ; indiscrète, la lune venait baigner l'escalier d'une douce lumière. De la petite loggia, Tiphaine observa le ciel où trônait l'astre dans sa plénitude.

— Et dire que certains ne veulent pas croire que le ciel

et les étoiles ont quelque influence sur les pauvres hommes que nous sommes, soupira-t-elle.

Avant de sombrer enfin dans un sommeil réparateur, elle eut encore une pensée pour Landry qu'elle mêla dans son angoisse à son pauvre Gauthier. Landry, Gauthier, Gauthier, Landry... Pernelle vint encore brouiller les deux noms qui résonnaient dans sa tête. Le souvenir de sa colère l'impressionna.

Epuisée, angoissée, Tiphaine serra dans ses doigts pour se calmer enfin la petite améthyste pendue à son cou et s'endormit heureusement sans entendre la chouette qui ululait avec véhémence tout près dans le cloître des carmes. Elle s'en serait inquiétée alors que l'oiseau saluait simplement les silhouettes des moines regagnant furtivement dans la nuit déjà fraîche leur dortoir après matines[1].

Gauthier avait tout le temps d'écouter le hibou qui, comme chaque soir depuis qu'il était enfermé dans cette forteresse, n'en finissait pas de courtiser sa belle. Comme il aurait aimé lui aussi raconter ses malheurs à Tiphaine ! Ses malheurs qu'elle n'avait pas prévus, se répétait-il déçu et aussi agacé de croire à ces sortilèges qu'il ne manquait pas de dénoncer !

Il n'en finissait pas de revoir les événements vécus ces derniers jours et ne parvenait pas à trouver le sommeil ; depuis qu'il était tombé entre les mains d'Olim Barbe, les nuits lui avaient paru si longues aux côtés de Nectaire, et maintenant le temps lui semblait s'être arrêté depuis son départ. Pouvait-il croire son immonde geôlier qui lui avait promis la vie sauve pour son fils ? Et qu'adviendrait-il de lui s'il ne rapportait pas la rançon dans les délais prévus ? Une rançon dont il n'avait pas la première livre. Que pourrait faire Tiphaine ? Evidemment, il se raccrochait à l'arrivée imminente du maréchal, mais quand ? Les ides d'octobre étaient là...

Il se retourna une nouvelle fois sur la paille humide et

1. Office de nuit.

malodorante qui avait dû accueillir tant de malheureux prisonniers depuis que l'affreux bandit s'adonnait à ses activités coupables, et ne formait qu'une bien mince couche sur la terre battue du cachot.

Gauthier et Nectaire s'étaient fait bêtement prendre en arrivant dans la cour d'une ferme où ils espéraient enfin trouver de la marchandise mais où ils n'avaient rencontré que désolation. Le maître des lieux et sa famille gisaient égorgés au milieu de la cour et le marchand et son fils avaient été rapidement encerclés par une troupe de bandits qui ferraillaient en hurlant un refrain dont les mots vibraient encore aux oreilles de Gauthier :

Nous avons le diable entré dans la tête pour faire le mal,
quelle joie quand nous trouvons sur notre route,
riche prieur, marchand ou autre manant,
pourquoi ne serions-nous pas coquins et pillards...

Leur seul salut dans l'immédiat avait été de se rendre avant de gagner sous bonne escorte la maudite forteresse dont la seule évocation répandait la terreur dans tout le bas pays.

— Cornedouille, quand le jour poindra-t-il enfin ? murmura-t-il pour chasser ses souvenirs douloureux.

— Tais-toi, avec tes mauvaises pensées, grogna son compagnon qui avait la chance d'oublier leur triste condition pendant quelques heures de sommeil réparateur.

— Je voudrais qu'il fasse jour, expliqua Gauthier, l'homme n'est pas fait pour les ténèbres.

— Je sais, je sais, convint l'autre en se calant contre le mur pour signifier qu'il entendait bien continuer sa nuit.

Il était arrivé la veille seulement et avait été jeté sans ménagement près de Gauthier.

— Raconte-moi au moins qui tu es, supplia Gauthier.

— Colin, chevaucheur de monseigneur le duc, passé à son service après avoir servi son père, le roi Charles. J'en ai parcouru des lieues et des lieues, du pays, j'en ai vu, et des gens... Et me voilà dans ce maudit endroit privé de mon cheval et de ma boîte à messages ! J'y tenais comme à la prunelle de mes yeux.

— Raconte encore...

Tout à fait réveillé, l'homme dont la livrée ducale était déchirée et maculée de boue s'assit en se frottant les yeux.

— Je suis surtout celui qui a fait bouillir le connétable ! annonça-t-il enfin fièrement.

— Duguesclin ?

— Oui, décidément dans ce pays de damnés, il ne m'arrive que des aventures.

Gauthier avait entendu parler de cette histoire quelque douze années plus tôt mais en rencontrer le héros était une bonne occasion de se distraire.

— Il a passé à Châteauneuf ; nous avions laissé les entrailles du connétable dans la cité du Puy où elles devaient être déposées à l'église des cordeliers dédiée à saint Laurent. Mais la chevauchée fut ensuite si longue, il faisait si chaud en ce dernier été du roi Charles le cinquième [1], et l'odeur était si insoutenable... Le roi exigeait que le connétable auquel il était si fort attaché soit amené à l'abbaye de Saint-Denis pour y reposer auprès de tous les rois, ses aïeux. Je ne pouvais lui désobéir. Alors, à Montferrand, on a bouilli le corps et séparé les chairs des os. J'ai aligné les os dans une cassette et abandonné les chairs dans des sacs de cuir. Au bout de quelques lieues je ne pouvais plus supporter d'entendre ces os sauter dans la boîte ; alors je les ai mis dans des linges et c'est comme cela que je les ai livrés à l'abbé de Saint-Denis...

Un ronflement interrompit les derniers mots du chevaucheur. Lui était maintenant bien réveillé, mais Gauthier dormait et le jour pointait enfin. Le chevaucheur soupira ; il n'avait pas eu le temps de dire à son compagnon d'infortune qu'ils ne resteraient sans doute pas très longtemps prisonniers. Le messager du roi savait bien que le maréchal Boucicaut venait d'entrer en terre d'Auvergne pour en finir avec cette vermine. Il suffisait de

1. 1380.

patienter quelques jours. Il annoncerait la bonne nouvelle à son compère quand il se réveillerait.

Colin qui n'avait plus sommeil se mit à fredonner doucement.

Colin, je suis chevaucheur
de monseigneur,
belle damoiselle
gente dame ou pucelle...

Un rat courut le long du rocher. Colin imita le chat pour lui faire peur. Un chien aboya, puis un autre.

6

La cité bruissait de mille bruits. Réveillé le premier, Austremoine se jeta au bas du lit. Il arracha la fameuse médaille de sa mère et la jeta sur la couette avant de secouer avec autorité Blaise qui s'étira en grognant. Lui aussi portait toujours sous sa chainse l'un de ces talismans, sa mère espérant qu'un jour il recouvrerait la vue. Tiphaine y avait joint, mêlant ainsi les croyances, une image de saint Sidoine, cet antique évêque de Clermont réputé pour ses guérisons de cécités.

— Viens ! Nous allons chercher Landry et Ursine ! Il faut absolument les retrouver.

Il n'y avait pas meilleur argument. Blaise se décida rapidement à abandonner le confort douillet de leur couette commune. Chaque matin ses mains tâtonnantes trouvaient sans effort leurs points de repère sur le mur arrondi de l'escalier. Mais d'habitude, il avait bien du mal à suivre Austremoine qui dévalait les marches à une vitesse impressionnante pour l'aveugle. Ce matin-là, le petit frère geignait ; chaque marche était un vrai supplice. La cicatrisation des plaies au cours de la nuit avait singulièrement raidi ses genoux. Austremoine se demanda même s'il avait bien fait d'abandonner la médaille de sa mère.

Blaise n'eut en tout cas pas de mal à arriver en même

temps que lui au rez-de-chaussée. Austremoine sentait les larmes lui venir aux yeux, mais serrait les dents. Ils traversèrent la cour déserte, puis se faufilèrent sous le porche et débouchèrent dans la rue Grenette où l'air vif les saisit ; la bise descendue du Puy de Dôme était glaciale. Frileusement, Blaise serra le mantel court qu'il avait jeté sur ses épaules et Austremoine cria des jurons quand son chaperon s'envola.

— Je ne le rattraperai jamais ! Je ne peux pas courir, crénom de Dieu !

— Bonjour, Austremoine ! Où vas-tu de si bon matin ?

— Nous allons chercher...

Sans quitter son chaperon de l'œil, Austremoine interrompit précipitamment Blaise. Nul ne devait connaître les événements de la veille, nul ne devait savoir que Landry et Ursine avaient été renvoyés de la maison. Austremoine devinait le rouge de la honte lui monter au visage.

Gilbert, l'imagier, qui avait remarqué les genoux blessés du garçon, resta planté devant son atelier. Le chaperon, après avoir tournoyé, s'être envolé jusqu'à hauteur des colombages des maisons voisines, était retombé et s'était bloqué un peu plus bas contre la porte du couvent des carmes. Une chance !

Dans un effort surhumain, Austremoine se précipita.

— Glorieux cornard, espèce de cul-vert, cornedouille !

S'étant enfin saisi de l'objet récalcitrant, l'enfant exhalait sa fureur. Derrière lui, le battant de la porte céda et un moine noir s'y encadra, l'air réprobateur.

— Austremoine ! On n'entend plus que toi dans le cloître où tes paroles résonnent honteusement.

— Mille pardons, mon père, je n'injuriais que mon chaperon emporté par le vent !

Les excuses ne compensaient guère l'insolence des yeux bicolores.

— Quand je verrai ton père, je lui parlerai, assura le carme d'un air entendu.

— Vous n'êtes pas près de le revoir ! Il est prisonnier d'Olim Barbe et nous ne pourrons pas payer la rançon, proclama crânement Austremoine. Priez plutôt pour lui !

— Ton père, prisonnier d'Olim Barbe ?

C'est ainsi que la nouvelle de la captivité du marchand de grain se répandit presque aussi vite que celle de l'arrivée du maréchal Boucicaut. Un crieur n'était pas nécessaire !

Gilbert la répéta aussitôt au chanoine de Saint-Genès venu parler avec lui du jubé de l'église auquel travaillait le sculpteur, puis au secrétaire de l'évêque qui choisissait la pierre d'un gisant et hésitait entre une arkose blonde et de la lave noire. De son côté, le carme, tout aussi bavard, raconta l'événement sur le chantier de l'église Sainte-Anne où l'architecte comme les ouvriers connaissaient bien maître Gauthier, marchand estimé de tous et de plus conseiller de la cité. L'élu du quartier, Etienne Souchet, l'apprit en achetant un petit pain de fleur de froment chez le boulanger Guillotin. Et les bruits les plus fous coururent aussi sur le montant de la rançon.

— On parle de mille francs, annonça le boulanger, la mine gourmande.

Pendant ce temps, Austremoine et Blaise avaient été entraînés par la foule vers la porte Champet.

— L'arrivée d'un maréchal doit être un beau spectacle ! avait déjà proclamé Blaise.

Formule plaisante dans la bouche de l'aveugle qui comptait encore une fois sur Austremoine pour un rapport détaillé et imagé.

— On y trouvera peut-être Landry, convint Austremoine.

Traversant la ville par les petites rues que même Blaise connaissait par cœur, ils déboulèrent la rue du Port et passèrent le pont-levis de la porte Champet au moment même où débouchaient les premiers cavaliers, précédés des trompettes qui embouchèrent leurs trompes d'argent auxquelles répondirent avec ensemble les cloches de la cité dans un cérémonial presque rituel.

La troupe ordonnée s'arrêta sur un geste bref mais autoritaire d'un homme monté sur un beau destrier maurel[1].

---

1. Noir.

— Dis-moi comment il est, ce maréchal ? murmura Blaise.

Austremoine qui avait enfin oublié ses genoux entama une de ces descriptions dont il avait le secret :

— Son cheval sombre est recouvert d'un grand drap bleu semé d'or comme la cotte d'armes du cavalier ; ses coudières et ses genouillères sont très brillantes ; les solerets[1] et les gantelets aussi. Je n'en ai jamais vu d'aussi beaux.

— Et le casque ?

— Il cache les yeux et au sommet, ce doit être un coq.

Austremoine écarquillait les yeux.

— Oui, confirma-t-il, je distingue une crête.

— Et vois-tu Landry ? demanda enfin Blaise.

— Non, ni Ursine, fit tristement Austremoine.

Impérieux, visiblement pressé, le maréchal réclama aussitôt le passage aux sergents de la porte Champet qui le saluèrent, l'arc tendu vers le bas en signe de soumission respectueuse. Mais déjà les trois élus arrivaient, suivis des conseillers, tout de rouge vêtus. Austremoine ressentit un pincement au cœur.

— Quel dommage que père ne soit pas là ! dit-il d'une petite voix.

Le maréchal sauta à terre, confia son heaume à un écuyer qui portait une livrée bleu et or ; d'un geste furtif, il lissa ses cheveux bruns ébouriffés. Très grand, d'une stature imposante, il commença à remonter la rue avec ses hôtes, d'un pas rapide. Sur le seuil de leurs échoppes, marchands et artisans observaient l'homme qui devait les délivrer des mauvais larrons. Herboriste, huilier, marchand de cire et chandelles, regrattier, mercier, tous étaient là.

Une heure plus tard, alors que tierce[2] sonnait à peine, des cavaliers partaient aux quatre coins de l'Auvergne convoquer les Etats.

En ce temps-là, en effet, les grandes décisions étaient prises par les représentants des treize bonnes villes d'Au-

1. Pièces de l'armure protégeant le pied.
2. 9 heures.

vergne[1] et le maréchal n'entendait pas s'y soustraire. Il devait les consulter même si le duc de Berry lui avait laissé entendre qu'il n'aurait qu'à forcer la décision de ces élus dont les résistances l'avaient lui-même souvent exaspéré. N'était-il pas allé jusqu'à les retenir prisonniers lors d'Etats convoqués à Riom afin qu'ils acceptent de payer les impôts réclamés ?

Dans la cité, le huche criait déjà la nouvelle après avoir sonné longuement de sa trompette, et les Clermontois rassurés par l'arrivée de la troupe reprenaient le chemin de leurs activités respectives. D'un estivau nonchalant, désœuvrés, Austremoine et Blaise remontèrent la rue du Port dont les commerçants continuaient malgré la crise à attirer de nombreux chalands.

— Il paraît que ton père est prisonnier d'Olim Barbe, leur lança le gainetier du carrefour Saint-Laurent dont la renommée était grande depuis qu'il avait livré au bon duc un étui de cuir bouilli pour ses chapels d'or.

Un parchemin jauni rappelait l'événement au milieu d'une marchandise de qualité que bien peu de Clermontois avaient encore les moyens de s'offrir.

Laissant sur leur droite la porte Barnier, ils s'engagèrent dans la rue Ferreterie. Blaise n'avait pas besoin d'être guidé ; il avait appris à repérer chaque pierre, chaque mur et chaque échoppe pour jalonner un parcours qu'il empruntait souvent. Le chien de l'auberge des Trois Mages venait toujours lui renifler la cotte ; le coq voisin n'en finirait pas de houspiller ses poules tant que son maître ne l'aurait pas occis ; le potier du Terrail chantait à tue-tête, indisposant le tavernier des Raisins d'Or qui prenait à témoin de la cruauté de la situation les passants rigolards. Devant chez lui, Blaise savait qu'une borne mal placée embarrassait le charroi et les aveugles, qui butaient aussi parfois sur des ivrognes cuvant leur vin affalés au pied du mur à colombages.

---

1. Ces bonnes villes étaient des bourgs clos relativement importants : Clermont, Montferrand, Riom, Thiers, Aigueperse, Auzon, Billom, Ebreuil, Cusset, Issoire, Langeac, Saint-Germain-Lembron, Saint-Pourçain.

Il saluait ensuite toujours Eloi, dont l'échoppe-atelier était toute proche. Ce matin-là, poussé par Austremoine, il dérogea à son habitude mais son futur beau-frère avait déjà entrouvert sa porte et saluait les deux garçons. Derrière lui, se tenait Pernelle. Etonné, Austremoine eut cependant vite l'attention détournée par un énorme attelage qui venait de contourner le chevet de la cathédrale dominant de sa superbe toutes les maisons alentour.

— Pousse-toi contre le mur, souffla Austremoine, les bœufs de maître Savaron [1] arrivent !

Le boucher salua les garçons et le tavernier voisin, puis fit tourner adroitement son char bringuebalant en direction du Terrail.

— D'habitude c'est Tiphaine qui vient les chercher. Que veux-tu en faire ? disait Eloi au même instant, élevant la voix pour tenter de couvrir le bruit.

L'air buté de Pernelle l'inquiétait.

— Je n'en ai pas réalisé ces jours-ci.

— Tu mens ! répondit la jeune fille.

Eloi la dévisageait maintenant ; elle s'était adossée au petit établi où étaient alignés ses outils, selon un ordre méticuleux. Elle ressemblait beaucoup à Apolline mais celle-ci était plus fragile, plus menue. Grande, presque plantureuse, Pernelle tenait de sa mère. Apolline rappelait davantage sa grand-mère paternelle qu'Eloi avait bien connue, une petite femme charmante réputée pour son goût des bijoux.

— Donne-moi seulement une médaille, insista Pernelle.

Eloi avait refermé la porte.

— Je n'en ai pas, répéta-t-il.

— Ecoute, j'ai vraiment besoin de cette médaille.

Pernelle s'était rapprochée de lui et avait posé la main sur l'épaule du garçon. Elle était aussi grande que lui ; ses doigts pianotèrent un instant sur l'étoffe rembourrée du pourpoint de laine, protégé par un tablier de toile, puis

1. Maître boucher, sans doute un ancêtre de la famille qui comptera quelques membres éminents comme Guillaume à la fin du XVe siècle ou Jean (1567-1622).

remontèrent vers le cou, dessinèrent le menton et s'arrêtèrent sur les lèvres. La bouche était petite et pulpeuse.

— Apolline m'a dit que tu embrassais bien... dit Pernelle d'une voix douce.

— Ah...

— Veux-tu me montrer ?

La main se faisait lourde maintenant sur le cou.

— Tu n'y penses pas, je suis le fiancé de ta sœur.

— La belle affaire, personne n'en saura rien.

La voix était redevenue autoritaire et avant qu'Eloi ait pu tenter le moindre geste, Pernelle avait appliqué les lèvres sur les siennes, cherchant sa langue avec insistance.

— C'est vrai, tu fais cela très bien. On pourrait recommencer...

— Tu es folle !

— Sais-tu que tu me plais assez...

Elle avait repris ses lèvres et il se laissait faire.

— Je crois que tu aimes aussi, commenta la jeune fille en reprenant son souffle.

— Peut-être, finit par admettre l'orfèvre, mais nous ne pouvons pas.

— Personne ne le saura ! chuchota Pernelle.

— Et toi où as-tu appris à si bien embrasser ?

— C'est un secret ; il faut bien s'entraîner pour plaire à l'homme aimé.

— Et qui est-ce ?

— Je te le dirai peut-être un jour... si tu me donnes une médaille, peut-être.

Quand Pernelle quitta enfin l'atelier d'Eloi, le jeune orfèvre, les joues en feu, le cœur chaviré, comprit qu'il s'était sans doute laissé abuser, mais il n'était pas près d'oublier cette matinée d'octobre. La châsse commandée par le prévôt du chapitre de la cathédrale attendrait. Les yeux d'Eloi fixaient désespérément le Terrail où il avait vu disparaître la jeune fille au milieu des passants.

Il n'était pas le seul à vivre des événements agités ce matin-là.

Après avoir salué Eloi, Austremoine et Blaise, longeant le mur ondulé des chapelles rayonnantes de la cathédrale, d'où jaillissaient des gargouilles grotesques, étaient arrivés rapidement du côté du portail de Notre-Dame de Grâce où ils découvrirent un attroupement de passants qui n'était pas seulement dû au marché du samedi ; bien peu prêtaient attention aux étals des marchands ; et ces derniers comme les chalands avaient la tête en l'air.

— Landry ! hurla Austremoine en pointant le doigt dans la direction où semblaient dirigés tous les regards.

Au sommet de la Tour de la Monnaie, il avait reconnu instantanément son ami.

— Il a trouvé une échelle ! Cornedouille !

Landry avait en effet obtenu la veille du maître de la fabrique de la cathédrale, le chanoine Jean Coustave, le prêt de l'échelle qui était habituellement utilisée dans l'édifice pour divers travaux d'entretien. Il venait juste de conclure le marché avant de rentrer rue Grenette où les événements s'étaient enchaînés sans qu'il ait pu en informer Austremoine.

Jeté à la rue, le bateleur avait erré dans la cité. Beaucoup de Clermontois bien habitués à l'étrange silhouette drapée de sa houppelande rayée de jaune et de vert le saluaient. Comment auraient-ils pu se douter qu'il n'avait plus de toit pour dormir le soir ? Ils avaient d'ailleurs pour la plupart d'autres préoccupations. L'arrivée du maréchal était imminente et il faudrait sans doute contribuer encore une fois à la lutte contre les routiers. Demain serait un jour important pour la cité et ses habitants.

Fatiguée, Ursine avait commencé à pleurer. La nuit tombait. Elle avait froid, elle avait peur. Blottie contre Landry, elle n'avançait plus. Sans conviction, Chipi et Chipo tiraient sur leur laisse. Landry, marqué par les insultes de Tiphaine, n'avait pas tout à fait recouvré son calme. Traversant la cité, ils s'étaient retrouvés rue des Gras, puis passant au pied de la Tour de la Monnaie, que la nuit tombante rendait encore plus sinistre, dans le quartier du Mazel, celui des bouchers, encore très animé.

En haut de la rue des Bouchers, un mouton avait été

égorgé devant l'étal d'un marchand qui vendait déjà les deux gigots. A côté, un insouciant cabri prenait sans doute son dernier repas aux tétines de sa mère et un peu plus loin, du ventre de trois chèvres le sang coulait à flots. Dégoûtée, Ursine cacha son visage dans le manteau de son père quand un autre boucher dont le long tablier blanc protégeait la courte cotte bleue s'apprêta à assommer un veau d'un coup de merlin.

— Eh petiote, ne pleure pas, cria la bouchère. Tu seras bien contente de le manger, mon veau. Ce ne sont pas tes maudits animaux qui te nourriront !

Landry prit l'enfant dans ses bras.

— Pourquoi personne ne nous aime ? murmura-t-elle.

Chipi et Chipo n'avaient pas bronché. Il était temps de trouver un toit. L'aubergiste de la Truite qui File ne voulut pas des singes ; celui de la Croix des Gras prétexta qu'il n'avait plus de place, renvoyant le bateleur aux Trois Moineaux dont la matrone accueillante prit Ursine en pitié.

Au petit matin, Landry, abandonnant sa fille aux bons soins de l'aubergiste, avait couru chercher l'échelle. Il n'avait que trop tardé ; ce spectacle, il fallait le donner aux Clermontois qui finiraient par ne plus y croire et, pour peu que Tiphaine répandît le bruit qu'il était le diable, c'en était fait de sa réputation à Clermont.

— Et c'est Sidoine qui est avec lui ! Cul-vert ! Glorieux cornard !

Rouge de fureur, Austremoine observait le désastre. Son ami l'avait déjà remplacé auprès de Landry. Et où était Ursine ? Plantant Blaise, il se rua vers la porte de la Tour de la Monnaie, tambourina jusqu'à ce qu'elle s'ouvre enfin, bouscula le pauvre chanoine Hugues éberlué, et se jeta dans l'escalier. Tout à sa fureur, ses genoux ne lui faisaient plus mal. Au premier niveau, il empoigna l'échelle et déboucha enfin, haletant, sur le petit chemin de ronde. Landry y avait dressé l'échelle prêtée par les chanoines ; il en gravissait maintenant les derniers échelons, une corde enroulée autour du corps. Sidoine veillait au bon maintien de l'échelle contre le mur et surtout au déroulement régulier de l'épaisse corde livrée le matin même par le cordier du Grand-Courtial.

— Sidoine, lâche cette corde ; c'est moi qui dois faire cela ! hurla Austremoine.

Il avait saisi la corde et, alors que Sidoine la laissait filer légèrement entre ses mains, la bloqua dans ses doigts nerveux. Surpris, Landry fut un instant déséquilibré mais, très agile, il parvint à se rattraper au barreau suivant.

— Par saint Ursin, que fais-tu ? cria-t-il.

C'est alors qu'il découvrit au-dessous les deux garçons qui s'empoignaient. Il reconnut aussitôt l'agresseur. Tous deux avaient lâché la corde et avaient roulé sur la pierre moussue qui servait de pavement. Austremoine eut d'abord le dessus, mais, très leste, Sidoine sut redresser la situation ; maintenant son ami contre le muret de protection, il paraissait le plus fort quand, avec l'énergie du désespoir, Austremoine repoussa Sidoine qui, perdant ses appuis, bascula. Sa tête vint heurter le sol, heureusement amortie par le tas de corde en désordre. Austremoine allait lui sauter dessus quand une poigne solide s'abattit sur son dos. Landry était redescendu.

— Cela suffit, sale galapiat. Ne crois-tu pas que tu as fait assez de bêtises depuis hier ? Vas-tu arrêter de me poursuivre et de te mettre en travers de mon travail ? Ta mère dit que je suis le diable mais toi tu n'es qu'un démon. Chipi et Chipo valent mieux que toi !

Austremoine s'était laissé tomber sur le sol ; sur son visage buté, le rouge de la fureur avait fait place à une pâleur impressionnante. Les plaies de ses genoux s'étaient rouvertes et du sang coulait sur les touffes d'herbe poussées entre deux pierres.

— Sidoine n'est-il pas ton ami ? continuait maintenant plus calmement Landry qui s'était accroupi à sa hauteur. Je l'ai rencontré tout à l'heure ; il m'a proposé son aide... Y a-t-il une raison de vous entretuer ?

— C'est moi qui devais t'aider, murmura le garçon entêté.

— Certes, mais ta mère m'a chassé parce que je suis le diable. Regarde !

Landry avait jeté à terre son chaperon et il dessinait au-dessus de sa tête deux cornes.

— Et mes pieds sont griffus, c'est plus facile pour marcher sur la corde !

— Mon père dit que vous avez sûrement signé un pacte avec le diable pour vous promener ainsi dans le ciel...

Sidoine s'était relevé en se frottant le crâne.

— Tu vois, les bateleurs font peur, ricana Landry. « Tu ne laisseras point vivre la magicienne... » lit-on dans la Bible [1].

Austremoine frissonna. Et si sa mère avait raison. Soudain Landry avait tout d'un sorcier.

— Maintenant, je dois travailler, poursuivait le bateleur qui avait retrouvé toute sa placidité coutumière et n'avait plus rien du diable.

Austremoine toujours assis regardait ses chausses sombres ; la houppelande rayée reposait sur le parapet.

— Mon garçon, continua Landry, demain je t'attends devant la vieille façade de la cathédrale à tierce. Pour aujourd'hui, tu vas dire à ta mère que l'argent de ma première traversée la Monnaie-la Bayette contribuera à la rançon de ton père !

— Comment le savez-vous ?

— Le diable sait tout.

Un grand frisson secoua Austremoine. Le sang avait reflué à ses pommettes, plus saillantes qu'à l'accoutumée. Le regard était fiévreux. Landry n'y prêtait plus attention ; il avait déjà gravi les premiers barreaux de l'échelle de bois clair et la corde se déroulait lentement. Sidoine regarda son ami franchir la petite porte et sourit. C'était lui qui avait parlé de la rançon à Landry.

Il n'avait plus qu'à reprendre son poste au pied de l'échelle ; la corde lui fila à nouveau doucement entre les doigts, puis s'arrêta ; Landry était parvenu au sommet de l'échelle au niveau des corbeaux saillants auxquels il allait l'amarrer solidement ; ces corbeaux constitueraient sa plate-forme de départ. Le garçon plissait les yeux pour

---

1. Exode, XXII, 17.

observer attentivement les gestes lents et précis du bateleur. Nul doute que l'homme connaissait son affaire. Rassuré, Sidoine s'adossa à la muraille dont les moellons mal jointoyés attestaient autant la vétusté que le manque d'entretien quand son attention fut attirée par des éclats de voix venus du rez-de-chaussée de la tour.

— Mais, damoiselle, vous ne pouvez monter là-haut.

C'était la voix du chanoine Hugues.

— Je ne vois pas qui m'en empêcherait, répondait une voix féminine.

— Eh bien, moi, je suis le gardien de cette tour et nul ne peut gravir cet escalier sans ma permission.

— Je dois absolument voir Landry, le voleur.

— Peu m'importe ! répliquait le chanoine.

Depuis le petit chemin de ronde, Sidoine se pencha pour écouter.

— Mais, damoiselle, c'est impossible, impossible...

Sidoine entendait maintenant des pas qui se rapprochaient dans l'escalier entre le rez-de-chaussée et le premier niveau de la tour.

— Damoiselle, redescendez ! continuait à s'égosiller le chanoine. Vous allez vous rompre le cou !

Les pas résonnèrent ensuite sur le plancher en bois et, en se penchant, Sidoine aperçut des nattes blondes attachées en macarons au-dessus d'une silhouette bleue. Malgré les objurgations incessantes du chanoine, la damoiselle grimpait avec agilité chaque barreau de l'échelle de bois ; Sidoine voyait les mains s'agripper à l'un, puis à l'autre à bonne cadence. Enfin le visage fut à hauteur du chemin de ronde qui entourait le deuxième niveau. C'est à cet instant que les yeux de la damoiselle tombèrent sur les estivaux de Sidoine qui attendait tranquillement, une main sur l'échelle.

— Sidoine ! Que fais-tu là ?

— Et toi, Pernelle ?

Une ombre passa dans les yeux de la jeune fille ; le bleu devint marine et le vert vira presque au noir. Sidoine reconnut les prémices de la colère qu'il avait si souvent essuyées avec son ami Austremoine. Décidément, le temps était à l'orage.

— Pousse-toi !

L'ordre était intimé avec autorité.

— Ou plutôt aide-moi, reprit Pernelle, saisie un instant de vertige.

Intrigué mais bien disposé, Sidoine lui tendit une main secourable et elle sauta avec légèreté sur le sol de pierre.

— Et maintenant, va-t-en ! J'ai à parler à Landry.

— Me voilà.

Pernelle sursauta. Intrigué par cette nouvelle visite, le voleur était redescendu sans bruit et avait observé sans mot dire la jeune fille. Son surcot vert porté sur sa cotte bleue reproduisait étonnamment la couleur de ses yeux.

— Tu peux parler devant Sidoine...

La jeune fille hésita un instant. Ses yeux rencontrèrent ceux de Landry. Décidément, quel regard étrange ! Landry se remémora la soirée où tous avaient dansé et l'éclair qu'il avait surpris un instant dans les pupilles différentes de la jeune fille. Il y avait songé parfois, balayant pourtant l'idée qu'il ne lui était pas indifférent. Il avait tellement d'autres soucis !

— Comment dire un secret que le vent emportera dans toute la cité ? Sidoine le répétera aussitôt à Austremoine et toute la ville le saura !

Appuyant d'un large geste en direction de la cathédrale ces paroles sibyllines, Pernelle s'était déjà saisie d'un montant de l'échelle et passant une jambe, puis l'autre, elle entamait la descente. Penchés au-dessus du petit mur qui entourait l'étroite courtine, Landry et Sidoine la regardaient.

Un des macarons s'était défait et la natte ballottait dans son dos ; soudain le visage se tendit vers le haut ; il était empourpré.

— Vous êtes dans vos jours néfastes... Ma mère l'a vu dans ses étoiles, cria-t-elle, je vous en conjure, ne donnez pas votre spectacle, j'en mourrai ! Tenez, protégez-vous au moins avec cela.

Un objet métallique atterrit aux pieds de Landry.

— Qu'est-ce que c'est que cela ? interrogea Landry en le ramassant.

— Une médaille astrologique. Portez-la, elle vous protégera, mais n'en parlez à personne ! Et toi non plus, Sidoine !

Landry regarda l'objet ; il devait être en cuivre et un bélier s'y trouvait en léger relief. Il fut tenté un instant de la jeter par-dessus les créneaux mais il se ravisa et la glissa dans son aumônière.

— Tu ne diras rien, n'est-ce pas ? dit-il à Sidoine. Les damoiselles ont parfois des secrets qu'il ne faut pas trahir. Tu apprendras cela plus tard.

Sidoine opina de la tête.

7

Tiphaine entra dans une colère noire quand Austremoine lui annonça l'aimable proposition de Landry.

— De l'argent du diable, se récria-t-elle. Il ne manquerait plus que cela !

Inquiets, ses enfants la regardaient marcher à grands pas sous les voûtes enfumées de la cuisine. Jamais ils n'avaient vu leur mère dans un tel état. Peut-être avait-elle raison de dire que l'arrivée de Landry avait bouleversé la maison.

— De l'argent du diable, répétait-elle.

— Ce ne peut être le diable, dit timidement Austremoine qui s'était laissé tomber sur un des bancs alignés le long du mur au fond de la grande salle.

— Et d'abord, où l'as-tu rencontré ? N'as-tu pas compris que je ne voulais plus en entendre parler ?

Austremoine baissa la tête.

— Ce ne peut être le diable, reprit Blaise à sa place.

— Cesserez-vous bientôt vos viles accusations ? J'ai honte pour vous.

Pernelle venait d'entrer. Sa mère la dévisagea. Un de ses macarons s'était défait, libérant une des longues nattes dont la jeune fille tripotait le lien rouge. Tiphaine fut frappée par la pâleur de la jeune fille qui lui faisait face.

— D'où viens-tu ? demanda-t-elle.

Elle semblait avoir enfin recouvré son calme.

— De la cathédrale où j'ai prié Notre Dame, mentit effrontément la jeune fille dont le visage aux pommettes plates et saillantes héritées de sa grand-mère paternelle avait perdu ses couleurs. De légers cernes soulignaient le regard.

— Lui as-tu demandé la libération de ton père ?

— Moi aussi j'en viens et je ne t'ai pas vue !

Apolline ouvrit la porte comme un ouragan. Derrière elle, se tenait un homme grand à qui elle fit signe d'entrer. C'était Etienne Souchet, l'élu du quartier.

— Dame Tiphaine, la nouvelle court la ville ; mais ne vous inquiétez plus ! Le maréchal veut agir vite... Gauthier sera délivré bientôt et sans rançon. La troupe du maréchal est suffisamment importante pour que nous ayons bon espoir. Les Etats vont se réunir...

— Faut-il donc tant discuter ? demanda Tiphaine que le discours de l'élu ne parvenait guère à rassurer.

— C'est ainsi que les choses doivent se faire, répondit en souriant l'élu.

— Et pendant ce temps-là, ce maudit bandit peut avoir tué mon mari. Regardez dans quel état est mon fils !

Nectaire allait mieux. Les onguents et les tisanes de sa mère l'avaient requinqué.

— Je ne lui trouve pas si mauvaise mine ; vos médecines ont fait merveille ! remarqua Etienne Souchet en s'approchant du garçon installé près de l'âtre où quelques bûches crépitaient doucement. Il serait bien que tu viennes témoigner aux Etats pour nous raconter ce que tu as vu à La Roche d'Onzac.

Nectaire était intimidé.

— Il viendra ! conclut sa mère en raccompagnant l'élu.

— Nous exterminerons cette vermine ! dit-il avant de traverser la cour d'un pas lent.

Tiphaine le regarda disparaître sous le porche, puis s'assit à sa place favorite dans la cour près du buis, planté par l'aïeule de Gauthier, la première maîtresse des lieux.

Elle en huma l'odeur qui l'apaisait et considéra un instant les rameaux qui s'étaient fort développés au cours de l'été particulièrement pluvieux. Il faudrait le tailler bientôt ; c'est elle qui en dessinait chaque année harmonieusement la forme. Enfin calmée, elle laissa errer son regard du puits à la treille où elle avait cueilli les derniers raisins la veille. Puis ses yeux suivirent les nuages cotonneux qui encombraient le ciel de Clermont depuis plusieurs jours, comme s'il s'était mis à l'unisson de ses soucis. Que faisaient donc les meneurs de nuées ? Les balaieraient-ils vers d'autres cieux comme elle aurait aimé souffler sur ses soucis ?

Certes la visite d'Etienne Souchet était rassurante, mais l'horoscope de Gauthier ? La Lune à l'ascendant marcherait avec le Soleil et s'il fallait craindre Saturne, Mars avait un grand pouvoir sur l'ascendant de sa nativité. Elle devait cependant s'avouer que son inquiétude ne venait pas vraiment du ciel de son mari mais de celui de Landry.

Elle soupira. Pernelle claqua la porte de la cuisine, passa devant elle sans lui adresser la parole et entra dans la tourelle ; ses pas résonnèrent sur les marches de pierre. Puis ce fut Nectaire qui, traînant la jambe, sortit à son tour. Elle le regarda venir vers elle en grimaçant et se rappela soudain qu'il appelait la nuit précédente une « dame si belle ».

— Qui est cette dame qui habite tes rêves ? lui demanda-t-elle quand il fut près d'elle.

Sa voix avait repris son ton habituel.

— Elle est si belle... dit le garçon. Ses pommettes s'étaient rosies, ramenant la vie sur ce visage aux traits réguliers que Tiphaine avait étonnamment réussi à reproduire chez ses trois fils.

— Et c'est à La Roche d'Onzac qu'il y a de si jolies dames ?

— Oui c'est une prisonnière dont ce maudit Olim a fait sa femme. Je l'ai entendue hurler parfois.

Nectaire serrait les poings.

— Et ton père la trouvait belle ? questionna encore Tiphaine, chatouillée par une pointe de jalousie.

— Qui ne pourrait la trouver belle ?

— Je vais voir Sidoine !

Austremoine venait de faire son apparition. Son air buté ne disait rien qui vaille. Le bleu de ses yeux disparates s'accordait trop au ciel où il rêvait de s'envoler. Le vert semblait un abîme d'incompréhension et d'amertume. Un peu lasse, Tiphaine préféra sonder le regard de Nectaire ; il avait aussi une coloration étrange qu'elle ne lui connaissait pas.

Blaise vint s'asseoir à son tour près d'elle avec son orgue. Les premières notes qu'il fit naître sous ses doigts habiles étaient tristes, au diapason des sentiments familiaux, puis elles s'enflèrent, d'abord mélancoliques, ensuite langoureuses, enfin presque gaies.

— Vous avez tous raison ; je me suis emportée, convint Tiphaine en posant la main sur le bras de Nectaire. Votre père va revenir et tout va s'arranger !

Blaise attaqua franchement un nouvel air. Tiphaine l'entendait encore quand elle s'engagea dans la rue Four-l'Evêque ; deux carmes la saluèrent d'un air apitoyé. Elle n'en avait cure. D'un bon pas, elle se dirigeait vers le Terrail, puis elle remonta la rue étroite où le jour pénétrait difficilement en raison des nombreux encorbellements, et contourna la cathédrale. Elle ne prêta pas attention au fripier qui faisait l'article pour ses vêtements de laine ou de lin, se fraya un chemin au milieu du charroi abondant le long des sombres murailles de la cathédrale, leva seulement la tête pour regarder la Tour de la Monnaie avant de se poster devant le grand portail de l'église réservé aux Clermontois.

— Tiphaine, qu'observez-vous ainsi absorbée ?

Elle sursauta. C'était un chanoine de la cathédrale.

— Je regarde Ptolémée, le roi des astronomiens, sculpté ici au milieu de tous les arts qui sont enseignés dans les écoles. Puisse-t-il m'inspirer ! Et maintenant je vais prier la Vierge de l'évêque Etienne, ajouta-t-elle en poussant la lourde porte de bois sombre.

— Vous voyez bien qu'il faut vous adresser au vrai ciel, commenta le chanoine en l'accompagnant, il est peut-être plus sûr que vos étoiles !

— Disons, rétorqua Tiphaine avec un grand sourire, que les planètes gouvernent par la volonté de Dieu la terre, les eaux, les vents, les gens, les animaux et toutes choses qui existent...

Le chanoine la considéra avec attention. Cette femme bien connue de tous à Clermont avait une force de caractère qui l'impressionnait.

— Je viens prier avec vous, finit-il par dire en la rejoignant pour s'agenouiller devant le chœur.

Sur l'autel, éclairée par deux torchères, la Vierge de l'évêque Etienne brillait de tous ses feux.

Par la volonté de Dieu ou sous l'influence des planètes, ce n'était plus le moment d'en discuter, les événements se précipitèrent. Alors que l'attente semblait peser sur tous les destins, tout parut se dénouer soudain. Les Etats investirent le maréchal des pleins pouvoirs et votèrent quelques moyens pour une ultime attaque contre l'affreux Olim Barbe. Nectaire, venu témoigner, fut pour sa plus grande joie convié aussitôt à se joindre à l'expédition. Il se retrouva à cheval au milieu de la troupe mais beaucoup plus heureux à l'idée de revoir celle qui hantait chacun de ses rêves que de « guerroyer » comme s'en réjouissaient la plupart de ses compagnons venus pour bouter définitivement hors de la province ces « mauvais larrons et meurtriers » selon les mots mêmes du maréchal.

Le lendemain, alors que la chevauchée devait déjà investir La Roche d'Onzac, ce fut au tour de Landry de créer l'événement. La veille, il avait justement fini d'arrimer la fameuse corde entre les deux tours ; tout en surveillant le cheminement du maréchal et de sa troupe, les guetteurs de la Bayette avaient été bien distraits par sa périlleuse mise en place à l'aide de longues perches tendues d'un contrefort à l'autre par Austremoine et Sidoine collaborant enfin amicalement sous l'œil attentif de Landry.

Dérisoire sur fond d'orage, la corde paraissait défier les

cieux et quand, à la vêprée, les deux garçons avaient observé le résultat de leurs efforts, ils avaient eu peur.

— Tu ne vas tout de même pas monter là-haut ! s'écria Austremoine.

— Tu es fou ! souffla Sidoine, confirmant ainsi les craintes de son ami.

— Je ne peux plus reculer ! répondit en riant Landry. Ecoutez le crieur.

— Landry, l'homme le plus haut du royaume, s'élancera de la Tour de la Monnaie demain, jour de l'évangéliste Luc. Bourgeois, manants, clercs, venez tous assister à l'exploit de l'homme le plus haut du royaume...

La trompette de l'homme marqua de quelques notes stridentes la fin de l'annonce. L'attroupement qu'il avait suscité se dispersait déjà au sommet de la rue des Gras et chacun y allait de sa petite phrase.

— Voire ! Le plus haut du royaume ?

— Par mon saint patron, je t'offre un tonneau de cervoise s'il ne tombe pas ! Regarde où il a tendu sa corde !

— Eh, Paul, prépare un carré de terre au cimetière de Saint-Genès !

— Sainte Mère de l'autel de la cathédrale, faites qu'il réussisse !

Les commentaires allaient bon train d'une taverne à l'autre, d'une échoppe à l'autre ; devant les poteaux corniers des maisons, les commères avaient trouvé un autre sujet de conversation que leur voisine dépravée, le regrattier malhonnête ou la captivité de maître Gauthier.

Le crieur salua Landry.

— J'ai parcouru toute la cité jusque dans les faubourgs de Jaude, de Saint-Adjutor, de Fontgiève ou de Saint-Alyre ; l'abbé des bénédictins vous assure de ses prières ! Sûr que vous en aurez besoin.

Goguenard, l'homme, qui était petit et râblé, presque chauve avec une unique mèche qui formait un toupet comique au sommet de la tête, eut un petit rire de gorge avant de se reprendre vite. Il n'avait pas encore reçu le salaire de son travail. Il le toucherait, lui avait annoncé Landry, en fonction du nombre d'habitants ameutés. Il n'était donc guère temps d'être insolent.

— Moi aussi, je vous recommanderai à Notre Dame, ajouta-t-il en guise d'adieu.

— Merci, répondit simplement Landry.

— Moi aussi, je dirai la messe pour vous, lança en passant le chanoine Hugues avec un geste amical.

Le lendemain au moment de l'élévation, quand un énorme coup de tonnerre secoua la cité, le chanoine se prit à y voir un présage désastreux, superstition insensée qu'il réprima aussitôt, en se promettant d'aller se confesser aussitôt. Tiphaine qui savait évidemment que le spectacle était pour l'après-none frissonna, puis espéra fermement que l'orage l'empêcherait. Mais après le dîner, une grande bourrasque déchira les nuages qui s'effilochèrent sans bruit et le charroi des rues se dirigea presque exclusivement vers la cathédrale sous un soleil retrouvé et presque chaud.

Landry, qui avait contemplé avec inquiétude ce ciel en colère où il prétendait marcher, respira enfin. Il serra tendrement contre lui Ursine dont la moue boudeuse se transforma en larmes. Alarmés, les deux singes vinrent l'entourer et quand, à quelques pas de là, Landry se retourna, il vit sous l'enseigne de l'auberge des Trois Raisins Chipo et Chipi s'emparer tendrement de la main d'Ursine.

Le voleur percevait déjà quelques notes de musique improvisées par des joueurs de rebec et de viole, qui avaient profité de l'occasion pour s'installer devant la vieille façade délabrée ; le contraste de cette dernière avec ses mœllons de différentes tonalités d'ocre était étonnant à côté des murs tout récents de la nef dont la pierre sombre était soudainement éclairée par les tuiles aux mille nuances orangées de l'immense toit. Mais ce n'était pas à ces couleurs que les premiers badauds s'intéressaient. Tous avaient la tête levée vers cette corde dont l'installation était en elle-même un pari invraisemblable. Discrètement, Landry entra dans la Tour de la Monnaie où le chanoine Hugues l'accueillit.

— Voilà donc le grand jour ! La foule afflue, es-tu satisfait ?

— Oui, maintenant, je ne dois pas les décevoir, se contenta de dire Landry.

— Va, ne les fais pas attendre, Dieu te garde !

Dehors, la musique était de plus en plus couverte par les bruits et les cris de gens, avides de sensations, venus pour s'offrir un bon moment. Il n'y en avait pas tant en ces temps difficiles.

Landry gravit lentement les marches de pierre creusées par des siècles d'usage, puis les barreaux de l'échelle, avant d'émerger sur le chemin de ronde de la tour où l'attendait Austremoine. Sidoine, lui, était posté à la Bayette.

L'apparition du voleur, au moment où sonnait none, fit frémir les spectateurs. Tiphaine, qu'Apolline et Eloi avaient entraînée malgré elle, frissonna. Elle s'aperçut que ses mains tremblaient et les porta à sa gorge où elles se crispèrent autour de l'améthyste offerte autrefois par Gauthier et qui ne la quittait pas, seule parure sur le fin linon du chaperon modestement drapé pour habiller le décolleté de la cotte bleue. Mais cette pierre, dont elle se plaisait à penser qu'elle ne lui avait jamais failli comme porte-bonheur, pouvait-elle conjurer le mauvais sort de Landry ? Et si les étoiles disaient vrai ? Dans son ciel, elle l'avait encore vérifié le matin même, les degrés du Lion entre le dixième et le vingt-quatrième étaient infortunés par Saturne. Elle s'en voulait de ne pas avoir eu le courage d'aller le dire à Ursine. Peut-être aurait-elle retenu son père ? Mais Tiphaine n'avait pas trouvé la force d'affronter l'enfant. Précipitamment, elle récita une prière, en songeant au chanoine rencontré quelques jours plus tôt devant le portail de la cathédrale.

Maintenant elle ne quittait pas des yeux Landry ; il avait abandonné son éternel chaperon sombre et avait dû discipliner ses cheveux, elle avait du mal à distinguer les détails, grâce à un fin chapel dont le ruban rouge retenait la frange. Habillé mi-partie jaune et rouge, avec toujours ce goût des oppositions de couleurs violentes, il grimpait avec agilité les barreaux de l'échelle qui le conduiraient jusqu'à la corde.

Autour d'elle, Tiphaine sentit l'excitation enfler, avec des cris qui jaillissaient çà et là pour encourager le voleur et des gestes qui paraissaient accompagner l'ascension. Son arrivée sur les deux gros corbeaux de pierre d'où il s'élancerait entre ciel et terre fut saluée par un déchaînement. La foule se mit à battre des mains à un rythme de plus en plus nourri. Les musiciens, qui avaient renoncé à jouer, scrutaient, eux aussi, le ciel où Landry se détachait, une chausse rouge, une chausse jaune, comme le pourpoint bicolore, collant et à manches courtes. Déjà, il s'était saisi de la longue perche qui l'aiderait à conserver son équilibre.

— C'est Austremoine qui devait la porter, commenta Apolline, en se serrant contre Eloi.

Subitement conscient du danger, le public se tut enfin, ne laissant échapper qu'un « oh » où se mêlaient angoisse et admiration quand enfin l'homme posa le pied sur la corde.

— Il est fou !

Une brave commère s'épongeait le front avec un pan de son chaperon.

— Il est fou, répéta à côté d'elle une de ces folles femmes montées de la rue des Etuves et ayant interrompu leur commerce pour l'événement.

Elle avait replié la longue cornette de son chaperon pour mieux voir.

— Il est fou, murmura aussi Pernelle au comble du désespoir.

Le sang lui battait dans les tempes et pourtant elle se sentait si pâle. Eût-elle été rassurée si elle avait su qu'attachée à un fin ruban, la médaille du Bélier était cachée sous le pourpoint de Landry ?

Elle se mit à psalmodier tout bas une prière à Marie.

— *Obsecro te...*

Les clercs ne répétaient-ils pas que sa récitation défendait le suppliant de la mort ? Pernelle voulait bien espérer que cette protection pouvait s'exercer par personne interposée ! Marie était si bonne.

Blaise trouva Ursine dans la cour de l'auberge où elle s'était réfugiée avec les deux singes. Armée d'un fin pinceau en poils d'écureuil, elle mettait en couleurs les signes du zodiaque recopiés sur un manuscrit de Tiphaine ; elle comptait bien pouvoir les lui offrir un jour prochain.

— Blaise, n'es-tu pas au spectacle ? demanda la fillette surprise de la visite de l'aveugle.

Les clameurs de la foule parvenaient jusque dans la petite cour où s'épanouissaient les dernières roses cultivées avec amour par l'aubergiste. Elles renseignaient parfaitement Ursine sur le déroulement de l'événement ; même si elle eût préféré se boucher les oreilles, elle y prêtait tout de même une attention plus ou moins consciente.

— Tu sais, moi, le spectacle... répondit Blaise en se glissant près d'elle.

— Tu aurais dû apporter ton orgue.

— Je n'avais pas le cœur à jouer.

— Toi aussi tu es inquiet, constata doucement Ursine.

— Et si tu me racontais le spectacle... suggéra Blaise.

— Voilà une bonne idée, s'écria-t-elle, presque soulagée.

Au loin, le silence semblait s'être abattu sur la cité.

— Là, il vient de mettre le premier pied sur la corde et tout le monde se tait...

Ursine qui avait fermé les yeux se concentra quelques instants, puis continua :

— La corde vibre légèrement, puis elle va s'arrêter ; il tend devant lui très lentement la perche, vérifie que ses mains sont parfaitement au milieu. Tout le monde a peur comme moi ; c'est le silence, ce silence horrible qui me fait battre le cœur. Est-ce que tu entends mon cœur ? Maintenant, il va y avoir un « oh » avec quelques cris, les gens n'y croient pas encore ! Le deuxième pied est sur la corde qui vibre à nouveau et voilà le silence qui revient ; il avance un pied, puis l'autre.

Ursine chuchotait ; intrigués, Chipi et Chipo s'étaient rapprochés.

— La foule va se taire jusqu'à ce qu'il arrive enfin au bout.

Assise entre les deux singes, Ursine avala sa salive ; elle ne pouvait plus parler.

— N'aie pas peur !

Maladroitement, Blaise s'était emparé d'une des petites mains blanches de la fillette ; elle tremblait. L'aveugle se sentait oppressé. Il avait senti sa mère si angoissée la veille quand Austremoine avait annoncé que Landry donnerait son spectacle aujourd'hui. Que savait-elle ? Si un malheur arrivait, il ne lui pardonnerait pas de n'avoir rien dit mais Blaise savait aussi que Landry n'aurait jamais obéi aux étoiles. Lui, en tout cas, ne pardonnerait à personne de faire de la peine à Ursine.

La clameur s'enfla à nouveau.

— Il a réussi ! dit sobrement l'enfant dont l'angoisse avait été si forte qu'elle ne pouvait encore exprimer sa joie.

— Les hommes doivent jeter leur chaperon en l'air, les femmes rire bruyamment.

Chipo et Chipi s'étaient mis à tourner autour d'Ursine ; Chipo s'était même saisi de ses mains pour tenter de l'entraîner, mais Ursine résistait. La clameur décrut, puis reprit une fois de plus.

— Il a dû faire signe qu'il retraverserait, commenta aussitôt Ursine. Il est fou ; un jour, il tombera.

— Pourquoi serait-ce aujourd'hui ? demanda Blaise.

— Aujourd'hui ou un autre jour...

De nouveau plus un bruit ne parvenait de la cathédrale. Blaise retenait son souffle. Sagement, les singes s'étaient rassis, telles deux sentinelles encadrant leur maîtresse.

— Le premier pied est posé sur la corde ; il vérifie la perche... Oh Blaise, il y a un arc-en-ciel, c'est peut-être un bon présage ?

— Arc-en-ciel du soir, bon espoir, murmura le garçon. Décris-le-moi !

Mettant toute son application à cette tâche ardue de

décrire des couleurs à un aveugle, Ursine parut soudain avoir oublié son père. Elle entraîna Blaise vers le petit chevalet où était posée une feuille de parchemin sur laquelle le signe de la Balance offrait des plateaux rouges sur un fond bleu. Elle s'empara d'un doigt de Blaise et le posa sur l'un d'eux.

— Il y a d'abord le rouge, qui est fort, violent, c'est le sang, la cruauté, la colère mais aussi le courage et la force ; c'est la cotte de ton père quand il va au conseil, ce sont les tuiles des toits... Puis l'orange, entre le jaune et le rouge, comme les abricots ou les coings. Le jaune brille comme l'or, le soleil, mais on dit que c'est une mauvaise couleur qui montre la fausseté et l'avarice. C'est aussi la couleur des gens qui ne sont pas comme tout le monde, les juifs, les folles femmes et les bateleurs comme mon père.

— Et puis ?

Blaise se laissait bercer par la voix douce d'Ursine qui tout à coup devenait passionnée.

— Le vert... il est partout, dans les arbres, les plantes... ta cotte est vert sombre, comme les feuilles de buis ou de chêne. Enfin le bleu c'est sombre, profond, beau comme le ciel, l'œil gauche d'Austremoine... On dit que c'est la couleur de la justice et de l'amour fidèle.

— Comment sais-tu cela ?

Une clameur s'enfla à nouveau, plus forte, plus dense encore que les précédentes. Elle résonnait entre les murs de la courette et une cloche tinta, aigrelette, puis joyeuse ; sans doute celle de la Tour de la Bayette pour saluer l'événement.

— Il a réussi !

Ursine sauta au cou de Blaise.

— Viens !

Au même instant, Tiphaine embrassait Apolline et Eloi, et Pernelle, réfugiée derrière le poteau cornier de la dernière maison de la rue des Gras, essuyait furtivement les larmes qu'elle osait enfin laisser couler après une angoisse insoutenable. La mère et la fille se retrouvèrent quelques minutes plus tard, côte à côte, priant la Bonne Mère de la cathédrale dont le regard étrangement lointain ne pouvait être que le gage de son appartenance au ciel.

Très vite, oubliant déjà le héros savourant le bonheur d'avoir réussi qui l'avait saluée et resaluée, depuis le petit chemin de ronde de la Tour de la Monnaie, la foule refluait vers les rues avoisinantes où les taverniers, un temps délaissés, attendaient une clientèle assoiffée par l'émotion. Sidoine avait couru rejoindre Austremoine et depuis la grosse tour des chanoines, ils n'en finissaient pas de regarder leurs concitoyens grouiller au sol, aussi petits que les personnages peints dans les manuscrits. Landry qui avait réendossé sa fameuse houppelande rayée vert et jaune, leur fit signe de le suivre.

— Recommencerez-vous encore ? demanda le chanoine Hugues occupé à classer distraitement quelques parchemins jaunis à la lueur lugubre d'une pauvre torchère installée dans la salle du rez-de-chaussée, et presque indifférent, comme s'il voulait cacher à tout prix son émotion.

— Peut-être... mais il sera bientôt temps que j'aille montrer mon art ailleurs. Dans mon métier, il ne faut pas s'attacher. Mon état est d'aller et venir ; mon arrêt prolongé à Bourges ne m'a guère valu de bien, ajouta-t-il en ouvrant la porte qui laissa passer air et lumière.

Landry se retourna pour un dernier coup d'œil sur ce qui avait été l'atelier de fabrication de la monnaie locale abandonné maintenant à une lente déchéance. Des matrices sur lesquelles on avait martelé les pièces traînaient encore.

Hugues saisit le regard du bateleur.

— Comme les temps changent ! soupira-t-il.

Mais Landry était déjà dehors avec les deux garçons sur ses talons. La foule avait presque déserté les lieux.

— Papa !

Ursine avait sauté dans les bras de son père. De grosses larmes coulaient sur ses joues.

— Plus jamais, tu promets, plus jamais !

Landry caressait les longs cheveux roux. Ses doigts

nerveux, qu'Austremoine avait vus si forts sur la longue perche, semblaient si doux.

— Non, je ne promets pas, finit-il par dire d'une voix suffisamment ferme pour que l'enfant ne protestât pas.

— Vous êtes Landry ?

Deux hommes s'étaient approchés. Leurs jaquettes bleues portaient les armes du duc Jean. A leur ceinture, était passée une courte épée.

— Vous êtes Landry ? répéta le second qui contrastait avec le premier, grand et mince, par une corpulence épaisse.

Surpris, le bateleur les regarda en posant à terre Ursine qui s'essuyait les joues. Intrigués, Austremoine et Sidoine qui jouaient avec Chipo et Chipi se rapprochèrent à leur tour.

— Oui, je suis Landry, finit par dire le bateleur en mettant la main sur sa poitrine.

La houppelande restée ouverte laissait voir le court pourpoint mi-partie jaune et rouge assorti aux chausses aux couleurs également contrastées.

— Nous sommes venus vous arrêter, annonça le grand d'un ton autoritaire.

— M'arrêter ?

Incrédule, Landry qui avait posé une main sur l'épaule d'Ursine sourit comme à une plaisanterie.

— Oui vous arrêter, confirma l'autre, les deux pouces dans son braiel, ce qui augmentait encore son envergure.

— Mais pourquoi ? Par saint Ursin, qu'ai-je fait ? Qui vous envoie ?

Les questions se bousculaient dans la bouche de Landry qui ressentait enfin la fatigue.

— Monseigneur le duc, répondit le petit laconiquement.

Ursine ne semblait pas comprendre. Austremoine et Sidoine écarquillaient les yeux. Excités, les deux singes tiraient sur leur laisse. Chipo mimait le gros homme.

— Vous n'avez pas le droit ! cria Austremoine, lâchant subitement les deux singes qui se précipitèrent sur les deux messagers ducaux.

Effrayés, ils avaient tiré leurs épées et les en menaçaient déjà.

— Chipi, Chipo, ici, sages ! ordonna Landry.

— Faites cesser ce désordre ! Nous avons un cheval pour vous ; je dois vous ramener à Riom !

— Ce sera long ?

— Peut-être...

Ursine sourit misérablement.

— Tu vois, monseigneur le duc est comme moi, il n'aime pas que tu marches dans les airs. Il doit te prendre pour le diable comme Tiphaine.

Landry haussa les épaules et suivit les deux hommes qui s'impatientaient. Ainsi bien encadré, les enfants le virent passer la porte Terrasse. Blaise serra la main d'Ursine qui se mit à sangloter.

— Céans fait bon dîner ! criait le tavernier installé au rez-de-chaussée de la dernière maison de la rue des Gras.

— Chaud pain, chaud pâté, répondait son voisin, un fournier borgne.

— Et vin de Chanturgue à plein tonnel, renchérissait un personnage attablé dégustant à grandes lampées le précieux liquide pour tenter les chalands.

Entre ses deux compères, Landry était loin.

— Maman, maman ! Ils ont arrêté Landry.

Austremoine avait poussé la grande porte de chêne qui était venue battre violemment le mur du porche. Derrière lui Chipo et Chipi étaient tenus en laisse par Sidoine ; Blaise et Ursine suivaient.

Tiphaine parut sur le seuil de la cuisine.

— Que dis-tu ?

— Ils ont emmené Landry, des envoyés du duc, expliqua Austremoine.

— Des envoyés du duc ? C'était donc cela, murmura Tiphaine.

— Tu le savais, dit Ursine, que ce n'était pas un bon jour pour mon père.

— Elle le savait et elle n'a rien dit, murmura Pernelle

que Tiphaine regarda, découvrant soudain les traits bouleversés de sa fille.

— Pourquoi ? demanda seulement Ursine.

Désemparée, elle se jeta dans les bras de Tiphaine qui la serra très fort sur son cœur.

Cette réconciliation était un début de paix recouvrée pour l'astrologue.

— Tu ne nous abandonneras pas, chuchota Ursine.

— Non, promit Tiphaine en resserrant son étreinte.

— J'aurai bientôt fini de peindre tes signes du zodiaque.

8

Dans la maison de la rue Grenette, la joie succéda quelques jours plus tard à la tristesse. Gauthier était de retour. Huit jours après la fête de tous les saints, il retrouvait les siens, épuisé mais heureux. Ses derniers jours de captivité avaient été pour le moins mouvementés et il avait parfois désespéré de revoir son cher clocher de Saint-Genès.

Le maréchal et sa troupe avaient en effet eu fort à faire pour se débarrasser du brigand Olim Barbe qui avait fini par abandonner à la barbe de ses assaillants trop confiants dans leur supériorité le nid d'aigles de La Roche d'Onzac, pour se réfugier avec quelques prisonniers dans une autre forteresse, celle d'Opme. Et dans ce lieu retranché, très difficile à investir, il avait entraîné, outre une poignée d'hommes dont il était sûr, certains prisonniers destinés à servir d'otages. Gauthier avait eu la malchance d'être dans ce lot dépenaillé et à bout de forces.

Le maréchal lancé à la poursuite des fuyards avait dû encore batailler pendant plusieurs jours avant de venir enfin à bout du brigand qui s'était finalement rendu non sans panache. En dépit de son inexpérience, Nectaire avait participé à toutes les opérations. Soucieux de son père qu'il avait espéré retrouver quand ils avaient enfin pénétré dans la première forteresse, il ne vivait cependant que pour revoir cette belle dame qu'Olim Barbe avait évidemment emmenée dans sa fuite. Il fut le premier à pénétrer dans l'ultime repaire et Gauthier n'en crut pas ses yeux quand il reconnut son fils, transformé en soldat.

— Cornedouille, Sainte-Mère, vous ai-je assez priée pour vous dire merci aujourd'hui ! s'écria-t-il en prenant le ciel à témoin avant de se jeter dans les bras de Nectaire au milieu d'un désordre indescriptible.

Derrière eux une fumée inquiétante avait été le prétexte pour Nectaire d'abandonner son père à peine retrouvé pour explorer les lieux et Gauthier l'avait vu réapparaître quelques instants plus tard, avançant à pas lents en portant une femme évanouie. Le marchand avait aussitôt reconnu la cotte de celle qui semblait partager la vie d'Olim Barbe ; entre deux soldats, les mains liées solidement dans le dos, le rebelle s'était mis à hurler :

— Laisse-la, c'est ma femme.

Echappant à ses geôliers, il s'était même précipité tel un bélier furieux vers Nectaire qui n'avait dû son salut qu'à une flèche, tirée par un archer depuis le chemin de ronde et qui avait cloué le brigand sur place. Délicatement, le garçon avait ensuite déposé son précieux fardeau sur l'herbe.

— Qu'on s'en occupe ! avait ordonné le maréchal. Elle a l'air si belle. Et toi, viens ici !

Nectaire avait dû obéir à regret et abandonner la forme allongée qui ne donnait aucun signe de vie. Ses yeux larmoyaient ; il ne savait si la fumée en était la cause ou si elles étaient dues à l'émotion.

Et dans la confusion générale, accaparé par diverses tâches comme la lutte contre l'incendie que les brigands avaient allumé en dernier recours, ou la poursuite des fuyards, il n'avait pas revu la belle dame. Et maintenant dans la cour de la rue Grenette où chacun s'étreignait joyeusement, Nectaire avait bien du mal à s'associer à la gaieté générale. En questionnant le prisonnier dont il avait la charge, un manchot, il avait seulement appris le nom de la belle.

— Alixende de Monthaut, nous avons tué son mari il

y a quelques mois dans une maison-forte au milieu des montagnes.

Le renseignement était mince. Mais Nectaire n'en finissait pas de murmurer ce nom qu'il adorait déjà et qu'il aurait voulu crier à tous.

— Alixende, Alixende...

Entouré de toute sa famille, Gauthier reprenait peu à peu ses esprits quand Austremoine, planté devant lui, lança de sa voix haut perchée.

— Landry a été arrêté.

— Oui, Landry a été arrêté, répéta Pernelle qui avait passé tendrement le bras sous celui de son père.

Gauthier achevait le gobelet de vin que Tiphaine avait tiré du meilleur des tonneaux entassés au fond de la salle.

— Landry arrêté, que me dis-tu là ? Par qui ?

Très las, Gauthier, dont les cernes dévorant les pommettes disaient assez la fatigue, cherchait Tiphaine des yeux.

— Je vais t'expliquer...

Les voix d'Austremoine et de Tiphaine s'étaient confondues. Ils se regardèrent.

— Vas-y, dit le garçon en plongeant ses yeux dans ceux de sa mère avec cette insolence respectueuse qu'il cultivait naturellement vis-à-vis de ceux qu'il affectionnait.

— Je vais t'expliquer, répéta Tiphaine.

Ursine qui l'avait rejointe avait passé son bras autour de sa taille et, près d'elles, Chipi et Chipo s'étaient assis sagement, comme ils savaient le faire d'instinct quand la situation était grave.

— Raconte, murmura doucement la fillette.

Gauthier la regarda ; il lui sembla qu'elle avait grandi.

— Mon pauvre Gauthier, il t'est arrivé des aventures mais à nous aussi. Tu pars, tu m'abandonnes avec un homme que je connais à peine, qui met dans la tête de nos enfants des idées inquiétantes...

Gauthier avait posé sa tête sur le dossier de la cathèdre et regardait sa femme, presque amusé. Le préambule sur un ton de reproche le surprit un instant, mais il fut vite captivé quand elle entra dans le vif du récit sans lui faire grâce du moindre détail et quand elle s'arrêta enfin, il avait déjà pris sa décision et affirma aussitôt :

— Dès demain, j'irai à Riom m'enquérir de cette affaire.

— Oh merci, cria instantanément Ursine en se jetant dans les bras de Gauthier auquel les singes multiplièrent aussitôt les marques d'affection.

Apolline en avait profité pour se serrer contre Eloi ; de l'autre côté, Pernelle fit un clin d'œil effronté à l'orfèvre. Il rougit et embrassa tendrement sa fiancée, tentant d'exorciser le désir qui le tenaillait depuis la fameuse visite de Pernelle. Celle-ci n'en avait cure. Seule la démarche de son père à Riom l'intéressait maintenant.

Dès le lendemain, Gauthier mena une chevauchée rapide jusqu'à Riom, distante d'un peu plus de trois lieues de Clermont à laquelle elle était reliée par une charrière au trafic abondant. Laissant Montferrand sur sa droite, Chanturgue et ses vignes sur sa gauche, il avait pris au galop la direction du septentrion et de la petite cité où résidait le duc de Berry lorsqu'il venait en Auvergne, à moins qu'il ne préférât séjourner dans ses châteaux d'Usson ou de Nonette. Traversant bois et champs, dont le marchand de grain évaluait en connaisseur les labours bien avancés malgré le temps pluvieux, il parvint rapidement aux courtils clôturés de murs ou de palissades à proximité des remparts.

La courtine crénelée des murailles riomoises était renforcée à distances égales par des tours rondes et la charrière de Clermont menait naturellement à une grosse porte carrée dont l'avant-corps était précédé d'un pont-levis et d'une barbacane. Tout un dispositif défensif qui semblait impressionner un âne récalcitrant, en travers du pont, et qui refusait obstinément d'emporter plus loin les énormes baluchons dont il était chargé.

— Par saint Amable, vas-tu avancer ! criait son maître en tirant désespérément sur la longe de corde et en le menaçant d'un bâton.

— Cornedouille, sois plus aimable avec lui, lui lança Gauthier en riant.

— Savate, coquinaille, renchérit un bonimenteur dont la hotte débordant de marchandises paraissait plus lourde que lui.

— Il faut circuler !

Du couroir, se penchait un homme qui faisait signe avec son arc tandis que deux sergents s'emparaient de la longe et, arc-boutés, parvenaient enfin à faire avancer de trois pas l'animal rebelle qui dégagea ainsi le passage. Gauthier s'y faufila aussitôt, mais, vite arrêté, dut décliner son identité à l'homme du couroir.

— C'est bon, laissez-le passer ! cria celui-ci qui regarda un instant le cavalier s'enfoncer dans la rue étroitement tracée entre les pignons des maisons, puis disparaître.

Le guetteur soupira ; le temps lui semblait long. Des corbeaux s'envolèrent depuis le fossé presque à sec d'où s'exhalaient des odeurs nauséabondes. Le sergent entendit les oiseaux croasser bruyamment ; il fit mine de les viser en ajustant une flèche sur son grand arc ; puis se ravisa et les observa volant en direction du levant ; ils ne tarderaient pas à passer au-dessus d'Ennezat où vivait sa vieille mère.

Gauthier était déjà à l'autre bout de la ville au pied de la tour Bonan qui dominait de ses douze toises le fossé qui l'entourait. Elle était aussi défendue par un pont-levis, plus étroit que le précédent, et sa pierre sombre comme celle de la cathédrale de Clermont la rendait sinistre. Gauthier attacha sa jument à l'un des anneaux prévus à cet effet ; l'air vif le fit éternuer bruyamment. Le long pan de son chaperon ramené frileusement autour du cou vint se superposer au petit ruban de vair qui soulignait l'encolure de la cotte d'hiver. Le Puy de Dôme avait reçu le matin même sa première neige qui avait plus légèrement blanchi les dômes voisins.

Déclinant à nouveau ses nom et qualité, Gauthier fut enfin introduit dans la salle basse de la tour maigrement éclairée par des torchères de suif. Le lieutenant qui commandait la petite garnison locale accepta facilement de le recevoir.

— Mais de quoi accuse-t-on Landry qui est dans votre prison depuis plus d'une semaine ?

Ne s'embarrassant pas de préambule, Gauthier allait droit au but. Surpris, le lieutenant attendit un instant avant de répondre. Un pâle soleil venait de s'encadrer à l'occident dans la petite baie à meneaux dont les carreaux vitrés vinrent se refléter sur la terre vernissée du sol. Assis sur la banquette de pierre, dans l'ébrasement étroit, un secrétaire faisait gratter sa plume sur un parchemin ; le texte déjà long écrit en rouge et bleu retombait du pupitre presque jusqu'au sol.

Le lieutenant était surpris que ce messire Champgrain s'intéresse à ce prisonnier hors du commun, sur lequel il était requis d'exercer une surveillance particulièrement étroite. Ne lui avait-on pas dit que c'était un sorcier et qu'il était capable de se promener sur une corde à dix toises du sol ?

— Landry a tué un peintre de monseigneur le duc, finit par répondre le lieutenant à mi-voix.

— Tué un peintre du duc ? répéta Gauthier qui ne put réprimer un mouvement d'étonnement.

— Landry a quitté Bourges voilà deux mois, poursuivit posément le lieutenant installé dans une cathèdre de bois sombre dont le dossier grinçait douloureusement. Le lendemain, surpris de ne pas voir le peintre au palais où il l'avait convoqué, monseigneur a envoyé un valet le quérir. Celui-ci l'a découvert mort, un pinceau à la main, au milieu de son atelier où régnait un désordre indescriptible. Tous les godets de peinture avaient été renversés, les poudres répandues et, pire, le manuscrit sur lequel Pôl de Bruxelles travaillait, une commande de monseigneur justement, avait été barbouillé ; chaque feuille de parchemin gisait çà et là avec son image maculée. Je ne sais d'ailleurs si ce dernier détail n'a pas davantage affecté monseigneur le duc que la mort du peintre pour lequel il avait cependant grande affection.

Le lieutenant se mordit les lèvres ; la légère ironie qui avait marqué ses derniers mots lui parut soudain coupable. Il regarda du côté du secrétaire qui semblait heureusement profondément absorbé par sa tâche.

— Monseigneur est très attaché aux artistes qui travaillent pour lui, ajouta-t-il cependant comme pour atténuer l'effet des paroles précédentes.

— Je sais, convint Gauthier qui ne voulait pourtant pas se laisser détourner du but de sa visite. Mais pourquoi voulez-vous que Landry soit l'assassin de ce peintre ?

Le ton du lieutenant, monocorde et suffisant, voire obséquieux quand il prononçait « monseigneur », l'avait agacé.

L'homme s'agita sur la cathèdre ; il semblait tout d'un coup plus hésitant à s'exprimer.

— Pourquoi ? répéta Gauthier à voix basse.

Il ne voulait pas brusquer l'homme.

— Pourquoi ? Mais toute la cour de monseigneur sait que le peintre a aimé la femme de votre bateleur et que l'enfant, la petite...

— Ursine, souffla Gauthier.

— La petite Ursine est la fille du peintre. Ne manie-t-elle pas très bien le pinceau ?

— Si fait, admit Gauthier qui réalisait lentement la situation. C'était donc cela... ajouta-t-il pensif.

Son chaperon avait glissé de ses genoux sur les carreaux rougeâtres. Il ne songeait même pas à le ramasser. Le soleil avait maintenant déserté la fenêtre et le secrétaire allumait aux quatre coins de la salle des torchères dont le suif répandit aussitôt une odeur entêtante.

— Et la petite Ursine est chez vous, continua l'autre qui s'était levé, soulageant la cathèdre qui crissa d'aise.

Il avait ramassé le chaperon et s'était posté près de Gauthier.

— Et ce Landry, n'est-il pas un peu sorcier ? demanda-t-il. Marcher ainsi sur une corde à je ne sais quelle hauteur...

— Assassin, sorcier... Comme vous y allez !

Gauthier s'était levé à son tour.

— Pourrais-je voir Landry ?

L'autre sourit en lui rendant son chaperon et laissa tomber d'un ton qui ne souffrait pas la contradiction.

— Monseigneur souhaite qu'il reste au secret. Lui seul peut décider d'une visite. Adressez-lui une requête !

— Monseigneur sera-t-il bientôt à Riom ?

Gauthier reprenait soudain espoir.

— Non et nous ne savons quand il viendra ; la maladie de notre roi le retient à Paris[1]. Le roi Charles voit aussi beaucoup trop de sorciers, d'astrologues ou de physiciens. N'avait-il pas d'ailleurs reçu votre Landry ? Et votre femme, n'est-elle pas aussi astrologue ? Croyez-vous à ces sortilèges ? Et aux plantes qu'elle utilise ?

— Monseigneur le duc y croit bien.

Le lieutenant toisa le secrétaire qui avait fini son travail de copie et se mêlait mal à propos à la conversation. Le parchemin roulé avait été scellé. Gauthier y reconnut l'un des sceaux ducaux, marqué d'un cygne, l'un des animaux favoris de Jean de Berry.

— Landry portait cela sur lui. Reconnaissez-vous cet objet ?

Le lieutenant avait jeté sur la petite table une médaille.

— J'y vois le signe du Bélier.

— Ne serait-ce pas votre femme qui aurait voulu protéger notre homme avec cette médaille ? C'est bien une médaille astrologique ?

Embarrassé, Gauthier ne savait que dire. Il avait vu de telles médailles dans les affaires de sa femme mais celle-ci lui appartenait-elle vraiment ?

Du bruit montait de la salle du rez-de-chaussée.

— Voilà nos prisonniers, dit le lieutenant en se précipitant dans le petit escalier de pierre sans garde-fou qui reliait les deux étages.

Le secrétaire, qui avait repris sa plume, regarda Gauthier ; ce dernier avait remis son chaperon et il se dirigea comme à regret vers les marches de pierre. L'entretien était achevé ; d'ailleurs le feu dans la cheminée s'était presque éteint.

---

1. La première crise de folie de Charles VI remonte au mois d'août 1392 dans la forêt du Mans.

Sur le pont-levis, dont le mécanisme puissant disait assez la protection dont bénéficiait la tour, le marchand de grain croisa quelques-uns des prisonniers de La Roche d'Onzac. Il reconnut Santiago, qui s'était occupé de lui dans la forteresse tenue par Olim Barbe. Il était le seul à n'avoir pas les poings liés ; il était manchot.

La lourde grille pivota sur des gonds grinçants. Réveillé en sursaut par les bruits de chaîne, Landry se dressa sur la paillasse qui lui servait de couche. Le jour devait décliner ; le mince rai de lumière qui parvenait dans l'étroit cachot avait disparu.

— Voilà de la compagnie !

A la lueur de la torche du sergent, le bateleur put apercevoir un instant l'homme que l'on poussait sans ménagement, accompagné d'une maigre botte de paille qui ferait une nouvelle paillasse. Aussitôt, le grincement de la grille et le cliquetis des chaînes résonnèrent sous la voûte suintante.

— Je suis Santiago, annonça l'arrivant.

— Et moi Landry, répondit le bateleur en levant le bras d'un geste las.

— D'où viens-tu ?

— De Clermont. Et toi ?

— De La Roche d'Onzac.

Landry se souvint avoir entendu ce nom-là. C'était l'endroit où Gauthier était prisonnier.

— Le maréchal a réussi ?

— Pour sûr, par saint Jacques, il a réussi ; nous voilà tous dans les geôles de ce maudit duc.

Landry se lissa la barbe qui avait poussé en une semaine.

— Il a délivré tous les prisonniers ?

— Pour sûr, il n'en reste plus un et même la belle Alixende d'Olim ; le maréchal l'aurait bien faite prisonnière à son tour !

Le dénommé Santiago partit d'un rire gras qui s'amplifia sous la voûte.

— N'y avait-il pas un marchand, un certain Gauthier ? demanda Landry qui s'était adossé au mur.

— Gauthier ?

Santiago réfléchit quelques instants.

— Tu sais, des marchands, j'en ai tant vu dans la forteresse.

Quelle joie quand nous pouvons trouver sur notre route...

La voix éraillée du nouveau prisonnier entonnait une chanson. Ecarquillant les yeux, Landry tenta de distinguer dans la pénombre son nouveau compagnon qui continuait :

Riche prieur, marchand ou autre manant...

La prison qui avait été très silencieuse depuis une semaine que Landry s'y trouvait — un silence simplement rompu par le cliquetis des chaînes — s'emplit tout à coup du chant entonné d'un cachot à l'autre.

— Suffit ! cria un sergent dont la torche éclaira un instant le cachot.

Riche prieur, marchand ou autre manant...

reprenaient en chœur les voix.

— Assez ! hurla encore plus fort le gardien ramenant enfin le calme encore troublé ça et là par des injures et des menaces.

— Je te viderai les tripes, sale cocu... valet de maître de putain, bâtard de chapelain...

Les mots se perdirent sous les voûtes et le silence revint peu à peu.

— Alors tu le connais, Gauthier ? insista Landry.

— Par saint Jacques, ton larron, je ne sais comment il est fait.

— Il était avec son fils qui n'a pas les deux yeux pareils.

Fouillant dans sa mémoire, Landry s'était tout à coup souvenu de ce détail particulier.

— Par saint Jacques, si je le connais ton Gauthier et son fils Nectaire avec ses yeux, je n'avais jamais vu cela. Mais pour regarder la belle Alixende, il ne les avait pas dans son aumônière.

— Alors ?

— Ah il était heureux, Gauthier, de partir ! Mais j'y pense, je l'ai croisé sur le pont-levis...

— Sur quel pont-levis ?

— Ici, en arrivant dans cette tour.

— Gauthier ici...

D'un bond, Landry s'était levé de sa paillasse. Etouffant un gémissement quand la chaîne qui retenait sa jambe lui entra dans la chair, il aurait aimé danser. Soudain l'espoir renaissait. Gauthier n'avait pu venir ici que pour lui. Il n'était donc pas abandonné complètement. Il aurait tellement voulu avoir des nouvelles d'Ursine.

— Et toi, quel est ton crime ? demanda alors Santiago.

— Oh moi, on me reproche d'avoir tué un homme, comment dire que ce n'est pas vrai ? On me prend aussi pour le diable ou un sorcier.

— Par saint Jacques, ce doit être une belle histoire ; tu peux tout dire à Santiago.

9

Rue Grenette, la vie reprit son cours normal, du moins en apparence. Rien ne serait plus jamais comme avant ; Tiphaine ne cessait de le répéter. Comme avant la venue de cet homme dont elle ne pouvait séparer une vague image démoniaque. Et quand Gauthier lui avait raconté, à elle seule, dans l'intimité de leur chambre, les accusations portées contre Landry, elle avait frissonné.

— Un assassin, murmura-t-elle.

— Je ne peux le croire, répondit Gauthier.

Dans la pénombre de la petite pièce, il cherchait le regard de sa femme pour être conforté dans son opinion. Il ne pensait pas s'être trompé sur cet homme mais il ne pouvait se défaire d'un certain malaise.

Il avait laissé tomber bruyamment ses estivaux sur le plancher de bois clair et, assis sur un petit escabeau au pied du lit dont les courtines de velours vert avaient été tirées, se massait distraitement les orteils ; ses chausses brunes étaient assorties à sa cotte. Tiphaine avait déjà enlevé son surcot et sa sorquenie[1], ses seins pointaient sous sa chemise de lin blanc. D'une main adroite, elle bassinait son visage d'eau de rose avant de l'enduire

1. Cotte au buste ajusté.

d'huile d'amandes douces dont le délicat parfum flottait dans la chambre.

— Que vas-tu faire ? finit-elle par dire en se regardant dans le petit miroir acheté autrefois au mercier de la rue du Port.

Gauthier s'était levé ; il dégrafa son braiel, libérant les plis de l'ample pourpoint de drap, et le jeta sur le plancher, près des estivaux ; la boucle fit un bruit métallique ; puis toujours sans répondre, il commença à déboutonner lentement les noyaux du pourpoint. Tiphaine se glissait déjà sous la courtepointe doublée de vair dont les reflets roux s'embrasaient à la lueur de la chandelle posée sur le coffre.

— Que faire ? finit par dire Gauthier en se débarrassant de son pourpoint. J'irai voir monseigneur le duc. Landry ne peut avoir tué cet homme.

Tiphaine fit la moue.

— Voire !

— Ce n'est tout de même pas le diable, reprit Gauthier en se glissant à son tour sur la couette moelleuse. Mais n'avons-nous pas mieux à faire que de parler du diable ?

Tiphaine se serra contre lui tendrement.

« Et votre femme n'est-elle pas aussi astrologue ? Et ne soigne-t-elle pas avec des plantes ? » Avant de s'endormir, Gauthier se remémora la question du lieutenant de Riom et demanda à Tiphaine :

— Avais-tu donné à Landry une médaille astrologique ?

— Non, pourquoi ?

— J'aime mieux cela, murmura Gauthier avant de sombrer dans des songes abracadabrants ; dans une charrette tirée par deux singes énormes trônait une magicienne qui portait en collier des médailles dont les signes du zodiaque s'entrechoquaient avec un tintamarre métallique qui le réveilla en sursaut.

La chouette du cloître des carmes ulula. Plus loin, un chien hurla à la mort. Gauthier resta quelques instants éveillé, puis se rendormit paisiblement.

Dès le lendemain, Gauthier était reparti aux champs, entraînant Nectaire qui espérait sans trop y croire que leurs chevauchées les emmèneraient vers le domaine de Monthaut. Il avait annoncé à son père son désir de se lancer dans le métier des armes. Gauthier avait levé les bras au ciel, puis concédé que l'avenir était peut-être plus là en ces temps de guerre devenus presque immémoriaux.

— La fin d'une époque, soupira le père. Qu'en penseront tes aïeux sous leurs lourdes pierres du cimetière de Saint-Genès ? Tu ne vivras plus dans la crainte des récoltes ruinées par de funestes armées et parfois c'est même toi qui les détruiras !

— Ne dis-tu pas depuis quelque temps que ton métier est devenu maudit ?

— Oui, mais de là à imaginer que plus personne dans la famille ne l'exercera ! La splendeur de la rue Grenette est bien loin.

— Austremoine peut encore devenir marchand de grain, suggéra Nectaire.

— Dieu sait ce qu'il a dans la tête !

Gauthier montrait son plus jeune fils occupé à jouer dans la cour avec les singes de Landry.

— Et moi, à qui vais-je transmettre mon savoir ?

Tiphaine se désolait parce qu'aucun membre de sa famille ne s'intéressait vraiment à son astrologie, ni n'y croyait. Pourtant sa clientèle continuait fidèlement à venir chercher des conseils qu'elle dispensait en toute conscience. Et si ce commerce ne procurait pas d'espèces sonnantes et trébuchantes, elle recueillait des paiements en nature bienvenus pour son ménage où l'argent était trop rare. C'était des oublies ou des gaufres chez le pâtissier de la petite rue de la Treille, une belle poule ou des bécasses du volailler de la rue des Petites-Tueries, du fromage ou du beurre chez le laitier voisin, ou encore des chandelles de suif chez le maître cirier de la rue Saint-Barthélemy, près de l'hôpital, et un bain aux étuves de la rue de la Coifferie.

Pernelle et Apolline s'occupaient plus particulièrement d'Ursine qui s'était réfugiée dans le dessin et la peinture. Sa cotte protégée par un vaste tablier blanc, elle travaillait à la lueur d'une chandelle et de l'étroite baie de la cuisine sur un petit chevalet.

Si Blaise décidait de lui tenir compagnie, elle prenait alors soin de commenter chacun de ses gestes de sa voix douce et appliquée, et les réflexions de chacun le renseignaient sur l'avancement du travail. Les activités d'Austremoine et de Sidoine fascinaient aussi l'aveugle. Totalement réconciliés, les deux garçons partaient dans des équipées qui ne manquaient pas d'inquiéter la pauvre Tiphaine, toutefois heureuse de voir disparaître avec eux les singes dont elle trouvait la présence pesante.

Désormais Chipo et Chipi ne les quittaient plus ; ils les avaient même un jour emmenés au couvent des Cent frères au-delà de la porte Champet et du Champ-Herm où ils étaient toujours censés se rendre pour étudier. Les pauvres moines avaient été affolés par les deux animaux, caracolant dans leur cloître pour la plus grande joie des élèves, jouant à cache-cache derrière les colonnettes branlantes qui trahissaient l'état désastreux d'un couvent hors les murailles exposé depuis des décennies aux pires vilénies des routiers. Excédés, les moines avaient fini par jeter les garçons dehors.

Depuis, ils disparaissaient des journées entières. Les guetteurs de la porte des Cordeliers les voyaient régulièrement franchir le rempart et déambuler vers l'occident accompagnés de leurs maudites bestioles dont les facéties n'amusaient pas tout le monde. Les bruits qui couraient sur leur maître avaient encore accrédité l'idée de créatures du diable. Certes, beaucoup de Clermontois dans l'ignorance se contentaient de considérer en hochant la tête d'un air entendu la corde qui rappelait entre Bayette et Monnaie les exploits du bateleur et que personne n'oserait sans doute aller décrocher avant longtemps ; on n'était pas cependant près d'oublier le passage de cet étrange personnage qui continuerait à défrayer les conversations des marchés et des foires. Alors si on était tolérant pour les animaux de toutes espèces qui erraient dans la cité en toute liberté, occasionnant parfois quelques redoutables conflits de voisinage que sergents ou procureurs tentaient de régler, les deux singes pourtant sagement en laisse soulevaient partout la réprobation.

Après avoir traversé le faubourg de Jaude, les garçons pénétraient avec délices dans le Bois du Cros, se perdant dans les fourrés et les futaies où Chipi et Chipo pouvaient laisser libre cours à leurs talents. Ils se perchaient dans un arbre, puis dans l'autre, se balançaient à une branche, sautaient sur une autre sans jamais se lasser de cette liberté retrouvée. Leurs nouveaux maîtres, Austremoine et Sidoine, poursuivaient tout de même avec opiniâtreté une idée devenue presque fixe : devenir à leur tour des bateleurs et imiter Landry. Aussi avaient-ils transformé en terrain d'exercices une clairière admirablement dessinée, comme sait le faire la nature, avec un rond de chênes dont les troncs fièrement dressés vers le ciel offraient autant de facilités à tendre une corde. Le sol moussu, rembourré de multiples épaisseurs de feuilles mortes que l'automne venait encore alimenter grassement, limitait les dégâts en cas de chutes malencontreuses.

D'un canivet adroit, les garçons avaient taillé des perches dans du bois de noisetier et jour après jour ils s'entraînaient, rivalisant avec une agilité de plus en plus grande à traverser une longueur de corde qu'ils accroissaient peu à peu.

La clairière devint rapidement lieu de rencontres ; les chasseurs, notamment ceux des bécasses nombreuses dans ce bois, ou les paysans qui menaient leurs cochons à la glandée s'amusaient à regarder les exploits des garçons qui en profitaient pour organiser des spectacles avec les singes beaucoup mieux tolérés en pleine nature que dans les rues de la cité.

— Sacredieu ! Ces gars me font battre le cœur ! commentait un chasseur, adossé à un tronc sombre, l'épieu à la main, après avoir abandonné le sanglier qu'il poursuivait.

— Oh, ces singes !

Le faucon au poing, du haut de sa monture aux

naseaux frémissants, un cavalier s'arrêtait quelques instants pour voir déambuler les singes sur la corde tendue à quelques pieds du sol, une attraction nouvelle dont les garçons étaient très fiers.

— Sacredieu, ils distraient mes porcs ! s'exclamait moins admiratif le paysan dont les animaux répondaient à l'excitation ambiante par des grognements sourds. Sacredieu, cherchez, les bêtes !

Ainsi se passaient les journées des deux garçons et souvent ils étaient à peine rentrés quand le crève-feu [1] sonnait et que les guetteurs se mettaient en faction à la porte des Cordeliers pour la nuit.

Et leur imagination jamais à court n'inquiétait même plus leur famille. Ainsi Tiphaine ne prêta guère attention aux propos d'Austremoine quand il annonça un matin fièrement :

— Nous ferons un spectacle pour le dimanche des Brandons [2].

Dans le petit retrait attenant à la cuisine, Austremoine mijotait dans un bain ; l'eau chaude faisait de la vapeur. Le garçon avait fait grise mine quand sa mère l'avait prié de se laver enfin, ce qu'il différait depuis plusieurs jours.

— Je préférerais aller aux étuves !

Son père, en effet, fréquentait assidument les étuves. Celles de la Grande Rue Saint-Pierre dont le crieur vantait abondamment les mérites chaque jour dès l'« aube crevant » avaient ses faveurs et Gauthier ne se lassait pas des plaisirs de la vaste piscine et du bain de vapeur. Une commère du voisinage avait bien raconté à Tiphaine que d'autres attraits y attiraient les hommes, et quelques histoires de folles femmes dans une maison voisine, voire même aux étuves, avaient parfois défrayé la chronique de la cité. Gauthier avait souvent admis que certaine estuvière avait du charme.

— Le bain de vapeur coûte au moins deux deniers et

1. Couvre-feu.
2. Premier dimanche de carême qui clôt le carnaval.

n'est pas pour les enfants, avait répondu fermement l'astrologue.

— Nectaire y va bien !

— C'est offert par Perpétue à qui j'ai rendu un service.

Promptement, Tiphaine avait déjà disposé le fond de bain, ce grand molleton qui rendait plus confortable le baquet de bois et surtout évitait de se blesser avec une écharde. Puis les garçons, en faisant la chaîne, l'avaient rempli d'eau chauffée sur le grand trépied de la cheminée dans la cuisine.

— Il fait froid, grimaçait Austremoine, réconforté par Blaise qui prendrait ensuite sa place.

En attendant, l'aveugle s'était installé sur un tabouret, près du coffre où Tiphaine rangeait son linge.

— Et on frotte bien !

Occupée à plumer les cailles données par un volailler de la rue des Boucheries, pour la remercier de bons soins apportés à une profonde entaille faite par un tranchoir maladroitement manié, Tiphaine passa la tête. Austremoine lui sourit d'un air angélique.

Une douce odeur de laurier flottait ; Tiphaine en avait jeté quelques feuilles dans l'eau pour leurs vertus apaisantes.

— Nous ferons un spectacle pour le dimanche des Brandons, chuchota Austremoine.

— Il faudrait en parler à papa, répondit prudemment Blaise.

— Ce sera une surprise.

— Et si la surprise ne lui fait pas plaisir ?

Amusé par la prudence de son frère, Austremoine considéra Blaise un moment, puis pointa sa langue entre ses deux fameuses incisives. Il avait très chaud maintenant et des gouttes de sueur perlaient à la naissance des cheveux bruns.

— J'ai dit quatre *pater* et vingt *ave*, c'est au tour de Blaise, cria Tiphaine depuis la cuisine. Il faut rajouter de l'eau chaude. Ensuite je ferai les crêpes.

— Je pourrai t'aider ?

Installée sur un petit escabeau, Ursine avait posé près

d'elle la pierre à broyer les couleurs et le pilon avec lequel elle avait travaillé une poudre rougeâtre. Tiphaine s'amusait à découvrir que la peinture avait bien des parentés avec la cuisine, surtout quand l'enfant réclamait des œufs pour lier les teintes délicatement posées au pinceau. Toute la famille admirait un savoir-faire inconnu dans la maison et le parcheminier de la rue des Notaires n'en finissait pas de vanter les mérites de sa nouvelle cliente à qui il offrait volontiers la matière première nécessaire à l'exercice de son art.

Tiphaine se pencha sur l'épaule d'Ursine. Le coq qu'elle esquissait depuis le matin prenait forme. La main levée, les doigts crispés sur la fine mine de plomb, elle regardait sans cesse à l'extérieur, puis revenait au parchemin auquel elle ajoutait un trait d'une main sûre. Elle avait une source directe d'inspiration puisque dans la cour Gauthier et Nectaire dressaient un coq, baptisé Coqueluche, qui participerait aux joutes du dimanche des Brandons.

En effet, le temps du carnaval qui avait débuté avec la Chandeleur le 2 février touchait à sa fin. Après avoir longuement sacrifié aux rites funéraires recommandés par l'Eglise qui voyait en ces temps un moment essentiel pour la circulation des âmes, les chrétiens fêtaient maintenant joyeusement la fin du carnaval. Et chacun s'ingénierait dimanche à préparer une attraction.

— Ursine, voudras-tu venir regarder les nuages ? demanda Austremoine qui, les cheveux encore humides, sortait du retrait où il avait cédé la place à Blaise.

— Je fais les crêpes avec Tiphaine, répondit la fillette.

— Pernelle et Apolline courent je ne sais où, ne m'enlève pas mon aide ! cria Tiphaine qui, après les avoir flambées, embrochait les cailles avec des tranches de lard et des feuilles de laurier en alternance.

— Hum, ce sera bon ! commenta Austremoine en se léchant les doigts trempés dans le petit pot de terre évasé qui contenait, sur la table, les restes du fin fromage fondant dont elle avait pris soin de les farcir avec de la moelle de bœuf.

Délicatement Tiphaine posa la broche sur son support

au-dessus des braises. Aussitôt, un fumet appétissant envahit la cuisine.

— Et moi, je peux aider à faire les crêpes ? s'enquit Austremoine.

— Apporte-moi la fleur[1] !

— Non, c'est moi !

Ursine s'était déjà précipitée vers la crédence sur laquelle étaient posés les pots de terre brune dans lesquels Tiphaine conservait les produits de première nécessité.

L'émulation entre les deux enfants amusait Tiphaine. Mais les cris qui venaient de la cour eurent vite fait d'attirer Austremoine.

— Nous irons voir les nuages plus tard, annonça-t-il simplement en sortant, laissant le champ libre aux activités culinaires d'Ursine qui répondit doucement :

— Si tu veux !

Tiphaine avait tamisé la fleur dans une jatte dont la taille indiquait assez la gourmandise de la famille.

— Veux-tu casser les œufs ? demanda-t-elle à Ursine en lui tendant la corbeille où elle les avait recueillis le matin même dans la basse-cour. Je vais mettre l'eau et le sel, ajouta-t-elle en jetant un coup d'œil dans la cour.

Le dressage du coq n'était pas une mince affaire ; Nectaire déposait devant lui un animal de paille dont la forme reproduisait grossièrement celle d'un gallinacé et Gauthier encourageait alors son coq :

— Coqueluche, attaque !

Superbe, celui-ci se dressait sur ses ergots, la crête frémissante, s'avançait prudemment d'abord, puis se précipitait sur la proie qu'il becquetait un instant avant de revenir vers son maître. La manœuvre se répétait ensuite.

— Je ne sais pas s'il sera vraiment prêt ! commenta Gauthier quand Austremoine s'approcha de lui.

— Mais si ! affirma son puîné qui cherchait à le ménager afin de préserver ses propres projets pour la fête de dimanche.

— Attaque !

1. Farine.

Austremoine regarda le ciel ; les nuages du matin s'étaient déchirés ; le soleil se glissait maintenant dans la petite cour entre les pignons voisins ; une pie vint se poser sur la margelle du puits et observa quelques instants les jeux du coq ; puis, après avoir picoré une dernière fois la mousse des pierres claires, elle prit son envol ; sa queue était impeccablement partagée entre le noir et le blanc. Assis sur le petit banc de pierre de forme irrégulière, Austremoine attendait, désœuvré, remuant sans y penser la terre du sol de ses estivaux noirs, vite poussiéreux.

— J'ai fini.

En un instant, son visage s'éclaira. Ursine était sur le seuil de la cuisine.

— Blaise vient avec nous, ajouta-t-elle.

L'un des grands jeux des enfants en cette fin d'hiver capricieuse était d'aller se poster près de la porte de la Poterne sur le rempart au septentrion ; là, la Tour de Layat dominant largement la cité et les faubourgs permettait de considérer les nuages en leur attribuant des formes. C'était Ursine qui l'avait inventé et Austremoine l'avait aussitôt adoré, entraînant avec eux Blaise.

— On emmène aussi Chipo et Chipi.

Les singes en laisse surgirent du retrait qui leur servait de cage en poussant des cris de joie. Le coq apeuré voleta vers le puits.

— Gare à mon coq ! hurla Gauthier, furieux. Et n'oubliez pas d'apporter le bois au Champ-Herm !

— Nous irons ensuite, cria Austremoine dont la voix résonna sous la petite voûte du porche.

Laissant entrer quelques instants le bruit de la rue, la porte battit derrière les enfants et les singes, puis la cour retrouva sa quiétude et Gauthier, son calme. Le coq s'était réfugié sous le banc de pierre. Son maître songea à Landry, toujours prisonnier dans la haute tour sombre. Les élus clermontois n'avaient-ils pas annoncé la veille que le duc était attendu à Riom pour Pâques ? L'occasion se présenterait donc bientôt de lui apporter directement une requête.

Dans la rue Grenette, les singes faisaient toujours sensation ; du fond des échoppes, les voisins les observaient avec plus ou moins de méfiance ou de crainte, et il n'était pas rare qu'un passant fasse un écart ou qu'une commère alertée par les cris aigus des animaux ne passe la tête par une baie au milieu des colombages. Ce matin-là, les deux carmes qui passaient à l'instant où la petite troupe avait surgi se signèrent même, en levant les yeux au ciel, mais se retournèrent subrepticement pour constater que tous s'arrêtaient déjà devant l'atelier de maître Gilbert.

Sidoine, armé d'un marteau et d'un ciseau, dégrossissait une pierre dont son père ferait un chapiteau pour la porte de la sacristie de la cathédrale, une importante commande des chanoines. A ses pieds en gisait une autre où le jeune apprenti avait gravé une croix dont il dégagerait le dessin pour lui donner du relief. Il n'était guère capable de faire davantage avec un ciseau qu'il maniait encore avec maladresse.

— Hé, Sidoine, tu viens voir les nuages !

Ursine avait poussé la porte de la loge qui s'étendait en profondeur et était encombrée de pierres de toutes tailles. Gilbert, occupé à modeler en douceur les traits d'un enfant pour un gisant, la regarda. Il aimait cette petite fille qui venait parfois l'entretenir de leur art, en regardant les dessins dressés pour préparer ses sculptures.

Il sourit en se passant la main dans les cheveux. Sidoine avait aussitôt jeté par terre le marteau, qui gisait sur le sol de terre semé d'éclats de pierre. Il était loin quand, d'une gouge délicate, son père, après avoir bu un grand godet de vin, reprit à coups de ciseau prudents le modelé de la joue de son gisant.

Le petit groupe déboucha de la rue des Notaires, passa devant la porte de la Poterne qui était à l'intérieur des murs ; tout près était ménagé un des escaliers permettant l'accès au rempart non loin de l'imposante tour voisine. Tirant sur leur laisse, les singes gravissaient déjà les marches et derrière, tenant la main de Blaise, suivait Ursine.

— Un cheval là-bas ! cria-t-elle aussitôt hissée sur la large courtine qui régulièrement crénelée formait une sorte de promenade.

— Où ?

Sidoine plissait les yeux.

— La tête est au-dessus de Saint-Adjutor, confirma Austremoine, accoudé au créneau voisin.

— Ne vois-tu pas la crinière blanche qui flotte ?

L'imagination du futur maître imagier parut, un instant, prise en défaut mais, pour donner le change et ne pas avoir l'air idiot, Sidoine désignait déjà un autre nuage.

— On dirait un visage avec une longue barbe broussailleuse comme celui de l'herboriste de la rue de la Coifferie.

Austremoine pouffa de rire et ajouta :

— Mais le nez crochu, c'est plutôt celui de l'abbé des cordeliers !

Blaise souriait aux anges ou plutôt aux nuages. Lui aussi participait à la joie collective. Ursine le regarda avec tendresse, puis lui saisissant une main, commença à dessiner dans l'air.

— Voici les cheveux tout bouclés comme ceux des angelots autour de Marie dans la chapelle Sainte-Madeleine de la cathédrale, puis le front et le nez...

Maintenant solidement les doigts du garçon, elle exagérait la forme d'un crochet.

— Je ne vois pas la bouche mais la barbe s'effiloche, s'effiloche.

Les deux mains parurent balayer l'air. Blaise éclata de rire.

— Voilà le vent.

Un léger courant d'air souleva les cheveux d'Austremoine dont les mèches ébouriffées ressemblèrent soudain à la barbe du ciel.

— Ne dirait-on pas le coq de ton père ? Si, la crête est là, et les pattes et les plumes...

Austremoine regardait Ursine ; les deux singes s'étaient installés chacun dans un créneau. Les yeux sombres de la fillette rencontrèrent ceux du garçon qui sourit béatement. Sa vie avait tellement changé depuis l'arrivée de Landry. Ursine était le rêve et la fantaisie.

— Crois-tu que tu pourrais faire le spectacle avec nous pour les Brandons ? interrogea soudain Austremoine.

— Un spectacle ?

Ursine regarda son ami.

— Ne pourrais-tu faire ces sauts comme le premier jour sur le Champ-Herm ? reprit Austremoine. Avec tes cheveux qui s'envoleraient comme un grand soleil.

Il s'était saisi d'une des longues nattes de la fillette et avait dénoué le petit ruban rouge qui retenait les trois mèches patiemment tressées le matin par Apolline.

— Que fais-tu ?

— C'est pour te montrer le grand soleil.

— Peut-être, mais je ne referai pas les sauts. Seul mon père peut me le demander. Laisse-moi.

D'un geste sec, Ursine avait dégagé ses cheveux des mains d'Austremoine.

— Regardez plutôt ces nuages poussés par le vent du midi et qui seront avant peu au-dessus de la cité de Riom !

Pernelle avait surgi tout à coup sur la courtine. Sidoine la regarda. Elle portait la même cotte que le fameux jour où elle était venue dans la Tour de la Monnaie. Ses cheveux étaient encore attachés en macarons sur les oreilles. Sidoine s'était souvenu des conseils de Landry et n'avait jamais soufflé mot à personne de la visite de Pernelle.

— Landry les voit peut-être de sa prison, ajouta la jeune fille en levant la main dans la direction de Chanturgue.

Ursine vint se blottir contre elle.

— Toi au moins, tu penses à lui, murmura-t-elle.

Pernelle croisa le regard de Sidoine.

— Cornedouille ! Nous pensons tous à lui ! cria Austremoine. N'est-ce pas, Chipi et Chipo ?

Ses joues étaient rouges. Et entre les lèvres surgit le bout de sa langue qu'il finit par tendre en direction de sa sœur qui haussa les épaules tout en disant :

— Et ce spectacle, où le donnerez-vous ? Et père, le sait-il ?

— Je t'interdis de lui en parler.

— Si elle en parle, moi je sais bien ce que je dirai.

Pernelle toisa Sidoine qui avait détaché les derniers mots.

— Quoi ? demanda aussitôt Austremoine.

— Je ne peux le dire !

Le ton de Sidoine semblait sans appel. Soulagée, Pernelle allait s'engager sur la courtine en direction du levant quand soudain elle s'écria :

— Mais regardez, là-bas, elles reviennent !

Tous scrutèrent à nouveau le ciel. Deux oiseaux blancs y volaient majestueusement ; les cris de Pernelle avaient fait s'envoler les corbeaux qui becquetaient la mousse des créneaux ; leur trajectoire sembla un instant rejoindre celle des autres mais, beaucoup plus basse et désordonnée, vira en direction de l'est. Insensibles aux croassements, les deux grands oiseaux planaient, leurs longs becs rouges tendus en avant.

— Regardez les cigognes !

Les sergents de la porte voisine s'exclamaient à leur tour, ameutant la population, et tous s'arrêtaient pour observer le ciel.

— Elles retournent sur la Tour de la Monnaie ! s'écria encore Austremoine. Maman sera contente, c'est un heureux présage.

— Ursine, veux-tu faire le tour de la cité ? Ensuite, nous irons voir mes amis Samuel et Esther près de la fontaine des Juifs.

Dépité, Austremoine vit son amie rejoindre sa sœur. Blaise la suivit. Ils se dirigeaient déjà vers la porte Champet. Le ciel s'était assombri ; les gros nuages gris affluaient de l'occident ; informes, compacts, ils n'inspiraient plus rien aux garçons. La fête était gâchée.

— Et le bois, prévint Sidoine, ne l'oublions pas !

— Je préférerais manger les crêpes de ma mère, répondit Austremoine qui n'entendait pas cependant désobéir à son père.

Sa famille devait naturellement, comme tous les Clermontois, contribuer au feu de joie qui serait allumé pour fêter le dimanche des Brandons. Il était, en effet, de tradition d'embraser un gigantesque bûcher sur le Champ-Herm, hors de la cité pour éviter tout risque d'incendie. Les élus avaient fait crier la veille que nul ne pourrait allumer un feu en ville sans encourir une amende. L'incendie était leur hantise et ils ne cessaient de développer leur réglementation. De même, au conseil, avait-on longuement débattu sur le gaspillage de bois de chauffage précieux ; mais il était hors de question de s'opposer à la tradition où se mêlaient, comme dans la vie, autant de religion que de superstition.

Rue des Notaires, ils croisèrent le crieur du quartier.

— Chaudes les étuves, bons les bains !

— Cornedouille, si je gagne deux deniers avec ce maudit spectacle, j'irai aux étuves ! s'exclama Austremoine.

— Il paraît qu'on y trouve de belles femmes, répondit en ricanant Sidoine.

10

— Les cigognes sont revenues.

D'une voix joyeuse, l'étuvière annonçait la nouvelle aux clients qui se prélassaient mollement dans les sabotières[1], tout en veillant d'une main nonchalante à la bonne température et à l'agrément de chacun.

La femme d'expérience qu'elle était savait que l'eau devait être tiède et claire et que plantes et fleurs, assurant douceur et bonne odeur, devaient être renouvelées soigneusement. Sa réputation en dépendait.

— Ici un peu de romarin, là de la camomille pour maître Guillotin, et toi le nouveau ? Mets-lui de la farine de fèves pour lui faire la peau nette et propre !

Nectaire avait les joues rouges. La vapeur, la chaleur ou l'émotion ? Jamais il n'aurait pu imaginer tant de volupté.

Moqueuse, l'étuvière le regarda sans gêne. Le garçon de maître Gauthier était décidément bien fait ; un sourire vint sur ses lèvres ; ne lui était-il pas arrivé de délasser le marchand de grain plus qu'il n'était séant ? Et encore, le père n'avait pas les yeux du fils ; un charme indéfinissable auquel elle aurait volontiers succombé ; mais elle

1. Baignoires.

avait bien d'autres choses à penser. Sa journée était loin d'être finie.

— Ce sera bientôt le moment de l'infusion pour ce jeune garçon, dit-elle à son aide. Puis tu le feras reposer. Moi, je vais épiler ces dames, la poix doit être à point.

Perpétue disparut derrière une épaisse tenture dont la couleur semblait s'être diluée sous l'effet des vapeurs. Derrière, Nectaire perçut des voix et des chuchotements, puis des petits cris de douleur !

— Par sainte Perpétue, ma sainte patronne, il faut souffrir pour être belle ! commentait l'étuvière. Laissez-vous faire, les poils viennent bien.

— Pélagie, tu laveras les cheveux de dame Alixende avec mon eau de prunier.

Pélagie était réputée pour ce produit à base d'écorce et de feuilles de prunier qui rendait les chevelures « belles et épaisses comme les aiment les damoiseaux », selon sa formule.

— Puis tu les masseras avec l'huile d'olives. Ensuite, je vous enduirai moi-même de parfums. Savez-vous que les cigognes sont revenues, dame Alixende ?

« Alixende ! »

Nectaire tendit l'oreille ; son cœur s'arrêta un instant, puis se mit à battre si fort qu'il lui sembla suffoquer un instant.

— Il est temps que tu sortes, tu vas t'évanouir, mon garçon !

Ramené sur terre, Nectaire fut invité à sortir de la sabotière où l'eau ne fumait plus et, enveloppé dans un grand drap, conduit dans une salle voisine près d'une cheminée où brûlait un grand feu. Un gobelet de liquide odorant lui fut tendu.

— Bois tant que c'est chaud !

Nectaire le vida d'un trait.

« Alixende, Alixende... » Nectaire était transporté de joie. La cheminée chancelait devant lui ; il s'appuya aux colonnes qui supportaient par l'intermédiaire d'un petit chapiteau à feuillages l'épais manteau de pierre. Quand il rouvrit les yeux, deux visages se trouvaient au-dessus de lui.

— Dame Alixende, regardez ce chérubin. Il vient pour la première fois à l'étuve et en est tout chaviré.

— Je le connais votre chérubin, répondit une autre voix. Mais où l'ai-je vu ?

— A La Roche d'Onzac, souffla Nectaire émerveillé.

— Non !

Dame Alixende avait porté la main devant ses yeux ; puis, en douceur, elle vacilla et s'effondra sur le sol carrelé de terre vernissée.

— Aide-moi, le jeunot ! Je ne sais pas si tu sais bien parler aux femmes, mais tu leur fais un drôle d'effet.

Nectaire s'était saisi du corps gracile qui se laissa aller dans ses bras, réveillant en lui les tendres sensations déjà éprouvées le jour de la délivrance de la forteresse, et, tremblant, il le déposa avec délicatesse sur la couche qu'il venait de quitter précipitamment.

Perpétue le regarda ; penché sur cette femme évanouie, il n'avait plus rien d'un chérubin. Bizarrement, elle eut un pincement au cœur, regrettant soudain de ne pas lui avoir consacré le temps d'en faire un amant. S'arrachant à leur contemplation, les yeux de deux couleurs qui avaient perdu leur candeur se posèrent sur l'étuvière. Et c'est elle qui rougit.

— Reviens quand tu veux, lui lança-t-elle cependant, tu seras toujours le bienvenu.

— Merci !

Nectaire avait déjà enfilé ses chausses sombres et sa cotte qu'il serra du braiel de cuir offert par son père quelques jours plus tôt pour remplacer la cordelette portée jusque-là. Dans la rue, frappé par le froid, il hésita un instant, puis se décida enfin à prendre la direction de la rue des Gras qu'il remonta à grands pas ; il lui semblait que tous les passants remarqueraient ses joues en feu mais personne n'y faisait attention — le charroi était grand en cette mi-journée —, et quand il déboucha enfin de la porte de la Monnaie, il leva les yeux. Sur le corbeau qui supportait encore la fameuse corde de Landry étaient perchées les deux cigognes.

— Je suis sûr qu'Alixende m'aimera, cria Nectaire qui, comme sa mère, croyait aux heureux présages.

— Eloi, les cigognes sont revenues !

Au même instant, Apolline entrait comme un ouragan dans l'étroite échoppe de l'orfèvre ; devant un établi de bois, assis sur un escabeau assez haut, à la lueur d'une chandelle vigoureuse, Eloi martelait avec précaution un cercle de cuivre où prenait ainsi forme une croix ; près de lui, un petit morceau de parchemin montrait le dessin que l'orfèvre suivait avec application. A la croix viendraient s'ajouter de fins quadrilobes. C'était le couvercle d'une pyxide commandée par le chanoine Coustave. Devant lui était posé un riche fermail orné de pierres précieuses assemblées avec un art consommé des couleurs selon des ellipses étroitement imbriquées. A court d'argent, une belle jeune femme le lui avait confié quelques heures plus tôt afin qu'il le vende.

— Puissent-elles apporter la chance à toute la cité et à ses habitants !

— Que c'est beau !

Apolline avait avisé le fermail.

— Un ouvrage rare, commenta Eloi en faisant jouer à la lumière les pierres colorées du bijou. Mais je voudrais te montrer autre chose.

Le jeune homme avait pris dans ses doigts habiles une petite figurine drapée d'une longue tunique.

— Je l'ai achetée à un marchand de Limoges ; c'est un Christ que j'appliquerai sur une croix. Regarde son visage et ses yeux.

Intriguée, Apolline s'était emparée de l'objet d'une grande finesse et l'observait attentivement. Eloi épiait sa réaction. Il ne fut pas déçu.

— Il a les yeux de couleurs différentes comme moi ! finit-elle par s'écrier, ravie.

— Si je peux, je le garderai et nous le mettrons chez nous.

Apolline rosit de plaisir et lui sauta au cou, lui appliquant deux baisers sonores sur chaque joue avant de poser, câline, sa tête sur son épaule. Eloi n'avait pas lâché son petit marteau. Elle se pressa contre lui.

— Si ton père nous voyait, il ne serait pas content, finit-il par dire, vaincu, en l'enlaçant plus étroitement et en posant sur ses lèvres un baiser d'abord léger, puis si fougueux qu'Apolline en eut le souffle coupé.

— Eloi ! Es-tu déjà allé aux étuves ?

La voix de Nectaire tout excitée fit sursauter les fiancés. Tout aussi surpris, Nectaire resta bouche bée.

— Les cigognes sont revenues, finit-il par dire en refermant doucement la porte derrière lui.

Eloi et Apolline éclatèrent de rire.

— Je me languis, Eloi, marions-nous, chuchota Apolline après un nouveau baiser passionné.

— Je parlerai à ton père, promit Eloi.

— Eloi, est-il vrai qu'il y a des folles femmes aux étuves ?

— Oui et parfois le bain brûle et tourmente, murmura Eloi, mais va-t-en, me voilà trop enflammé. Nous nous reverrons aux Brandons.

Apolline, la menue, la douce, se dirigea vers la porte. Eloi la regarda sortir. Dans la rue, sa silhouette s'effaça derrière celle de Pernelle. Il la chassa d'un geste vif de la main et se remit à l'ouvrage mais son marteau était moins précis. Il avait la tête ailleurs.

Le chant du coq réveilla Gauthier ; il n'avait entendu ni les premières cloches dominicales ni le crieur invitant la population à profiter des joies du dimanche des Brandons. Le chant de Coqueluche le ramena à la réalité.

— Dieu, que ce coq a une voix laide ! maugréa le marchand de grain.

Ces derniers jours, ses voisins avaient souvent plaisanté le dresseur à propos de la voix cassée de l'animal.

— J'espère pour toi que ton coq sera meilleur batailleur que chanteur ! avait plaisanté la veille Gilbert l'imagier.

Gauthier sourit à ce souvenir. Il aimait bien son voisin et, s'il en avait eu les moyens, lui aurait commandé, comme le faisaient certains, de beaux gisants pour Tiphaine et lui-même. Ils se contenteraient comme leurs parents d'une simple pierre gravée ! Et ce serait peut-être bien ce garnement de Sidoine qui la réaliserait. Après tout, n'avait-il pas le même âge que Gilbert son père ?

Tiphaine avait déjà déserté la couche conjugale. Gauthier guetta les bruits de la maison. Le coq s'égosillait toujours au fond de la cour.

— Cornedouille, tais-toi !

Gauthier reconnut la voix d'Austremoine qui avait dû passer la tête par la lucarne de la chambre des garçons.

— Et toi aussi !

C'était cette fois au tour d'Apolline qui répondait de la fenêtre voisine.

— Venez tous pour une bonne galimafrée[1] ! Ce sera bientôt l'heure de la messe.

La voix qui venait d'en bas décida enfin Gauthier à quitter couette et courtepointe. Il enfila ses chausses, serra le ruban qui les retenait à la taille, puis passa le pourpoint que lui avait préparé Tiphaine ; rembourré d'étoupe de chanvre, il lui faisait belle carrure et lui donnerait autorité pendant les combats de coq ! Braiel et aumônière de cuir de Cordoue, ainsi que des estivaux noirs complétèrent sa tenue.

Dans la salle, Tiphaine avait ravivé les braises et posé sur les landiers les longues bûches entassées chaque jour par les garçons dans un coin près de la crédence ; de la marmite s'exhalait la douce odeur de la fromentée où se mêlaient à la farine de froment des œufs, du sucre, du sel et du safran, le tout bouilli et rebouilli.

Des galettes d'épeautre, rituelles pendant le carême, voisinaient avec du pain bis et du pain blanc exceptionnellement acheté à maître Guillotin en ce dimanche de fête.

— Une bonne bouillie de fleur te tiendra au corps, dit Tiphaine en posant devant son mari une écuelle fumante.

Le mélange appétissant et odorant était brûlant. Gauthier fit la grimace mais il avait si bon goût ; Tiphaine en avait appris la recette de sa mère à lui ; elle lui rappelait

1. Platée. De « bâfrer ».

tellement son enfance. Soudain nostalgique, il murmura la prière matinale que lui avait apprise sa mère :

— Ma pensée soit adressée à ta sainte justice.

— Et volonté faire, beau sire Dieu tout-puissant, poursuivit Austremoine qui venait d'entrer.

Gauthier sourit, puis se mit à déguster la bouillie sur laquelle ses fils se jetèrent goulûment. Enfin en buvant à grandes rasades un gobelet d'hypocras, le père laissa tomber négligemment :

— Les singes ne sortiront pas aujourd'hui.

— Pourquoi ?

— Il y aura trop de monde, ils feront peur et ils pourraient être effrayés par le feu !

Déçu, mais n'osant pas protester, Austremoine baissa la tête. A travers ses dents écartées, la langue pointa entre les lèvres qui esquissèrent une moue significative. Pernelle le regarda avec un sourire moqueur. La langue d'Austremoine jaillit carrément de sa bouche qui se tordit en une horrible grimace. Sa sœur haussa les épaules.

— Je saurai bien faire parler Sidoine, marmotta Austremoine à qui revenait soudain la menace proférée par son ami à l'encontre de sa sœur aînée. Qu'avait-il donc voulu signifier avec son « moi je sais bien ce que je dirai » ? Quel secret cachait-il ?

Intrigué, Austremoine dévisagea Pernelle qui rougit, et sortit en sifflotant.

— Mes frères, ce feu qui brillera ce soir dans les ténèbres est l'image du Christ qui a sauvé l'humanité...

Tous les prédicateurs, ce matin, rappelleraient dans leur sermon la dimension religieuse de ce dimanche un peu particulier, une dimension souvent éclipsée par les festivités de rues.

Austremoine s'agitait sur le banc de bois clair où il avait pris place entre sa mère et Blaise. Puis venaient Apolline, Pernelle et Nectaire. Ursine était de l'autre côté avec Gauthier. Derrière, se trouvaient Gilbert l'imagier et Sidoine. Celui-ci n'était pas plus attentif. A l'entrée,

Austremoine avait eu le temps de lui glisser que leur spectacle était compromis.

Agacée, Tiphaine regarda son fils qui, l'air contrit, sembla enfin attentif aux paroles du chanoine qui poursuivait :

— Ce feu, c'est aussi le signe des forces bénéfiques, plus puissantes que le mal...

« Parfois le bain brûle et tourmente... me voici trop enflammé. » Apolline ne pouvait s'empêcher de repenser aux paroles d'Eloi qu'elle n'avait pas revu depuis leurs baisers passionnés. Elle s'était confiée à Pernelle qui avait haussé les épaules d'un air entendu et souri du feu qui pouvait ronger Eloi ; Apolline avait encore interrogé Nectaire qui n'avait guère été bavard sur son expérience aux étuves.

Gauthier trouvait, lui aussi, l'office long. Il n'aurait que le temps de récupérer Coqueluche et de se précipiter sur le lieu du combat, près de la porte des cordeliers.

— Prions pour notre roi ! demandait maintenant le prêtre qui avait repris le cours normal de la messe.

Les Clermontois avaient appris quelques jours plus tôt que le roi avait failli périr au cours d'un bal où son déguisement s'était enflammé et qu'il n'avait dû son salut qu'à la présence d'esprit de la duchesse Jeanne, la deuxième épouse de monseigneur de Berry[1].

L'esprit de Gauthier se remit à vagabonder de plus belle. Pâques serait vite là. Mais la requête qu'il espérait faire aurait-elle un résultat ? Depuis qu'il connaissait les accusations portées contre le bateleur, il espérait cette entrevue sans trop se faire d'illusion. Après tout, monseigneur n'était-il pas à l'origine même de l'emprisonnement de Landry ?

Perdu dans ses pensées, le marchand de grain fut tout à coup surpris par la fin de la messe. Gilbert lui mit la main sur l'épaule et chuchota :

— Bonne chance pour Coqueluche ! Je ne pourrai assister au spectacle, les chanoines veulent m'entretenir

1. Cet événement passé dans l'histoire sous le nom de bal des Ardents se déroula le mardi 28 janvier 1393.

de ce maudit jubé sur lequel ils ne parviennent pas à s'accorder. Les uns souhaitent des images de la Passion de Notre Seigneur, les autres voudraient un Jugement Dernier ! Et leur prévôt ne veut pas dépenser trois livres !

— Plains-toi, voila toujours de l'ouvrage pour plusieurs mois, alors que le ciel toujours aussi peu clément ne me promet guère de belles récoltes ! répondit Gauthier en saluant son voisin déjà entouré par deux chanoines impatients.

Entre le chœur et la nef se dressaient quelques rangs de pierre qui serviraient à asseoir un jour les panneaux sculptés par l'imagier.

Sidoine et Austremoine dévalèrent la voie qui longeait l'église des cordeliers, puis passèrent la porte distraitement gardée par deux sergents perchés sur la courtine afin de jouir du spectacle. En jouant des coudes, les gamins parvinrent rapidement au premier rang du public installé autour d'une corde délimitant une aire vaguement circulaire où se déroulaient les combats de coqs. Ursine et Blaise s'y trouvaient déjà avec Nectaire. Austremoine aperçut son père qui attendait patiemment son tour de l'autre côté. Un combat venait d'avoir lieu et gisait encore le pauvre vaincu dont le maître infortuné ramassait les plumes éparses sous les invectives d'une femme, sans doute son épouse, visiblement furieuse de cette défaite.

— Coquinaille, putainier, cocu ! Va le manger maintenant, ton coq !

— Aux suivants ! criait l'ordonnateur du jeu, un volailler du quartier du Mazel. Coqueluche qui appartient à maître Gauthier contre Poulédor, le coq de notre boulanger Guillotin.

— Coqueluche, Coqueluche ! Poulédor, Poulédor !

La foule s'était mise à scander les noms des deux protagonistes que leurs maîtres déposèrent avec précaution sur la terre où l'on voyait encore quelques traces des combats précédents. S'ignorant superbement, les deux coqs, l'un plutôt blanc, l'autre avec des plumes rousses d'où lui venait son nom, semblaient indifférents à l'excitation ambiante et picoraient le sol sans conviction, comme s'ils attendaient patiemment que le calme revienne. Puis, soudain, presque sans que les maîtres se soient exprimés, les animaux se jetèrent l'un sur l'autre dans un nuage de plumes. Le duel était engagé et sans merci ; d'abord fortement attaqué mais revenant courageusement à la charge, Coqueluche remporta une première victoire sur Poulédor qui resta ébaubi pendant quelques instants ; mais maître Guillotin n'entendait pas être ainsi vaincu et parvint avec quelques paroles bien senties à galvaniser sa bête qui se précipita comme dans un effort ultime sur Coqueluche ; le prenant au cou d'un bec impérieux, le premier sembla avoir le dessus, mais l'autre s'échappa et courut pantelant reprendre son souffle près des cordes où le public se chargea de l'exciter à nouveau. Les enfants Champgrain n'étaient pas les derniers. Pris d'une rage soudaine, Coqueluche revint au centre, puis, écartant les ailes comme à la parade, se fendit de son cocorico fêlé qui fit honte à son maître.

— Eh tu n'as pas encore gagné, cria le public rigolard.

Superbe, déployant lui aussi ses ailes sombres, Poulédor répondit d'un cri retentissant et beaucoup plus juste.

— Lui au moins sait chanter, commenta un sergent.

Comme s'il avait compris l'insulte, Coqueluche tendit son bec crochu qui saisit le cou de l'autre. Poulédor se débattit tant qu'il put mais sans résultat. Enfin vaincu, il s'écroula devant les pattes de l'autre qui sembla alors s'en désintéresser.

— Coqueluche vainqueur, proclama le meneur de jeu.

— Hou ! Hou !

— Evidemment, quand on a une femme qui est une magicienne !

— Ce coq ne peut être que le diable !

— Et où sont les singes ?

— Il a hébergé chez lui ce Landry qui marchait dans les airs ! Depuis, ce voleur a été jeté dans les prisons de monseigneur pour assassinat !

Austremoine écoutait sans mot dire. Interloqué, Sidoine le regarda ; il avait son air buté des mauvais jours. Gauthier vint vers eux et tendit le coq qu'il tenait dans le creux de son bras, puis retourna se planter devant un homme du premier rang.

— Répète ce que tu viens de dire !

— Ta femme est une magicienne, répéta l'autre, rigoleur.

— Je vais te vider les tripes !

Rouge, Gauthier, joignant le geste à la parole, se jeta sur l'homme, un grand gaillard. Tous deux roulèrent dans l'espace délimité par les cordes et la foule, après avoir observé un silence étonné, se mit à exciter les combattants comme elle le faisait quelques minutes plus tôt pour les coqs. Les deux chaperons, l'un vert, l'autre bleu, gisaient déjà sur la terre près du pauvre Poulédor que son maître n'avait pas encore récupéré. Nectaire voulut à son tour se lancer dans la bagarre mais une main le retint ; il se retourna ; c'était Perpétue, l'étuvière.

— Petit, reste tranquille !

Elle tenait solidement la bure sombre du pourpoint.

Comme dans le combat des coqs, le duel fut indécis ; puis Gauthier sembla prendre le dessus ; surpris cependant par son adversaire qui, d'un coup de reins brusque, rétablit la situation, il allait à son tour être en difficulté quand deux sergents, attirés par les cris, survinrent. D'une poigne solide, ils remirent debout les deux protagonistes aux vêtements maculés de poussière et de plumes.

— Laisse-les aller, dit le premier, indulgent.

— Oui, en l'honneur des Brandons, messire le conseiller, répliqua l'autre.

— Et maintenant, le coq de messire Robin... annonça d'une voix forte le meneur de jeu.

Reprenant ses esprits, Gauthier observa d'un œil distrait pendant quelques instants le nouveau combat. Et si Tiphaine avait raison ? Depuis que Landry avait pénétré dans leur maison, rien n'allait plus comme avant. Il chercha des yeux Austremoine, puis Nectaire ; ils avaient disparu. Il aperçut seulement Ursine et Blaise qui se tenaient par la main et se dirigeaient vers la porte.

11

Profitant de l'affolement général, Perpétue avait entraîné Nectaire qui l'avait d'abord suivie à son corps défendant.

— Ton père n'a plus rien à craindre ! Ne t'en mêle surtout pas ! lui avait-elle dit avec autorité. Allons voir d'autres jeux !

Le jeune homme avait protesté mollement ; ils s'étaient arrêtés le long de la longue prairie au lieu dit des Salles où des cavaliers se livraient à un jeu très spécial, mais fort prisé par les Clermontois. Une oie vivante était suspendue à une corde tendue entre deux poteaux de bois ; lancés à pleine vitesse, les cavaliers tentaient d'arracher le cou du volatile qui poussait des cris épouvantables.

Vite écœurée par le spectacle peu ragoûtant de l'oie sanguinolente qui, une fois décapitée, se mettait à courir en hurlant de plus belle, Perpétue avait pris de nouveau le bras de Nectaire et ils étaient revenus vers la cité pour longer le rempart jusqu'à la porte des Gras où, cette fois, plus pacifique, un jeu de boules avait été installé par le tavernier des Trois Chopines à l'abri de l'échafaudage dressé pour réparer le rempart défaillant et sa porte monumentale qui ne valait guère mieux. Un piquet fiché en terre était le centre d'attraction et, à trois toises de là, Nectaire reconnut l'herboriste de la rue de la Coifferie qui, très concentré, s'apprêtait à lancer sa boule de bois. Le geste pourtant précis ne put empêcher la boule de ricocher sur une pierre et d'être déviée, provoquant les sarcasmes des spectateurs.

Vexé, le joueur s'écria :

— Qui veut faire mieux ?

— Vas-y ! souffla Perpétue en glissant un sou dans la main de Nectaire.

— Chopine de vin, de cervoise ou de cidre à gagner, encouragea le tavernier dont l'épaisse corpulence était entourée d'un vaste tablier de toile claire.

Nectaire se décida.

— Voilà cinq boules, dit le commerçant, heureux d'avoir trouvé un larron.

En place, Nectaire lança la première boule manifestement trop courte quoique dans la bonne trajectoire.

— Plus fort, encouragea un spectateur.

Nectaire appuya un peu plus le jet de la seconde qui se rapprocha nettement du piquet.

— Encore ! intima le tavernier.

Manquée, la troisième dériva sur la droite mais la quatrième et la cinquième vinrent enfin presque toucher le piquet.

— Tu as bien gagné une bonne chopine, dit aussitôt le commerçant en posant sur une table deux gobelets, ainsi que la dame qui t'accompagne, ajouta-t-il en lorgnant Perpétue qui s'attabla aussitôt.

— Hé, Perpétue, il te les faut toujours plus jeunes ! s'exclama un voisin avec un clin d'œil.

Gêné, Nectaire vida d'un trait un premier gobelet que le tavernier remplit aussitôt.

— Tais-toi donc, finit par répondre Perpétue. Allons-nous-en, laissons tous ces valets et larrons !

Ils passèrent la porte des Gras.

— Tu dois avoir faim, dit l'étuvière. Sexte sonne déjà.

Nectaire acquiesça ; il avait la tête qui tournait et vaguement mal au cœur ; les pignons des maisons semblaient flotter autour de lui et se rejoindre dangereusement au-dessus de sa tête.

— Je vais rentrer rue Grenette, dit-il.

— Je peux te nourrir ; nous sommes à deux pas de l'étuve qui est fermée comme chaque dimanche mais je pourrai bien te tirer un bain, si cela te chante.

Nectaire ne savait pas trop de quoi il avait envie ; le vague dans sa tête était de plus en plus préoccupant. Indécis, il se décida enfin à suivre Perpétue. Il aurait bien été incapable d'expliquer si cela lui plaisait, mais il se trouva bienheureux quand ils pénétrèrent dans la maison déserte où l'atmosphère n'avait rien de comparable à celle que Nectaire y avait découverte trois jours plus tôt. Il y régnait encore une certaine tiédeur et il s'y sentit tout de suite comme libéré. Il avait oublié les ennuis de son père et quand Perpétue lui servit un riz accommodé d'amandes frites dans du lard, et de gingembre blanc, ce fut presque la béatitude ; il trempait sans arrêt ses lèvres dans le vin doux abondamment resservi par l'étuvière qui assise près de lui guettait son moindre désir. Ce n'était plus les pignons des rues et venelles qui flottaient autour de lui mais les murs de la salle où dans la cheminée ronflaient discrètement quelques braises bien rouges. Elles communiquaient à la pièce sombre un étrange éclairage, le seul car Perpétue avait négligé d'allumer une chandelle. Quand avec douceur et délicatesse, elle l'attira sous la courtepointe du petit lit où elle dormait au fond de la salle, il ne se défendit pas et bien vite lui rendit ses baisers, s'abandonnant à une volupté inconnue. Autour de lui, voûtes et murs n'en finissaient pas de tourner, tourner.

— Alixende, tu la connais bien ?

Nectaire avait sombré dans un sommeil réparateur que Perpétue avait pieusement respecté. Emue par ce jeune amant dont elle venait d'éveiller les sens, elle l'avait regardé dormir, puis avait somnolé elle-même. Les cloches appelant à vêpres l'avaient sortie de sa douce léthargie.

— A qui le baiser est donné, doit le corps être abandonné, murmura Perpétue.

Délicatement réveillé par les caresses de Perpétue, Nectaire s'étirait.

— D'où viennent ces yeux dans ta famille ? demanda Perpétue en baisant chacune des paupières.

— Le grand-père de ma mère les avait ainsi, qui les tenait de sa mère et au-delà je ne sais plus, répondit en riant Nectaire en enlaçant vivement Perpétue qui gémit de plaisir. Ma mère dit aussi que l'œil bleu sait lire les étoiles du ciel et que l'autre est fait pour la terre.

— C'est une jolie explication, convint Perpétue.

— Alixende vient-elle souvent ici ?

— Que me chantes-tu là ? Deux fois que tu me parles de cette Alixende !

Belle et charmante comme la rose nouvelle,
mon cœur vole, mon cœur vole à mon gré...

Perpétue s'était mise à fredonner une chanson ; puis échappant aux bras de son amant, elle le regarda d'un œil si courroucé qu'il s'excusa platement.

— Je voulais seulement savoir comment elle allait ; je l'ai laissée évanouie l'autre matin.

— Damoiseau de mes rêves, apprends qu'il n'est guère séant de parler d'une autre femme à celle que l'on baise ! Nous voici tourtereaux, ne me parle pas d'une autre tourterelle et embrasse-moi plutôt.

Dégrisé et las, Nectaire n'avait plus d'entrain. La pénombre avait presque totalement envahi la pièce ; dans la cheminée les braises négligées étaient pratiquement éteintes.

— C'était les vêpres qui sonnaient ; le feu sera bientôt allumé ! constata le garçon.

— Tu ne souffres plus mes baisers ! répondit Perpétue en rejetant la courtepointe d'un geste brusque. Va t'amuser et laisse-moi.

— Mais les baisers me plaisent, répliqua Nectaire en retenant l'étuvière dont la peau blanche sans doute habilement traitée par les mille soins dont elle avait le secret était d'une douceur incroyable.

Le feu l'attendrait bien. Surprise et ravie, Perpétue se laissa faire.

Quand enfin Nectaire déboucha dans la Grande Rue Saint-Pierre, la nuit commençait à tomber et l'angélus sonnait déjà. Il frissonna, l'air était frais ; la rue était déserte et lorsqu'il remonta la rue des Gras, il rencontra quelques Clermontois qui d'un pas pressé se dirigeaient vers la cathédrale. Tous brandissaient des bouchons de paille fixés à un bâton qu'ils enflammeraient au gros bûcher du Champ-Herm. Nectaire pressa à son tour le pas, contourna la cathédrale, croisa la procession du clergé à la lueur des torches, reçut une des michettes de pain distribuées par les chanoines selon la coutume, puis rejoignit à grandes enjambées enfin décidées la rue du Port d'où l'on percevait déjà et les clameurs d'une foule excitée et les lueurs du grand feu. La porte Champet semblait presque embrasée tant les pierres d'arkose ocre avaient viré au rouge ; les sergents surveillaient étroitement le pont-levis d'où ils repoussaient la foule.

Après sa journée dans l'intimité de Perpétue, Nectaire se trouva soudain plongé dans une atmosphère bruyante qui le surprit d'abord, puis à laquelle il s'accoutuma vite. La fumée âcre poussée par une faible brise de l'orient vint le saisir à la gorge et des larmes lui montèrent aux yeux.

— Mes frères, ce feu qui brille et brillera bientôt dans les ténèbres est l'image du Christ qui a sauvé l'humanité...

Un dominicain venu en voisin s'égosillait pour tenter de rappeler à la foule la portée religieuse des festivités. Bien peu de gens l'écoutaient. Nectaire s'arrêta un instant devant lui, mais fut vite attiré ailleurs.

— Nectaire, je t'invite à caroler[1], hurla Gilette, dite la Damoiselle, réputée pour tenir en son hôtel des filles amoureuses.

— Oui, oui, Nectaire, dansons ! Aux Brandons, sages

1. Danser.

garçons amusons ! chantonnèrent deux plantureuses créatures dont les décolletés avaient bien du mal à contenir les seins.

En un instant, il se retrouva au milieu du cortège de ces filles habillées de cottes jaunes sous des surcots rayés et aux cheveux dénoués, autant de signes de leur condition de prostituées. Attirant un groupe d'hommes esseulés, elles eurent vite fait de créer des couples emportés dans une danse endiablée. Nectaire les suivit, puis les abandonna pour un autre cortège de très jeunes filles vêtues de toutes les couleurs de l'arc-en-ciel.

Sur une estrade, des musiciens se déchaînaient ; parmi eux, Nectaire reconnut Blaise tapant avec entrain sur un tambourin, préféré à son orgue habituel, peu approprié aux circonstances. Du haut du rempart, des buccins effilés entamèrent une longue sonnerie qui couvrit un instant la musique de l'orchestre. Les flammes attisées par un vent léger étaient gigantesques ; elles éclairaient les murailles du couvent des Cent frères. Tous voulaient approcher du feu et c'était folie dont les sergents tentaient d'endiguer le flot ; n'y avait-il pas eu tellement d'accidents au cours de ces feux de joie ? Un pauvre homme n'était-il pas tombé dans le feu de la Saint-Jean l'année précédente sous les yeux horrifiés de ses concitoyens ?

Dans la confusion générale, Nectaire se laissait entraîner dans une farandole qui naviguait entre les arbres sous la conduite d'un meneur inconscient des difficultés que pouvaient avoir les derniers danseurs pour le suivre. Il croisa ses parents, mais à peine avait-il eu le temps de les reconnaître qu'il était déjà loin ; puis il aperçut Ursine entre Austremoine et Sidoine, et enfin Perpétue qui lui adressa un clin d'œil provocateur ; elle était entourée du boulanger Guillotin qui la serrait de près, et de Robin, le barbier.

Mais Nectaire n'en avait cure car, à l'instant, il la vit, menue, entre deux grands gaillards. Alixende était là, emportée par une autre théorie de danseurs ; un instant, ils furent très près puis brusquement séparés. Ballottée entre ses voisins, la jeune femme avait le regard dans le vide ; il l'appela mais comment aurait-elle pu lui prêter attention dans ce vacarme ? Après tout, elle ne le connaissait pas. Happée par l'obscurité du rempart, elle sembla s'y évanouir avec son cortège. Nectaire ne voulait pas se décourager ; écarquillant les yeux, il abandonna brusquement ses cavalières et se précipita à sa suite. La farandole remontait le long du rempart dans un chemin dessiné entre les courtils et les vergers, et se trouvait déjà à la hauteur de la tour Notre-Dame d'où les sergents guetteurs penchés depuis la courtine aiguillonnaient la foule par leurs invectives et leurs quolibets.

Dans l'encombrement général, l'allure s'était ralentie, permettant à Nectaire de rattraper la longue suite où alternaient imparfaitement hommes et femmes dont les joues empourprées attestaient de l'excitation autant que de la chaleur. Quand il la vit enfin, il s'avança sans hésiter, détacha simplement sa main de celle de son voisin et l'empoigna délibérément pour se faufiler à son tour dans le cortège. Elle ne parut pas remarquer le changement intervenu. La farandole qui redescendait maintenant vers le Champ-Herm s'arrêta soudain ; son meneur était arrivé près du feu qui, toujours abondamment alimenté, crépitait de plus belle. Chacun pouvait reprendre sa liberté. Désœuvrés, les danseurs se dispersèrent. Alixende se tourna alors vers son voisin qui lui tenait obstinément la main.

— Je vous ai vue aux étuves l'autre jour, se justifia aussitôt le garçon, je suis Nectaire Champgrain.

Une sonnerie de trompes couvrit sa voix mais la jeune femme qui n'avait sans doute pas bien saisi le nom du garçon répondit avec une révérence gracieuse :

— Et moi Alixende de Monthaut.

— Je sais, répondit Nectaire.

— D'où me connaissez-vous ? interrogea la jeune femme qui laissait sans gêne sa main emprisonnée dans celle de Nectaire.

— Je vous le dirai. Venez !

Il l'entraîna si vite qu'elle n'eut pas le loisir d'exprimer sa surprise et le suivit docilement. Au pied du rempart, fou de désir, de ce désir que Perpétue avait si bien su éveiller, il l'attira à lui ; elle protesta un instant, voulut s'échapper sans succès, mais quand il resserra son étreinte, elle se laissa aller ; elle était beaucoup plus petite que lui et si menue dans ses bras. Blottie contre son pourpoint qui sentait la fumée, elle tendit vers lui un visage dont les yeux bleus si clairs et transparents s'étaient assombris ; leurs lèvres se rencontrèrent presque malgré eux. C'est le moment que les sonneurs de buccins, installés juste au-dessus, choisirent pour entonner un nouvel air. Alixende tressaillit.

— J'ai peur, murmura-t-elle.

— Peur ? demanda Nectaire, peur de quoi ?

— Du bruit, de la foule, de toi que je ne connais pas. Pourquoi toute cette folie ?

— C'est le dimanche des Brandons ! répondit Nectaire en la serrant un peu plus fort contre lui avant de l'embrasser avec passion.

— Je ne te connais pas, répéta dans un souffle Alixende en lui offrant à nouveau des lèvres dont il ne pouvait se rassasier.

Elle s'apaisait doucement ; mais il n'aurait jamais osé lui rappeler, comme il l'avait fait aux étuves, qu'il l'avait déjà vue à La Roche d'Onzac. Il se contenta de l'embrasser jusqu'à ce qu'elle s'arrache enfin à son étreinte. Fragile devant lui, elle le regardait dans la pénombre sans le voir.

— Je dois rentrer.

— Où ?

— Je ne sais plus !

— Si tu t'en vas, souviens-toi que je m'appelle Nectaire, chuchota le garçon en la soulevant dans ses bras.

Elle lui parut encore plus légère qu'aux étuves. Elle avait noué ses bras autour de son cou et de sa cotte s'exhalait un doux parfum d'eau de rose mêlé à l'odeur du bois brûlé. Il le huma en fermant les yeux et, tout enivré, voulut courir avec son précieux fardeau le long du rempart. Mais la jeune femme se débattit soudain, l'obligeant à la poser, ce qu'il fit délicatement. Elle le regarda et dit d'une voix étouffée.

— Comment te reconnaîtrai-je ?

— A mes yeux !

Il ne sut si elle l'avait entendu ; la foule qui refluait vers la cité l'avait happée. Cette foule qui lui avait donné Alixende et qu'il haïssait maintenant de la lui reprendre. Immobilisé un instant, les bras ballants, Nectaire tenta, désespéré, de l'identifier au milieu de tous ces dos, de toutes ces têtes. Peine perdue, elle avait disparu. Bousculé, ballotté par tous ceux qui voulaient atteindre le pont-levis, il se décida à jouer des coudes à son tour, pour se frayer un chemin vers l'endroit où elle s'était évanouie.

Sur le pont très étroit, la charrette d'un tavernier maladroit, qui avait sans doute abusé du contenu de ses tonneaux, provoquait un embouteillage que les sergents essayaient sans succès de dégager.

— Joyeux cornard !

— Bâtard de chapelain !

— Fils de moine !

Derrière la foule énervée, tout d'un coup épuisée par tant d'excitation, le feu du Champ-Herm perdait maintenant de sa vigueur ; tous les fagots avaient été brûlés et doucement les braises achèveraient de se consumer sous la surveillance attentive des guetteurs de la porte Champet afin de refouler sans pitié ceux qui tenteraient de rentrer dans la cité avec un brandon allumé, risquant de provoquer un incendie. Il y avait trop d'exemples de cités enflammées un soir de liesse pour ne pas redoubler de vigilance. Les élus avaient multiplié les recommandations.

Nectaire était parvenu difficilement sur le pont ; puis coincé contre la roue de la charrette, il ne pouvait plus avancer ; le tavernier avait été contraint de sauter à terre mais ne parvenait pas à saisir la longe de l'ânesse, qui, paniquée par la foule, poussait des braiments désespérés. Nectaire le vit soudain porter la main à son visage, puis détendre son bras en direction d'une autre face avinée. La bagarre, tant redoutée par les sergents les soirs de fête, était engagée. Le pont ne fut plus que bousculades et cris dans un désordre indescriptible.

Alixende, qui avait eu la chance de passer avant le tavernier, était déjà loin. Au détour d'une rue, au débouché de deux venelles qui ménageaient une petite aire de dégagement, elle tomba sur un attroupement curieux. Au centre, sous l'œil de jeunes garçons attentifs, deux singes multipliaient les facéties pour le plus grand bonheur des badauds. Alixende s'arrêta un instant mais, vite lassée, repartit bientôt. Les clameurs du Champ-Herm s'étaient presque totalement estompées et, dans la pénombre des rues, elle croisa quelques passants attardés. Elle envia un instant un couple enlacé contre un poteau cornier et se demanda pourquoi elle avait fui cet inconnu qui avait pourtant enflammé si soudainement ses sens. Elle se prit à se demander si elle le reverrait jamais. D'ailleurs le reconnaîtrait-elle ? Elle ne savait rien de lui et n'avait guère discerné ses traits à la lueur du feu. Il lui avait dit son nom, mais elle n'y avait pas prêté attention. Elle le regrettait presque.

12

— Cornedouille ! Vous n'avez rien à faire ici !

Gauthier avait arrêté brutalement son cheval. En effet, il avait soudain aperçu au détour de la large charrière menant à Riom, à l'endroit précis où elle s'enfonçait au milieu de fourrés épais, un étrange convoi. Plissant des yeux, il avait aussitôt reconnu Austremoine et Sidoine accompagnés des singes.

Rouge de colère, Gauthier avait pressé sa monture, puis l'avait arrêtée dans un grand poudroiement de terre qui avait fait gémir Chipi et Chipo.

— Rentrez à Clermont, cria-t-il. Dois-je vous enfermer pour être obéi ? J'ai d'autres chats à fouetter que ces maudites bêtes ! Quant à vous, faut-il vous rouer de coups ?

La jument, surprise par les hurlements de son maître, se mit à hennir. Gauthier maintint les rênes avec autorité, en regardant les deux garçons dont l'air à peine contrit lui laissait quelque doute sur leur capacité d'obéissance. Que faire ? Il était temps pour le marchand de se rendre à Riom à l'audience que monseigneur le duc voulait bien accorder à ses sujets après plusieurs mois d'absence. Il risquait d'y avoir grand monde, et il convenait de prendre rang parmi les quémandeurs accourus de toute la province. Etienne Souchet, l'élu de son quartier, lui avait bien recommandé de ne pas arriver au-delà de sexte, et encore n'était-il pas sûr d'être reçu dans la journée.

Un léger coup d'éperon fit repartir sa monture mais sans la presser. Gauthier avait besoin de se calmer ; depuis qu'il avait passé la Tiretaine sur le pont de Griolle qui marquait la limite entre Clermont et Montferrand, il n'avait cessé de galoper avec une hargne qui ne lui ressemblait guère ; les soucis avaient entamé son caractère flegmatique et même la vue des champs où le blé semblait déjà pousser et offrir enfin de belles promesses de récolte, ne parvenait pas à le rasséréner. Le printemps n'était pourtant guère clément et, le long de la charrière, les bosquets étaient agités par saccades par un vent vif venu du nord. Il se surprit à détailler le ciel très bleu où cavalaient, poussées par la brise, quelques nuées blanches, étirées en ruban, déchiquetées en festons ou au contraire nouées en toupets laiteux. Gauthier voulut jouer à imaginer des formes comme Ursine mais son esprit était obstinément ailleurs.

Il était décidément trop préoccupé. Outre le cas de Landry dont il se sentait moralement solidaire, avec la présence de la fillette à qui il offrait de grand cœur l'hospitalité, il supportait mal que son fils aîné, Nectaire, ait été jeté en prison après la bagarre à laquelle il s'était trouvé mêlé le soir des Brandons. Toutes ses tentatives pour l'en sortir s'étaient heurtées à des refus de la part du tribunal épiscopal, assortis de réflexions difficiles à accepter.

— Messire le conseiller, deux rixes dans la journée des Brandons pour votre famille, cela ne fait-il pas beaucoup ? avait susurré le procureur, l'œil malin. Et je ferme les yeux sur ces maudits singes que votre puîné s'obstine à promener dans nos rues, et auxquels ce même soir il fit faire toutes sortes de tours, au Terrail, affolant bourgeois et manants et provoquant un beau chahut.

— Je lui avais interdit de les sortir, avait plaidé Gauthier. Il a désobéi, c'est encore un enfant.

— Votre fils s'est conduit comme un gueux. Et ces

danses de ces animaux de sorcellerie avec les folles femmes de la rue des Etuves étaient contre nature.

Gauthier n'avait pu s'empêcher de sourire devant la mine choquée du chanoine.

— Riez, messire. Le singe qui imite l'homme ne peut être qu'un animal du diable et le diable est le singe de Dieu. D'ailleurs Hugues de Saint-Victor n'a-t-il pas écrit autrefois « le diable a figure de singe » ?

Gauthier, ignorant qui était cet Hugues — il demanderait à Tiphaine plus au fait de ces choses que lui —, hocha la tête dubitativement.

— Quand vous débarrasserez-vous d'eux ? poursuivait déjà le clerc dont le visage osseux était marqué par des yeux aussi petits et ronds que les noyaux du pourpoint de Gauthier.

— Quand monseigneur le duc aura rendu sa liberté à Landry, leur maître.

— Un assassin !

— Un assassin, qu'en savez-vous, n'allez-vous pas bien vite en besogne ? avait murmuré Gauthier en soupirant.

L'autre avait souri d'un air entendu.

Découragé, désemparé par les moqueries dont était l'objet sa famille, Gauthier n'aurait certainement pas voulu admettre devant ce juge de malheur, obtus et méchant, qu'il n'arrivait pas toujours à chasser de ses pensées l'éventualité d'un Landry coupable... Et si c'était vrai ? se disait-il parfois. Il s'en était même ouvert à Tiphaine qui avait haussé les épaules et balayé ses doutes en lui exposant que le ciel de Landry n'était pas mauvais. Gauthier ne demandait qu'à la croire, mais l'idée lui trottait dans la tête, malgré lui.

Laissée à elle-même, la jument emportait gentiment son cavalier absorbé par ses inquiétudes ; la charrière traversait maintenant un bois et le soleil jouait à cache-cache derrière les chênes que des coupes régulières avaient fortement éclaircis. Gauthier s'efforça de s'intéresser au paysage comme il aimait le faire lors de ses longues chevauchées. Ici des bûcherons, la hache à la main, travaillaient autour de troncs encore mal écotés ; là-bas, des enfants cueillaient des fruits ; l'un d'eux était installé sur une grosse branche, l'autre secouait le tronc. Un chien jaillit d'un fourré et se mit à aboyer ; la monture fit un écart, mais vite ramenée dans le droit chemin, elle comprit au coup d'éperon impérieux, presque brutal, que son maître avait fini de rêver et qu'il avait maintenant hâte d'arriver. Au loin, les murailles de Riom commençaient à se dessiner.

Le charroi devint plus dense quand il s'en rapprocha et il dut presque mettre la jument au pas pour se frayer un chemin entre charrettes et chariots. Devant la porte de l'Hôpital, il y avait même un attelage qui obstruait totalement le passage ; il avait perdu une roue et son chargement de pierres sombres avait roulé à terre où il gisait épars. Lorsque le charron appelé au secours aurait réparé le chariot, il faudrait sans doute bien du temps pour remettre la cargaison en place. Tout le monde refluait vers la porte de Mozac dont les deux grosses tours rondes avec leurs toitures d'ardoise dominaient fièrement le rempart.

Les cloches de l'abbaye de Saint-Amable carillonnaient justement sexte quand Gauthier pénétra enfin dans la cité. Il acheta un pâté chaud présenté sur un banc de bois devant l'échoppe d'un pâtissier, et le mordit avec appétit tout en manœuvrant habilement sa monture disciplinée dans la rue qui remontait vers l'église de l'abbaye dominée par la haute flèche de son clocher. Arrivé au pied du beffroi, il jeta un coup d'œil sur l'horloge offerte par le duc. Etienne Souchet, qui rêvait d'en obtenir une à Clermont, avait bien recommandé au conseiller de la regarder au passage, espérant le gagner à cette idée moderne qu'il tenterait de soumettre aux Clermontois lors d'une prochaine assemblée.

Gauthier qui n'avait pas la tête à cela eut vite fait de poursuivre son chemin dans les embarras d'une cité qui n'avait rien à envier à Clermont, dont les habitants aimaient à comparer leur ville avec ses voisines et rivales, Montferrand et Riom. Et s'ils éprouvaient de la fierté à habiter la plus importante par sa population et par sa superficie, ils jalousaient les deux autres pour leur appartenance au roi, Riom ayant le privilège d'être la résidence favorite de monseigneur le duc, un privilège assorti de nombreux avantages.

Bifurquant encore une fois depuis la rue des Taules dans celle du Palais, il fut enfin en vue de la demeure princière dominée par la muraille grise de la grosse tour Bonan, le vieux donjon circulaire de monseigneur Alphonse, où croupissait Landry.

A côté de la sinistre construction et du rempart qu'il jouxtait, le palais flambant neuf semblait somptueux. Tout près, sur le chantier de la chapelle, grouillaient de nombreux ouvriers, actifs et bruyants, qui rappelèrent à Gauthier l'ambiance de la future église des carmes à Clermont.

Mais ces artisans, sans doute les meilleurs du pays, que le duc n'avait pas de mal à attirer grâce à de belles promesses de gains, n'étaient pas les seuls à animer l'espace compris entre la tour et la chapelle, aboutissant à un pont enjambant l'antique fossé qui protégeait la cité. Les Riomois se pressaient nombreux à la porte du palais pour venir présenter leurs produits au maître de l'hôtel ducal, espérant une manne du séjour de monseigneur, réputé dépensier. C'était une manière de récupérer les impôts qui ne cessaient de pleuvoir sur la province justement pour satisfaire les caprices de ce prince dont les goûts proclamés modestes ne se suffisaient que du meilleur.

Quelques gouttes tombèrent du ciel où s'étaient soudain accumulés les nuages, et des cris fusèrent du couronnement de la haute tour.

— Ce sont des corbeaux qui nichent là-haut, expliqua un charpentier qui portait sur l'épaule un lot de planchettes bien rabotées.

— Cela ne porte pas forcément malheur, commenta, d'un air entendu, une commère au tablier rempli de légumes.

— Laissez passer ! Voici des bûches et des fagots.

— Attention à mes tartelettes et à mes pâtés !

— Mes noix et mon huile sont de première qualité. Par saint Amable, je le jure !

Deux sergents en livrée bleu et rouge tentaient d'endiguer le flot impressionnant des fournisseurs. Gauthier côtoya un instant des valets qui déchargeaient des biches et des chevreuils ; il grimaça ; l'odeur était forte.

Pris dans ce courant, ballotté, bousculé, il était enfin arrivé devant une large porte ornée d'un gros marteau sculpté d'une tête grimaçante et surmontée d'un tympan timbré d'un cygne qui déroulait un phylactère, un des animaux emblématiques du duc. Un sergent lui fit décliner son identité, puis l'invita à attendre patiemment sur le seuil d'une immense salle où déambulaient, entre les piliers qui en rythmaient la longueur, ceux qui avaient déjà été introduits. Ce n'est qu'au bout d'une longue attente que Gauthier fut enfin autorisé à entrer.

Le temps était compté et les visiteurs nombreux. Le duc ne séjournait que rarement plus de deux semaines au même endroit ; on murmurait qu'il était déjà en partance pour une ambassade qui le mènerait à Boulogne, aux confins du royaume, afin d'y rencontrer avec son frère, le duc de Bourgogne, les oncles du roi anglais et d'aller « moult loin en affaires » pour récupérer enfin le Poitou et la Saintonge.

Si Gauthier avait souvent entendu parler des fastes ducaux que les assemblées locales dénonçaient complaisamment pour tenter de résister à l'impôt, il n'en fut pas moins ébloui et s'il n'apercevait pas encore le maître de céans, tout autour de lui respirait l'opulence. Et encore le mot était-il sans doute faible ! Jamais il n'avait vu aux murs de telles tapisseries avec des couleurs si chatoyantes, tendues à l'infini sur fond de pierres bien appareillées et seulement interrompues par des baies assez étroites ; plissant ses yeux qui n'avaient plus une aussi bonne vue qu'autrefois, il y distingua, dessinés avec brio, des cavaliers sans visages aux gestes empruntés sous leurs lourdes armures sur fond de ciel bleu et de nature verte, régulièrement traversé de bandes verticales rouges semées de cygnes. Il se souvint aussi que le duc était réputé avoir grand goût pour les animaux les plus saugrenus.

Il fut bousculé par deux valets en livrée aux couleurs du prince, qui transportaient sur un large plateau des aiguières finement ciselées, des objets tels qu'il n'en avait jamais vus qu'à la cathédrale et encore extraits du trésor uniquement pour les grandes cérémonies ! Doucement, il se fraya un passage entre les petits groupes de courtisans ; son meilleur pourpoint, passé avec soin le matin sur les conseils de Tiphaine, sembla à Gauthier bien modeste comparé aux riches étoffes qu'il côtoyait ; lui n'avait pas encore sacrifié à la mode des ferrets souvent d'or ou d'argent pour fixer ses chausses encore simplement lacées. Il traversa un groupe de jeunes gens dont les pourpoints présentaient des noyaux des plus décoratifs en émaux ou pierres naturelles, sans oublier la qualité des étoffes. Le velours du pourpoint de Gauthier faisait grise mine à côté de certaines écarlates ou de soies délicates.

Mais ce luxe, cette opulence n'étaient rien en regard du maître des lieux que le marchand finit par découvrir assis majestueusement sur une longue banquette bleu et or, devant une grande table nappée d'une toile damassée d'un blanc éclatant. Derrière lui, le feu crépitait dans une immense cheminée à l'abri d'un large écran circulaire pour en atténuer la chaleur dégagée par d'énormes bûches de chêne. Gauthier laissa errer son regard qui finit par s'arrêter sur des chiots occupés à lécher une écuelle d'argent. Puis s'enhardissant, il fixa monseigneur drapé dans une houppelande d'une tonalité bleu d'outremer rehaussée d'or. Il reconnaissait le fastueux personnage avec sa large carrure et son ventre proéminent, aperçu à Clermont deux années plus tôt. L'homme qui se vantait d'être fils de roi, frère de roi et maintenant oncle de roi[1] avait belle prestance. Il ne portait cependant pas l'énorme chaperon à bec qu'on lui disait habituel mais une simple toque de renard doré. Un lourd collier d'orfèvrerie soulignait le col de fourrure en renard d'un ton plus soutenu, sur lequel reposaient les chairs flasques d'un visage au long nez très proéminent et à la bouche lippue, un peu dédaigneuse.

En dépit de son opulence, le personnage eût été sans

1. Jean de Berry était fils de Jean II le Bon, frère de Charles V et oncle de Charles VI.

doute banal, si l'œil n'avait été si vif ; rien ne semblait lui échapper tandis qu'il s'entretenait avec son voisin. Gauthier reconnut instantanément l'évêque de Clermont, Henri de La Tour, qui assistait ainsi au défilé des audiences. Le brouhaha des conversations alentour ne permettait pas d'entendre la teneur des propos qui étaient axés sur les efforts du roi et surtout de ses ambassadeurs pour résoudre le schisme qui secouait l'Eglise.

L'évêque, dont la houppelande était ornée d'un galon brodé de madones à l'enfant, hochait la tête, laissant parler respectueusement un duc en verve sur un sujet qu'il maîtrisait parfaitement.

— Boniface IX à Rome, Clément VII à Avignon, c'est un pape de trop ! Mon neveu le roi rêve de conduire, l'épée à la main, Clément jusqu'à Rome !

Quand il y a deux papes qui se disputent la tiare
pourquoi ne serions pas coquins et pillards...

Le duc s'était détourné quelques instants de son interlocuteur pour reporter son attention sur deux hommes que Gauthier découvrit au même instant. L'un était petit et très gros, l'autre très grand et d'une maigreur squelettique. Le premier fredonnait une chanson dont les paroles firent sourire le prince qui revint cependant vite à ses audiences.

Le flot des visiteurs s'écoulait peu à peu, lentement mais selon un ordre parfaitement réglé par le chambellan cérémonieux ; progressant à ce rythme languissant, Gauthier se trouva enfin à proximité de la longue table derrière laquelle se trouvait le duc. Patiemment, il écoutait les doléances, approuvait, fronçait les sourcils, regardait son voisin pour le prendre à témoin, répondait d'un ton affable, murmurait quelques mots à l'évêque, puis faisait signe qu'on lui présente le suivant.

Le temps paraissait long à Gauthier qui regardait, ébahi, les objets répandus sur la belle nappe ; des écuelles d'or, des aiguières de vermeil et surtout cette extraordinaire coupe ovale surmontée d'un cygne et d'un ours. Fasciné, Gauthier entendit à peine le chambellan qui lui disait d'approcher. C'était bientôt son tour ; il lui sembla que celui qui le précédait n'en finirait jamais ; le soleil avait pénétré dans la salle par les fenêtres de l'occident, projetant les losanges de verres finement assemblés de plomb. Les vêpres ne tarderaient pas à sonner.

Si Gauthier avait été attentif, il aurait remarqué que les mains épaisses du duc pianotaient avec nervosité la nappe blanche, signifiant que l'entretien était terminé, mais l'autre n'en finissait pas d'exposer son problème. Un sombre conflit avec les moines de l'abbaye de Mozac. Le chambellan finit par le prier de l'accompagner afin de poursuivre ailleurs.

Gauthier se trouva enfin devant la table ; s'inclinant respectueusement, une main sur les plis de son pourpoint bien ajustés par sa ceinture de cuir fin, il se présenta :

— Gauthier Champgrain, marchand de grain de la cité de Clermont.

— L'un de vos sujets, monseigneur, commenta aussitôt le duc, en regardant le prélat.

— En effet et de plus conseiller de notre cité.

Jean de Berry hocha la tête d'un air entendu.

— Que puis-je pour vous ? demanda-t-il d'un ton affable.

— Monseigneur, vous avez depuis plusieurs mois dans vos geôles de la tour de monseigneur Alphonse un de mes amis, un certain Landry, bateleur de son état, qui est accusé d'un crime. Je viens vous demander justice pour lui et vous remets ceci de la part de sa fille que j'abrite sous mon toit.

D'un geste adroit, Gauthier venait d'extraire de son pourpoint un petit rouleau de parchemin qu'il tendit au duc.

— Qu'est-ce ? s'enquit celui-ci intrigué en défaisant le nœud du ruban rouge. Mais c'est très joli. D'où tenez-vous cela ?

— C'est Ursine, la fille de Landry, qui a fait cette peinture.

— Regardez, monseigneur.

Déroulant le parchemin, il le posa sur la table pour que l'évêque pût l'apprécier à son tour.

— Quel métier prodigieux ! Observez ce château finement dessiné dans ce paysage et ces fleurs tout autour... Voilà qui a de quoi me réjouir en effet, messire...

— Gauthier Champgrain...

— Vous voyez bien que les Clermontois sont capables de venir me voir pour un autre sujet que leurs impôts, plaisanta le duc en se retournant vers l'évêque qui, benoîtement, en convint d'un signe de tête.

— Morinot, dites-moi, ce Landry, n'était-ce pas celui qui marchait dans les airs sur une corde ? poursuivait déjà Jean de Berry.

— Oui monseigneur, confirma un homme de grande stature, le chambellan Morinot de Tourzel, accouru à l'appel de son maître auquel il était tout dévoué.

— Ne croirait-on pas qu'il a fait un pacte avec le diable ? demanda Jean de Berry au prélat qui répondit placidement :

— Il nous a donné un spectacle à Clermont à l'automne ; on pourrait y voir en effet quelque sorcellerie.

— Monseigneur, je ne crois pas, protesta courageusement Gauthier peu habitué aux usages d'une cour où il n'était guère de bon ton de contredire les grands.

Affable, le duc ne parut pas en prendre ombrage.

— C'est ce Landry qui a tué Pôl de Bruxelles !

Du fond de la salle avait resurgi le petit homme, qui avait chanté un peu plus tôt. Presque aussi haut que large et écrasé par un énorme chaperon enturbanné d'un rouge criard et muni de grelots, malgré sa forte stature, il s'était frayé habilement un passage depuis l'autre bout de la salle, et s'était planté devant le duc. Derrière lui, suivait l'autre individu curieusement dégingandé qui, opposé au premier, faisait un contraste comique. Lui aussi arborait un chaperon démesuré, mais jaune et tout aussi criard. Tous deux portaient des chausses mi-parties jaunes et vertes et par-dessus une courte jaquette à grands carreaux également verts et jaunes dont les basques étaient taillées en pointes et munies de grelots. A leur ceinture de cuir rehaussé de clous dorés, était pendue une petite vessie de porc qui à chaque pas faisait entendre un cliquetis étrange de pois secs.

Comme tout le monde, Gauthier avait entendu parler des bouffons du duc mais cette mascarade le surprenait ; il devait s'agir du fameux Plantefolie et de son alter ego Jehannet, dit le Fou, que l'on disait muet et âme damnée du bavard Plantefolie.

— Monseigneur, ce Landry a assassiné Pôl de Bruxelles, répéta le bouffon en faisant une profonde révérence, accompagnée d'un large geste du chaperon dont le turban rouge vint balayer les dalles grises. Un manant de Bourges l'a vu sortir de sa maison. Pas vrai, Jehannet ?

Ce dernier ricana avant d'exécuter une pirouette parfaite accompagnée du son des grelots et du cliquetis des pois secs à la ceinture. Une manière pour le muet de s'exprimer. Sa maigreur était effrayante. Le grand chaperon avait tinté de tous ses grelots mais était resté miraculeusement en place.

— Et ce peintre qui enchantait monseigneur... reprit le petit gros en esquissant une nouvelle courbette, plus comique que révérencieuse pour accompagner ce dernier mot, prononcé d'une voix nasillarde, ce peintre donc avait eu une aventure quelques années plus tôt avec sa femme.

— Oui, vous nous aviez donné l'ordre de l'arrêter. Et il est vrai qu'il clame son innocence. La médaille astrologique trouvée sur lui est au moins un aveu de quelque sorcellerie.

Gauthier frissonna ; un homme de petite taille beaucoup plus discret que les précédents s'était à son tour approché : le sénéchal Audoin Chauveron.

— Jugez-le, répondit le duc qui détaillait à nouveau très attentivement la peinture d'Ursine. Je préfère cela à toutes ces vilenies ! Regarde donc cela !

Plantefolie avait fait le tour de la table et s'était hissé sur la banquette ducale, une familiarité qui surprit Gauthier. Le bouffon fit mine de s'intéresser au parchemin, puis murmura trois mots à l'oreille de son maître, avant d'éclater d'un rire gras.

— Toujours vos peintres, monseigneur, ajouta-t-il ensuite ; les mots que nous inventons valent bien ces images !

— Quand ils sont bons, ils réjouissent mes oreilles et puis s'envolent, convint le duc mais je ne me lasserai jamais de ces beautés. J'aimerais connaître cette enfant, messire...

— Bah, elle peint comme son père ! dit le bouffon en ricanant.

— Tais-toi ! ordonna Jean de Berry, j'aimerais vraiment la connaître, messire...

— Gauthier Champgrain, répéta une nouvelle fois le marchand.

Le lévrier blanc qui était couché aux pieds du duc s'était levé et vint lécher la main du visiteur. Sans pour autant apprécier le contact râpeux de la langue, Gauthier lui caressa négligemment le col rehaussé d'un large collier de cuir clouté d'or. Autour d'eux ne cessait jamais le va-et-vient des serviteurs. Le sénéchal avait rejoint un groupe de personnages au fond de la salle et le duc signifia d'un léger mouvement de tête que l'audience était terminée ; le chambellan Morinot de Tourzel poussait déjà devant lui un autre quémandeur. Vaguement déçu, mais que pouvait-il espérer sinon attirer l'attention sur son ami, Gauthier se laissa entraîner vers la sortie. Quand il passa la porte, les deux bouffons l'entouraient. Jehannet avait mis sa main sur son épaule et Plantefolie lui proposa aimablement de lui montrer le chemin, appuyant ses mots en frappant de ses doigts agiles la bourse sonore attachée à sa ceinture.

13

Landry tendit l'oreille.

Face à lui, assis sur le sol terreux et inégal du cachot, Santiago distribuait les cartes, un exercice d'adresse pour le manchot qui s'en acquittait avec une étonnante dextérité. Depuis des semaines, le compagnon de Landry tentait de le distraire avec les dés et les cartes qu'il avait heureusement conservés lors de son arrestation ; certains jours, le bateleur était trop agité pour jouer, ne pensant qu'à clamer son innocence à travers la lourde grille. Rabroué durement par les sergents qui assuraient la garde de la prison, il s'abîmait alors dans une prostration dont rien ne pouvait le sortir. Même pas les histoires de Santiago.

Le manchot ressassait toujours les mêmes souvenirs de son pèlerinage à Saint-Jacques de Compostelle pour expier le meurtre d'un clerc à Loches ; c'était de là qu'il tenait son surnom qui avait remplacé Ours, le nom du saint patron de la cité de son enfance. Ses souvenirs étaient parfois terribles, et l'effroi ravivé par une mémoire sans faille emplissait ses yeux sombres ; ils pouvaient être amusants et alors Santiago, presque heureux, ne se privait pas d'éclats de rire bruyants qui découvraient sa bouche édentée, mais qui laissaient froid le pauvre Landry.

Celui-ci savait tout de Bordeaux où « le vin est excellent et le poisson abondant », ou des Landes qu'il faut « trois jours de marche soutenue pour traverser ».

— Il y a des mouches énormes qu'on appelle guêpes ou taons et, si tu ne regardes pas tes pieds avec précaution, tu t'enfonces rapidement jusqu'au genou dans le sable marin... Les gascons sont ivrognes, débauchés, bavards...

— Et toi, ne serais-tu pas gascon ? demandait Landry par dérision.

— Ils sont aussi moqueurs comme toi !

Landry haussait les épaules, puis, se plongeant dans une méditation sans fin, il n'écoutait plus le récit de la traversée des Pyrénées, l'épisode de la main de Santiago laissée à Roncevaux, ni même les envolées presque lyriques de son compagnon sur les vols des cigognes qui n'en finissaient pas de construire des nids au sommet des clochers, au grand dam des sonneurs.

— Par saint Jacques, réponds-moi, suppliait parfois le manchot qui abandonnait ses souvenirs pour provoquer son compagnon. Innocent, tu peux le crier. Qui te croira ? Tu veux voir le duc... mais crois-tu qu'il se soucie de toi ?

Incapable de se taire, Santiago faisait alors les demandes et les réponses, exaspérant son compagnon qui finissait par le prendre à la gorge en hurlant :

— Innocent, je suis innocent, je le jure sur la sainte Bible !

— Comme tu ne crois pas en Dieu, plaisantait l'autre, tout de même heureux d'avoir fait parler ce satané bateleur, et proposant aussitôt à son compagnon enfin sorti de son mutisme : Et si nous jouions un peu.

Santiago se frottait le cou quelques instants et, presque avec magie, il faisait apparaître les dés dans sa seule main valide.

— Ecoute et tais-toi ! répéta Landry, ce jour-là, les sens en éveil.

Il avait arrêté la main de Santiago qui resta en suspens avec les dernières cartes non distribuées.

— Chipi, Chipo ! Ce sont Chipi et Chipo !

— Tes singes ?

Landry avait aussi raconté sa vie à Santiago qui n'avait jamais voulu croire aux exploits du bateleur.

— Marcher sur une corde dans les airs ! Tu ne me feras jamais croire cela. Tu es fou, Landry, fou ! Ou alors le diable ! Les clercs ne te le pardonneront pas, tu finiras sur un bûcher. Mais jouons plutôt.

Devant chacun, reposait un petit tas de cartes informes où il était bien difficile de reconnaître rois, dames ou cavaliers et encore moins les enseignes ; le chien tellement effacé par des doigts poisseux s'y distinguait difficilement du cerf, et le canard pouvait dans l'obscurité facilement se confondre avec le faucon [1].

Au grand désespoir de Santiago, Landry n'était toujours pas au jeu. Il tendait l'oreille désespérément, à l'affût du moindre bruit.

— Je t'assure que c'est Chipo et Chipi, soupira-t-il encore.

A ce moment là des éclats de voix parvinrent du pont-levis.

— Circulez, circulez, emmenez ces animaux du diable ! criait sans doute l'un des sergents qui gardaient la tour.

— Animaux du diable !

Landry s'était dressé.

— Ce sont eux ! Par saint Ursin, je t'en conjure.

— Et ils vont venir te délivrer, tes animaux du diable, railla Santiago avec un rire gras.

D'abord prêt à tout espérer, puis en un instant au bord du désespoir, Landry s'était laissé retomber sur sa paillasse immonde.

— Allons, ce sont peut-être tes maudits singes ! convint l'ancien pèlerin de Compostelle, qui ne supportait plus de voir son compagnon découragé. Parle-moi plutôt de cette Pernelle...

— Laisse-moi !

---

1. Le cavalier était le valet et les enseignes, avant de devenir pique, cœur, carreau et trèfle ont souvent varié. A la fin du XIVe siècle, époque à laquelle se répand l'usage des cartes, ce sont souvent le chien, le cerf, le canard et le faucon.

Poussé par le désarroi, Landry avait un jour parlé de la jeune fille, excitant la curiosité du manchot qui, depuis, prononçait parfois son nom lorsque Landry s'enfonçait dans la prostration. Il croyait, même si ce n'était qu'une illusion, le ramener à la vie. Il ignorait que Landry ne savait plus si Pernelle avait réellement existé.

Il était tout aussi difficile de se frayer un chemin pour ressortir que pour entrer dans le palais. Le flux des audiences était loin d'être tari.

Quand Gauthier, toujours encadré des bouffons et de leurs grelots exaspérants, déboucha enfin sur le pont, l'animation devant le palais était aussi grande que lors de son arrivée. Une litière attelée de quatre beaux mulets blancs vint s'arrêter juste devant lui, l'obligeant à un écart. Deux valets en livrée se précipitèrent ; une jeune femme brune parut entre les rideaux de velours bleu d'outremer. Mais Gauthier n'y prêta pas attention car son intérêt fut aussitôt capté par un attroupement dont il comprit sans hésitation la raison. Au milieu du cercle, Austremoine et Sidoine donnaient une représentation. Furieux, toujours suivi de Plantefolie et Jehannet, dont la curiosité avait été éveillée par le soudain élan de Gauthier, il marcha à grands pas vers le rassemblement, bouscula quelques spectateurs et se retrouva en un instant près d'Austremoine.

— Cornedouille, têtes de mule, cessez immédiatement ! cria-t-il, rouge de colère.

Des huées jaillirent aussitôt de la foule, vite transformées en rires et applaudissements quand Chipo et Chipi sautèrent dans les bras du perturbateur et s'installèrent sur chacune de ses épaules, transformant le pauvre Gauthier en montreur de foire. Chipi s'était même saisi de son chaperon et l'exhibait à la foule ravie, avant de le reposer délicatement sur sa tête et d'esquisser des saluts.

— Voilà un beau spectacle bien fait, me voilà tout ébaubie, s'esclaffa une commère qui avait déposé devant elle un panier rempli d'épices.

A ses côtés, deux gros hommes se tapaient les cuisses en riant bruyamment.

— Cela me donne soif ! dit l'un d'eux vite rabroué par sa voisine.

— Maudit lécheur de taverne, tu ferais mieux de rentrer pour nourrir les poules !

Les poings sur les hanches, la commère au panier déclenchait à nouveau l'hilarité de la foule.

— Et toi, tu restes là à voir ces montreurs de bêtes étranges ?

— Tu peux dire des bêtes du diable, reprit le compagnon du mari, n'est-ce pas ?

Il s'était tourné vers deux cordeliers qui passaient par là et qui se signèrent instantanément, en se hâtant de quitter ces lieux maudits.

Tout aussi précipitamment, Gauthier, qui s'était débarrassé des singes et avait récupéré non sans mal son chaperon, lança alors :

— Rentrons !

— Hou... Encore !

Austremoine regarda son père dont les pommettes rouges et le nez pincé étaient les signes inquiétants d'une colère encore contenue.

— Encore !

Au premier rang avait surgi une jeune femme brune dont la chevelure se répondait en flot abondant sur les épaules.

— La duchesse !

L'attention se détourna un instant des singes. En cotte de velours vermeil semé de feuilles d'or et barré d'une bande de pierreries aux poignets et au col bordé douillettement de petit-gris, cette belle brune tranchait sur les badauds par une certaine magnificence, comme ses compagnons, deux damoiseaux, l'un vêtu d'un pourpoint de soie vert sombre à la mode italienne, l'autre d'une écarlate délicatement associée à un drap « fleur de pêcher ».

— Oui encore, insistaient ces derniers en brandissant leurs chaperons volumineux, assortis aux poulaines dont les pointes démesurées et rattachées au mollet par une chaînette disaient assez les artifices auxquels était attachée la jeunesse huppée et oisive dont la duchesse aimait s'entourer.

— Madame, réclamez le spectacle et, s'il en vaut la peine, nous le montrerons à monseigneur.

Plantefolie et Jehannet avaient assisté de loin à l'algarade de Gauthier ; le premier venait de s'avancer, agitant en ricanant son énorme turban rouge devenu tout d'un coup l'objet de l'attention générale.

— Voila les fous ! commenta la commère dont le mari était revenu de la taverne voisine avec un godet de vin qu'il sirotait goulûment.

Tout le monde à Riom connaissait les fous du duc et s'en méfiait ; en dépit de leur drôlerie, ils pouvaient être si méchants !

— Bonne idée, Plantefolie, mais n'avons-nous pas déjà vu ces singes ? Dis à ces garçons notre plaisir, répondit la jeune femme, et toi aussi Jehannet.

Celui-ci entra à son tour dans l'aire délimitée par le public. Hilare, il émit simplement quelques sons inintelligibles, exécuta une pirouette, puis fit craquer les os de ses mains avec une dextérité étonnante pour le plus grand plaisir des spectateurs qui applaudirent aussitôt avec enthousiasme.

— Encore, sac d'os ! cria le lécheur de taverne.

— Et vous le bateleur, nous voulons du spectacle.

Plantefolie esquissant un pas de danse, qui fit claquer les semelles de ses poulaines sur le sol, interpellait maintenant Gauthier qui le trouvait grotesque. Petit de taille et lourd d'aspect, il se déplaçait pourtant avec une incontestable légèreté ; et sur son visage grimaçant s'imprimaient des mimiques qui n'amusaient pas Gauthier ; il avait une peau d'enfant étrangement lisse, des traits grossiers et surtout des yeux globuleux intensément mobiles, presque sans cils, aux paupières rougies.

— Je ne suis pas bateleur, laissa enfin tomber Gauthier au bord de l'exaspération.

— Oui j'ai cru comprendre que tu es plutôt marchand de grain, répondit l'autre très calme et sûr de lui, et ami de ce bateleur que tu veux arracher des prisons de monseigneur.

Gauthier le regarda, puis reportant un instant les yeux vers le sommet de la tour Bonan, il haussa les épaules, d'un air las. Il ne pensait plus qu'à regagner Clermont. Il était venu à Riom pour Landry et non pour cette mascarade ; il ressentait crûment un sentiment d'impuissance. La tour solidement campée derrière son pont-levis le disait assez. Que faire contre ces murailles ? Découragé, il ne jeta même pas un regard vers Austremoine qui l'observait, aussi désemparé, et se fondit dans la foule d'un pas rapide.

— Qui est cet homme ? interrogea alors la duchesse.

— Il vient de l'audience de monseigneur, répondit seulement le bouffon en agitant nerveusement tous les grelots de son vêtement.

Soulagés par le départ du marchand de grain, même s'ils étaient inquiets, Austremoine et Sidoine se ressaisirent vite ; la foule les encourageait tellement à reprendre le spectacle. Après qu'ils leur eurent intimé des ordres, les animaux excités par l'attente se surpassèrent.

— Il faut montrer ces singes à monseigneur.

Battant joyeusement des mains, la duchesse Jeanne désignait du menton le palais ducal.

— Quelle bonne idée, Jeanne ! s'empressa d'acquiescer le damoiseau vêtu de vert.

Austremoine s'approcha d'eux et, s'inclinant cérémonieusement, le chaperon à la main, il dit d'un ton posé :

— Madame, ces singes appartiennent à Landry, l'homme le plus haut du royaume, qui est enfermé dans cette tour.

Il tendait la main vers la tour Bonan dont l'allure défensive et sinistre s'imposait encore davantage avec l'ombre du soir qui gagnait rapidement.

— Plantefolie, connais-tu ce Landry ?

— Oui madame, c'est l'assassin du peintre Pôl. Et l'homme qui est parti furieux venait justement en parler à monseigneur.

— Non, ce n'est pas un assassin, dit Austremoine d'un ton buté.

— Ecoute, je n'en sais rien, convint la duchesse amusée par le garçon. En tout cas, ces singes doivent être montrés à mon époux ! Peut-être voudra-t-il même les acheter pour les mettre dans sa ménagerie.

— Ils ne sont pas à vendre, madame.

Les pommettes rouges, l'œil vif, Sidoine s'était à son tour planté devant la jeune femme.

— Mais pour un spectacle, nous acceptons de rester, ajouta aussitôt Austremoine qui voulait bien se montrer conciliant.

— Alors venez !

Plantefolie et Johannet avaient déjà pris les deux garçons sous leur protection.

— Et crois-tu que nous pourrions visiter Landry dans cette tour ? demanda aussitôt Austremoine, dont les pupilles dilatées n'en finissaient pas de dire son étonnement devant ces personnages étranges, mais qui était prêt à sauter sur toutes les occasions en faveur du bateleur.

— Ne sois pas impatient, montre d'abord les singes, ensuite nous verrons. Le temps viendra, c'est la devise de monseigneur ! Nous aussi, on sait faire des spectacles. Et ne nous regarde pas comme des bêtes curieuses, toi aussi tu as de drôles d'yeux.

Alixende avait frappé d'un coup discret le marteau métallique sur la lourde porte de chêne et avait attendu quelques instants dans la rue Grenette.

— Il doit bien y avoir quelqu'un...

Depuis le seuil de son atelier, Gilbert avait repéré la visiteuse. On ne voyait pas si souvent d'aussi jolies créatures rue Grenette. Certes les filles de son voisin étaient mignonnes mais celle-ci avait un charme particulier.

— Je viens voir dame Tiphaine.

Le sourire laissa l'imagier pantois. Il s'empressa de pousser le vantail marqué d'une épaisse moulure et la précéda sous le porche de la maison Champgrain. Dans la cour ensoleillée, il faisait beaucoup plus doux que dans la rue balayée par un fort vent descendu de la montagne. Sur le banc au fond, était assis Blaise qui, alerté par le bruit de la porte, tournait la tête en direction des nouveaux venus. Près de lui, le fameux Coqueluche se dressa sur ses ergots et lança un « cocorico » sonore ; autour de lui, les poules qui picoraient le sol terreux s'interrompirent un instant, le regardèrent avec admiration, puis revinrent paisiblement à leurs occupations. Pernelle ouvrait justement la porte de la cuisine alors que Tiphaine, alertée par Coqueluche, se penchait à une fenêtre de l'étage joliment divisée par une fine colonnette.

— Je viens pour que vous me disiez mon avenir, dit Alixende d'une voix douce au léger accent chantant.

— Fais entrer la gente dame, lança Tiphaine.

Sous le charme, Gilbert observa la visiteuse pénétrer dans la grande salle des Champgrain. Sa démarche était gracieuse, faisant doucement se balancer la cotte rose serrée à la taille par une fine tresse de laine et sur laquelle était posé un surcot bleu à amples emmanchures. Un chaperon de fin linon sagement amidonné dressait deux pointes dont les pans restés souples étaient drapés négligemment autour de la gorge.

— Qui est-ce ? demanda Blaise.

— Je ne sais, répondit Gilbert tout songeur, mais je m'en souviendrai pour ma prochaine image de madone. Elle est belle, très belle.

— Aussi belle que la dame rencontrée par Nectaire dans le repaire d'Olim Barbe ?

— Peut-être, je ne la connais pas, moi, cette dame... Celle-ci s'inquiète bien à tort de son avenir.

— Je viens vous voir de la part de Perpétue, l'étuvière, disait déjà Alixende, elle m'a vanté vos mérites d'astronomienne et votre science des étoiles. Pouvez-vous me faire savoir des choses à venir ?

Tiphaine sourit à la jeune femme que Pernelle installait dans le faudesteuil réservé aux clients de sa mère.

— C'est bien possible si vous voulez être juste un peu crédule, répondit aussitôt l'astrologue. Je vous dirai facilement quelques jours de ceux qui doivent être malheureux pour vous.

— J'ai eu assez de ces jours, je porte un deuil très amer et souhaiterais surtout que vous me parliez des heureux.

— Faute de croire bon et loyal conseil venu des corps supérieurs, vous pourriez aussi les manquer, ces jours heureux, convint Tiphaine. Donnez-moi déjà votre année de naissance.

— Le jour de la Saint-Jean de l'année 1370.

Tiphaine saisit devant elle dans le petit meuble à deux étagères circulaires un des livres qui s'y trouvaient posés sur la tranche ; il possédait une reliure de velours rouge. Elle commença à le feuilleter.

— Il ne faut pas imaginer que toutes les choses arrivent aux hommes par une cause céleste, prévint-elle cependant.

C'était là un préambule qu'elle tenait de Ptolémée dont son grand-père lui avait enseigné les rudiments et dont elle prenait la précaution d'avertir ses clients, se prémunissant ainsi contre d'éventuels reproches des clercs. Car bien peu avaient la sagesse d'Albert le Grand [1] qui considérait certes les événements sur terre comme provoqués par le mouvement des corps célestes mais mettait à part l'homme capable de décider lui-même de son destin.

— Les clercs ont vite fait de me faire un procès en répandant que je suis aussi expérimentée en poudres et autres détestables choses contre la foi chrétienne, expliqua encore Tiphaine tout en tournant les pages avec application.

Son regard avait croisé celui si clair d'Alixende qui découvrit les yeux de couleurs différentes.

— Certains disent même que la lune diminue fort le cerveau et qu'il n'est pas bon de trop assidûment la regarder.

Pernelle s'était approchée de la visiteuse qui la dévisagea.

---

1. Dominicain de Cologne (1193-1280).

— Quel regard vous avez donc dans votre famille !

Alixende n'avait pu s'empêcher d'exprimer avec candeur son étonnement.

— J'ai encore deux frères et une sœur qui ont ces yeux ! avoua la jeune fille en riant.

— Nous voici dans le signe du Cancer, finit par dire l'astronomienne, mais avant tout, n'oubliez pas que l'homme sage domine les astres.

Tiphaine avait assorti son conseil d'un index levé avec autorité. Alixende secoua la tête, indiquant son accord. Elle s'était accoudée au bras du siège de bois clair, le menton dans la main ; elle était prête à tout entendre ou plutôt elle espérait déjà que Tiphaine pourrait lui donner quelques indications sur le mystérieux jeune homme du dimanche des Brandons. Dans son for intérieur, elle dut s'avouer qu'elle n'était venue que pour cela, ignorant les réelles capacités de la « magicienne » comme l'avait appelée l'étuvière.

La lumière pénétrait dans la salle par les carreaux de verre losangés et formait sur le carrelage vernissé un rai jusqu'aux estivaux noirs de la jeune femme. L'eau de la grande marmite posée sur un trépied dans la cheminée se mit à chuinter doucement. Alixende se sentit tout à coup détendue et écouta la voix feutrée de Tiphaine qui, après avoir réfléchi posément, paraissait prête.

— Voici mon premier conseil : prenez garde, si vous avez à traiter quelque affaire importante, avant de vous engager que le signe des Poissons, du Lion ou du Verseau ne tombe à l'ascendant, car ces signes étaient infortunés dans votre nativité...

Interrogative, Alixende regarda Tiphaine.

— C'est que je n'entends rien à tout cela, expliqua-t-elle.

Tiphaine sourit.

— Je vais être plus claire...

— Dites-moi déjà si le jour des Brandons était un jour où je devais prendre garde ? l'interrompit aussitôt la jeune femme dont les yeux clairs lui donnaient un air décidément candide.

Tiphaine l'observa un instant, songeuse, puis s'abîma

pendant quelques instants dans une réflexion soutenue avant d'annoncer sans réserve :

— Non, c'était un bon jour, où la place des Poissons était au contraire richesse.

Alixende remercia d'un sourire éclatant. Pernelle la trouva si belle qu'elle en fut émue.

— Me voilà soulagée, avoua Alixende dont les pommettes roses accroissaient encore le charme.

— Fuyez la compagnie de ceux qui dans leur nativité auront Mars dans la onzième maison.

Rassurée un instant plus tôt, Alixende sembla nerveuse.

— Comment le savoir ? demanda-t-elle timidement.

— Eh oui, reconnut l'astronomienne, tout le monde ne connaît pas sa nativité, hélas pour moi... Dois-je comprendre que vous avez rencontré quelqu'un le jour des Brandons ?

— Peut-être... se contenta de dire en rougissant à nouveau la jeune femme, mais continuons...

Elle eut peur de s'être trop livrée et baissa pudiquement les yeux sur ses mains posées nonchalamment sur la cotte rose, mais elle voulait tellement en savoir plus ! Et Tiphaine lui semblait une femme honnête. Perpétue avait eu bien raison de l'envoyer chez cette magicienne dont la tranquille bonhomie la rassurait.

De la cour, parvinrent quelques notes de musique. Alixende tendit l'oreille.

— C'est mon frère, Blaise ; il est aveugle, expliqua Pernelle.

D'abord appuyées, les notes s'envolèrent en douceur et il se mit à chanter d'une voix mélodieuse :

A Danmartin, il y a trois belles filles,
il y en a une plus belle que le jour...

— C'est très joli, dit Alixende.

Il y avait bien longtemps qu'elle n'avait été aussi détendue, sans doute depuis le jour où elle avait dû quitter son domaine de Monthaut après avoir vu tuer son mari. La période la plus sombre de sa courte vie alors avait débuté. Elle n'oublierait jamais ces mois passés auprès de l'immonde Olim Barbe qui l'avait réduite en esclavage. Les cauchemars qu'elle faisait chaque nuit en étaient bien la preuve. Rentrée chez elle après sa libération par le maréchal Boucicaut, elle n'y avait trouvé que ruines et désolation. Seul le vieux Norbert, qui avait servi le grand-père de son mari, était encore là. Toute la maisonnée avait péri. Les bâtiments avaient été en grande partie détruits par l'incendie allumé par les routiers, furieux de ne découvrir aucun trésor. Et pour cause, il y avait beau temps que Monthaut ne connaissait plus la splendeur des ancêtres de Thierry, son mari. Les misères du siècle avaient fait leur œuvre. La belle Alixende, meurtrie par ses malheurs et ses longs mois d'une captivité infernale, n'avait pas eu le courage d'affronter la solitude pesante des lieux. Qu'y faire ? Ce n'était pas le pauvre Norbert qui pouvait faire revivre une exploitation plus que ruinée. Alixende ne disposait pas de la moindre livre. Sa seule fortune consistait en un beau fermail rehaussé de pierres précieuses dont Olim Barbe lui avait fait cadeau après le pillage de Montferrand. Elle n'avait pas été longue à décider de quitter Monthaut et était venue demander l'hospitalité à un lointain cousin de Thierry qui avait mis à sa disposition à Clermont une petite maison dans la cour de son logis et lui assurait avec générosité sa subsistance en attendant des jours meilleurs. Elle n'imaginait pas bien ce que pouvaient être ces jours meilleurs, mais les semaines passant avaient ramené chez elle un peu de sérénité sinon l'oubli de ses malheurs. Elle avait appris comme tous les Clermontois le retour en Auvergne du duc et de la duchesse, et y voyait une lueur d'espoir puisqu'elle connaissait Jeanne de Boulogne.

— Je crois vous avoir tout dit ! conclut Tiphaine avant de prononcer les mots qui terminaient toujours ses consultations. Il en sera ainsi si telle est la volonté de Dieu !

— Certes, admit Alixende tandis que Tiphaine ajoutait déjà :

— Pernelle a écrit l'essentiel que vous pourrez vous

remémorer en le relisant de temps à autre. Mais puis-je à mon tour vous questionner ?

Etonnée, Alixende la fixa un instant, croisant son beau regard bleu avec celui beaucoup plus étrange de son interlocutrice.

— Si je peux répondre... admit-elle.

— Qui êtes-vous ? Je ne vous ai jamais vue à Clermont.

— J'y suis pourtant depuis quelques semaines, hébergée par mon oncle, le mercier Mazel, tout à côté de chez Perpétue qui m'a envoyée chez vous.

Tiphaine connaissait bien l'échoppe de Mazel.

— Je me cache après beaucoup de malheurs au fond de sa cour et passe mes journées à broder sans goût à rien. Seule Perpétue avec sa gentillesse arrive à me délasser...

Tiphaine grimaça. Il y avait donc de si jolies femmes aux étuves !

— Votre rencontre des Brandons ne pourrait-elle mettre fin à cet état ? demanda Tiphaine.

— Peut-être. Pour l'heure, je vais aller voir la duchesse revenue enfin en Auvergne... En attendant, je n'ai que cela à vous offrir.

Alixende avait extrait d'une aumônière en tissu pendue à la cordelette de chanvre qui lui servait de ceinture une petite pièce de toile brodée. Elle la tendit à Tiphaine qui se récria.

— Vous ne me devez rien.

— Vous m'honoreriez en acceptant ce modeste présent réalisé de mes mains. C'est à peu près tout ce que je sais faire.

Alixende éclata d'un rire qui tinta agréablement sous la voûte de la salle.

— C'est déjà beaucoup, répondit Tiphaine en détaillant un travail minutieux de broderie aux fils de couleurs subtilement assortis.

— Vous connaissez la duchesse ?

Pernelle, qui vaquait devant la cheminée où bouillait

avec entrain un potage d'herbes fraîches dont elle remuait blettes et épinards à l'aide d'une grande cuillère de bois, s'était approchée de la jeune femme.

— Oui, nous étions amies d'enfance.

14

Quand Tiphaine entendit les cloches des vêpres signifier à la cité et à ses habitants qu'il serait bientôt temps d'abandonner leurs ouvrages, elle interrompit l'élection[1] qu'elle étudiait. Laissant le parchemin sur lequel elle écrivait en lignes régulières des lettres serrées, elle regarda un instant les flammes attaquer avec ardeur la grosse bûche déposée dans l'âtre par Pernelle, qui s'était substituée pour une fois aux hommes de la maison.

— Il faut bien les remplacer, avait maugréé la jeune fille en faisant la corvée de bois le matin.

Puisse son humeur s'améliorer ! songea Tiphaine. Sa visiteuse et cliente de l'après-none ne lui avait-elle pas proposé aimablement de l'emmener avec elle chez son amie, la duchesse ?

Non loin, Blaise pianotait distraitement sur son orgue, en tirant des sons parfois discordants qui irritaient sa mère. Tiphaine soupira.

Les hommes de la maison... Où étaient-ils ? Gauthier rentrerait-il le soir de son expédition à Riom et avec quelle espérance ? Nectaire serait-il bientôt libéré ? Quant à Austremoine, où courait-il ? Il avait au moins le mérite de la débarrasser de ces maudits singes.

1. Horoscope.

La porte s'ouvrit. Joyeuses, les joues rouges, les yeux brillants, Apolline et Ursine déposèrent devant Tiphaine un bouquet de violettes cueillies près de la Tiretaine au retour d'une promenade qui les avait conduites sur les pentes de Chanturgue. Elles avaient aussi ramassé une brassée de tendres feuilles de sureau, d'orties et de pissenlits dont Tiphaine ferait à sa façon une salade pour le souper.

— Père ne reviendra pas ce soir ? demanda la jeune fille.

— Nous avons demandé à Notre-Dame du Port qu'elle nous rende mon père, dit sobrement Ursine.

Elle avait beaucoup changé ; à la fillette de l'automne se substituait lentement une douce jeune fille. Tiphaine l'observa et se dit qu'elle serait belle. Peut-être pas éclatante comme la jeune femme de l'après-midi, cette Alixende qui les avait tant charmées, mais rayonnante. L'absence de son père qui lui pesait tant semblait aussi curieusement l'avoir libérée. La vie en famille avait été une vraie révélation. Tous étaient si gentils pour elle, et Blaise n'était pas le dernier. Dès l'arrivée d'Ursine dans la grande salle voûtée, il avait entamé un nouveau morceau de musique et pas une fausse note ne venait en troubler la douce harmonie. Une façon pour lui de clamer son affection à la fillette.

— Nous pourrions être si heureux, soupira Tiphaine, en s'arrachant à regret du faudesteuil à coussins rouges et de sa mélancolique rêverie.

— Où est Pernelle ? interrogea Apolline.

— Elle est allée raccompagner chez elle une cliente.

— Quelle cliente ?

Etonnée et curieuse, Apolline fronçait les sourcils.

— Une certaine Alixende qui habite chez son oncle à côté de l'étuve de Perpétue.

Au même moment, Gauthier s'attablait tristement seul devant une porée [1] blanche au lait d'amandes qu'il agré-

1. Soupe avec des poireaux.

menta d'épices pour en améliorer le goût un peu fade. Il avait choisi l'auberge du Chapon Blanc, tout près du rempart, à deux pas de la porte de la Poterne qu'il emprunterait le lendemain à la première heure pour regagner Clermont, car il n'avait pas voulu risquer de finir son parcours la nuit tombée. Depuis son aventure à La Roche d'Onzac, il était devenu méfiant ; si le pays avait été nettoyé par le maréchal Boucicaut, les risques n'en demeuraient pas moins. Les mauvaises rencontres étaient toujours possibles. Gauthier redemanda une cervoise qu'il but à petites gorgées en soupirant ; après la colère, il retrouvait peu à peu son calme.

A l'autre bout de la cité, Austremoine et Sidoine n'en croyaient pas leurs yeux. Jamais ils n'avaient été à pareille fête. Entraînés par les bouffons, chaperonnés par la duchesse et ses damoiseaux, ils avaient pénétré dans le palais avec les singes dûment installés dans la ménagerie du palais où ils passeraient la nuit, en compagnie des animaux du prince, avant d'être présentés au duc le lendemain matin.

— Il est trop tard ce soir, avait tranché la duchesse. Monseigneur n'a pas encore achevé ses audiences. Mais nous vous gardons pour le souper et Plantefolie vous trouvera bien une soupente pour dormir.

Les deux garçons avaient interrogé le bouffon qui se vantait d'avoir assisté à l'audience de Gauthier. Plantefolie entretenait le mystère avec l'art consommé du comédien.

— Landry a-t-il une chance d'être bientôt jugé ? Le duc le croit-il vraiment coupable ?

Les réponses de Plantefolie, qui roulait des yeux avec des mines effarouchées, les avaient laissés sur leur faim. Ils espéraient en tout cas, grâce à cette bonne fortune qui les avait mis en présence de la duchesse, pouvoir à leur tour intercéder pour le bateleur. En attendant, il fallait jouir du moment présent.

— On corne l'eau ! souffla Plantefolie. Dépêchez-vous !

Dans l'escalier à vis, on se pressait autour d'eux, Jehannet, grimaçant, s'accrochait à la rampe de pierre sombre dont le soubassement orné de trèfles lui servait de marchepied et, à la porte qui donnait dans la grande salle où étaient dressées les tables du souper, c'était la bousculade. Des valets en livrées rouge et bleu arrosaient patiemment les mains des arrivants avec le contenu d'aiguières argentées puisé dans des bassins disposés sur les tables recouvertes de toile blanche.

A leur tour, toujours à la suite des deux bouffons, les garçons tendirent leurs mains aux ongles rongés et sales, et humèrent avec plaisir la délicate odeur du liquide mêlé d'eau-de-rose. Douce introduction à ce monde de luxe qu'ils n'auraient jamais imaginé et dans lequel ils se trouvaient tout à coup projetés.

— Nous sommes en retard, murmura Plantefolie, le duc ne va pas tarder. Morinot, le chambellan, est déjà là.

Jehannet tira Sidoine par la manche jusqu'à une table drapée d'un linge blanc damassé comme les autres. Le bois des bancs était aussi caché par des banquiers, pièces de drap en alternance rouges et bleues. Sur les sièges réservés au duc et à la duchesse, près de la cheminée monumentale, étaient posés des coussins de soierie filetée d'or et l'emplacement de leurs tables était encore marqué par de somptueux tapis de Turquie. En connaisseur, Sidoine détailla les sculptures de la cheminée, mais Jehannet lui fit de nouveau comprendre avec des mimiques expressives qu'il était temps de s'attabler. A Austremoine qui n'en finissait par de découvrir cette féerie, Plantefolie expliquait déjà avec une gourmandise que trahissait sans doute aussi son embonpoint :

— Au palais, où que nous soyons, nous avons toujours droit aux meilleurs poissons, aux meilleures volailles, aux pâtés les plus fins, crois-moi !

Mis en appétit, narines et papilles en alerte, le garçon écarquillait des yeux aussi ronds que la cuvette de cuivre posée en milieu de table pour contenir une chandelle vacillante.

— Tu as de drôles d'yeux, nota le bouffon qui continuait, intarissable, sa présentation des lieux. Là-bas, c'est la table du duc et de la duchesse.

Les écuelles simples posées sur les autres tables y

étaient remplacées par une vaisselle d'or dont le brillant se teintait d'étranges lueurs grâce aux flammes de la haute cheminée voisine.

— Les voilà !

Austremoine poussa Sidoine du coude.

— Le duc !

L'homme corpulent portait toujours la vaste houppelande bleu et or de l'après-none ; il avait seulement remplacé la toque de fourrure par un chaperon de velours à large bec. Derrière lui, Austremoine et Sidoine reconnurent la silhouette gracile de la duchesse qui avait passé une cotte de soie bleue avec un fin collet d'agneau blanc, dont le décolleté voilait à peine ses rondeurs appétissantes ; ses cheveux étaient simplement retenus sur le front par un mince chapel rehaussé d'une belle émeraude. Derrière elle, ses compagnons, les damoiseaux qui avaient assisté au spectacle, arboraient des tenues écarlates des plus voyantes et leurs poulaines retenues au mollet par des chaînes ouvragées avaient pris des envergures étonnantes.

Un serviteur s'était précipité, réclamant du geste et de la voix :

— Le gemellion pour monseigneur.

Un bassin fut placé sous les mains du duc tandis que d'un autre, un valet faisait habilement couler un filet d'eau.

Cet objet utilitaire, fait de deux bassins, suivait dans tous ses déplacements le prince qui ne voulait pas sacrifier à la plus moderne et plus pratique aiguière ; en émail limousin, d'un luxe inouï, il lui avait été offert par son frère le roi Charles V. On racontait qu'il avait été égaré lors d'un voyage dans le Languedoc et que cela avait été un drame ; le valet qui en était chargé avait été renvoyé.

Monseigneur avait maintenant les mains propres ; le repas pouvait débuter. Les serviteurs, uniformément vêtus de bleu et de rouge, chausses et pourpoints mi-parties, entamèrent un ballet de plateaux regorgeant de victuailles et dégageant sur leur passage les plus fins fumets.

— Je te recommande les carpes ; elles viennent des

étangs de Lignat ; le maître des eaux et forêts est un connaisseur. Elles valent bien celles de Mehun, n'est-ce pas Jehannet ?

La grimace de l'autre valait sans doute acquiescement. Austremoine se servit donc de poisson au moment même où Plantefolie attirait son attention sur des pâtés ronds et blonds, cuits et dorés à point.

— Leur saveur est exquise grâce aux truffes noires [1] !

L'étonnement dut se lire sur le visage d'Austremoine car le bouffon le regarda, amusé :

— Tu as de drôles d'yeux ! et tu ne sais pas ce que sont les truffes...

— Non, ne craignit pas d'avouer en riant Austremoine, déclenchant l'hilarité générale à sa table.

Sidoine avait déjà vidé un godet de vin, recommandé par un autre convive qui se présenta :

— Colas Langlois, je suis closier de monseigneur à Saint-Pourçain.

Austremoine le goûta aussi. Les piliers élégants qui dessinaient trois longues nefs se mirent à danser quelques instants, puis oscillant doucement se remirent sagement en place. Sur la soie brillante du pourpoint de Plantefolie se reflétait en mille lumières la flamme changeante de la chandelle. L'exubérance du bouffon et l'ambiance bruyante de la salle où il faisait si chaud transportaient le jeune montreur de singes dans un monde inconnu ; la vie lui sembla si belle qu'il sourit aux anges, leur découvrant ses fameuses dents du bonheur avant de s'endormir près de son écuelle à laquelle il n'avait guère touché. Plus résistant, moins rêveur peut-être, heureux de profiter de l'instant présent, Sidoine se bourra encore de fruits secs et d'oublies.

— Il ne pense plus à Landry, ironisa le bouffon en faisant un clin d'œil à Jehannet qui approuva en dodelinant de la tête dans un mouvement qui s'amplifia tellement que son chaperon finit par tomber.

Et quand il le ramassa, le duc qui avait observé de loin

1. Les truffes avaient été mises à la mode à Paris par le chambellan de Charles V, puis de Charles VI, Bureau de La Rivière.

le manège fit un signe impératif. C'était l'heure du divertissement offert par les fous du duc qui s'exécutèrent dans le tintinnabulement des grelots de leurs chaperons, des chaînes de leurs poulaines et le scintillement de leurs tenues bigarrées.

Le lendemain, Austremoine fut bien étonné quand il réalisa, la bouche pâteuse, l'esprit embrumé, qu'il avait passé la nuit au palais du prince Jean. La pièce où Plantefolie et Jehannet les avaient installés n'était qu'une soupente et ils avaient dû se pelotonner l'un contre l'autre afin de se réchauffer ; la natte de paille était humide mais ils étaient toujours à Riom et ils avaient les plus grandes chances d'approcher monseigneur le duc. Austremoine guetta les bruits qui peu à peu montaient des étages depuis que les clochers riomois avaient carillonné l'angélus, puis décida qu'il était temps d'aller aux nouvelles plutôt que d'attendre, comme promis, la venue des bouffons. « Drôles de personnages », songea Austremoine avant d'emprunter l'escalier de bois qui les ramena au niveau inférieur ; de la loggia, la vue donnait sur la tour Bonan.

— Cornedouille, je suis sûr que Landry aimerait tendre sa corde ici, affirma Austremoine qui avait caché sous son chaperon une tignasse en désordre.

— Cherchons la ménagerie !

Déambulant dans des salles immenses où l'on avait ravivé les feux dans d'énormes cheminées de pierre grise, ils s'égarèrent, furent remis sur le bon chemin par des serviteurs obligeants qui, vêtus de leur belle livrée rouge et bleu, vaquaient à leurs occupations. Ils aboutirent enfin à ce grand espace mi-couvert, mi-ouvert que les bouffons avaient baptisé ménagerie. Le duc s'y trouvait déjà et Plantefolie et Jehannet batifolaient sur une pelouse avec des lévriers d'une rare élégance. Les garçons n'avaient jamais vu des chiens aussi raffinés ; ils portaient à leur cou un fin collier de cuir doré d'un ton à peine plus foncé que leur robe et leurs pattes d'une finesse étonnante se détendaient avec vivacité pour franchir les obstacles dressés çà et là sur l'herbe fraîche.

— Encore ! Faites-les sauter plus vite, ordonnait le prince dont l'attention semblait totalement captivée par les animaux.

— Je ne les trouve pas en grande forme, monseigneur.

Très déférent, resté en retrait mais attentif aux évolutions des chiens, un homme s'était avancé de quelques pas. Les lévriers en profitèrent pour échapper aux bouffons et vinrent aboyer aux pieds du prince.

— Sages, sages, ici Sarrasin, ici Lion, dit celui-ci en caressant l'un d'eux, pendant qu'un autre se pressait voluptueusement contre sa houppelande soyeuse. Nous les enverrons à la mer !

— Et vos alans aussi ?

Retenue par un valet, s'approchait une meute de ces grands chiens féroces[1] dressés pour chasser l'ours que le prince était réputé acheter à n'importe quel prix. L'homme avait bien du mal à maîtriser ces animaux remuants qui s'excitaient mutuellement et n'en finissaient pas d'aboyer, en ouvrant des mâchoires impressionnantes.

— Ils n'en ont pas besoin, apparemment.

— Bien, monseigneur.

Le duc s'était déjà désintéressé du maître de chenil et de ses valets de chiens ; à l'opposé de la vaste cour, était apparu un nouveau centre d'intérêt, un ours brun, une bête splendide, dont le poil luisant avait sans doute été longuement entretenu par le valet qui le retenait par une épaisse longe de cuir.

— Voilà messire Marmouset !

Le duc laissait éclater sa joie et, à enjambées rapides, traversait maintenant la prairie centrale.

Déçus, les lévriers vinrent calmement se coucher aux pieds d'Austremoine et de Sidoine qui n'avaient pas bougé.

— Cornedouille, un ours !

1. Les alans sont une race disparue de chiens qui ressemblaient aux danois.

Austremoine écarquillait les yeux. Il avait oublié ses singes et Landry ; le spectacle valait le coup d'œil. Le prince avait soulevé sa grosse toque de castor blanc où se détachait une belle barrette d'écarlate cotonnée vermeille, et saluait l'ours comme s'il s'était agi d'un courtisan. Ses doigts gantés de bleu avaient saisi la longe et il commença un tour de piste pour exhiber l'animal qui le suivit placidement.

— Messire Marmouset, répétait à l'envi le duc qui avait baptisé l'ours du nom de ces barbons dont son neveu le roi s'était entiché comme conseillers afin d'éloigner du gouvernement ses oncles dont Jean de Berry. Un affront que le prince n'avait guère digéré.

— Messire Marmouset, répétait Plantefolie qui avec Jehannet lui avait emboîté le pas.

— N'est-ce pas une bête magnifique ? Le seigneur de Ravel m'a fait un superbe cadeau, jubilait le prince dont la stature pourtant imposante semblait éclipsée par l'ours si massif.

— J'ai d'autres animaux à vous montrer !

D'une porte cachée entre deux courtes colonnades, avait surgi la duchesse, que les damoiseaux de la veille suivaient toujours pas à pas.

— Et qu'est-ce donc, ma mie ?

Le prince avait reporté quelques instants son attention sur son épouse. La jeune femme qui avait moins de trois fois l'âge de son mari était rayonnante. Elle avait revêtu une simple cotte de taffetas sombre qui rehaussait son teint déjà si clair ; une robe commune serrée à la taille par un large ruban brodé justement de petits ours.

— Des singes !

— Et voici leurs montreurs !

Invités par la duchesse, qui leur adressait gracieusement un sourire engageant, Austremoine et Sidoine s'étaient avancés.

— Monseigneur, ce sont les singes de Landry que vous retenez dans votre prison.

Austremoine désignait la haute tour dont l'ombre semblait menacer la ménagerie. Il avait eu la présence d'esprit de se saisir de son chaperon, qu'il porta sur son cœur, tentative de courtoisie respectueuse qui avait le désavantage de découvrir les mèches brunes désordonnées où pointaient quelques épis définitivement rebelles. Sidoine, qui n'avait pas plus que lui l'habitude de côtoyer les grands, l'imita maladroitement.

— Landry...

Le prince qui retenait toujours l'ours d'une docilité étonnante répéta le nom du bateleur. Il paraissait chercher au fond de sa mémoire ce que lui suggérait ce nom.

— L'assassin dont ce marchand de Clermont vous a entretenu hier à la vêprée, l'aida Plantefolie.

— Mais alors, on ne parle que de cet homme ! s'impatienta le duc.

— Savez-vous que Landry est l'homme le plus haut du royaume ?

D'abord intimidé, Austremoine s'enhardissait peu à peu. Planté devant le duc, le garçon avait haussé légèrement le ton et la duchesse, affichant un air protecteur, avait même posé sa main sur son épaule. La bure sombre de la cotte trop courte portait encore des traces de la natte de paille.

— L'homme le plus haut du royaume... C'est donc bien cet homme qui avait réjoui mon neveu le roi.

— Oui monseigneur et ce n'est pas un assassin.

Austremoine avait lancé la dernière phrase avec tellement de fougue que le duc fut un instant décontenancé par ce garçon qui avait des drôles de façons de vous interpeller. Accoutumé au respect un peu contraint de ses courtisans, il n'était guère habitué à ces libertés mais le garçon avait le regard franc et ses dents écartées et son audace l'auraient même amusé s'il avait eu un autre sujet de conversation que ce Landry.

— Qu'en sais-tu ? S'il est enfermé à la tour Bonan, c'est que j'ai mes raisons.

— Peut-être, monseigneur, convint Austremoine, mais s'il était innocent...

— Innocent, je n'y crois guère ; il me semble surtout proche du diable ! Mais montre-moi plutôt ce que ces singes savent faire !

— Oui, monseigneur, se hâtèrent de dire les garçons ravis et plus conciliants.

Austremoine et Sidoine se surpassèrent, excitant ou disciplinant les animaux avec une rare maîtrise ; valets, courtisans, dames et damoiseaux, et même le sénéchal et le chambellan, tous s'étaient attroupés pour suivre le spectacle, sans oublier l'ours Marmouset que son maître n'aurait pas voulu priver d'une telle réjouissance. Un valet retenait simplement la longe. Ce fut un triomphe. Même le duc s'était départi de sa hautaine superbe pour rire et applaudir de ses mains toujours gantées de bleu. Dans le chenil où ils avaient été reconduits, les lévriers aboyèrent leur dépit, puis résignés s'endormirent.

— Ils sont très bien dressés ! commenta le duc quand les montreurs et leurs animaux eurent salué pour la dernière fois. Je les veux dans ma ménagerie !

— Ils ne sont pas à vendre ! proclama Austremoine dont les pommettes s'étaient empourprées de fureur.

— Et pourquoi ?

— Mon ami, ce garçon doit pouvoir rester avec ses singes pour nous régaler, intervint aussitôt la duchesse avec un grand sourire.

— Vous savez que je ne peux résister à vos suppliques.

Soulagé, Austremoine fit un clin d'œil à Sidoine dont la réserve naturelle avait été mise à rude épreuve par le culot de son ami.

— Et Landry, quand sera-t-il libre ?

La langue avait pointé entre les lèvres cerise.

— Ne sois pas trop exigeant ! commanda Jeanne de Boulogne. Peut-être ce garçon pourrait-il rendre visite à cet homme ?

— Nous verrons ! Le temps viendra...

Après avoir rappelé sa devise, dont il usait et abusait pour éluder les questions embarrassantes, mais qui attestait aussi sa capacité à toujours patienter et prendre son temps, le duc s'en allait déjà.

— Tu ne dois pas trop insister, conseilla aussitôt Plantefolie, heureux de jouer les maîtres, puisque pour lui tout était comédie. Apprends qu'à la cour des grands de ce royaume, il faut aussi savoir la « science du taire ».

— Toi qui parles sans cesse, comment peux-tu donner ce genre de conseil ? lança Austremoine près duquel Chipi et Chipo s'étaient assis sagement.

Plantefolie haussa les épaules. Il regardait la duchesse qui marchait derrière son mari, escortée de ses damoiseaux, et chantonna :

Bel oncle que ferez-vous d'une aussi jeune femme...

Cette phrase insolente avait été prononcée par le roi Charles VI, quand son oncle lui avait fait part de son remariage.

— Hôtel d'un seigneur ne vaut rien sans dame, ni homme sans femme, avait répondu le duc chagriné de la remarque de son neveu.

Plantefolie en avait fait une chanson impertinente.

15

Alixende aimait la ville. Elle qui n'avait jamais vécu qu'à la campagne aimait déambuler dans les rues entre les pignons des maisons où l'obscurité engendrait souvent le mystère et le frisson. Elle s'angoissait parfois au détour d'une venelle, lorsqu'un homme caché par un poteau cornier surgissait soudain, paraissait lui emboîter le pas avec des intentions peut-être inavouables, et elle respirait quand, ne lui prêtant finalement aucune attention, il tournait dans la rue suivante. Elle aimait contempler les étals des échoppes même si elle ne disposait pas du moindre sol pour y faire des emplettes, ou même si certains présentaient crûment leurs marchandises ; elle aimait humer les odeurs chez l'herboriste ou l'épicier, regarder sans envie la dernière mode chez le mercier qui déballait force rubans, poulaines, mantels ou surcots. Elle aimait se laisser bousculer lorsque les chalands se pressaient, ou écouter les bavardages des commères, le devantel plein de légumes ou de fruits, commentant les nouvelles de la cité ou tout simplement celles de leurs familles. Bien peu savaient vraiment qui était cette jolie jeune femme triste, et elle se sentait libre dans cet univers grouillant et piaillant.

Jamais elle ne regrettait les grands espaces autour de Monthaut ; elle n'était pas une bonne cavalière et ne profitait pas vraiment de la nature puisque le danger rôdait depuis toujours dans les chemins et les charrières. A Monthaut, elle vivait surtout confinée dans la basse-cour du château dont le délabrement était lamentable. Une grande bâtisse austère où elle ne se sentait guère chez elle, où il faisait si froid l'hiver et même l'été puisque le soleil n'y pénétrait que rarement.

— La maison des courants d'air, lui avait annoncé son beau-père lorsqu'il l'avait accueillie, jeune épousée.

Les pierres de la bretèche qui avaient cédé le jour même de son arrivée et avaient roulé au fond du ravin envahi par les ronces auraient pu être considérées comme un mauvais présage. Personne n'y avait prêté attention. Elle était si amoureuse de ce Thierry, un grand gaillard, venu presque l'enlever un jour d'été, après lui avoir fait une cour passionnée.

Elle n'était d'ailleurs guère dépaysée car la maison de son père ne valait pas mieux. C'était là, près d'Usson, qu'elle avait connu dès l'enfance la future duchesse de Berry, Jeanne, dont le père n'était autre que le comte d'Auvergne, Jean II le ménagier, un rustre plus paysan que chevalier. Jamais lors de leurs jeux, ces sauvageonnes avides de grand air et de courses sans fin n'auraient imaginé que l'une d'elles aurait un avenir si brillant. Sans doute murmurait-on que la jeune fille avait été sacrifiée par son père aux abois qui avait cédé à son futur gendre, deux ans avant le mariage, son repaire d'Usson pour la coquette somme de cinquante mille francs. Partie à Monthaut, Alixende n'avait guère revu son amie depuis qu'elle était devenue par son mariage la tante du roi Charles [1].

A Monthaut, la vie était belle quand les journées paresseuses, certes un peu longues, au milieu de serviteurs nombreux et dévoués, n'étaient que le prélude à ces folles nuits que Thierry savait lui offrir. Dans sa petite chambre clermontoise Grande Rue Saint-Pierre, quand la solitude se faisait trop pesante, ses souvenirs venaient

1. Veuf de Jeanne d'Armagnac, le duc de Berry épouse en 1389 à 49 ans Jeanne de Boulogne qui en avait 14.

la tarauder, parfois chassés par ceux odieux de sa captivité et des vilenies que lui avait fait subir l'horrible Olim Barbe. Elle ne savait si elle pleurait plus sur son bonheur perdu ou sur cette honte.

Et quand les souvenirs l'étouffaient, comme ce matin-là où le crieur épiscopal l'avait réveillée tôt en annonçant une exposition au pilori, elle quittait la Grande Rue Saint-Pierre, s'engageait dans la rue des Bouchers ou des Gras, et remontait vers le centre de la cité. Légère, ses estivaux de cuir maculés par la terre humide — il avait sans doute plu au petit matin —, douillettement vêtue de son pelisson d'agneau blanc, elle remonta doucement vers la cathédrale. Un marchand d'oignons lui proposa l'une des tresses qu'il portait en écharpe et, devant le refus de la belle dame, s'effaça pour la laisser passer, emportant avec lui leur odeur. Après le quartier du Mazel, elle longea la tour de la Monnaie, leva la tête comme chaque Clermontois passant par là, pour s'assurer de la présence des cigognes.

— Elles vont rester ! commenta un homme corpulent qui avait suivi le regard d'Alixende. Entendez comme leurs petits claquettent. Ils sont heureux sous nos cieux.

Alixende passa son chemin, se signa devant le portail de la cathédrale où trônait le Christ Juge, puis contourna le chevet où vitraux et gargouilles s'enflammaient au soleil levant. Ses pas la portèrent ensuite vers le Terrail ; Eloi bavardait à la porte de son échoppe avec une jolie fille ; elle avait confié au jeune orfèvre le fermail offert par Olim Barbe. Son seul bien.

— Dame Alixende, j'ai peut-être un acheteur pour votre fermail, la héla l'orfèvre en souriant.

— C'est une bonne nouvelle, convint aussitôt la jeune femme.

— J'aurais bien aimé pouvoir l'offrir à ma fiancée, ajouta en riant Eloi qui présenta Apolline.

— Je le regrette beaucoup, madame, dit aussitôt celle-ci en fixant cette jolie dame dont Eloi lui avait vanté la beauté.

Alixende découvrit alors les yeux étranges d'Apolline.

— Ne seriez-vous pas une fille de Tiphaine, l'astronomienne ?

— Oui, vous la connaissez ?

— J'ai été sa cliente.

— Et c'est vous qui connaissez madame la duchesse.

— Oui, c'est bien moi, répondit Alixende en saluant gracieusement le couple qui la regarda s'engager dans la rue Four-L'Evêque.

— Elle est belle ! murmura Apolline.

— Très... C'est pour ce matin, n'est-ce pas ?

Apolline acquiesça d'un bref signe de tête en disant :

— Quelle honte pour la famille !

— Bah, ce sera vite oublié, répondit Eloi en levant les bras d'un geste fataliste.

Alixende était loin. Elle avait croisé un mulet lourdement bâté dépassé par une civière rouleresse [1] remplie de légumes si dangereusement empilés qu'au premier cahot, ils risquaient de choir. Alixende avait souri de voir les efforts du petit homme qui la manœuvrait avec habileté. Elle se retourna même pour vérifier s'il éviterait l'ornière laissée par une charrette dans la boue. Des jurons lui apprirent qu'il n'avait sans doute pas réussi et elle s'amusa des deux carmes pressés qui se signèrent, horrifiés par le langage ordurier de l'homme. Elle débouchait déjà de la rue Four-L'Evêque dans la rue Grenette, salua Gilbert qui le marteau à la main s'essuyait le front, et gagna le carrefour de l'Echaudé. Elle se souvint alors de l'annonce du crieur ; elle l'aurait oubliée que la foule massée au milieu de l'espace qui dominait l'église des cordeliers curieusement accrochée au flanc du plateau qui constituait le centre de la cité, la lui eût rappelée.

L'exposition au pilori attirait toujours une grande foule avide de spectacle et surtout de cruauté ; ce matin n'y faisait pas exception. Le condamné, la poitrine nue, les chausses relevées au-dessus des genoux, avait été coiffé selon l'usage d'une lourde couronne de paille.

— Mon pauvre Nectaire, tu aurais mieux fait de partir à la guerre plutôt que de te battre dans la cité.

---

1. Sorte de brouette.

— La prochaine fois, tu te battras avec un Anglois !

— Prends patience ! Ce n'est qu'un mauvais moment à passer !

— On aurait pu exposer les singes de la famille !

— Il faut toujours payer ses bêtises.

— Ton père pourrait bien être à ta place !

— Oui mais lui est conseiller !

Les quolibets jaillissaient, méchants, ironiques ou réconfortants. Nectaire en avait tant entendu depuis tierce qu'il n'y faisait plus vraiment attention. Il avait soif, il avait faim et parfois il fermait les yeux, se donnant ainsi l'illusion de tout oublier et de s'évader presque de ce terre-plein maudit. Comme il regrettait le temps où, gamin, il avait lui aussi invectivé sans vergogne les pauvres condamnés. Pouvait-il imaginer, lui, le fils de Gauthier Champgrain, respecté de tous, conseiller de la cité, qu'il serait un jour exposé ici à la hargne générale ? Et en quelle compagnie ! Deux ivrognesses étaient en même temps que lui exposées à la vindicte de la population, exhibées chacune dans un tonneau d'où seule leur tête émergeait ; elles seraient ensuite roulées dans les rues du quartier.

Ultime épreuve de ces quelques jours d'emprisonnement dans la geôle épiscopale, la peine de Nectaire était heureusement aussi le prélude à sa libération, et quand il parvenait à faire fi de ses voisines qui hurlaient leur haine et leur fureur, de la foule et de ses insultes, il concentrait son esprit sur cette perspective. Alixende surgissait alors et il oubliait qu'il ne connaissait rien d'elle ; il ne se posait même pas la question de savoir si elle serait toujours dans la cité tant il était sûr de la retrouver. Sa rencontre à l'étuve, puis aux Brandons n'était-elle pas un présage favorable ? Il fouillerait chaque rue, chaque venelle, chaque maison. Et Perpétue l'aiderait ; l'étuvière était son dernier espoir. Au milieu de cette foule plus ou moins hostile ou aggressive, il se repassait une ultime fois cette longue suite d'images qui l'avaient soutenu. Alixende à La Roche d'Onzac, Alixende dans ses bras à Opme, Alixende à l'étuve, Alixende dans la farandole du dimanche des Brandons, Alixende dans ses bras...

Il gémit, déclenchant une volée d'insultes de la foule attentive qui n'aurait pu deviner qu'il gémissait de plaisir ; le rêve était encore une fois évanoui. Les ivrognesses criaient à leur tour une bordée d'injures. Prudemment, il ouvrit les yeux ; combien de temps avait-il rêvé ? Ces maudits sonneurs carillonneraient-ils enfin sexte et la fin de son supplice ?

Les paupières mi-closes, pour éviter d'affronter tous ces regards braqués sur lui, il détailla un instant, derrière l'écran moucheté de ses cils, les spectateurs de son infortune qui allaient et venaient, se remplaçant les uns les autres au gré de leurs occupations. Il reconnut Guillotin qui se sentant peut-être observé leva la main vers lui en criant :

— Mon premier petit pain sera pour toi. Tu pourras le prendre dès matine !

Une amabilité qui en amena une autre :

— Il est temps de libérer ce garçon, ce n'est tout de même pas un grand criminel, c'est une honte !

— Nous n'y sommes pour rien, allégua un des sergents en écartant les bras d'un geste fataliste. Dites-le plutôt aux élus, en voilà justement un.

Ouvrant un peu plus les yeux, Nectaire reconnut en effet Etienne Souchet.

— Courage, mon garçon, c'est bientôt la fin ! cria celui-ci en soulevant son chaperon à bec.

— Il doit pourtant payer, rétorqua une commère qui assistait à toutes les condamnations et en profitait, assise sur un petit escabeau, pour écouler des oublies, présentées dans un vaste panier posé à ses pieds. Ce n'est pas parce que son père est conseiller et sa mère magicienne...

Nectaire n'écoutait plus. Imperceptiblement, il avait soulevé enfin ses paupières ; il avait besoin de s'assurer qu'il ne rêvait pas. Alixende était là, contre les cordes qui formaient un périmètre au-delà duquel nul ne pouvait s'aventurer. Il referma aussitôt les yeux, emprisonnant l'image, puis les rouvrit. Il aurait voulu crier, lui dire tout ce qu'il avait juré de lui dire lorsqu'il imaginait dans sa prison leurs retrouvailles. Fou d'espoir, il secoua la tête dans un geste de dénégation qui, une nouvelle fois, ne passa pas inaperçu.

— Hé sergent ton client devient fou, il parle tout seul ! jeta la commère aux oublies.

— Que veut-il dire ? demanda sa voisine dont le seau de lait en équilibre sur la tête avait pris une inclinaison inquiétante.

— Occupe-toi de ton lait, rétorqua Nectaire.

— Il n'est pas si fou, rigola le sergent au moment où le seau chut, éclaboussant les chausses de tous les voisins qui rouspétèrent avec ensemble.

Un instant distrait, Nectaire regarda à nouveau l'endroit où se trouvait Alixende. Elle n'y était plus ; déçu et soulagé à la fois, il entendit alors sonner sexte.

Au même moment, un coup de tonnerre secoua la place. Les hirondelles qui avaient tournoyé toute la matinée pour venir boire dans la fontaine voisine trissèrent sur un mode suraigu que le gros bourdon de la cathédrale, entonnant l'Angélus, ne couvrit pas, et se dispersèrent dans un ciel d'encre. Les premières gouttes tombaient quand les sergents detachèrent enfin Nectaire, que ses jambes faibles portaient à peine. La commère lui offrit une oublie mais il avait surtout soif, et d'un pas mal assuré, il se précipita à la fontaine où il but l'eau dans le creux de ses mains. Jamais eau ne lui avait paru si délicieuse. L'orage grondait ; des éclairs luisaient au-dessus de l'église des cordeliers ; tout le monde courait maintenant se mettre à l'abri.

Heureux de ne plus être le centre d'intérêt, Nectaire n'était pas pressé ; l'eau lui semblait rédemptrice. Il avait payé son tribut à la cité et dans sa cotte qui collait maintenant à son corps amaigri par ces quelques jours de détention, il saluait cette pluie bienfaitrice. Son âme était en paix. Et comble de bonheur, Alixende était toujours en ville.

— Alléluia !

Les trois cordeliers qui se hâtaient vers leur couvent le regardèrent, éberlués.

— Alléluia, répétèrent-ils en écho en abordant la descente abrupte où l'eau avait formé un torrent boueux qui dévalait jusqu'à la porte de la cité ouvrant sur le quartier de Jaude.

Nectaire courait déjà rue Grenette, ravinée elle-aussi par l'eau qui s'écoulait mal devant le couvent des carmes ; il resta un instant sous le porche, s'ébrouant comme un chien ; puis, passant la main dans sa tignasse, il traversa rapidement la cour et ouvrit la porte de la cuisine où il s'engouffra.

— Nectaire, mon petit !

Tiphaine s'était levée vivement et Apolline et Pernelle l'entouraient déjà. A ses pieds, une flaque d'eau donnait la mesure de l'état de sa cotte. D'un geste adroit, Tiphaine la lui enleva comme elle le faisait lorsqu'il était enfant ; il se retrouva torse nu en chausses.

— Viens te sécher !

Tiphaine lui avait désigné la cheminée où un grand feu flambait, il avait la chair de poule et son corps efflanqué fut secoué d'un grand frisson. Il s'approcha et la vit. Tiphaine fit aussitôt les présentations :

— Voici Nectaire, mon fils aîné, dame Alixende qui est venue se réfugier ici pendant l'orage.

Nectaire resta muet. Tiphaine attribua le rouge qui était monté à ses joues à la chaleur du feu. Elle lui tendit un verre d'hypocras qu'il avala d'un trait.

— Alixende, je ne vous cacherai pas que mon fils vient du pilori, expliqua Tiphaine.

— Je l'avais reconnu ; je suis passée à l'Echaudé et j'ai aperçu ce pauvre malheureux.

— Oh, ce n'était pas une telle épreuve, protesta Nectaire.

— Alors vous êtes bien courageux, dit Alixende en se levant. Mais il ne pleut plus ; je vais m'en aller. A demain, Pernelle !

Une fois la porte refermée, Nectaire aurait voulu poser les questions qui lui brûlaient les lèvres.

— Qui est cette belle jeune femme ? se contenta-t-il de dire le plus calmement possible en s'asseyant dans la cathèdre qu'elle venait de quitter, dont les coussins portaient encore l'empreinte de son corps et peut-être son parfum.

— Une cliente, répondit sobrement Tiphaine.

— La duchesse est son amie d'enfance, dit avec beaucoup plus d'enthousiasme Pernelle. Nous irons ensemble à Riom.

— A Riom, à la cour du duc ?

— Oui, souffla Pernelle en tournant sur elle et en esquissant un pas de danse. Joue de ton orgue, Blaise.

L'aveugle entonna sans se faire prier un air de carole. Pernelle saisit la taille d'Apolline et les deux sœurs glissèrent sur le carrelage vernissé, butant parfois sur les dalles inégales. Tiphaine riait, Nectaire battait des mains. Et quand, essoufflées, elles s'arrêtèrent, Nectaire, à qui Tiphaine avait servi une fromentée fumante, demanda :

— Où est père ?

— Aux champs ! Il préférait ne pas être à Clermont aujourd'hui.

Nectaire acquiesça pensivement et, goûtant la bouillie de céréales encore très chaude, grimaça ; il réclama un godet d'eau fraîche.

— Eau froide avant potage chaud gâte les dents, souffla en riant Blaise.

C'était un sujet de plaisanterie habituel dans la famille, moquant ainsi gentiment Tiphaine qui leur avait tant et tant répété dans leur enfance ce vieil adage. Nectaire qui n'avait cependant pas le cœur à rire demanda encore :

— Est-il allé à Riom ?

— Oui, mais il n'est guère optimiste. Le duc s'est seulement engagé à faire juger Landry rapidement mais il ne paraît guère convaincu de son innocence et parle de sorcellerie.

— Je suis sûre que dame Alixende parlera à la duchesse.

C'était Ursine qui n'avait pas bougé depuis l'entrée de Nectaire. Penchée sur son pupitre, elle y dessinait tellement sagement qu'il ne l'avait pas vue.

— Et Austremoine et les singes ? demanda alors Nectaire.

— Ils sont à Riom !

— Eux aussi, s'exclama Nectaire pris d'un fou rire nerveux. Et qu'y font-ils ?

— Ils amusent le duc ! Le secrétaire de monseigneur l'évêque est venu m'en informer, soupira Tiphaine qui n'avait pas accueilli la nouvelle avec plus de joie que son voisin Gilbert, furieux de l'absence de son fils, Sidoine. Et tu sais que le prince ne doit pas être contrarié ! Ses volontés doivent être respectées, ajouta-t-elle d'un ton ironique.

— Je vais me coucher ! se contenta de répondre Nectaire.

Soudain las — il avait à peine touché à la bouillie —, il se leva, emportant seulement avec lui l'un des coussins qu'Alixende avait touchés. Il avait besoin d'être seul pour méditer ces nouvelles surprenantes. Sa mère n'avait-elle pas raison lorsqu'elle disait que depuis la venue de Landry plus rien n'était pareil dans cette maison ? Ursine lui sourit.

— Je suis sûre qu'Austremoine n'oublie pas mon père, dit-elle en pointant vers lui le pinceau maculé de rouge vermeil.

Etendu sur sa couette, Nectaire ne dormait pas. La fatigue engendrée par l'épreuve du pilori s'était effacée devant de nouveaux soucis. Comment avouer maintenant à sa famille que la femme qu'il aimait était cette Alixende, entrée dans la maison en son absence ? Comment surtout révéler à Alixende qu'il était l'inconnu des Brandons ? Comment l'avouer sans honte maintenant qu'elle connaissait sa condamnation au pilori ? Que faire ? Il tourna et retourna la question dans sa tête sans en trouver la réponse. Sa seule joie était qu'il n'aurait pas à fouiller la cité pour retrouver Alixende. Elle lui paraissait pourtant si inaccessible.

— A Riom... une amie de la duchesse... murmura-t-il avant de s'endormir, vaincu enfin par la fatigue.

Alixende n'avait guère flâné pour rentrer chez elle ; elle était trop troublée. Et quand elle poussa la porte de la petite maison modestement éclairée par une double arcade munie de vitraux en losanges, elle fut pour une fois soulagée d'y retrouver le silence après la cacophonie des rues où charrois et activités avaient repris de plus belle une fois l'orage passé.

Le feu dans la cheminée de pierre grise était presque éteint ; Alixende n'était pas prévoyante et si son oncle n'avait fait livrer régulièrement quelques bûches et fagots, elle n'aurait guère entretenu ces flammes qui pourtant constituaient la seule âme de l'unique pièce. Alixende remua les pauvres braises, y disposa quelques branches bien sèches qui aussitôt s'enflammèrent ; au bout de quelques instants, elle posa enfin une grosse bûche dont l'écorce ne demandait qu'à s'embraser.

Elle regarda un moment le feu s'emparer de sa proie ; sa tête était vide et pourtant une idée y trottait depuis que Nectaire avait surgi dans la cuisine de Tiphaine.

« A mes yeux ! »

L'inconnu des Brandons ne lui avait-il pas glissé ces mots quand ils s'étaient quittés ?

— A mes yeux, répéta-t-elle, comme pour s'imprégner de cette phrase qui lui était revenue bien après et dont elle ne comprenait pas le sens.

— Les yeux... Lui aussi il a les yeux étranges de sa mère et de ses sœurs ; et ce visage, j'ai l'impression de le connaître. (Elle parlait à voix haute.) Et pourtant, cet inconnu, je ne l'ai pas vraiment vu, sinon à la lueur des flammes du grand feu ; autant dire que je ne l'ai pas vu, se raisonnait-elle. Et pourtant...

Ce grand garçon au buste si blanc et si maigre ne la quittait déjà plus et elle fut submergée par une immense bouffée de désir.

16

— Réveillez-vous, vous qui dormez, et priez pour les trépassés !

Alixende soupira. Elle ne s'était endormie qu'au petit matin et ses rêves l'avaient emportée vers des terres de voluptés insoupçonnées où dans un jardin merveilleux des farandoles d'adolescents vêtus seulement de chausses multicolores s'étiraient parmi des bosquets fleuris et odorants. Elle avait cru reconnaître Nectaire mais lorsqu'elle avait voulu le rejoindre, le chemin lui avait été barré par une horrible sorcière. Retenue prisonnière dans une petite loggia d'un château fantastique dont les multiples tourelles dressaient dans un ciel immaculé des girouettes grotesques et effrayantes, Alixende avait été condamnée à reconnaître parmi ces jeunes gens dont les visages étaient maintenant cachés par des masques celui qu'elle aimait. Près d'elle la femme difforme, dont la tête était hérissée de mèches flammées, le nez camus et la bouche édentée, la menaçait d'une masse d'arme dont elle frappait en cadence la bosse énorme de son dos.

— Si tu ne le reconnais pas avant que le crieur ait annoncé le crève-feu, je les fais tous disparaître, hurlait-elle, accompagnant ces mots d'un ricanement qui déchirait les oreilles de la pauvre Alixende.

Terrorisée, elle épiait désespérément ces hommes qui inlassablement passaient et repassaient devant elle.

— Et si tu trompes, c'est toi que je ferai disparaître, continuait l'autre en lui mettant sous le nez son arme redoutable, à moins que je ne t'oblige à le suivre à jamais.

Au moment où le crieur faisait son annonce, Alixende ne s'était pas décidée et les farandoles s'étaient évanouies. Reprenant ses esprits, la jeune femme comprit enfin qu'elle venait de faire un cauchemar mais le rire de la sorcière était encore dans ses oreilles et elle chercha vainement à le chasser.

— Réveillez-vous, vous qui dormez, et priez pour les trépassés !

Le crieur devait maintenant remonter la rue des Gras. Il réveillerait bientôt Nectaire. Rassérénée, Alixende soupira et s'étira. Un rai de lumière s'était glissé jusqu'au lit, promesse d'un jour nouveau et peut-être du bonheur.

La jeune femme sauta du lit, grignota un massepain, en buvant à petites gorgées du lait froid. Il n'était pas temps d'allumer un feu mais de partir. Ses yeux errèrent sur la petite pièce où elle venait de passer ces dernières semaines ; l'étroit bandeau de la cheminée était orné de simples moulures noires de suie, la crédence de bois clair voisinait avec un coffre plus sombre où Alixende rangeait sa pauvre garde-robe. Elle y puisa cotte et surcot. Puis, avant de s'habiller, elle se bassina longuement le visage d'eau de rose avant de l'enduire de lait d'amandes douces ; le petit miroir lui renvoya cependant des traits tirés ; son regard si pâle était souligné par de légers cernes qui trahissaient une nuit agitée. Elle soupira. Nectaire la trouverait-il belle ?

La charrette de Gilbert attendait devant son atelier. C'était le sculpteur qui emmènerait Alixende et Pernelle à Riom. Il devait y rencontrer Pierre de Thury qui y travaillait pour le duc de Berry et ramènerait un chargement de pierre de Volvic. Gilbert en profiterait aussi pour voir Sidoine dont le séjour prolongé à Riom l'irritait. Il était furieux que son fils semble abandonner la sculpture au profit de ces jongleries sans avenir. Il n'y avait qu'à voir où cela avait mené ce Landry !

Gilbert avait vu arriver Alixende en haut de la rue Grenette, allant de ce pas léger qui semblait effleurer à peine la terre où çà et là stagnaient encore quelques flaques d'eau. Elle serrait contre elle ses effets ramassés dans une toile brune aux coins noués. Galamment, Gilbert se précipita pour l'en débarrasser et installer le baluchon dans la charrette ; le cheval, un petit animal à la robe gris pommelé, agacé par les mouches frappa le sol d'un sabot nerveux.

— Holà ! holà ! cria Gilbert en lui tapotant l'encolure.

Alixende avait déjà passé le porche de maître Champgrain. Dans la cour, près du puits, elle croisa Nectaire. Le rire de l'horrible sorcière lui revint aux oreilles et pourtant elle savait que c'était bien lui l'inconnu des Brandons. Il rougit, la salua de façon empruntée ; les mots se bousculaient dans sa bouche. Mais l'heure n'était ni aux confidences ni aux aveux ; il fallait laisser partir Alixende et déjà autour d'eux se rassemblait la famille dans l'excitation du départ.

— Alixende, Pernelle est prête, voici mon mari...

Gauthier était rentré la veille ; le départ de Pernelle ne l'avait pas enchanté et il avait hâte de faire la connaissance de cette belle dame dont la famille lui avait vanté unanimement les mérites.

— Nous nous connaissons, dit aussitôt Gauthier.

Tiphaine le regarda, surprise, soupçonnant un instant qu'Alixende puisse être une relation des étuves, mais Gauthier dissipa sans tarder son doute.

— Votre amie était la malheureuse prisonnière d'Olim Barbe. Ne l'as-tu pas reconnue, Nectaire ?

Celui-ci gardait les yeux obstinément rivés au sol ; une grande suée lui mouillait le dos ; il releva la tête et dit enfin d'une voix qu'il aurait voulue détachée :

— Oui, père, si tu le dis !

Tiphaine avait compris ; amusée, elle observait son fils dont les pommettes empourprées disaient assez l'émotion. Alixende le sauva en affirmant avec autorité :

— Maître Gauthier, voulez-vous avoir l'amabilité de ne plus me parler d'un temps que je veux oublier, tant il est pour moi honte et horreur.

Contrit, Gauthier la rassura de ce sourire qu'il savait rendre charmeur. Tiphaine admira son savoir-faire. Lui aussi avait compris les affres de son fils.

— Il est temps de partir, dit Tiphaine pour faire diversion en passant sa main sous le bras d'Alixende ; vous n'êtes pas encore à Riom !

— Trois lieues, ma mie, ce n'est pas Jérusalem ou Compostelle, s'amusa Gauthier. Dame Alixende, je vous confie ma fille, prenez-en bien soin ! La vie à la cour d'un prince n'est pas pour me réjouir ; les pièges doivent y être plus grands que dans nos forêts !

Alixende rit à cette remarque pleine de bon sens.

— Je n'en sais pas plus que vous, mais je vous assure que Jeanne, la duchesse, est une femme d'une grande bonté. C'était autrefois une amie adorable.

— Parlez-lui de mon père ! intervint Ursine qui guidait gentiment Blaise par la main.

— Landry sera bientôt là ! affirma Pernelle avec une étrange flamme dans le regard.

Ses yeux brillaient comme ceux de Nectaire qui, resté les bras ballants, près du puits, se décida enfin à les suivre jusqu'à la rue. Tiphaine tenait toujours Alixende par le bras ; Gauthier était entouré de ses deux filles ; volubile, Pernelle échangeait avec Apolline quelques mots. Jamais les deux sœurs ne s'étaient quittées et Apolline, pourtant plus timide, enviait presque Pernelle de l'aventure qu'elle allait vivre.

— Embrasse Eloi, lui souffla Pernelle en riant.

Une bouffée de chaleur lui monta aux oreilles en pensant aux adieux qu'elle était allée faire elle-même à l'orfèvre et dont il n'avait pas dû se vanter à sa fiancée. Il lui avait avoué son trouble et, dans le fond de l'échoppe, elle lui avait rendu quelques baisers dont la fougue les avait laissés pantelants.

— Ton fiancé m'a rendu un fier service en vendant le fermail que je lui avais confié, ma seule fortune, confia Alixende qui avait entendu la réflexion de Pernelle. Quand vous marierez-vous ?

— Nous verrons, s'empressa de répondre Gauthier

qui n'entendait pas se laisser déposséder de la décision qu'il prendrait seul, quand il le souhaiterait.

Ils avaient franchi la lourde porte de chêne. Gilbert s'empara du baluchon de Pernelle qui alla rejoindre au fond de la charrette celui d'Alixende et la statue qu'il souhaitait montrer à Riom avec le secret espoir qu'elle plairait à monseigneur.

— Avez-vous revu votre rencontre des Brandons ? murmura Tiphaine à Alixende sur le ton de la confidence.

— Non, mentit avec effronterie Alixende. Et je le regrette, car cet homme occupe trop mes pensées. Mon cœur n'aspire qu'à le revoir.

— J'ai refait votre ciel, il est bon, et celui de Pernelle aussi, ajouta Tiphaine en embrassant sur les deux joues la jeune femme avant de serrer affectueusement sa fille dans ses bras.

Du pas de son échoppe, le boulanger Guillotin assistait à cette embrassade générale ; Gauthier lui fit un signe amical, en criant :

— J'aurai du bon blé à te vendre ! La récolte sera belle !

— Enfin ! répondit Guillotin en saluant le ciel.

Alixende s'était tournée vers Nectaire qui aurait tout donné pour être enfin seul avec elle. Il avait entendu sa réponse à la question de Tiphaine.

— Nous nous reverrons, murmura-t-il simplement.

Ses yeux se perdirent un instant dans la pâleur du regard d'Alixende qui se retourna vite et monta lestement dans la charrette où était déjà installée Pernelle.

Dans le ciel, les cigognes décrivaient un grand cercle au-dessus de la cité. Nectaire suivit leur trajectoire jusqu'à ce qu'elles disparaissent vers l'orient.

— J'espère qu'elles ne nous quittent pas, s'inquiéta-t-il.

Près de lui, sa mère qui avait aussi mis ses mains en visière répondit :

— Il n'y a pas de honte à aimer...

Tout heureux, il la regarda et posa son bras autour de ses épaules pour repasser le porche dont Ursine retenait gentiment la lourde porte. L'absence pesait déjà sur les épaules de ceux qui étaient restés, mais l'espoir était là.

La duchesse était une fameuse joueuse de cartes. C'était la reine Isabeau qui l'avait initiée à cet art inconnu et elle s'était enthousiasmée. Bien peu de jours passaient sans qu'elle entreprenne quelques parties enragées et si son époux princier n'en avait guère le goût, il ne réprouvait pas la passion de Jeanne pour ces jeux de hasard, préférant lui-même pratiquer les dés, ce que son chapelain ne manquait pas de lui reprocher. Et puis le duc était si souvent absent ; Jeanne ne le suivait heureusement pas dans toutes ses pérégrinations ; sa dernière ambassade loin au nord du royaume, à Leulinghen où il avait rencontré les oncles du roi anglais, avait été si éprouvante ! Les intempéries avaient été difficilement supportables.

Ni Plantefolie ni Jehannet ne l'avaient d'ailleurs accompagné ; ils abandonnaient leur protecteur princier quand il se rendait ainsi en mission très diplomatique, préférant passer le plus clair de leur temps dans l'entourage immédiat de la duchesse et dans une certaine oisiveté. Dans leur sillage, Austremoine et Sidoine, quand ils ne montraient pas ou ne dressaient pas leurs singes, y avaient été admis ; ils assistaient volontiers à ces parties le plus souvent disputées dans une petite salle ouvrant sur une loggia à l'orient du palais, d'où on pouvait embrasser la vue au-delà des remparts vers le bourg d'Ennezat dont le clocher des chanoines pointait au milieu des champs.

Bien qu'ils ne soient que spectateurs, les garçons s'étaient vite familiarisés avec les figures des belles cartes peintes sur fond d'or, distinguant sans difficulté rois, dames ou cavaliers dessinés au milieu d'oiseaux. La duchesse excellait surtout au maucontent[1] qui réunissait le plus souvent six joueurs. C'était toujours elle qui déci-

1. Sorte de « vieux garçon » ou de mistigri.

dait, avec une autorité non contestée par les courtisans, du cavalier et de l'enseigne.

Au moment où tintaient les vêpres à Saint-Amable, alors que le soleil déclinait du côté des Monts Dôme, Jeanne annonça de sa voix à la fois douce et autoritaire à l'efficacité quasi légendaire :

— Le maucontent sera le cavalier du chien !

— Je préférerais jouer à la bassette, proposa enjôleur un des deux damoiseaux qui ne quittaient pas la duchesse d'une poulaine.

— Non j'ai trop perdu hier, protesta l'autre.

Car on jouait de l'argent, au grand dam du confesseur de Jeanne, qui n'en avait cure. Le maître de ses dépenses réglait ses dettes.

— Et si le maucontent était une dame, celle du faucon par exemple ? suggéra l'autre.

— En voilà une idée ! (Jeanne ramassait déjà le paquet de cartes posé devant elle sur la nappe damassée.) Ce n'est pas parce que tu n'aimes pas les femmes que le maucontent doit être une dame !

Vexé, le damoiseau se renfrogna et rétorqua :

— Qu'y puis-je si elles sont inconstantes, variables et légères ? N'est-ce pas, les garçons ?

Il avait fait un clin d'œil aux deux garçons qui, en quelques jours, étaient devenus les familiers du petit groupe de fidèles de la duchesse.

— Suffit !

Jeanne avait donné et ramassait les cartes éparpillées devant elle ; sans broncher, les autres joueurs en firent autant et regardèrent attentivement leur jeu. Austremoine tendit le cou pour voir celui de la duchesse, où il découvrit le maucontent qu'elle dissimula discrètement avant de tendre le jeu à son voisin immédiat afin qu'il prélève une carte. Silencieux, les spectateurs étaient priés de ne pas trahir les joueurs. Au bout de quelques tours, la duchesse n'était toujours pas parvenue à se débarrasser du cavalier maudit et, quand ses voisins eurent successivement jeté toutes leurs cartes, elle l'avait toujours. Furieuse, elle le jeta sur la table.

— J'ai perdu !

— Madame, voici une visite.

Une jeune servante, vêtue d'une cotte rouge et bleu, et coiffée d'un bonnet de toile blanche parfaitement amidonné, s'était glissée dans la salle.

— Qui est-ce ?

— Jeanne, c'est moi...

— Alixende, quelle surprise !

Les deux amies se tenaient enlacées. Le premier damoiseau, celui auquel Jeanne avait reproché de ne pas aimer les femmes, s'exclama spontanément :

— Quel charmant spectacle ! Jeanne, vous nous aviez caché cette belle amie. Présentez-la-nous sans tarder.

— Et il y en a une autre... répliqua Plantefolie en roulant ses yeux globuleux.

Il avait découvert sur le pas de la porte Pernelle. Cette fois, c'est Austremoine qui se jeta dans ses bras.

Alixende et Jeanne n'en finissaient pas de se retrouver, de se raconter leur vie depuis qu'elles s'étaient quittées. La duchesse écouta avec compassion les malheurs de son amie et quand, tard dans la soirée, Alixende avoua :

— Lors de ma captivité, soumise aux jeux infâmes de cet homme maudit, je n'ai cessé de dire, ne plaise à Dieu, à ses saints et à ses anges qu'après tout cela je continuais à vivre. Puis, une fois libre, chaque jour a apaisé mon âme un peu plus...

— Belle comme tu es, la vie va t'arracher définitivement à tes sombres pensées, j'y veillerai.

La duchesse embrassait tendrement son amie qui avait posé la tête sur son épaule ; dans le retrait de Jeanne, les chandelles s'essoufflaient dans les fines soucoupes de cuivre. Aucun bruit ne parvenait plus du château endormi.

— Je crois que j'aime à nouveau, murmura Alixende. Peut-être devrais-je en avoir honte...

— Honte, allons donc, c'est la vie, et qui est l'heureux élu ?

— Je ne sais pas vraiment.

Etonnée, Jeanne dévisagea son amie ; sa pâleur était

attendrissante ; elle songea à leur enfance de sauvageonnes autour d'Usson et une bouffée de nostalgie l'emporta. Alixende lui avait conté ses malheurs, mais elle, était-elle si heureuse ? Comblée sans doute de beaucoup de biens, mais heureuse ? Distraitement, elle demanda :

— Comment ne sais-tu pas qui est ce nouvel amant ?

— Il ne m'a serrée dans ses bras qu'un instant mais m'a enflammée. J'espère de toute mon âme le revoir un jour ; peut-être l'ai-je fui aujourd'hui sans le savoir, mais loin de cette fontaine, j'ai peur de dépérir.

Jeanne sourit ; Alixende utilisait des mots qui les avaient enchantées quand, sachant à peine lire, elles découvraient avec ardeur les poèmes d'amour qui les faisaient rêver.

— S'il t'aime aussi, tu le retrouveras... Il en va de notre amour comme de la branche d'aubépine, qui la nuit tremble sur l'arbuste exposé à la pluie et au gel...

— Jusqu'à ce que le lendemain le soleil inonde ses feuilles vertes et ses rameaux...

Alixende avait fini le poème qu'elles savaient toutes deux par cœur. Elles se regardèrent et éclatèrent de rire comme quand elles avaient dix ans.

L'une des chandelles s'était éteinte ; l'autre était de plus en plus vacillante.

— Toi au moins tu as la chance d'aimer qui tu veux ! ajouta Jeanne en quittant le banc recouvert de velours et en s'enveloppant frileusement dans son mantel doublé de vair. Il fait froid, allons nous coucher.

Quelques jours plus tard, quand il arriva fourbu à la tête d'une troupe de trente chevaliers et trente écuyers, Jeanne présenta son amie au prince qui l'accueillit avec son affabilité coutumière, et Pernelle, qui commençait déjà à se sentir chez elle dans ce grand château luxueux, osa parler de Landry.

— Nous le jugerons à la Saint-Jean, répondit simplement le duc. Austremoine, votre frère si j'ai bien compris, ne risque pas de me laisser l'oublier. Il m'en parle chaque jour, du moins quand je suis ici !

Tout à la joie de retrouver son maître, Plantefolie ricana en faisant tinter ses maudits grelots, pendant que le vif Jehannet exécutait une pirouette, puis saluait les arrivants en faisant craquer les os de ses mains avec une dextérité qui déclencha leur hilarité. Galvanisé, Jehannet fit alors jouer ses épaules en soulevant ses omoplates au son des grelots attachés à son pourpoint. Un numéro très au point.

— A toi, Plantefolie !

— J'ai une bonne histoire, mon prince... Le coq de maître...

A son grand dam, le duc était déjà ailleurs ; la duchesse l'entraînait à l'autre bout de la salle. Alixende et Pernelle avaient obtenu de Jeanne qu'il reçoive Gilbert, qui s'était attardé sur le chantier de la nouvelle chapelle du palais, et comme le duc était toujours friand de rencontrer un artiste, il ne s'était guère fait prier.

En restant, Gilbert avait surtout espéré convaincre Sidoine de rentrer à Clermont ; si la mine réjouie de son fils, qui semblait ici très heureux, l'avait rassuré, il lui avait bien fait comprendre qu'il espérait le voir revenir travailler avec lui.

— Tu ne vas pas faire le montreur de singes toute ta vie ! Etre imagier, c'est tout de même plus honorable !

— Voire, avait répondu le garçon, buté. C'est bien grâce aux singes que nous avons pu rentrer à la cour de monseigneur.

— Cornedouille, tout le monde nous aime ici, avait avancé Austremoine.

— Un jour on vous traitera de sorcier et de magicien comme Landry ! Et moi aussi, mon art me ménage mes entrées auprès du prince.

D'autorité Gilbert avait entraîné son fils sur le chantier où ils avaient regardé travailler d'autres imagiers qui taillaient avec application des clés de voûte, finement refouillées de feuillages déliés.

Les poings serrés, Plantefolie regarda avec jalousie le duc s'entretenir aimablement avec le sculpteur qui portait dans ses bras un long objet enveloppé dans de la toile épaisse ; doucement, il le posa aux pieds de Jean de Berry et entreprit de défaire l'emballage pour laisser apparaître une statue.

— Un marchand de Venise m'a cédé ce bel ivoire ; j'en ai fait un saint Jean, vous plaît-il ? Il fait trois pieds, cinq pouces.

Gilbert présentait l'ivoire délicatement sculpté.

— C'est un beau travail, maître Gilbert, opina le duc en caressant d'une main amoureuse la fine toison de l'agneau posé devant le saint vêtu d'une peau de bête, admirablement travaillé. Et de plus mon saint patron. Je vous l'achète et vous commande l'Evangéliste. Je n'ai jamais pu me décider à choisir entre le Baptiste et l'Evangéliste. Mieux vaut avoir deux saints protecteurs ! N'est-ce pas, ma mie ?

La duchesse s'approchait. Elle félicita à son tour l'imagier ; un grand sourire illuminait le visage de Gilbert, ravi d'avoir décroché cette commande.

— Nous les mettrons dans notre nouvelle chapelle, dit-elle à Gilbert. Savez-vous que maître Gilbert est le père de Sidoine, notre montreur de singes ?

Le duc s'étonna.

— Si je puis me permettre, dit Gilbert subitement intimidé, car il ne parlait plus de son art, si je puis me permettre...

— Mais oui, osez, l'encouragea Jeanne, entourée d'Alixende et de Pernelle.

— Pourriez-vous faire comprendre à Sidoine qu'il est temps pour lui de revenir travailler dans notre atelier ?

— Dresser des singes est aussi un art !

— Certes, mais les statues qu'il pourra réaliser seront toujours là dans des siècles !

— Vous voilà bien présomptueux ; a-t-il du talent ?

— Je crois.

— Alors en effet, s'il peut faire des œuvres aussi belles, emmenez-le ! commanda le prince en appuyant son ordre d'un geste de main péremptoire.

Impressionné, Gilbert sourit béatement.

17

Chaque matin, Austremoine et Sidoine se rendaient à la ménagerie dont Chipi et Chipo étaient les joyeux pensionnaires ; bien nourris, ils n'en abordaient qu'avec plus d'entrain les exercices que les deux garçons leur imposaient devant des spectateurs variés. Lorsque le duc était au palais, après avoir entendu la messe dite par l'un de ses dix chapelains, il ne manquait jamais sa visite matinale à Marmouset, l'ours, et, escorté par des courtisans, n'en finissait pas de s'occuper amoureusement de ses animaux. La duchesse qui l'avait accompagné à la messe, bien que plus indifférente à cette ménagerie, n'en sacrifiait pas moins quelques moments auprès de son époux. C'était une sorte de rendez-vous, où il était de bon ton de se montrer et où certains quémandeurs bien informés et introduits par protection tentaient d'aborder le prince.

Ce matin-là, alors que les cloches de Saint-Amable carillonnaient la vigile de la Saint-Jean, le rassemblement autour du duc était particulièrement important comme si le soleil triomphant qui plombait déjà la grande aire avait précipité les habitants du château au dehors avant que la chaleur de l'été débutant ne s'installe, oppressante, sur la cité, contraignant certains à se réfugier dans les salles fraîches du château. Indifférents et superbes, des cygnes blancs menés par un de leurs congénères d'un noir de jais glissaient parmi les nénuphars du bassin, avec des effets de cou arrogants. Tout près, un homme peignait, une palette multicolore à la main, Jean de Berry alla quelques instants s'entretenir avec lui. Beaucoup moins intéressé, Marmouset tirait sur la longe que son maître retenait d'une main ferme gantée de peau claire enjolivée de rubis. Le prince avait remplacé depuis longtemps l'habituelle toque en fourrure d'écureuil, encore utile quand le printemps était frais, par un chaperon enturbanné d'écarlate et porté en casquette, pour préserver le visage du soleil ; il avait même abandonné sa légendaire houppelande pour un pourpoint court qui laissait éclater son embonpoint.

— Monseigneur craint la chaleur, avait commenté le gardien du chenil.

A l'instant où le duc quittait le peintre et s'apprêtait à rejoindre la duchesse entourée de ses damoiseaux, d'Alixende et de Pernelle, devenues des habituées parmi ces fidèles qui les avaient joyeusement adoptées, un homme traversa la cour à grandes enjambées. Il avait la mine colorée et, sous le chaperon qu'il portait respectueusement à son côté, la sueur avait mouillé l'abondante chevelure rousse. A sa ceinture était suspendue une petite boîte oblongue qui bringuebalait à chaque pas.

Le duc qui l'avait aperçu s'était arrêté.

— Colin, quel message m'apportes-tu ?

— J'arrive à l'instant de Bourges, j'ai abattu toutes ces lieues d'une traite, monseigneur, et n'ai pas pris le temps de secouer ma poussière.

Le pourpoint qui avait dû être rouge était en effet d'une couleur grisonnante et les chausses étaient maculées de boue.

— Si la nouvelle est d'importance, je te pardonne, répondit le duc, débonnaire, habitué à accueillir à toute heure les chevaucheurs qui sillonnaient à sa solde le royaume.

Grâce à eux et aux montures qu'il payait cher, Jean de Berry avait organisé l'un des meilleurs services du courrier du royaume et aucun événement ne pouvait lui être inconnu.

— Elle l'est, je crois !

L'homme avait extrait de sa boîte de cuir frappé des armes ducales un rouleau de parchemin qu'il tendit au prince. Le sceau ayant été brisé d'un geste sec des doigts gantés, les rubis jetant au soleil quelques éclats, Jean de Berry parcourut rapidement le texte. L'écriture était hâtive et l'encre noire avait parfois transpercé la feuille de médiocre qualité.

Morinot de Tourzel, le chambellan, qui s'était rapproché du duc, fut prié de lire à son tour le message.

Le duc avait soudain l'air soucieux.

— Une mauvaise nouvelle, vint s'enquérir la duchesse.

— Oui pour certains, mais une bonne peut-être pour d'autres, répondit le duc sibyllin, en priant Morinot de le suivre.

— Mais quelle est donc cette nouvelle ? chantonna Plantefolie en imitant de ses doigts agiles le musicien grattant sa viole et en esquissant un pas de danse, que reprit Jehannet.

Ils avaient chaussé des poulaines démesurées dont les chaînes attachées au mollet firent un léger cliquetis.

Leur maître ne leur jeta pas un regard ; il n'avait manifestement pas le cœur à plaisanter et quittait déjà la ménagerie sans même dire adieu à Marmouset, ce qui n'était guère dans ses habitudes.

— Que cette tour est belle !

Le bouffon, déçu, à la recherche d'une autre proie et d'autres spectateurs, s'était rapproché de Pernelle qu'il avait si souvent surprise en contemplation devant la tour Bonan.

— Ton amant y serait-il ?

Plantefolie continuait à chantonner, et Jehannet ricana, en découvrant ses dents immenses.

— Laisse ma sœur tranquille, intervint Austremoine en pointant une langue écarlate entre ses dents qu'il prenait maintenant soin de frotter tous les matins.

— Ce n'est pas une vie de bouffon ! maugréa Plantefolie qui tourna les talons, entraînant avec lui Jehannet.

On entendit décroître lentement le bruit de leurs grelots.

Depuis l'arrivée du chevaucheur, le temps semblait s'être subitement arrêté au palais de Riom. Le duc s'était enfermé dans son retrait avec le chambellan Morinot de Tourzel ; le sénéchal, mandé d'urgence, les avait rejoints aussitôt. Ce dernier avait seulement surgi au moment du dîner pour requérir à la demande du prince les deux bouffons que l'on n'avait pas revus non plus depuis. Le duc n'avait pas paru dans la grande salle aux piliers pour le repas. L'un des cinq maîtres d'hôtel attachés au service du palais avait été chargé d'apporter quelques plats dans le retrait installé au nord du palais, près des appartements du duc, à côté de la bibliothèque où le savant Pierre de Vérone et le secrétaire Flamel n'en finissaient pas d'inventorier les multiples trésors que leur maître entassait dans chacune de ses résidences.

Le repas sans le duc ni les fous dont les bouffonneries faisaient habituellement diversion avait été rapidement expédié ; seuls quelques ménétriers de passage avaient distrait les convives de leurs trompettes, flûtes, tambourins et chalumeaux ; mais tous avaient la tête ailleurs, préoccupés par les événements mystérieux de la journée.

— Que se passe-t-il ?

D'une table à l'autre on se perdait en conjectures ; déjà la veille avait couru le bruit d'une rechute du roi dont la première crise de folie avait secoué le royaume l'année précédente, mais le duc n'avait guère laissé filtrer les informations apportées par un autre chevaucheur pressé et poudreux. On rapportait que le roi aurait eu une nouvelle crise, qu'il aurait tout cassé dans son oratoire et menacé de tuer son frère, le duc d'Orléans. On parlait aussi d'ensorcellement ; l'ensorceleuse n'était autre que la pétulante belle-sœur du roi, Valentine Visconti[1], que le roi nommait pourtant sa sœur bien-aimée et qu'il visitait tous les jours.

— Vérité est que ce triste accident de l'année dernière n'a pas fini d'empoisonner la vie du royaume, avait seule-

1. L'épouse du duc Louis d'Orléans.

ment commenté le duc qui attendait confirmation de ces bruits et repartirait sans doute sans attendre à Paris.

Jeanne avait fait la moue, préférant séjourner en Auvergne pour l'été.

Lasse d'attendre, Jeanne de Boulogne avait entraîné son escorte de damoiseaux et de dames dans les rues de Riom où l'on préparait activement les feux de la Saint-Jean. Sur chaque place, quand l'espace était suffisant, sous la haute surveillance des sergents mandatés par les consuls, très attentifs aux risques d'incendies, étaient entassés des fagots auxquels on mettrait le feu quand la nuit tomberait le soir du 24 juin et autour desquels on danserait. La duchesse entendait bien profiter des réjouissances de la cité avec ses amis.

Partout les échoppes étaient décorées, aux fenêtres pendaient des tentures colorées que les habitants déballaient rituellement pour chaque fête ; la brise légère qui s'engouffrait dans les rues, apportant un peu de fraîcheur, dans la touffeur de ce début d'été, les soulevait doucement, créant l'illusion d'un ballet.

Le petit groupe qui entourait la duchesse était suffisamment bruyant pour ne pas passer inaperçu ; tous dans la cité, marchands, passants ou manants, les saluaient discrètement. Les habitants de Riom aimaient bien la première dame d'Auvergne qui n'était pas hautaine et savait avoir pour chacun un sourire ou un mot. Il n'était pas rare qu'elle fasse la charité ; on voyait souvent un valet du château passer la porte d'une masure quand Jeanne avait appris la détresse trop criante d'une famille. Jeanne envoyait parfois son médecin ou son chirurgien, le fameux Evrard, réputé faire des miracles, ou faisait encore livrer des vêtements, quelques aunes de drap ou des courtepointes chaudes. Quelques jours plus tôt une pauvre femme blessée par le cheval d'un courtisan avait été heureusement soignée par cet Evrard avec force emplâtres et onguents.

Certains, certes, critiquaient parfois l'équipage qui l'accompagnait, notamment ces damoiseaux dont le seul souci était d'assortir leurs cottes ou leurs chausses à la couleur de leurs yeux ou de leurs cheveux. Mais eux non plus n'étaient pas méchants et il était fréquent qu'ils portent la main à leur aumônière pour secourir un mendiant, un estropié ou une pauvre femme accablée d'enfants.

— Ils ont sur le dos de quoi nourrir toute une famille pendant plusieurs semaines ! constataient des bourgeois qui peinaient pour payer les impôts à ce duc, qu'on savait croulant sous les ennuis financiers et l'endettement, mais qui continuait à dépenser sans compter et à satisfaire ses caprices, ceux de sa famille et de ses courtisans.

— Ses aumônes sont grandes, répondaient ses défenseurs.

— Avec notre argent !

Tous savaient cependant la manne que représentaient les séjours princiers. L'hôtel du duc ne comprenait-il pas plus de deux cents personnes ? En dix ans, le nombre avait crû vertigineusement et quand le prince arrivait, il fallait bien nourrir et loger tout ce monde ! Une source de revenus non négligeable.

Bien loin des soucis des dix-neuf chambellans, ou des vingt-neuf valets de chambre, en charge de la bonne marche de l'hôtel ducal, tout était prétexte à l'amusement pour la joyeuse équipée qui accompagnait la duchesse. Ce jour-là, ils parcoururent le quartier Naigueperse, puis coururent d'un moulin à l'autre le long de l'Ambène où tanneurs et meuniers voisinaient en bonne intelligence, avant de boire un vin léger de Saint-Bonnet ou une bonne cervoise — la duchesse en était friande —, servis par le patron du Cerf-Volant, à la trogne aussi rouge que son devantel de toile écarlate.

Rafraîchi, légèrement excité par les boissons, tout ce petit monde se précipita vers la tour de la Poterne pour une longue promenade sur les remparts, au cours de laquelle Alixende dut encore une fois repousser les avances pressantes de l'un des damoiseaux qui ne la lâchait pas depuis son arrivée. Les deux autres entouraient Pernelle qui se taillait un beau succès en faisant étalage de ses connaissances astrologiques.

— Les hommes appartiennent à quatre sortes...

Jeanne de Boulogne ne dédaignait pas, comme son

époux d'ailleurs, les révélations des astronomiens et si Pernelle, qui n'entendait pas grand-chose à l'art de sa mère, prévenait qu'il ne fallait pas trop la croire, on l'écoutait quand même. Les yeux de la damoiselle contribuaient encore plus au charme.

— Quatre sortes, damoiselle, dites-les-nous, priait l'un des damoiseaux.

— Les chauds et secs des signes du Lion, du Sagittaire et du Bélier, les froids et secs...

Quand ils rentrèrent enfin, quittant le rempart à la grosse tour Goyon dont les sergents saluèrent avec déférence leur belle duchesse, au palais rien n'avait transpiré du retrait princier. Mais si Plantefolie et Jehannet n'avaient pas reparu, Austremoine et Sidoine, surexcités, se précipitèrent à la rencontre du groupe.

— Landry est sorti de la tour ! annonça le premier triomphalement.

— Que dis-tu ?

Le sang aux pommettes, les mains moites, Pernelle avait saisi la cotte d'Austremoine que chacun pressait de questions car tout l'entourage de la duchesse, vivement motivé par les deux garçons depuis des mois, se passionnait, sans le connaître pour la plupart, pour la cause du bateleur.

— Nous l'avons vu ! confirma Sidoine. Deux sergents l'accompagnaient. Même s'il porte une longue barbe blanche comme un vieillard, nous l'avons bien reconnu.

— Chipo et Chipi ne s'y sont pas trompés, ils se sont précipités sur lui ! Les sergents ont eu beaucoup de mal à l'arracher de leurs pattes.

— Ses jambes sont entravées d'une chaîne et ses mains liées.

— Je crois qu'il nous a vus.

Les garçons n'en finissaient pas de donner des détails.

— Mais où est-il ? finit par demander Pernelle.

— Personne ne le sait, répondit Austremoine dont l'excitation laissait place à l'inquiétude.

Tous avaient les yeux rivés sur la petite baie à meneaux du premier étage.

Le retrait de Jean de Berry était une pièce étroite dont les murs étaient douillettement tendus de drap fleurdelisé. Une tapisserie au thème courtois semblait en surimpression sur le long mur du fond. Les meubles de cyprès récemment livrés par un marchand d'Avignon s'y détachaient joliment et sur un chevalet était posé un panneau où était esquissé le portrait du prince au profil altier. Le nez proéminent, les arcades sourcilières très saillantes et leurs sourcils broussailleux, l'œil clair au regard perçant, tout cela donnait une impression de force.

Le peintre n'y poursuivrait pas aujourd'hui son travail, les lèvres à peine dessinées resteraient sans couleur. Monseigneur avait bien d'autres soucis que de poser, ce qu'il faisait d'habitude avec une certaine complaisance, soucieux de soigner son image. Installé dans une cathèdre, elle aussi rehaussée de velours bleu fleurdelisé, Jean de Berry tournait le dos à la fenêtre dont les fins meneaux donnaient, au-delà du rempart et du ruisseau du Ponthurin au pied du talus, sur les courtils, puis la campagne où s'étiraient à perte de vue des champs de blé. Des paysans avaient entamé la fenaison.

Ainsi à contre-jour, le duc était-il entouré d'un certain mystère pour ses hôtes et quémandeurs. Au contraire, ceux qu'il recevait étaient bien éclairés et l'œil incisif du prince ne perdait rien de leurs mines, de leurs réactions ou de leurs gestes. Il en était ainsi dans toutes ses résidences, aussi bien à la Tournelle à Paris qu'à Poitiers, Mehun ou Bourges.

Morinot de Tourzel était auprès de lui sur un escabeau muni d'un coussin bien rembourré ; le sénéchal qui préférait rester debout allait et venait, les mains dans le dos. Le feu n'avait pas été allumé et les torchères d'angle éclairaient faiblement la salle.

Plantefolie et Jehannet étaient aussi debout, étrangement calmes pour une fois.

— J'aurais aimé ne pas croire ces vilenies mais les accusations sont trop graves, je ne peux laisser un homme en prison s'il est innocent.

Jean de Berry avait désigné du menton, qu'il avait gras et à plusieurs épaisseurs de chair, l'homme qui se tenait assis devant la tenture près de la porte. C'était Landry que l'on avait délivré de ses chaînes ; seuls ses poings étaient encore liés.

— Plantefolie, n'as-tu pas affirmé avoir vu Landry sortir de la maison de Pôl de Bruxelles ?

— Oui, monseigneur.

Le ton était sobre ; la voix avait retrouvé des tonalités plus mâles ; ce n'était plus le temps des facéties.

— Tu en es toujours sûr ?

— Oui, monseigneur.

— Je crois que tu mens.

Plantefolie, retrouvant instantanément ses talents de comédien, avait porté la main à son cœur, son visage mimant un étonnement parfait que Jehannet imitait aussi à merveille.

— Tu mens, répéta Jean de Berry totalement indifférent aux mimiques des bouffons.

Plantefolie se balançait maintenant d'un pied sur l'autre, imité par Jehannet. Le duc reprit lentement en détachant bien chaque mot qu'il appuyait d'un hochement de la tête, agitant ainsi sa chevelure grisonnante sagement coiffée en dorelots [1]. Un beau travail exécuté par son fidèle barbier chaque matin.

— Un homme de Bourges vient de révéler que vous lui aviez remis tous deux une forte somme, je ne sais combien de livres, pour qu'il se taise ; avant de mourir, il s'est confessé à un prêtre, puis à un juge... Vous êtes les assassins de Pôl de Bruxelles.

Les derniers mots étaient tombés sèchement, sans appel. Pourtant, refusant de se voir démasqué, Plantefolie se récria aussitôt, la main toujours sur le cœur :

— Monseigneur que dites-vous ?

Jamais Plantefolie n'avait autant usé de sa capacité à faire tourner et retourner ses grosses prunelles dans leurs orbites démesurées et Jehannet fut pris d'un rire nerveux qui secouait ses fameuses épaules.

---

1. Petits rouleaux.

— Alors, qu'en dites-vous ? insista le duc qui s'était levé et, les poings sur les hanches, regardait par la fenêtre.

— Monseigneur, c'est cet homme qui ment.

Plantefolie avait presque retrouvé tout son aplomb. De grosses gouttes de sueur coulaient le long de ses tempes ; il les essuya d'un revers de bras ; le drap rouge s'émailla de fines gouttelettes. Très las soudain, Jehannet s'était assis sur les carreaux de terre vernissée et avait croisé les jambes ; ses poulaines pointées en l'air paraissaient défier les poutrelles semées de blasons délicatement peints entre de fins rinceaux.

— Pourquoi avez-vous fait cela ? demanda encore le prince qui avait repris sa place dans la haute cathèdre. Pour lui, si les deux hommes n'avaient pas reconnu leur forfait, leur culpabilite ne faisait aucun doute.

Alors Plantefolie craqua ; il se mit à geindre ; de ses gros yeux coulaient des larmes. Tout aussi lamentable, Jehannet calqua une fois de plus son comportement sur celui de son compagnon. Ils étaient pitoyables, et le duc, qui avait eu de l'affection et beaucoup d'indulgence pour ces hommes, eut un pincement au cœur ; onctueux, drôles, insolents, mettant souvent le doigt irrespectueusement sur ses travers, parfois désopilants, ils l'avaient tellement distrait de ses soucis !

— Pourquoi ? répéta-t-il d'une voix sévère.

Il s'était déjà repris. Il n'était pas temps de faiblir. Le temps passait, il était soudain impatient d'en finir.

— Parlez !

Prostré, Landry qui semblait absent insistait à son tour. L'enjeu était de taille pour lui et le duc lui semblait d'une infinie patience pour ces deux hommes qu'il méprisait. Il les avait bien connus à Bourges, leur rôle n'avait pas été insignifiant dans les relations amoureuses que sa femme avait entretenues avec ce peintre dont les bouffons étaient des familiers.

— Parlez, répéta le bateleur.

La tête lui tournait ; la soupe aux pois hâtivement avalée lui pesait sur l'estomac. Il entrevoyait la fin de son cauchemar, mais se sentait à bout de forces. Le duc semblait désireux de faire triompher la justice, mais à quel prix pour lui ?

Après l'obscurité des bas-fonds de la tour Bonan, le retour à l'air et à la lumière l'avait enivré. Si la découverte de Chipi et de Chipo, accompagnés d'Austremoine et de Sidoine, avait été une merveilleuse surprise ou peut-être une confirmation de ce qu'il répétait depuis des jours à un Santiago incrédule, il ne parvenait pas à espérer des jours meilleurs. La rudesse des sergents qui exécutaient bêtement les ordres de leur maître n'avait pas été pour le rassurer.

Plantefolie renifla, puis commença sa confession.

— Pôl avait fait notre portrait et nous étions si affreux...

— N'était-ce pas ressemblant ?

— Peut-être, mais nous ne savions pas que nous étions aussi ridicules ; nous avions honte et lui avons demandé de brûler cette peinture. Il riait, mais refusait ; nous insistions, nous nous sommes battus ; Jehannet l'a jeté au sol où il le maintenait de ses grands bras, je me suis saisi d'une bûche et je l'ai cogné à la tête et cogné encore jusqu'à ce que du sang coule de ses cheveux si blonds. Nous l'avons abandonné devant la cheminée, puis nous avons détruit tout ce qui se trouvait dans son atelier, répandu les pots de couleurs, déchiré les feuilles de parchemin et notre portrait a terminé au feu, notre image à jamais envolée... personne ne la verrait jamais !

Le silence retomba sur la petite pièce ; Morinot avait entrouvert la fenêtre et les flammes des torchères vacillèrent sous le léger courant d'air. Jehannet se tordit les mains d'un geste nerveux qui fit craquer ses doigts ; furieux, le duc le fustigea du regard ; il baissa la tête d'un air contrit et se laissa tomber à genoux sur le tapis de Turquie qui réchauffait le sol.

La nouvelle fit grand bruit au château ; Plantefolie et Jehannet avaient été emmenés à la tour Bonan, et Landry dont Gauthier, puis Austremoine et Sidoine, enfin Pernelle et même Alixende qui ne le connaissait pas, avaient plaidé la cause, avait été remis en liberté. Le duc ne parut pas davantage au souper ; on le disait très affecté par la culpabilité de ses bouffons ; quant à Landry, on racontait que deux sergents l'avaient emmené épuisé.

Je vais faire une chansonnette nouvelle,
avant qu'il vente, gèle ou pleuve...

Un jongleur accompagné de sa viole chantait d'une voix suave ; mais Jeanne de Boulogne eut beau faire jouer de la musique, l'atmosphère était étrange pendant le souper. La chute des bouffons qui avaient tenu une telle place à la cour y était pour beaucoup, même s'ils n'avaient pas que des amis, et si beaucoup se réjouissaient de voir tomber ces êtres grotesques, irrévérencieux, qui pouvaient être méchants, beaucoup trop écoutés, à leur goût, par un prince trop indulgent.

Et quand une fleur est nouvelle
Elle est communément plus belle...

chantait toujours le joueur de viole, dans une indifférence quasi générale.

Les valets d'office d'échansonnerie, les sommeliers n'avaient guère l'occasion de remplir des godets qui restaient désespérément pleins. Pernelle n'avait pas touché à la délicieuse carpe dont le maître d'hôtel avait vanté les mérites ; pour elle, l'attente avait commencé, lancinante ; tant que Landry était en prison, elle pouvait rêver à son amour ; cet amour qu'elle s'était fabriqué seule, jour après jour sans aucun gage, sinon un échange de regards quelques mois plus tôt ; elle réalisait tout à coup sa folie, Landry l'aimerait-il un jour ? Quant à Austremoine et Sidoine, ils savaient aussi que la libération de leur ami serait la fin d'une époque. Landry n'avait-il pas toujours proclamé que sa vie était d'aller de cité en cité ? Il récupérerait Chipi et Chipo et s'en irait. Et tout à coup Austremoine réalisa qu'il emmènerait aussi Ursine.

— Cornedouille !

Des larmes perlaient au coin de ses yeux dont plus personne ne lui parlait ici, tellement on y était habitué. La venue de Pernelle avec ce même regard étrange n'avait guère étonné.

— Cornedouille ! répondit en écho Sidoine. Allons dormir, demain il nous faudra fêter la sortie de Landry et ensuite la Saint-Jean.

Elle est communément plus belle
qu'elle ne l'est quand elle est fanée
et que sa couleur est passée,

poursuivait le chanteur, simplement heureux d'avoir gagné un bon souper.

18

Le boulanger Guillotin venait de mettre au four la dernière fournée du matin ; il avait encore à la main la longue pelle plate en bois dont il usait avec dextérité, et essuyait son front rubicond, où perlaient quelques gouttes de sueur. Son mitron avait déjà retiré des braises qu'il avait enfournées rapidement dans le four mitoyen, de taille infiniment plus réduite, où cuiraient à petit feu pâtés et oublies.

— Bonjour, Tiphaine.

Le ton était bougon comme de coutume mais le pain de Guillotin était si bon, si bien levé que bien peu de commères du quartier Saint-Genès auraient poussé plus loin pour faire leurs achats même si d'autres fourniers de la cité étaient plus aimables.

Guillotin déposa délicatement sa pelle sur la longue étagère de bois réservée à cet usage et s'essuya vivement les mains sur son devantel blanc serré autour de la taille par un large lien et couvrant presque les chausses rouges ; une chainse de toile écrue, un petit chaperon à calotte et étroits rebords complétaient la tenue habituelle du boulanger.

— Que prendras-tu ce matin, Tiphaine ?

Guillotin montrait les petits pains disposés en rangs serrés et parfois en équilibre instable.

— J'ai du bon pain noir, je n'y ai pas mis trop de son et la pâte a bien reposé toute une nuit.

Tiphaine secoua la tête.

— Je ne l'aime pas ton pain noir, il me donne des démangeaisons ; je préfère ton pain de fleur de froment.

— Il engraisse davantage. Ne veux-tu pas du millet ? Regarde comme ces boules sont brillantes !

— Lui aussi engraisse, il est tellement nourrissant, non je vais prendre du froment.

— Tiphaine !

— Tiphaine !

D'une échoppe à l'autre, entre les pignons sommairement crépis, l'appel se répercutait, alléchant les voisins toujours en quête de curiosité ou d'indiscrétion. Il était bien difficile dans ces rues étroites dont les échoppes ou les portes se jouxtaient étroitement d'entretenir quelque secret.

— Est-ce que tu imagines que je dois à monseigneur l'évêque deux fers par an ! Il nomme cela le droit de prise sur l'habitant ! expliquait le maréchal-ferrant à Nectaire. Il s'était acquitté de cet impôt la veille.

Le doigt vindicatif, il s'interrompit pour écouter les bruits de la rue.

— On appelle ta mère !

Il venait de poser un beau fer tout neuf sous la patte avant droite de la jument de son client. Une odeur de corne brûlée en faisait foi dans l'appentis où la forge rougeoyante prenait des allures infernales. L'homme y retournait déjà, avec au bout de ses pinces celui qu'il mettrait à gauche. Alerté, après une tape amicale sur la croupe de sa monture, Nectaire alla se poster devant la large ouverture autour de laquelle l'artisan repliait chaque matin des grilles savamment ouvragées, une manière d'enseigne offrant au chaland une idée de son savoir-faire.

— Tiphaine !

C'était Gilbert qui cherchait l'astronomienne.

— Me voilà !

Elle s'encadrait dans la petite porte de l'échoppe au-dessus de laquelle tintait l'enseigne dont la peinture noire vernissée faisait joliment ressortir la montagne de pains alléchants.

— Tiphaine, il y a un beau messager pour toi, annonça Gilbert.

— Pour moi ?

— Un beau messager !

A la fenêtre de la maison voisine, une commère se penchait pour apercevoir le responsable de ce tintamarre.

— Voyons un peu cela ! répliquait son vis-à-vis, hirsute et débraillé, en train de secouer une courtepointe poussiéreuse sur les pauvres passants. Ah, si j'y voyais comme quand j'avais vingt ans !

Sur le pas de sa porte, Guillotin fit un geste fataliste, en regardant Tiphaine se précipiter, Gilbert sur les talons. Il aurait bien voulu entendre ce que disait le sculpteur à sa cliente dont les pains avaient été abandonnés sur le comptoir. L'occasion était trop belle pour en savoir plus. Le boulanger s'en saisit et se hâta à son tour vers la maison Champgrain, dont la porte se referma juste devant lui.

— C'est un beau cheval, commenta Gilbert que réjouissait la mine dépitée du curieux Guillotin.

— Il doit en abattre des lieues, acquiesça l'autre en connaisseur, détaillant l'animal attaché à l'anneau destiné aux visiteurs, une monture robuste et élégante. Et le chevaucheur ?

— Un messager de monseigneur le duc, annonça fièrement Gilbert comme s'il était lui-même le destinataire du message.

— De monseigneur le duc ? (Guillotin accompagna son exclamation dubitative d'un sifflement admiratif.) Et tu en es sûr ?

— Certain, je connais bien la livrée depuis que je suis allé à Riom. Et vois la housse du cheval avec ses fleurs de lis sur fond bleu entouré de rouge...

Gilbert faisait l'important pour agacer Guillotin qui dansait, indécis, d'un pied sur l'autre avec sa marchandise dans les bras.

— Laisse tes pains, je les donnerai à Tiphaine, proposa obligeamment le sculpteur qui s'était déjà saisi de son ciseau et s'apprêtait à reprendre la taille du saint Jean destiné justement à Jean de Berry.

— Chez les Champgrain, il se passe donc toujours quelque chose, murmura avec envie le boulanger qui avait déposé les pains dorés sur l'établi où gisaient quelques outils, et remontait pensivement jusqu'à son échoppe.

Pourtant la famille Champgrain était rentrée dans le rang au cours des dernières semaines. Même si la petite Ursine séjournait toujours rue Grenette, il n'était plus question de ce Landry qui avait certes bien justifié sa vantardise d'homme le plus haut du royaume, mais était aussi réputé avoir tué un peintre de monseigneur. Guillotin, comme beaucoup, le savait par des indiscrétions. Il croupissait maintenant dans une prison de Riom et ne dérangeait plus grand monde à Clermont. Surtout depuis que ses maudits singes avaient aussi disparu de la cité avec cet Austremoine et son âme damnée, Sidoine. Tous deux avaient échappé à la justice de l'évêque après le dimanche des Brandons ; seul le fils aîné, Nectaire, avait été mis au pilori. Les Clermontois avaient apprécié que la justice ne fasse pas d'exception pour le fils du conseiller. Ils auraient d'ailleurs bien vite oublié ce faux pas du jeune homme dont les visites à l'étuve donnaient certains jours motif à commérages autrement plus intéressants pour les bavardes du voisinage. Et quand la bile envieuse se déversait trop abondamment, elle ne manquait pas d'éclabousser l'astronomienne que l'on consultait certes mais sans s'en vanter, avec une vague honte pour cette faiblesse et en le cachant évidemment à son confesseur ! Les commentaires allaient bon train sur la fille aînée, cette Pernelle aux mines parfois insolentes, elle aussi partie à Riom pour y faire Dieu sait quoi !

Guillotin en était là de cette revue de la famille quand il retrouva son échoppe. Venant de l'Echaudé, Gauthier passait juste devant.

— Tu as de la visite ! lui cria le boulanger.

Gauthier se hâtait déjà. Le marchand de grain était rentré en grâce aux yeux du boulanger à qui il avait promis une marchandise de qualité. La récolte s'annonçait belle en ce début d'été, en espérant que le ciel serait clément jusqu'à la fin de la moisson. Guillotin regarda le ciel si bleu depuis quelques jours ; heureuses, des hirondelles y tournoyaient en dessinant de grands cercles.

— Colin que fais-tu là ?

— Gauthier ! Si je m'attendais, et toi ?

— Moi, je suis chez moi, répondit en riant le marchand dont la mine réjouie tranchait avec celle que Colin avait connue à La Roche d'Onzac quand il partageait la captivité du marchand.

— Ah, c'est toi, Gauthier Champgrain, le mari de dame Tiphaine.

— Eh oui, c'est bien moi, convint, amusé, le maître de maison ; j'ai le bonheur d'être marié à cette dame. Viens-tu la consulter pour connaître ton avenir ?

— J'arrive de Riom et pour ce qui est de mon avenir, j'y serai de nouveau ce soir. Je vous apporte un message de monseigneur ?

— Landry est libre !

— Papa est libre !

Dans leur bonheur commun, Tiphaine et Ursine ne voulaient pas laisser à Colin le plaisir d'annoncer la bonne nouvelle...

— Libre et lavé de tout soupçon, se contenta de dire le messager.

— Dieu soit loué !

— Merci, Sainte-Mère, ajouta seulement Tiphaine en esquissant un rapide signe de croix et en tâtant l'améthyste qui pendait fidèlement à son cou.

— Merci Sainte-Mère, répéta Ursine.

— Tu prendras bien le temps de boire un godet de Chanturgue...

— Mon message n'est pas achevé.

Colin plongeait déjà la main dans la boîte semi-ovoïde dont le fond de cuivre rouge avait été rehaussé de fleurs de lis émaillées.

— Tu as retrouvé ta boîte à messages ? commenta

Gauthier qui se souvenait de la désolation du chevaucheur devant la perte de cet objet qu'il tenait du roi.

Tout heureux, Colin exhiba l'objet qu'il portait sur sa hanche gauche et en sortit un fin rouleau scellé. En tendant la main pour le prendre, Gauthier reconnut le cygne qui se profilait sur la cire rouge, un des emblèmes du duc de Berry. Il brisa le sceau d'un geste vif et déroula le parchemin qu'il parcourut rapidement.

— C'est une invitation pour toi, Ursine. Monseigneur souhaite impatiemment que tu lui apportes tes peintures et tes dessins.

— Et puis... ajouta Colin qui avait refermé le petit couvercle et tourné une clé pour clore sa boîte.

— Quoi encore ? s'impatientait presque Gauthier.

— Vos enfants, Pernelle et Austremoine, vous saluent bien. Je dois aussi voir votre voisin, Gilbert l'imagier, pour lui donner des nouvelles de son fils.

— Va le chercher, Blaise ! Qu'il boive avec nous !

— Et à quoi ?

Nectaire venait d'arriver à son tour.

— A la libération de Landry.

Au fond de la cour, le fameux Coqueluche, fièrement dressé sur ses ergots au milieu de ses poules soumises, se fendit d'un cocorico éraillé qui surprit Colin. Amusé, Gauthier lui expliqua que ce coq à la voix cassée avait tout de même remporté un beau combat le jour des Brandons, souvenir à la fois heureux et douloureux que Nectaire entendit rappeler sans plaisir. Le garçon se montra d'ailleurs réservé, manifestant beaucoup plus discrètement sa satisfaction. Peut-être était-il le premier à pressentir que le retour de Landry allait à nouveau bouleverser la vie de la famille. Il n'en profita pas moins de la conversation animée avec Gilbert qui s'était joint à eux, au moment où Apolline apprenait à son tour la nouvelle, pour demander d'un ton détaché au messager s'il connaissait l'amie de Pernelle, une certaine Alixende. La réponse de Colin le déçut. Le messager allait et venait sans cesse ; il n'avait guère séjourné au cours des dernières semaines à Riom et ne connaissait pas la jeune femme. Une lueur d'intérêt s'alluma cependant dans l'œil du jeune homme quand il apprit le souhait de monseigneur de recevoir Ursine et que son père déclina l'invitation à un moment où il n'avait guère le loisir d'abandonner sa clientèle.

— Je ne peux laisser mon vieux Léonard seul, dit-il en montrant du menton la fenêtre du retrait où il passait ses journées avec son aide fidèle. Les récoltes vont bientôt rentrer.

— Je pourrais peut-être accompagner Ursine à Riom, proposa innocemment Nectaire qui se sentit rougir quand sa mère le fixa de son regard perspicace.

— C'est une bonne idée, convint aussitôt Gauthier.

— Ne faites pas trop attendre monseigneur, il est impatient malgré sa devise, conseilla Colin avant d'enfourcher sa monture.

— Et moi, je le suis de retrouver mon père ! renchérit Ursine.

— Et n'oublie pas tes peintures et tes dessins. Pour les pinceaux et le parchemin, le duc en a à revendre. Il sera bien trop heureux de t'ouvrir l'atelier bien pourvu qu'il a eu soin d'installer dans chacun de ses châteaux pour y accueillir les artistes de passage. Je ne connais pas une de ses maisons où ne traîne quelque barbouilleur !

— J'apporterai tout, répondit Ursine, ravie. (Le plaisir lui avait redonné des couleurs et ses yeux brillaient.) M'emmèneras-tu bientôt, Nectaire ?

— Bientôt, je te le promets.

Le soir, à l'étuve, Nectaire fit l'amour comme un fou avec une Perpétue qu'il laissa pantoise. Il ne pensait plus qu'à Alixende qu'il verrait peut-être demain, peut-être après-demain. Il était bien décidé à ne pas faire attendre le duc !

De son côté, Gauthier dut patienter longtemps pendant que Tiphaine étudiait le ciel de Nectaire et d'Ursine et, quand elle vint enfin le rejoindre, il l'enlaça avec passion.

— Les étoiles me semblent bien favorables pour te faire l'amour ce soir, murmura-t-il.

Elle accepta avec joie en dépit de ses inquiétudes. Si le ciel de Nectaire lui apparaissait sous de bonnes influences, celui d'Ursine était mitigé et quand la chouette du couvent des carmes comme chaque soir invectiva son mâle infidèle, Tiphaine ne dormait pas. Gauthier avait, lui, sombré depuis longtemps dans un rêve où des montagnes de grain doré étaient chevauchées par un Landry triomphant.

A l'instant où Colin et Gauthier toquaient en toute amitié leur godet, tout en rappelant les moments passés ensemble lorsqu'ils étaient tous deux prisonniers de l'affreux Olim Barbe quelques mois plus tôt, Landry s'éveillait doucement.

C'est en s'étirant qu'il toucha le bout du lit de ses doigts de pieds qu'il agitait entre couette et courtepointe douillettes. D'une main furtive, il tâta le mur. Ce n'était plus cette pierre humide dont la base était recouverte de mousse. Soudainement, tout lui revint. La séance dans le retrait de monseigneur, l'aveu des bouffons et leur mine contrite de vieux comiques dépités et malhabiles dans ce nouveau rôle, le coup d'œil haineux que lui avait jeté Plantefolie avant de sortir entre deux sergents, ceux qui l'avaient justement accompagné depuis la tour Bonan, la mine affolée du pauvre Jehannet dont on pouvait penser qu'il n'avait été que l'exécutant de la diabolique machination montée par Plantefolie. Landry se souvenait que la porte avait claqué avec un bruit sec, mal étouffé par les lourdes tapisseries. Imperturbable, monseigneur n'avait pas cillé devant les regards suppliants des deux hommes. Puis le temps avait paru un instant suspendu dans la petite pièce doucement gagnée par l'obscurité. Le sénéchal avait allumé sans bruit deux torchères supplémentaires. Le duc paraissait vouloir prolonger son face-à-face avec Landry, qui se sentait submergé par une vague de fatigue telle que ses paupières tombaient malgré lui et qu'il ne tenait ses yeux ouverts qu'au prix d'un effort surhumain.

— Vous êtes libre, finit par dire le duc d'un ton lugubre, peu approprié à la bonne nouvelle.

Un observateur attentif aurait pu constater que les

traits du prince était défaits ; ses bajoues, plus flasques encore, reposaient plus que jamais sur le collet de velours bleu ; les rides du front s'étaient creusées et autour du nez, les chairs étaient encore un peu plus affaissées.

— Vous êtes libre, répéta-t-il, quoique...

La voix lasse s'était soudain ragaillardie. Etonnés, le sénéchal et le chambellan, après avoir échangé un regard interrogatif, fixèrent leur illustre maître. Ils étaient habitués à ce qu'il laisse planer le doute. Mais ce « quoique » les intriguait. Landry fut le premier à réagir.

— Quoique ? interrogea-t-il.

— Nous direz-vous d'où vient cette médaille astrologique que vous portiez lors de votre arrestation ?

— Et si c'était un secret que je ne peux révéler ? répondit à la fois maladroitement et effrontément Landry.

— Justement, c'est ce qui m'intéresse, affirma le duc heureux de voir son interlocuteur tombé dans le piège qu'il lui tendait.

Landry sourit.

— Et s'il s'agissait du secret d'une jeune fille, le respecteriez-vous ? s'enhardit-il encore une fois.

— Expliquez-vous !

L'ordre était bref mais impérieux.

— Disons que c'est une jeune fille qui me l'a donnée, expliqua Landry.

— Une jeune fille, une astronomienne sans doute !

— Pas du tout. Elle a voulu par ce souvenir me dire qu'elle avait un penchant pour moi.

— Eh bien, vous avez de la chance d'être aimé par une jeune fille.

— Monseigneur n'a-t-il pas une femme beaucoup plus jeune que lui ? répondit avec insolence celui qui sortait à peine des geôles du prince.

La lassitude du prisonnier s'estompait devant une certaine pugnacité.

— Certes ! mais n'est-ce pas plutôt cette astronomienne chez qui vous avez vécu et chez qui se trouve encore votre fille ?

Le duc n'avait pas relevé le propos de l'homme. Il suivait son idée sans mollir.

— Non, elle n'y est pour rien. Et je ne permettrai pas la moindre suspicion à l'égard de cette femme que je respecte comme son mari.

— Ce Gauthier est venu plaider votre cause deux fois... auprès du lieutenant, et de moi-même au cours d'une audience.

— Une preuve que ce sont de bonnes gens, répondit Landry en riant.

— Vous croyez à la médaille ?

— Monseigneur, je ne crois à rien !

Apparemment satisfait de la réponse, le duc soupira.

— A propos de cette jeune fille, si elle vous aime, je vous redis votre chance ; moi j'ai une femme beaucoup plus jeune mais m'aime-t-elle ?

Le geste fataliste de la main tendue vers la jeune femme de la tapisserie, accueillant un beau chevalier venu lui offrir son cœur, conclut l'entretien.

— C'est bien, même très bien.

Surpris, Austremoine sauta à terre ; le long et mince roseau qui l'aidait à conserver son équilibre oscilla un instant. Comme chaque jour, le garçon s'entraînait sur la corde tendue à quatre pieds du sol entre deux arbres de l'une des cours du palais.

— Landry !

Austremoine s'attendait depuis le matin à cette retrouvaille ; mais sa joie était encore bien plus grande qu'il ne l'aurait cru, et il se jeta dans les bras du bateleur. Celui-ci, rasé de près, les cheveux peignés, avait revêtu le pourpoint de grosse toile bleue trouvée sur un escabeau dans la chambre où il avait passé la nuit ; il l'avait serré avec une mince ceinture de cuir et ses chausses étaient elles aussi d'un indigo assez voyant. Aucun détail n'échappa à Austremoine qui pensa fugitivement à la fameuse houppelande rayée. Qu'était-elle devenue ?

— Tu vois, seulement les bras un peu plus devant,

l'équilibre sera meilleur et tu pourras marcher jusqu'au bout du royaume...

Avec souplesse, joignant le geste à la parole, Landry avait bondi sur la corde. Il y exécutait quelques pas, tout au bonheur de retrouver son art. Il avait maigri, ses cheveux que le barbier du palais avait soigneusement coupés à son réveil avaient encore blanchi.

— Je n'ai plus de jambes, avoua-t-il en retrouvant le sol. Je ne suis pas près de remonter là-haut !

Il désignait les toits du palais et le couronnement de la tour où il avait passé tant d'heures à rêver à sa prochaine exhibition. Que faisait le pauvre Santiago ? Landry se promit d'obtenir sa grâce ; ce n'était pas un mauvais bougre. Pendant sa captivité il l'avait beaucoup aidé à survivre et à ne pas se décourager.

Landry soupira ; lui, qui avait été libre comme l'air toute sa vie et qui avait tant souffert de ces mois d'inaction, réalisait que l'apprentissage de la liberté n'était pas si simple ; il se sentait à la fois intimement lié à ces pierres qui l'avaient retenu, prêt à affronter une nouvelle vie et en même temps si las.

— Donne-moi des nouvelles d'Ursine.

Il aurait eu envie d'ajouter « et de Pernelle », mais il n'osa pas.

Austremoine n'eut pas le loisir de répondre. Sidoine avait surgi avec les singes et Chipo et Chipi s'étaient déjà précipités sur leur maître ; accrochés à ses épaules, l'un devant, l'autre derrière, ils manifestaient leur joie par ces petits couinements dont ils avaient le secret. La voix de Landry, de ce ton doux et autoritaire qu'il utilisait pour se faire obéir de ses animaux retrouvé instantanément, les calma peu à peu.

— Donne-moi des nouvelles d'Ursine, répéta Landry quand les singes à terre, chacun une patte dans la main de leur maître, s'assirent enfin paisiblement dans une de ces poses étonnamment humaines qui fascinaient tous les publics.

— Monseigneur a expédié un messager pour prévenir Gauthier et Tiphaine ; il invite Ursine à venir nous rejoindre, répondit Sidoine.

Landry eut le sentiment d'avoir franchi un pas dans la reconquête de sa liberté ; une impression vite balayée quand il aperçut Pernelle à l'autre bout de la cour, il n'y avait pas à s'y tromper, dans la lumière rayonnante du soleil de sexte, c'était bien la jeune fille aux macarons de la rue Grenette. Elle avait cependant changé ; il la trouva belle, beaucoup plus belle que dans son souvenir, et fut surpris de sentir son cœur s'emballer sous le pourpoint de toile. Une fine suée perla à son front. Une tendre sensation qu'il n'avait pas connue depuis longtemps et qu'il ne combattit pas.

Quand Colin franchit la porte du palais de Riom après une de ces chevauchées effrénées dont il raffolait, on n'y parlait que du procès vite bâclé des deux bouffons qui, dès la vêprée du lendemain, seraient décapités à deux pas devant les Riomois qui se presseraient pour assister à un tel événement. La nouvelle de la condamnation s'était répandue à travers la cité, seulement concurrencée par les préparatifs de la Saint-Jean auxquels on s'affairait maintenant depuis plusieurs jours. Le sénéchal Audouin Chauveron avait obtenu la tête des bouffons, malgré les souhaits de modération du duc. Le tribunal, réuni hâtivement, n'avait émis aucun doute sur la culpabilité des deux hommes. Non seulement le meurtre était un chef d'accusation suffisant, mais on leur reprochait aussi le « péché de langue ». Les deux bouffons s'étaient servis de mots pour accuser à tort un homme. Ils l'avaient diffamé. Le sénéchal Chauveron, qui avait lu les *Sommes* de saint Thomas, les citait volontiers et, énumérant ces péchés de langue qui empoisonnaient la vie en société, appela la honte sur les justiciables. Accablé, Plantefolie avait adopté une attitude passive ; ses yeux dont il avait tant joué semblaient définitivement rivés aux carreaux de terre vernissée et colorée. Jehannet, plus agité, avait exaspéré les juges en faisant craquer sans cesse les os de ses doigts dans un geste nerveux qu'il ne contrôlait plus. Le tintement des grelots attachés à leurs pourpoints était devenu dérisoire. Les comédiens déchus n'amuseraient plus personne.

A l'annonce de la sentence, Jean de Berry s'était résigné et la duchesse avait même plaisanté son chagrin et sa mine défaite.

— Ils vous ont fait beaucoup rire, vous feront-ils pleurer au dernier jour de leur vie ?

— Comme vous y allez, ma mie, je vous trouve bien indifférente. Pour moi c'est une page qui se tourne, celle d'un manuscrit plaisant. Niccolo d'Este m'avait promis autrefois de m'envoyer un des fous qu'il appréciait. Je vais lui mander un messager pour lui rappeler cet engagement. Les fous sont d'utiles contrepoids aux flatteurs, tendant souvent le miroir de la vérité dans lequel se regarde le prince. Ils me manqueront plus que vous ne l'imaginez dans ce rôle inestimable.

— Peut-être mais vos bouffons étaient trop grossiers ! Leurs railleries comportaient leur part de vrai mais quelle griffonaille[1] ! N'en appréciez-vous pas le ridicule ?

— Ne me faites pas de peine et, après tout, ne les supportiez-vous pas auprès de vous ?

— Certes, reconnut la duchesse qui, elle aussi, traînait derrière elle son lot de flatteurs, mais leur sottise me paraissait souvent plus grande que leur vivacité d'esprit !

Les commentaires peu amènes de son épouse avaient chassé le duc du retrait de Jeanne de Boulogne où il était pourtant venu chercher un peu de réconfort. Il ne dédaignait pas les avis de sa jeune épouse dont le bon sens contrastait avec les conseils fumeux de certains courtisans, plus désireux de briller que d'aider. Ce matin, les avis de Jeanne l'avaient contrarié. Il avait préféré rendre visite à son ours qu'il avait promené, en lui parlant doucement. Lui au moins ne critiquait pas, ne se moquait pas. Il l'avait cependant abandonné précipitamment quand deux sergents de la tour Bonan l'avaient rejoint dans le jardin.

Nul n'avait assisté à l'entretien qui avait duré jusqu'à l'heure du souper, au bord de la mare sillonnée majes-

1. Canaille.

tueusement par des cygnes noirs et blancs dont les trajectoires se croisaient et s'entrecroisaient sans fin, créant un fin lacis au fil de l'eau verdâtre. Ils semblaient même avoir la discrétion de plonger leurs têtes sous l'eau quand leur maître princier s'exprimait. Ce que le prince eût proclamé s'il l'avait remarqué comme une qualité inestimable, malheureusement « bien mal partagée » chez les humains !

Tout importun avait été tenu soigneusement éloigné, même la duchesse intriguée qui, observant de loin la scène, avait renoncé à venir interrompre son mari. Qu'aurait-elle dit si elle avait su que Jean de Berry échafaudait un plan pour sauver Plantefolie ?

— Vous vous procurerez un seau de sang chez le boucher de la porte de Mozac. Il ne peut rien me refuser depuis que nous connaissons certains de ses agissements et s'il parle, menacez-le du même châtiment. Quand Plantefolie aura la tête sur le billot, vous jetterez ce sang pour simuler le sien. Il n'y aura plus qu'à le faire disparaître.

Les deux hommes avaient écouté le plan du duc sans broncher ; ils n'avaient plus qu'à l'exécuter.

19

A la tour Bonan, Plantefolie et Jehannet avaient remplacé Landry dans le cachot partagé avec Santiago qui avait vu débarquer, quelque peu intrigué, ces deux hommes étranges. Le prisonnier ne s'était pas remis du départ du bateleur. Le sergent qui déposait chaque jour l'écuelle de soupe au guichet de la porte avait été catégorique ; Landry avait bien été libéré et innocenté, Santiago n'avait aucune chance de le voir revenir. L'ancien pèlerin de Saint-Jacques avait été submergé par une vague de désespoir ; lui si courageux, en apparence si détaché de son sort, s'était vu abandonné dans cette geôle ; il s'était pris d'affection pour ce grand diable de bateleur et il ressentait une profonde tristesse à la pensée que leurs chemins ne se croiseraient sans doute plus jamais. Et cela tout en s'attribuant le mérite de sa libération. N'avait-il pas encouragé sans cesse Landry qui ne croyait à rien à prier saint Jacques pour l'obtenir ? En y associant sainte Foy, patronne des prisonniers, qui faisait des miracles.

— Tu iras déposer tes chaînes devant son autel à Conques, avait répété Santiago à un Landry incrédule qui haussait les épaules. Si tu voyais dans son église toutes ces chaînes, partout !

— Donne plutôt les cartes !

Mais, imperturbable, Santiago avait prié saint Jacques

et sainte Foy chaque jour comme il le faisait du temps où il marchait sans fin sur les chemins menant à Compostelle.

— J'ai prié ; moi j'y crois, et c'est lui qui a été libéré. Par saint Jacques et sainte Foy, mon Dieu, trouvez-vous cela juste ?

Le jour où Landry avait été emmené par les sergents, Santiago ne cessa d'invectiver le ciel, en levant la main vers la voûte surbaissée et suintante. Une image du ciel bien décevante.

Le bavard, tout heureux de retrouver un public, n'avait pu s'empêcher de raconter cette injustice criante aux bouffons dès leur arrivée. Indifférent au sort de leur nouveau compagnon, hargneux, Plantefolie avait ricané quand il avait appris qu'ils remplaçaient ce Landry de malheur, et une bouffée de haine l'avait assailli dans une crise nerveuse qui avait impressionné Santiago. Très vite le pèlerin n'avait plus supporté les craquements incessants des os de Jehannet dont les halètements, son seul moyen d'expression, étaient si insoutenables quand ils se répercutaient sous la voûte. Le tintement des grelots des pourpoints encore rutilants des nouveaux prisonniers était tout aussi lassant.

Alors, n'y tenant plus, flairant la nature honteuse des deux fous, Santiago s'était vengé ; lui si attentif à Landry dont il n'avait cessé de soutenir le moral, il s'était vengé en épouvantant ces deux créatures grotesques dont il distinguait dans la pénombre le contraste ridicule.

— Et toi, le petit gros, quand tu grilleras en enfer, cela en fera de la graisse qui coulera !

Et encore Santiago ne pouvait-il jouir du spectacle des yeux ronds de Plantefolie, élargis comme des écuelles, et qui n'en finissaient plus de tourner. Il entendait avec un vif plaisir les cris plaintifs de Jehannet.

— Et toi, grand bâtard désossé, les diables briseront tes membres décharnés et joueront du tambour avec, après avoir grillé délicatement la peau.

— L'enfer, non pas ça ! hurlait le fou, relayé encore et toujours par les halètements de Jehannet. J'en ai vu une image dans un manuscrit de monseigneur ; il y a des flammes partout et des démons aux pattes griffues qui y précipitent les damnés avec de grandes fourches.

— A Conques, ils peuvent lacérer le dos avec des griffes de fer ! renchérissait Santiago, l'orgueilleux est jeté de son cheval, l'avare pendu, la luxurieuse a les seins arrachés...

— Tais-toi, hurlait Plantefolie, auquel faisaient immédiatement écho les craquements sinistres des os de Jehannet, de plus en plus nerveux.

Mais il en fallait plus pour faire taire l'obstiné Santiago qui poursuivit toute la nuit ses persécutions malgré les injonctions des sergents veilleurs de nuit, et les injures jaillies des autres cachots. Aussi à sexte quand les bourreaux vinrent enfin quérir les condamnés, ils étaient presque soulagés de s'en aller, même s'ils savaient que c'était sans espoir de retour.

Santiago les poursuivit de sa hargne aussi longtemps qu'ils pouvaient l'entendre. Et cela ne cessa que lorsqu'ils passèrent enfin la porte de la tour donnant sur l'étroit pont-levis. Presque un havre de paix d'où ils aperçurent Austremoine et Sidoine courant eux aussi vers le lieu de leur supplice.

Ils avaient croisé quelques instants plus tôt Landry, accompagné des singes ; le bateleur n'avait pu s'empêcher de manifester sa réprobation.

— Où courez-vous ainsi ?

Landry avait retrouvé le ton autoritaire dont il usait au temps où les garçons l'aidaient à Clermont.

— Nous allons à l'exécution de Plantefolie et de Jehannet.

L'air gourmand, Austremoine avait pointé sa langue entre ses dents écartées. Landry sourit ; il avait oublié ce tic du garçon.

— Ne les connaissiez-vous pas ? N'étaient-ce pas même des amis ? demanda le bateleur. C'est de la cruauté.

— Cornedouille, des amis, ceux qui t'ont envoyé en prison ? rétorqua Austremoine avant d'ajouter en levant les bras : On dit que les enfants sont cruels...

— Alors vous êtes encore des enfants !

Mais les garçons n'avaient cure de ce que pensait Landry. Ils se précipitaient déjà vers la porte donnant sur la place devant le palais où devait se dérouler l'exécution et n'entendaient plus. Songeur et amusé, Landry les regarda disparaître.

— Des enfants, murmura-t-il en hochant la tête.

Ils avaient tant grandi depuis l'automne précédent. Le petit garçon qui avait invité avec crânerie le bateleur quelques mois plus tôt chez Tiphaine, était devenu presque un jeune homme. Landry réalisait soudain que le cours de la vie d'Austremoine avait été perturbé par son arrivée à Clermont. Tiphaine ne le lui avait-elle d'ailleurs pas fait comprendre crûment quand elle l'avait jeté dehors avec Ursine ? Un geste d'humeur qu'il avait souvent ressassé pendant sa captivité et qu'il comprenait bien.

Le calme relatif du pont-levis fut de courte durée pour les condamnés ; la foule avide de sang, qui s'était massée pour assister à l'exécution, prit le relais de Santiago, en hurlant à son tour sa haine et son mépris pour ces fous que beaucoup avaient toujours jugés ridicules ; c'était aussi une façon de se venger de ce prince considéré comme un original et bien plus soucieux de son propre plaisir que de celui de ses sujets. Quelle idée de s'enticher de ces êtres méprisables ! Fallait-il que les grands de ce monde aient d'étranges manières. On racontait qu'ils faisaient rire le duc par leurs mots et leurs facéties. Voire, est-ce que les bourgeois de la cité avaient besoin de payer quelqu'un pour rire ?

— Fils de chien !

— Fils de moine !

— Putainiers !

Les injures fusaient.

— Tes grelots, tu les offriras à Lucifer de ma part !

— Mais je récupérerai tes poulaines !

Plantefolie et Jehannet avaient en effet toujours aux pieds ces chaussures aux pointes immenses fixées au mollet par une fine chaîne de métal. Toujours à la mode, bien que condamnées par le roi, elles étaient à la mesure du ridicule des deux hommes, c'est-à-dire démesurées, surtout pour Plantefolie si petit de taille. Près des bouffons les deux moines cordeliers qui étaient venus en voisins pour les assister semblaient bien ternes dans leurs tenues brunes.

Un passage avait été ménagé pour conduire les condamnés à la grande aire centrale où seuls le billot et la hache brillante ainsi que quelques menus objets dont un seau attendaient les bouffons ; leur entrée fut saluée par un redoublement d'invectives et de grossièretés ; certaines attaques étaient maintenant adressées aux deux bourreaux, pour les encourager, tandis qu'une rangée de sergents venait doubler la corde retenant la foule. Aisément reconnaissables à leur gambeson [1] marqué de fleurs de lis, ils tenaient leurs arcs bandés, prêts à lancer des flèches barbelées si la foule devenait menaçante.

— On ne voit plus rien ! cria une femme qui se dressait sur la pointe des pieds.

— Tu n'as tout de même pas payé pour voir, rétorqua un petit homme corpulent.

— Eh non, cocu, mais pour une fois que ces bouffons peuvent nous faire rire, nous et pas seulement leur prince de maître, nous n'allons pas nous en priver.

— Bien dit, la mère ; aujourd'hui leur maître va peut-être pleurer !

Imperturbables, les bourreaux faisaient leur travail ; ils avaient lié dans le dos les bras des condamnés et s'apprêtaient à leur mettre sur les yeux un large bandeau écarlate.

— Au moins le sang ne les tachera pas, observa une commère dont les poings sur les hanches renforçaient une stature déjà imposante. Le petit c'est un vrai tonneau, quand il n'aura plus sa tête il roulera facilement !

— Et les grelots tinteront jusqu'en enfer.

Impassibles, les bourreaux continuaient leurs préparatifs. Ils avaient endossé le pourpoint rayé rouge et jaune, réservé à cet usage, et par-dessus, le rochot, sorte de tablier de protection en moret brun sombre. Ils poussè-

1. Vêtement militaire de peau ou cuirassé.

rent d'abord Jehannet dont ils plièrent presque la haute et souple silhouette jusqu'au billot. Lui qui s'était tant contorsionné pour faire le spectacle le ferait ainsi involontairement une dernière fois.

La foule en délire tapait dans ses mains. Ainsi encouragé, le plus grand des bourreaux se saisit de la hache qui tomba sur le cou d'un geste vif et précis ; le sang jaillit et la tête roula au sol.

— Montre-la-nous ! hurla une voix pendant que les applaudissements se déchaînaient.

Le bourreau n'accéda pas à cette requête, il ne pouvait être question de donner ainsi satisfaction aux spectateurs quand il savait que ce serait impossible pour Plantefolie. Le bourreau entendait les dents de celui-ci qui claquaient ; il eut pitié et fut heureux de la mise en scène imaginée par le duc. Comment expédier cet homme en enfer ? Il avait tellement peur ; le bourreau lui-même frissonna ; l'autre l'interrogeait du regard ; le plus difficile restait à faire et la foule s'impatientait.

— Cul bleu, regardez-le, ce couard ! C'était plus drôle de parader.

— Salue bien Satan de ma part et dis-lui que je ne suis pas pressé de faire sa connaissance, fils de bâtard !

— Punaise, vous vous dépêchez !

Il ne fallait plus tarder. Plantefolie fut à son tour poussé vers le billot. Puis, la hache au bout du bras de l'homme au pourpoint rayé parut suspendue entre ciel et terre, et le sang jaillit.

— Il en avait dans sa panse ! cria un homme en battant des mains comme tous autour de lui.

— La tête !

— Allez, le spectacle est terminé !

Accédant au souhait des bourreaux, les sergents faisaient déjà circuler la foule satisfaite qui commença à refluer lentement et bruyamment vers les rues de la cité.

— Cela doit être fini ! commenta Pernelle.

— Sans doute, les clameurs se calment, constata Landry.

Pernelle s'était glissée près de lui quand les garçons avaient disparu ; ils avaient devisé gentiment dans une intimité toute relative car dans ce château il était bien difficile d'être tranquille quand déambulaient toujours quelques-uns des multiples valets ou galopins. Non loin d'eux, le confesseur et premier chapelain du duc lisait discrètement son bréviaire, et des fruitiers s'affairaient au ramassage de belles cerises écarlates.

— Viendrez-vous danser ce soir autour des feux de la Saint-Jean ?

— Danser ? Est-ce bien séant pour un prisonnier juste libéré ? Et à mon âge ?

— N'êtes-vous pas joyeux d'avoir recouvré votre liberté ?

— Si fait !

— Quant à votre âge, il n'est pas si grand ?

— Ma pauvre Pernelle que dites-vous ? Je suis presque un vieil homme et pourrais être votre père.

Le regard bicolore de la jeune fille s'était durci ; malgré la chaleur, Landry frissonna. Pernelle l'attirait et en même temps l'inquiétait ; l'image de la furie débouchant sur la plate-forme de la tour de la Monnaie lui était si présente, la seule ou presque, en tout cas la dernière qu'il avait eue d'elle avant son emprisonnement. Aujourd'hui, il retrouvait une Pernelle mûrie, qui ressemblait aux jeunes femmes entrevues dans les cours princières qu'il avait eu l'occasion d'approcher, plus qu'à cet oiseau tombé du nid qui lui avait crié maladroitement son amour. Sous le charme, il avait terriblement envie de caresser cette peau blanche et laiteuse qui s'offrait à lui, il mourait d'envie de toucher l'échafaudage de boucles d'un joli blond doré qui avait remplacé les sages macarons et pourtant, il avait le sentiment qu'il n'irait jamais plus loin que ce registre de conversation légère et sans conséquence. Comme sur la corde, il pressentait un équilibre délicat à maintenir, tout en espérant un jour le rompre sans regret.

Une légère brise agita le grand tilleul qui ombrageait la cour ; ses fleurs jaunâtres commencèrent à tournoyer en tout sens ; des oiseaux s'envolèrent ; un rouge-gorge peu farouche vint picorer la terre à leurs pieds ; deux pies jacassaient près d'un buisson de pivoines. Pernelle les envia, elle qui n'osait plus parler ; Landry était si loin, perdu dans une rêverie dont elle ne savait comment le distraire. Tout, sauf elle, semblait l'intéresser ; un papillon posé sur une pivoine, un lézard au soleil, les corbeaux de la tour Bonan.

— Voilà Nectaire et Ursine !

Austremoine et Sidoine avaient débouché bruyamment dans la cour fleurie et couraient entre les massifs. Des oiseaux à nouveau dérangés quittèrent le tilleul pour aller se percher sur le toit voisin. Les pies toujours à leur bavardage s'envolèrent vers des cieux plus calmes. Ramené sur terre, Landry s'était levé d'un bond, suivi de Chipo et Chipi.

— Papa !

Ursine s'était jetée dans les bras de Landry.

Autour d'eux les singes sautillaient et poussaient des cris si aigus que le duc depuis son retrait interrogea son interlocuteur sur tout ce bruit. Penché à la fenêtre, le sergent le renseigna aussitôt.

— C'est notre ancien prisonnier Landry avec ses singes ; il y a une petite fille, presque une jeune fille, et un garçon que je ne connais pas. Austremoine et Sidoine semblent les connaître.

— Eux au moins ont sans doute des raisons d'être gais, commenta le duc d'un air las.

Il était sous le choc de la nouvelle apportée par le sergent. Malgré la mise en scène arrangée minutieusement la veille, Plantefolie était mort.

— Je ne sais pas ce qu'il s'est passé, avait raconté d'un air navré le bourreau qui avait troqué son pourpoint rayé attaché à cette fonction contre la livrée habituelle de sergent ducal, bleue et fleurdelisée. Il avait très peur ; j'entendais ses dents qui s'entrechoquaient et son teint si rouge d'habitude avait pris une curieuse couleur verdâtre ; tout se déroulait parfaitement, le seau de sang a fait son office et la foule en délire n'a rien vu. Les sergents l'ont fait circuler ; nous avons ramassé la tête de ce pauvre Jehannet dont les os semblaient presque percer la peau des pommettes, puis quand nous avons voulu nous occuper de Plantefolie, nous n'avions plus devant nous qu'une masse inerte ; nous avons cru qu'il était seulement évanoui et l'avons chargé dans la charrette comme prévu. Une fois dans le faubourg de Naigueperse, il a bien fallu se rendre à l'évidence, le bouffon avait passé, sans doute de frayeur.

Le duc avait écouté le récit calmement et n'était sorti de la torpeur qui avait semblé envahir le retrait encore ensoleillé que lorsque le bruit dans la cour avait attiré son attention.

Respectueux du silence du prince, se balançant d'un pied sur l'autre, le sergent avait attendu, inquiet. Il savait que Jean de Berry n'aimait pas voir ses ordres non suivis d'effets. Et s'il ne se sentait nullement responsable de la mort de Plantefolie, le bourreau craignait quelque sanction. Il fut content de la diversion offerte par les retrouvailles de la cour.

— Serait-ce cette petite Ursine qui peint si bien ? dit enfin le duc en congédiant le sergent qui repassa la porte, soulagé.

Derrière la lourde tenture, chargée de broderies et de franges, où le fil d'or jouait avec des soies chamarrées, son maître resta seul un long moment, à réfléchir. Puis, surmontant sa mélancolie, il décida que seule une rencontre avec cette jeune artiste pouvait chasser sa morosité. Lentement, avec une sensation d'oppression, il se dirigea vers la porte et appela le chambellan qui dans la pièce voisine, assez semblable au retrait princier, classait en compagnie du clerc garde des sceaux des rouleaux de parchemins. Il n'avait pas osé déranger le duc, de trop méchante humeur depuis le matin, pour lui transmettre le message apporté par un chevaucheur royal quelques minutes plus tôt.

— Le roi, votre neveu, est de nouveau malade. Comme il entendait la messe, un serviteur lui a apporté un livre d'heures qu'il a regardé avant de sortir tout troublé de l'oratoire et de battre tous ceux qu'il rencontrait, même son propre frère le duc d'Orléans. Il ne sait plus qui il est, ne reconnaît plus ses proches et va en criant : « Ôtez-moi cette épée qui me transperce le cœur. » Et quand son épouse vient près de lui, il s'écrie : « Qui est donc cette femme dont la vue m'obsède ? »

Atterré, distrait de sa propre peine, le duc ne savait que répéter :

— Quelle pitié, mon Dieu !

— Et ce n'est pas tout, il dit qu'il se nomme Georges et qu'il a pour armes un lion transpercé d'une épée ; il ne reconnaît plus les fleurs de lis.

— Quand on pense à ce grand gaillard au teint clair, à la vue perçante, à la large carrure et aussi bon chevaucheur que danseur... Peste soit de cette maladie ! Cette bonne Christine de Pisan a raison de dire que Dieu n'aime plus la France. Il aurait pu au moins retenir sur cette terre ce physicien qui avait si bien soigné le roi ; mais ce Guillaume de Harcigny est mort, hélas.

Le chambellan hocha la tête d'un air entendu, puis dit avec conviction :

— L'Auvergnat Géraud Lacombe saura peut-être aussi bien le soigner ! Le message se termine par une annonce de la prorogation de la trêve et des accords avec les Anglais jusqu'à la Saint-Michel[1], rien ne sera fait à cause de la maladie du roi, continua le chambellan.

— Peste soit de cette situation qui ne peut s'éterniser, les discussions ont été trop difficiles pour attendre aussi longtemps d'en appliquer les résultats. On ne peut remettre indéfiniment la réconciliation avec ces maudits Anglais. Le roi Richard va s'impatienter ! Il a tout de même accepté de renoncer au titre de roi de France, ce n'est pas rien ! Et l'enfant ? Le message ne dit rien[2] ?

— Non, monseigneur.

— Il est temps que je reparte à Paris, conclut Jean de Berry. Allez chercher tout de même Pierre de Vérone dans ma librairie et faites quérir cette jeune Ursine. Cela me distraira de mes soucis ! Et prévoyez notre départ, je

1. Le 16 mars 1393, un accord avait été trouvé à Leulinghen où les Anglais acceptaient de restituer Poitou, Saintonge et Limousin contre 100 000 à 200 000 francs.

2. La reine Isabeau aura une fille, Marie, le 4 août 1393.

préviendrai la duchesse moi-même. Voudra-t-elle quitter son Auvergne quand la nature y est si belle ?

Dans le jardin, un rossignol chanta ; Jean de Berry s'accouda à la fenêtre.

Très intimidée, Ursine suivit le chambellan ; elle n'avait jamais vu quelqu'un d'aussi élégant et avec des manières aussi déférentes. Tout ému, Landry la regarda cheminer à travers le jardin derrière la haute stature du fonctionnaire ducal ; il avait l'impression qu'on lui arrachait une deuxième fois sa fille. N'avait-elle pas appris à vivre seule sans lui, alors qu'il ne l'avait jamais quittée depuis sa naissance ? Allait-elle grâce à son art voler elle aussi de ses propres ailes ? Après les joies des retrouvailles, Landry était contrarié comme chaque fois qu'il était question du talent d'Ursine, rappel évident de la trahison de son épouse. Cette enfant qu'il avait élevée, à qui il avait toujours caché le mystère de sa naissance, cette enfant qu'il adorait peut-être plus que s'il en était le vrai père, ne serait-elle jamais que la fille de ce peintre qu'il avait haï ?

Inconsciente de cette situation qui fendit le cœur de Landry, Ursine se retourna pour le saluer d'une main gracieuse ; l'autre main tenait, tout contre son cœur, une liasse de folios agrémentés de dessins et de peintures ; judicieusement conseillée par Tiphaine, elle avait fait un choix offrant un éventail de son talent. Des illustrations de calendrier, des animaux, des scènes d'intérieur et des paysages ; les uns doucement vallonnés évoquaient sans doute les souvenirs berrichons de la jeune fille ; d'autres avaient manifestement été inspirés par la longue chaîne de ces dômes qu'Ursine avait décrits avec minutie en multipliant les croquis préparatoires depuis le carrefour de l'Echaudé à Clermont. Elle avait aussi peint avec application la cité où elle avait passé ses derniers mois. Si elle ne maîtrisait pas toujours parfaitement la perspective, si des raccourcis audacieux rapprochaient de façon irréelle certains édifices, quel que soit l'angle, un Clermontois était capable de se retrouver dans le dédale étrange de toits où alternaient tuiles et ardoises, dominés par l'énorme pâté sombre de la cathédrale dont la tour de la Bayette était mise en évidence face à celle de la Monnaie. Ursine semblait fascinée par ces lieux d'où son père s'était élancé avec brio ; la corde toujours en place était finement tracée avec au-dessus une minuscule silhouette rouge et jaune, et le nid de cigognes dont le séjour s'était prolongé figurait aussi sur le tableautin.

C'est justement ce folio qu'Ursine, à dessein ou par hasard, montra au duc en premier après qu'il l'eut accueillie avec une affabilité et un naturel qui eurent bien vite raison de la timidité de la jeune artiste. Jean de Berry avait chaussé sur son nez fort doté d'épaisses narines de fines lunettes, des petites lunes cerclées de corne, que Pierre de Vérone, le bibliothécaire, avait rapportées de Venise où la confrérie des cristalliers était réputée la meilleure pour la fabrication d'objets grossissants. Et ils étaient efficaces puisque le duc vit aussitôt la minuscule silhouette posée sur le fil tendu sur fond de ciel bleu.

— Votre père, j'imagine, entre ciel et terre... dit-il aussitôt.

— En effet, répondit Ursine légèrement rougissante.

De son doigt épais, le prince suivait chaque détail avec attention.

— Regardez Pierre, ne reconnaissez-vous pas Clermont ?

Dubitatif, mais désireux de ne pas contrarier le duc qui semblait se détendre, le bibliothécaire répondit prudemment qu'il n'avait visité cette cité qu'une fois.

— Eh bien moi, je vous dis que la cité est ainsi ; cette damoiselle a un œil auquel rien n'échappe ; tout est vrai, et ce ciel avec ses légers nuages ; observez les nuées de cette vêprée, elles sont ainsi, vraiment. Ah, si Jacquemart[1] était là, il apprécierait grandement votre talent, damoiselle. Et les animaux, voyons ce que vous savez faire.

Le duc feuilletait maintenant plus vite les folios de par-

1. Jacquemart de Hesdin, l'un des principaux enlumineurs qui travaillèrent pour Jean de Berry avec les frères de Limbourg, auteurs des fameuses *Très Riches Heures*, mais qui n'entrèrent à son service qu'une dizaine d'années plus tard.

chemin, ses lunettes toujours bien ajustées sur son nez aux ailes luisantes. La chaleur de la fin de la journée se faisait étouffante.

— Ouvrez la baie ! ordonna Jean de Berry.

Pierre le bibliothécaire fit pivoter la croisée armée de petits carreaux losangés et colorés. Comme devant toutes les fenêtres du palais, un fin treillis de fil d'archal[1] empêchait les oiseaux de rentrer dans la salle. Il n'empêchait heureusement pas l'air de passer et une bouffée fraîche entra avec la rumeur de la rue.

— La Saint-Jean ! Irez-vous danser, damoiselle Ursine ?

— Je ne sais pas ; j'arrive seulement.

— C'est de votre âge ; je suis sûr que vos amis Austremoine et Sidoine vous emmèneront.

— Peut-être !

— Ces singes sont parfaits ; il faut dire que vous aviez de beaux modèles, plaisanta encore Jean de Berry.

Le ton avait changé depuis le début de l'entretien ; Plantefolie et Jehannet s'en étaient allés en enfer ; la maladie du roi était presque oubliée comme les contretemps avec ces maudits Anglais. Le duc avait mis la main sur une artiste qui promettait.

— Je vous garde ; à la place de votre père, vous serez ma prisonnière dans une geôle dorée ; mon secrétaire Flamel vous montrera l'atelier réservé aux artistes dans cette maison ; partout, dans toutes mes résidences, je tiens à leur offrir un lieu privilégié ; ici vous décorerez le livre d'heures que maître Pierre est en train de rédiger. Vous y créerez des images auvergnates et j'en ferai cadeau à mon épouse ; la duchesse sera ravie de pouvoir emporter partout son pays natal. Depuis les remparts de Riom, la vue est belle de toutes parts ! Il me faudra aussi un psautier pour ma nouvelle chapelle.

— Je vais peut-être repartir avec mon père, répondit prudemment Ursine qui ne pouvait laisser éclater sa joie de pratiquer son art ; cela risquait de la séparer de son père, et elle savait combien cet art le chagrinait curieuse-

1. Laiton.

ment. Elle savait trop que Landry ne supporterait pas longtemps de rester dans la même cité.

— Je lui demanderai de vous laisser quelque temps ici pour travailler pour moi, répondit le duc d'un ton qui ne souffrait pas la contradiction.

Il avait enlevé ses lunettes et regardait par la large baie entourée de pierre sombre.

— Voilà déjà de la fumée, les feux doivent commencer à s'allumer. Raccompagnez damoiselle Ursine.

Les doigts gantés d'écarlate firent un petit signe d'adieu.

Sept heures sonnaient à l'horloge de la cité ; c'était l'heure du couvre-feu qui avait lieu depuis le jour de l'été à sept heures au lieu de six l'hiver. Une habitude que le duc retrouvait dans tous les lieux où il séjournait. A Riom comme ailleurs, le couvre-feu débutait quand la lumière ne permettait plus de « distinguer un denier tournois d'un denier parisis ! »

Observant le jour qui déclinait, le duc demeura encore quelques instants dans sa librairie ; c'était pour lui un lieu familier ; dans toutes ses résidences, il avait fait reproduire le modèle conçu pour le Louvre par son frère, le roi Charles. Des lambris de bois dont l'essence seule variait, une voûte charpentée de cyprès à Riom, comme à Paris, et, pour seul mobilier, tout ce qui pouvait contenir ou présenter des manuscrits, coffres, pupitres ou roues à livres.

20

Le matin même, en quittant l'oratoire où ils avaient écouté une messe basse, Jeanne de Boulogne avait demandé à son époux d'un ton badin :

— M'emmènerez-vous au feu de la Saint-Jean ?

— Ma chère Jeanne, ce n'est plus de mon âge.

— Votre âge, votre âge, cessez d'en parler ! Les herbes de la Saint-Jean vous feraient sans doute du bien.

— Ah, si je pouvais jeter au feu les soucis qui m'accablent.

— Cela ne vous coûterait guère d'essayer.

Dubitatif, le prince avait hoché la tête, avait pris à témoin le chasublier de l'oratoire, puis s'était hâté vers son retrait ; on entendait les cloches de Saint-Amable. Ce serait bientôt l'heure où Plantefolie et Jehannet devaient être conduits sur le lieu de leur exécution.

De son côté, Jeanne avait rejoint l'atelier installé depuis la veille dans une salle du rez-de-chaussée du château pour confectionner les couronnes et les chapeaux d'herbes qu'arboreraient les femmes et mêmes certains hommes, le soir, afin de chasser, en les lançant dans les feux de la vêprée, selon la coutume, maux et mauvaises pensées.

Les herboristes de la cité qui avaient fait le plein de

marchandises avaient été bien désappointés de voir, comme chaque année, fleurir aux quatre coins de la cité la concurrence des marchands ambulants toujours plus nombreux. La présence de la duchesse en avait attiré plus d'un dans l'espoir de bonnes affaires, au grand dam des paysans d'alentour qui déploraient, comme chaque année aussi, le massacre des haies et des bois de la campagne dont ils vivaient. Avec ses amis, Jeanne de Boulogne avait sillonné rues et venelles envahies de senteurs innombrables. Les vendeurs, bruyants et bigarrés, savaient être d'habiles bonimenteurs pour vanter le contenu de hottes et de paniers débordants.

— La belle armoise[1] qui aide les femmes dans tous leurs maux !

— Gente dame, préférez davantage mon aubépin qui chasse toutes les mauvaises pensées !

— Certes, mais son aubépin est plein d'épines, mon buis est doux et si vert ! renchérissait l'autre.

— Et mon sureau !

— Mes bleuets ! J'ai aussi des coquelicots...

— Déjà fanés ! Brûle leur la queue pour les faire revenir !

Une marchande qui s'était confectionné un superbe chapeau d'herbes pour appâter le client raillait les fleurs de son voisin qui avaient visiblement pris un coup de chaleur.

— Du romarin ! annonçait son voisin. J'arrive d'Avignon et vous apporte la plante de l'amour ! J'ai chevauché des journées entières pour l'apporter ici où il ne pousse guère.

L'accent chantant du jeune homme à l'œil vif et malin fit sourire Jeanne qui allait de l'un à l'autre ; entraînant damoiseaux et jeunes femmes, elle aurait voulu faire plaisir à chacun et même si, sur les conseils du maître de la chambre aux deniers, son contrôleur de la dépense lui avait recommandé le matin même la modération, elle déliait sa bourse sans compter pour le plus grand bonheur des marchands. Tous ses compagnons étaient ren-

1. Dite aussi herbe de saint Jean.

trés avec de grandes brassées d'herbes et de fleurs destinées à ces coiffures d'un jour qui pouvaient être le gage du bonheur de toute une année, jusqu'à la Saint-Jean suivante. Alixende et Pernelle n'avaient pas été les dernières à confectionner ces couronnes de verdure qu'elles arboreraient avant de les jeter dans les flammes pour exorciser leurs maux ou leurs peines. Un valet avait été chargé d'entretenir savamment l'humidité autour des feuillages et des fleurs ; chaque coiffe avait sa personnalité. Même les damoiseaux n'avaient pas pu résister au plaisir d'en porter. C'est un cortège insensé qui franchit à la vêprée la porte du palais sous le regard intéressé de quelques commères.

Deux heures plus tôt, au moment où les cloches de Saint-Amable sonnaient none, Alixende avait appris l'arrivée de la petite Ursine.

— Elle est accompagnée d'un grand et beau jeune homme ; c'est le frère de Pernelle et d'Austremoine, avait annoncé l'un des damoiseaux, il a les mêmes yeux étranges.

Affolée, soudain au pied du mur, toute proche de l'instant dont elle rêvait depuis des semaines, mais se sentant incapable de l'affronter, Alixende s'était terrée dans le petit retrait qu'elle partageait avec son amie Pernelle. Elle n'en serait peut-être pas sortie si celle-ci, puis Jeanne de Boulogne n'étaient venues la chercher. Elle avait bien prétexté une soudaine fatigue mais ni l'une ni l'autre ne s'étaient laissé fléchir. D'un air entendu, la duchesse avait pris le pouls de la jeune femme, comme le faisait son physicien, et conclu :

— Peut-être un peu rapide mais ce cœur a besoin de vivre ; arrête cette langueur et viens t'amuser ; cesse de penser à ce garçon.

— Il est arrivé à Riom, aujourd'hui même, avoua dans un souffle Alixende.

Jeanne la regarda avec tendresse.

— Alors justement, le soir de la Saint-Jean, de plus le jour de ton anniversaire, tout peut arriver ! Je suis sûre qu'il t'aimera avant la fin de la nuit ! Fais-toi belle et viens mettre ton chapeau.

C'était un véritable chef-d'œuvre ; adroite de ses mains, Alixende avait patiemment tissé les tiges d'armoise dont les feuilles vertes dessus, blanches dessous formaient un premier maillage entrelacé d'aubépine vernissée dont elle avait pris soin d'enlever les épines une par une, tout en conservant les odorantes fleurs blanches. Elle avait ajouté, en la tressant, une fougère trop réputée pour son pouvoir contre les sortilèges et le diable pour être oubliée ainsi que du romarin, la « plante de l'amour » de l'homme d'Avignon. Enfin, elle avait piqué des bleuets qui alternaient avec les fleurs d'aubépine et le jardinier de Jean de Berry avait même fourni des pivoines écarlates dont chaque femme avait aimé parachever son chapeau.

Les murs des venelles conservaient de la chaleur de la journée une moiteur crépusculaire pesante. Partout, les senteurs des herbes flottaient, obsédantes et enivrantes, se substituant pour une fois aux odeurs souvent lourdes de la cité où l'hygiène laissait à désirer malgré les efforts incessants des consuls riomois. Les marchands d'herbes étaient toujours présents. Ils offraient maintenant des petits bouquets de leurs marchandises. Nectaire en acheta un d'aubépin. Une épine lui blessa le doigt dont il suça le sang.

— Cornedouille, à qui veux-tu l'offrir ? demanda intrigué Austremoine.

— Cornedouille toi-même, répondit le frère aîné agacé, je le jetterai dans le feu. Il y brûlera avec mes peines.

Interloqué, Austremoine regarda Nectaire ; quelles pouvaient être ses peines ?

— Tu m'en offres un ; moi aussi, je peux avoir des peines, finit-il par dire en s'approchant d'un marchand qui lui tendit un bouquet de buis.

— Et moi aussi, quémanda Sidoine.

Bon prince, Nectaire puisa une pièce au fond de l'aumônière de toile accrochée à son braiel de cuir. Il avait particulièrement soigné sa mise en endossant une jaquette à manches courtes de toile bleu sombre sur des chausses d'un ton plus clair. Le collet ouvert laissait voir une chainse de toile blanche, et un chaperon à léger bec complétait l'ensemble.

Austremoine huma le buis dont l'odeur lui était familière, elle avait bercé son enfance rue Grenette ; nostalgique, il eut une pensée pour sa mère qui savait si bien tailler en boule l'arbuste planté par l'une de ses aïeules. Des peines, il pouvait en avoir... Austremoine craignait que Landry maintenant libre n'emmenât Ursine au loin.

Quand l'espace était suffisant, notamment au carrefour où convergeaient la rue du Palais et celle des Taules, quelques brasiers avaient déjà été allumés. La crainte des incendies était cependant telle que les grands feux autour desquels on danserait et dans lesquels seraient jetés chapeaux et bouquets se trouvaient à l'extérieur de la cité à proximité des portes principales de Mozac, de la Bade, de Layat et de la Poterne. Partout l'odeur de bois brûlé et de fumée se mêlait au parfum des herbes ; partout des musiciens et chanteurs accompagnaient la joie des habitants bien décidés à s'amuser. Le bleu du ciel immaculé tout le jour s'était légèrement chargé de nuées et un croissant de lune s'y était installé, comme dessiné d'un trait de pinceau.

Le doigt de Nectaire n'en finissait pas de saigner. Une marchande d'herbes lui tendit une tige de primevère à appliquer sur la goutte de sang qui perlait sans cesse au bout du pouce douloureux.

— Ce sera fini dans un instant, prédit-elle en souriant. Et ensuite, mets-la entre ta chainse et ta peau, la fleur chassera ta mélancolie.

Nectaire la remercia ; Austremoine et Sidoine avaient progressé dans la rue étroite qui, après avoir longé l'abbaye Saint-Amable, les conduirait jusqu'à la porte de Mozac. C'était là que la duchesse et sa suite s'étaient rendues ; Austremoine avait été formel ; il tenait le renseignement d'une indiscrétion de Pernelle.

— Nous les verrons mieux en montant sur le rempart ! assura le garçon qui connaissait maintenant la cité où il résidait depuis plusieurs semaines.

Nectaire acquiesça ; son doigt ne saignait plus. Discrètement, il glissa la fragile tige de primevère sous sa chainse en se reprochant de croire à ces remèdes de bonne femme dont sa propre mère faisait couramment usage. Le sergent, qui connaissait Austremoine et Sidoine, accéda à leur demande de grimper sur le rempart d'où la vue plongeait vers la grande aire où se pressait une foule de plus en plus dense autour d'un feu dont les flammes semblaient prêtes à lécher le ciel.

— Où sont-ils ?

Austremoine exprimait tout haut la question lancinante que se posait Nectaire et qu'il n'osait formuler, de peur d'éveiller les soupçons de son petit frère à l'esprit si vif et astucieux.

Au premier coup d'œil, Nectaire s'inquiéta. Comment retrouver quelqu'un dans une telle cohue ? Le long du fossé qui suivait étroitement le rempart, les taverniers de la cité avaient dressé des tables sur tréteaux où des tonneaux de vin et de cervoise attendaient les clients ; ces marchands savaient cependant que la soirée était éminemment rituelle et qu'il leur faudrait attendre que chapeaux et bouquets soient jetés au feu pour que la clientèle soulagée et heureuse songe à boire et même à se restaurer. Quelques hasteurs faisaient tourner à la broche des agneaux dont les graisses dégoulinaient en crépitant ; des oublies et d'autres friandises plus ou moins appétissantes attendaient les fêtards.

Les fumées montaient jusqu'à la courtine où se tenaient les garçons ; Austremoine sentit ses yeux lui piquer ; apparemment impassible, Nectaire écarquillait les siens. Deux chauves-souris avaient entamé un ballet infernal autour d'eux. Distrait du feu dont les flammes crépitaient avec toujours plus d'ardeur, Sidoine suivit leur course folle au-dessus du rempart jusqu'à la tour suivante où brusquement elles faisaient demi-tour pour revenir tournoyer au-dessus d'eux.

— Les voila, je reconnais le chapeau de la duchesse, s'écria soudain Austremoine après avoir mis ses mains en visière pour se protéger des derniers rayons du soleil qui se coucherait bientôt au-delà de la tour de l'église des bénédictins de Mozac derrière la montagne.

— Où ? questionna Nectaire, le souffle court, les mains moites crispées sur son bouquet, les yeux éblouis.

— Tous les chapeaux de ces dames du château ont des pivoines rouges ; c'est facile de les reconnaître, expliqua Austremoine qui renseigna son frère avec innocence. Je vois Pernelle, Alixende, le sien a aussi des bleuets, et les damoiseaux qui ont tous mis des cotardies de toiles fleuries sur des chausses ornées de feuillages ; ils sont presque tout vert, sauf leur poulaine de peau de chèvre noire.

Sur le pont-levis, un attroupement attira l'attention des garçons ; un homme hirsute avait arrêté un groupe et paraissait déclamer avec emphase un texte dont Nectaire, tendant l'oreille, perçut quelques bribes :

— Adam et Abel et la lune vous saluent ; quand elle aura sa face pleine, disait-il d'une voix éraillée, en désignant le croissant blanc, je vous dirai si vous aimez et qui vous aimez. Un globe de feu...

Le groupe d'hommes et de femmes éclata de rire, plantant là l'illuminé qui reporta son attention sur de nouveaux arrivants.

— Je guérirai le roi... hurla-t-il sans parvenir à interrompre le nouveau flot qui passait la porte.

— Quel est ce fou ? Je ne l'ai jamais vu en ville, commenta Austremoine.

Nectaire ne l'écoutait plus ; ses yeux ne quittaient plus la mince silhouette vêtue d'une cotte bleue qui se rapprochait lentement avec ses amis du brasier. Son cœur s'emballa quand il vit les damoiseaux qui l'encadraient lui prendre le bras dans un geste tendre. Il s'agissait surtout de protéger leur amie de la bousculade qui s'amplifiait à l'approche du feu. Pernelle et la duchesse étaient ainsi encadrées elles aussi. Il fallait être patient, l'attente risquait d'être longue. Il faudrait jouer des coudes avant de pouvoir enfin sacrifier à ce rite presque païen d'adoration du feu auquel on faisait allégeance en offrant des herbes. Un feu dévorant qui anéantissait en quelques instants les chefs-d'œuvre d'un jour.

Eperdu, Nectaire regardait ce spectacle tel un prélude prolongé, éveillant et cultivant son désir de cette jeune femme qu'il avait un jour serrée dans ses bras, dont il se souviendrait sa vie durant du goût qu'avaient ses lèvres, mais dont il ignorait les sentiments. Il n'avait aucun plan, aucune idée de ce qu'il lui offrirait, sinon cet amour qui lui semblait aujourd'hui à la fois si douloureux et exaltant. La liesse, cette musique qui lui parvenait de tous les côtés, harmonieuse ou discordante, ces danses qui s'organisaient çà et là, n'étaient-elles pas le signe de la joie de l'amour ?

Alixende était enfin parvenue devant le brasier ; d'un geste théâtral, elle souleva le lourd chaperon, qui laissa échapper jusqu'aux épaules d'épaisses nattes châtain, le tendit un instant vers le ciel, puis le jeta enfin, imitée par la duchesse et Pernelle. Toutes trois, silhouettes presque identiques, Pernelle étant la plus grande, firent un signe de croix pendant que les flammes multicolores consommaient leurs proies avec appétit. Un léger vent d'ouest rabattit la fumée vers le rempart, apportant à Nectaire une bouffée d'odeurs nouvelles. Le soleil avait enfin disparu ; le feu lui avait désormais volé le premier rôle, le croissant de lune prit enfin du relief.

Irrésolu quelques instants plus tôt, Nectaire se décida enfin à abandonner son poste d'observation. « Tu es un Bélier, chaud et sanguin, lui avait suffisamment répété sa mère, tu dois agir et non languir à longueur de temps. » S'il avait décidé de venir à Riom, c'était bien aussi pour retrouver Alixende et lui avouer son amour. N'avait-il pas imaginé sans cesse cet instant ? Il n'était plus temps de reculer ou alors il lui fallait repasser la Poterne pour rentrer à Clermont et renoncer à cette femme.

S'accompagnant d'un rebec, un ménestrel chantait à trois pas d'eux :

Celle à qui il songe le plus, il n'a l'audace de lui dire une seule parole... Amour lui a chauffé un bain qui le brûle et le tourmente...

C'en était trop... Après avoir dévalé à grands pas, Austremoine et Sidoine sur les talons, l'escalier de pierres inégales dans la tour Barthélemy, il buta à l'entrée du pont-levis sur Landry et Ursine qui avait réussi à convaincre son père de se mêler aux réjouissances.

— Viens avec moi jeter mon bouquet !

— Moi aussi, j'ai un bouquet, renchérit Sidoine.

Encadrée par les deux garçons, Ursine était trop tentée par l'invitation ; elle quêta du regard l'autorisation de son père qui l'observa avec adoration se mêler à l'attroupement autour du feu. Quand il se retourna, Nectaire avait disparu. Lui aussi s'était fondu dans la cohue des gens qui après avoir sacrifié au rite du feu refluaient maintenant vers les tavernes ambulantes et les musiciens installés sur des estrades.

Nectaire progressait difficilement, l'œil aux aguets pour découvrir la cotte bleue et les nattes qui lui semblaient à la fois le bout du monde et le havre qu'il attendait depuis des mois. Bousculé, tour à tour poussé en avant, puis refoulé, il faisait deux pas en avant, trois pas en arrière, en proie aux sentiments les plus contradictoires ; oscillant entre désarroi, indécision et espoir fou, il s'entêtait à poursuivre une progression lente mais forcément décisive ; au bout du chemin, Alixende serait là. Que lui dirait-il ? Il n'en savait rien, mais avançait, jouait des coudes, supportait résigné odeurs et cris dans la promiscuité d'une foule surexcitée. Puis tout à coup, il se sentit expulsé ; il avait enfin traversé ce désordre, le brouhaha parut s'estomper, relayé par la musique d'un groupe de joueurs dominés par deux trompettistes géants ; le son tonitruant de leurs instruments brillants était renvoyé par la muraille. Nectaire sentait le sang qui lui battait dans les tempes ; il se boucha les oreilles ; ses yeux larmoyants étaient si las de chercher sans trouver.

Et tout à coup, elle fut là devant lui ; toute mince avec cette taille fine, ses hanches rebondies et ce décolleté qui mettait en valeur une poitrine ferme, haute et ronde. Incrédule, il tendit la main, sûr que ce n'était qu'un rêve, qu'elle allait disparaître, mais il sentit ses doigts se crisper dans sa main et les serra si fort qu'elle gémit doucement. Alors seulement, il sut que ce n'était pas une illusion, qu'elle était là près de lui, enfin.

— Nectaire !

— Pernelle, ne dis rien !

La duchesse retenait la jeune fille qui avait voulu s'élancer vers son frère.

— Je ne savais pas qu'ils se connaissaient, dit Pernelle.

— Ils ne se connaissent pas, dit Jeanne de Boulogne, ils s'aiment.

— Ils s'aiment ! Quelle idée !

Stupéfait, les bras ballants, devenu étranger soudain à la fête où il se promettait tant de félicités, l'un des damoiseaux regardait les deux amoureux s'éloigner lentement.

— Ils ont de la chance ! murmura à son tour Pernelle.

— Qui a de la chance ?

Pernelle sursauta ; surgi de nulle part, Landry était à ses côtés.

— Vous avez eu de la chance d'avoir de tels amis, répondit aussitôt, heureuse de cette diversion, Jeanne de Boulogne qui tenait encore d'une main ferme le bras de Pernelle ; voici l'homme le plus haut du royaume.

La duchesse arborait un grand sourire charmeur auquel Landry fut sensible. Il oublia presque l'invitation du prince à sa fille de pratiquer cet art qu'il honnissait.

Balayant ainsi ses soucis, il se découvrit, mêlant avec un talent consommé cérémonie et amabilité, en plongeant dans une révérence respectueuse. Pernelle avait oublié Nectaire et Alixende ; elle n'avait d'yeux que pour lui. A côté du bateleur, qui s'il avait maigri en prison conservait sa puissante stature d'homme entraîné à l'exercice physique, les damoiseaux semblaient bien frêles et fragiles malgré les rembourrages dont ils avaient soin de munir leurs vêtements pour paraître à leur avantage.

— Aimez-vous la cervoise ? Ou préférez-vous un godet de vin ? Pour moi, ce sera du blanc de Saint-Bonnet, poursuivait Jeanne de Boulogne dont les cheveux bruns libérés par le chaperon jeté au feu encadraient joliment le visage à la peau mate.

Ravi d'avoir une si belle clientèle, le tavernier à la trogne bien rouge s'affaira sous le regard envieux de ses voisins.

— J'apprécierai volontiers une cervoise, répondit Landry avec un calme feint.

La présence de Pernelle était sans doute pour beaucoup dans l'émoi qu'il parvenait difficilement à contrôler.

— Une cervoise pour messire et pour vous, damoiselle ?

Troublée elle aussi, Pernelle parut absente un instant.

— Pernelle, que veux-tu ? insista Jeanne de Boulogne qui avait déjà presque vidé son godet de vin. Pourquoi es-tu si rêveuse ? Est-ce le bonheur de notre amie et de ton frère qui te rend si mélancolique ?

— Je la comprends...

Un des damoiseaux, celui qui était réputé n'aimer guère les femmes, tout en appréciant sans réserve leur douce compagnie, se mêlait à la conversation.

— Ce garçon arrive aujourd'hui et nous enlève notre Alixende en un instant, voilà de quoi être dépité, renchérit l'autre qui avait poursuivi de ses assiduités la jeune femme depuis son arrivée à Riom.

Apparemment indifférent à la tempête que sa venue avait déchaînée dans la tête de Pernelle, ignorant les amours d'Alixende et de Nectaire, Landry dégustait à petites gorgées sa cervoise servie dans un haut godet de terre cuite, tout en observant Pernelle. Son émoi se transformait en une douce langueur.

— Elle est fraîche et délicieuse, avoua-t-il entre deux gorgées.

Nul ne pouvait savoir que ces compliments s'adressaient aussi à la jeune fille qui avait maintenant repris ses esprits et jetait un regard provocant à Landry.

Une onde de chaleur parut s'installer entre eux, si proches et si loin, au milieu de ces étrangers qui ne pouvaient connaître leurs liens singuliers.

Tout près, les musiciens entonnaient une carole entraînante. Des couples se formaient ; Landry avait fini de boire. Lentement, il rendit le godet au marchand qui voulut lui en offrir un autre mais son client distrait se retournait déjà ; mû par une volonté irrésistible, il s'approcha de Pernelle, précédant juste d'un pas le damoiseau qui s'apprêtait à l'inviter.

Déçu, le garçon prit à témoin la duchesse qui avait observé sans mot dire le manège de Landry.

— Après Alixende, voici Pernelle qui nous échappe !

Par ici passe le beau brun, le beau Robin,
Par ici passe Robin l'amoureux
Et voici que l'herbage en est plus doux...

Un des musiciens avait entonné une chanson que se mit à fredonner Jeanne de Boulogne, imitée par le damoiseau qui ne quittait pas la jeune fille des yeux. Pernelle regrettait d'avoir avalé d'un trait le godet de vin blanc offert par Jeanne ; la tête lui tournait et dans les bras de Landry qui s'était saisi fermement de sa taille, elle se laissait aller plus qu'elle ne l'aurait voulu. Se sentant encouragé, Landry resserra son étreinte, faisant naître entre eux une douce intimité qui accrut l'émoi de la jeune fille. Son danseur aurait dû échanger sa cavalière avec celle de son voisin mais il ne le fit pas ; l'autre danseur afficha bruyamment son mécontentement, attirant l'attention sur le couple qui tournoyait en cadence, merveilleusement accordé, oublieux de tout ce qui aurait pu les distraire. Revenu de son rêve et soucieux d'éviter le scandale, mettant un terme brusque à la magie de l'instant, Landry abandonna enfin Pernelle éperdue et grisée aux bras d'un autre cavalier, et se retrouva face à la duchesse qui était entrée dans la danse, conduite par l'un des damoiseaux.

— Savez-vous aussi bien danser que marcher dans les airs ? murmura-t-elle enjoleuse en tournant de plus belle sur une musique endiablée.

Landry l'avait enlacée avec fougue ; elle dansait à merveille, son corps souple et longiligne obéissant instantanément à toutes les injonctions de son danseur. Une perfection qu'il fallut bien abandonner quand les musiciens entamèrent un autre air.

— Adieu, beau danseur !

Jeanne de Boulogne s'échappait déjà de ses bras et tendait la main à un nouveau partenaire, abandonnant un Landry désemparé avec une joyeuse matrone qui n'entendait pas laisser passer son tour avec cet homme dont les talents avaient été reconnus par de belles danseuses. Un coup d'œil indiqua au bateleur qu'il retrouverait bientôt Pernelle qui dansait avec un pastoureau ravi de l'aubaine. Prenant son mal en patience, il fit tournoyer avec entrain la dame suivante en battant le sol poussiéreux de ses estivaux rouges choisis le matin même dans la garde-robe offerte par le duc.

— Arrêtez, j'ai mal au cœur, finit par dire la femme qui suffoquait et faillit choir quand il voulut la céder au danseur suivant.

Puis Pernelle fut de nouveau là ; elle était grande et mince ; il l'enlaça avec ardeur ; mais, son visage presque à la hauteur du sien, elle regardait au loin ; il cherchait ses yeux, aurait voulu plonger dans l'eau verte de l'un et dans le ciel de l'autre, mais, de nouveau intimidée comme dans le jardin du palais le matin même, elle se dérobait comme si la réalité allait tuer le rêve.

Incertaine, le cœur battant, elle laissait errer son regard.

— *Nul ne doit aller au bois sans sa petite amie,* susurraient en chœur les chanteurs aux tenues bigarrées auxquelles ses yeux semblaient vouloir s'accrocher.

C'est près d'eux qu'elle aperçut soudain Ursine avec Austremoine et Sidoine, au premier rang du cercle des spectateurs qui battaient des mains pour accompagner musiciens et danseurs. Désespérant d'accrocher son regard, Landry avait resserré un peu son étreinte ; le rythme de la danse s'accélérant, les visages autour d'eux semblaient se fondre en un tourbillon irréel ; oubliant tout, Pernelle finit par enfouir son visage dans le pourpoint tout neuf de toile brune qui sentait encore la teinture. Landry baisa alors avec ferveur les cheveux, retenus en macarons comme le jour où elle était venue le voir à la tour de la Monnaie ; puis d'une main ferme, il s'empara du menton et leva son visage vers lui, croisant enfin le regard étrange avant de poser ses lèvres sur la bouche pulpeuse qui lui rendit avec passion un interminable baiser.

Ursine ne battait plus des mains.

— Cornedouille, regarde Landry et Pernelle, lui dit Austremoine innocemment.

— Je vois et cela ne m'intéresse pas, répondit Ursine, la figure fermée, les lèvres pincées, le regard dur.

Sidoine l'observa. Il revoyait la scène de la tour de la Monnaie quand Pernelle avait poursuivi Landry. Il n'en avait jamais parlé à personne, respectant ainsi scrupuleusement sa promesse.

— Je le savais ! avoua-t-il cependant enfin, heureux de se délivrer de ce secret trop longtemps retenu.

— Tu le savais ? interrogea Ursine dont les yeux lançaient des éclairs. Venez !

Le ton d'Ursine était trop autoritaire pour que les deux garçons ne la suivent pas, même si c'était à regret. La fête battait son plein.

Il n'y eut jamais d'amoureux plus fidèle
que celui que je tiens par la main...

Un chanteur s'époumonait près d'eux, mais Ursine, la mine renfrognée, les lèvres tremblantes, n'entendait plus rien.

21

Le lendemain, Ursine avait disparu. Austremoine et Sidoine aussi. On les chercha partout sans succès. On interrogea les uns et les autres au palais, personne ne les avait vus. Fou d'inquiétude, Landry, que Pernelle n'avait pas voulu quitter, avait fouillé toutes les salles, même les cuisines dont le maître-queux intolérant et coléreux les avait chassés en les menaçant d'une louche en bois. Ils avaient parcouru les cours, arpenté les rues de la cité, interrogé les guetteurs des tours qui n'avaient rien vu : la nuit de la Saint-Jean le charroi était beaucoup trop important pour vraiment faire attention à qui que ce soit. L'un d'eux avait seulement évoqué des pastoureaux qui avaient abusé de vin et de cervoise, entraînant malgré elles des jeunes femmes vers Mozac. Il s'agissait là de débordements habituels, les soirs de fête. Déçus et inquiets, Landry et Pernelle n'en étaient pas moins vaguement rassurés par la disparition simultanée des deux garçons.

Ils avaient cependant dû interrompre leurs recherches pour assister au départ du duc, précédé de tout un cérémonial qui avait impatienté le bateleur. Jean de Berry avait d'abord fait ses adieux à son ours qui, sollicité aimablement par son maître, avait exécuté une danse lourdaude pour le plus grand plaisir du duc qui avait applaudi de ses mains gantées de peau claire. Il l'avait ensuite fait rentrer dans sa cage avec des rites que Landry avait jugés insupportables ; puis il avait caressé ses chiens gardés par le valet dit du grand lévrier qui tenait respectueusement son chaperon sous le bras, avec lequel il s'était entretenu de la santé des animaux turbulents et bruyants. Enfin, accompagné cette fois de la duchesse, le prince était allé échanger quelques mots avec Pierre Juglar, qui faisait office d'architecte sur le chantier de la chapelle du palais, en l'absence de Guy de Danmartin, principal concepteur du petit édifice que le duc souhaitait soigner comme un véritable bijou.

La bâtisse construite en pierre sombre prenait déjà forme. L'appareil d'une étonnante régularité disait assez les soins des maçons.

— J'espère que les travaux auront bien avancé quand je reviendrai, je ne sais quand, si les affaires du royaume m'en laissent le loisir, conclut le duc en saluant une dernière fois l'homme qui tenait serré contre lui le large chaperon dont le long bec était enroulé autour de son bras.

— Monseigneur peut y compter.

Autour d'eux, à grands pas pressés, les valets de chevaux allaient et venaient.

— Il est temps de partir, ma mie. Ne regrettez-vous pas de rester ?

La duchesse répéta en souriant son bonheur de passer l'été en Auvergne. Puis le prince salua les uns et les autres, rappelant une consigne, ordonnant une tâche ; il aperçut enfin Landry.

— N'oubliez pas que votre fille doit travailler pour moi ; laissez-la ici, elle y sera bien et pourra exercer son art en toute quiétude.

Landry remercia mais, mal à l'aise, dut avouer :

— Ursine a disparu.

— Disparu ?

Le duc fronça les sourcils qu'il avait broussailleux et beaucoup plus grisonnants que sa chevelure épaisse et drue, disciplinée par les bons soins du barbier.

— Mon frère Austremoine aussi, ainsi que son ami Sidoine, ajouta Pernelle.

— Retrouvez-les et qu'Ursine travaille bien ! ordonna le duc d'un ton cassant qui n'admettait pas de réplique, avant de se diriger, encadré de ses chambellans et valets de chambre, vers la grande porte dont les deux battants avaient été largement ouverts.

Comme toujours lorsque le duc s'en allait, c'était en grand équipage. Dehors piaffaient une soixantaine de chevaux ; certains cavaliers étaient prêts à partir, d'autres s'affairaient auprès de leurs montures. Le duc se dirigea d'un bon pas vers le beau coursier gris qui portait une housse bleue fleurdelisée comme la houppelande de son maître. Un valet en tenait le licol ; malgré sa corpulence, Jean de Berry se mit souplement en selle et s'empara des rênes, imité par tous ceux qui partaient avec lui.

Le cortège paraderait en ville, exaspérant les bourgeois par son luxe, dans la rue du palais, puis la rue des Taules afin de prendre la direction du nord et de la porte de Layat où les sergents alignés sur le pont-levis salueraient une dernière fois leur maître princier, qui ne tarderait pas à imprimer un rythme soutenu à la chevauchée, en cavalier expérimenté par des courses incessantes et surtout en homme pressé qu'il était maintenant. Les affaires du royaume l'attendaient.

Dans les champs alentour où la fenaison était bien avancée, des faucheurs arrêteraient quelques instants leur faux pour soulever leur chapeau de paille, pendant que les faneuses tiendraient en suspens rateaux et fourches, profitant ainsi d'un instant de répit dans une longue journée de travail harassant.

Désemparé, Landry avait fini par prendre la decision de retourner à Clermont ; il ne savait trop où le mèneraient ses pas maintenant qu'il avait retrouvé sa liberté. Il ne pouvait quitter le comté d'Auvergne sans avoir salué Tiphaine et Gauthier, dont il espérait aujourd'hui épouser la fille. Traversant la haie des spectateurs, il avait entraîné Pernelle après le baiser échangé sous l'œil médusé des damoiseaux de la duchesse qui n'en savait pas plus qu'eux, et se voyait ainsi enlever deux fidèles en une soirée. Dans le verger dont les senteurs rajoutaient à la poésie des labyrinthes dessinés par un jardinier amoureux des jeux de verdure, mû par une inspiration spontanée, irréfléchie mais irrésistible, Landry avait demandé à Pernelle si elle consentirait à l'épouser. Dans ce lieu poétique, à l'image de ceux qui servaient de cadre aux scènes des romans courtois qu'elle avait toujours lus avec avidité, elle avait accepté cette proposition que le bateleur avait assortie prudemment de mille précautions. Son existence était celle d'un errant qui n'avait jamais plus de trois deniers dans son aumônière, et elle devait jurer d'aimer Ursine, la petite fille qui avait été toute sa vie et le serait encore.

Jamais Pernelle n'oublierait les parfums de ce lieu magique où Landry avait enfin reconnu avoir pensé à elle pendant sa captivité, et avoir baisé la médaille qu'elle lui avait offerte avant sa fameuse traversée entre les deux tours clermontoises. Autour d'eux, loin du bruit, loin des fumées des brasiers ou des broches, les senteurs d'une nature cultivée avec art par un habile jardinier se mêlaient étonnamment. Girofle et réglisse, anis et canelle épanchaient leurs fragrances à l'abri tutélaire de beaux cerisiers dont les fruits vermeils étanchèrent leur soif. Longtemps, ils restèrent adossés au tronc sombre d'un charme dont les fortes branches se tendaient à la rencontre des rameaux d'un amandier.

Exténués par les trois lieues qui séparaient Riom de Clermont et qu'ils avaient parcourues aux heures les plus chaudes d'une journée où l'été commençant semblait tenir les promesses d'un mois de juin superbe, ils laissèrent claquer derrière eux la lourde porte de la rue Grenette ; la fraîcheur du porche tenait du délice ; ils en jouirent quelques instants avec bonheur, mais trahis par l'excitation de Chipi et Chipo, qui retrouvaient des lieux bien connus, ils furent vite repérés par Blaise ; à l'ombre de la maison, sur le banc de pierre près du buis, il jouait négligemment quelques notes sur son orgue en chantonnant.

— Voilà Landry, s'exclama-t-il en rentrant précipitamment dans la cuisine pour avertir sa famille.

Austremoine fut le premier à passer la porte.

— Sais-tu où est Ursine ? demanda aussitôt Landry, excluant toute formule de politesse.

— Oui, elle est ici.

Derrière Austremoine, Tiphaine avait répondu pour lui. Landry ne l'avait pas revue depuis qu'elle l'avait mis à la porte de sa maison. Il la trouva plus belle que dans son souvenir ; ses cheveux noirs tirés sur les oreilles semblaient adoucis par quelques mèches grisonnantes et ses traits lui rappelèrent soudain tellement ceux de Pernelle dont la blondeur rousse était un autre charme, qu'il en fut bouleversé. Emu, il se mit à bafouiller, un trouble que Tiphaine mit sur le compte de la bonne nouvelle qu'elle venait d'annoncer. A moins que les amours de Landry et de Pernelle crûment révélées à Tiphaine et à Gauthier par les enfants ne pèsent déjà sur les relations entre le bateleur et la famille Champgrain. Après tout, la dernière fois que Landry avait franchi le porche, il avait été chassé par la maîtresse de maison.

— Dieu soit loué, finit par dire Landry qui inconsciemment avait espéré retrouver ici Ursine, mais n'osait y croire.

— Landry, croyez-vous en Dieu ?

Tiphaine le raillait maintenant, ajoutant à son embarras et à son désarroi.

— Je l'ai prié de me rendre Ursine, avoua-t-il avec candeur.

Tiphaine le dévisagea ; l'homme qu'elle avait connu, si sûr de lui et de ses aptitudes physiques, avait changé. La captivité l'avait adouci et, en même temps, une flamme nouvelle éclairait son regard. Le calme de l'homme qui avait tant impressionné la famille Champgrain lors de son arrivée à Clermont s'était estompé au profit d'une ardeur fiévreuse.

— Je n'ai jamais prié pendant mon emprisonnement, ajouta-t-il, mon compagnon invoquait sans cesse les saints du paradis, surtout saint Jacques, et il a été exaucé du moins en ce qui me concerne, car le pauvre Santiago croupit toujours à la tour Bonan ! Mais où est-elle ?

Subitement inquiet de ne pas voir Ursine, Landry la

cherchait des yeux dans la cour, jetait un regard dans la cuisine.

— Elle est là et elle va bien, confirma Tiphaine, seulement...

L'astronomienne soupira avant de poursuivre, gênée :

— Elle ne veut plus vous voir !

— Plus me voir, et pourquoi ?

Le ciel semblait tomber sur la tête de Landry.

— A cause de Pernelle, expliqua Tiphaine en regardant maintenant sa fille qui se tenait à l'écart et qui détourna les yeux.

— A cause de Pernelle, répéta-t-il incrédule, je ne comprends pas.

— Oh Landry, tu devrais comprendre, et moi aussi je devrais te demander des explications.

C'était Gauthier qui avait passé la tête de l'autre côté de la cour par la lucarne du retrait où il travaillait avec le vieux Léonard ; alerté par les cris de Chipo et Chipi, il avait assisté à la scène et entendu les mots qui avaient été échangés.

— J'arrive ! ajouta-t-il avant de disparaître quelques instants, puis de surgir rapidement par une petite porte qui donnait sous le porche.

Fraternellement, les deux hommes tombèrent dans les bras l'un de l'autre.

— Merci de ne pas m'avoir abandonné dans l'adversité, merci d'avoir recueilli Ursine, merci à vous aussi Tiphaine, je voudrais vous crier ma reconnaissance.

— Tu n'étais pas coupable ; ta remise en liberté était naturelle, répondit modestement Gauthier. Nous n'y sommes pour rien.

— Merci, répéta cependant Landry. Pour les explications, les voilà, je voudrais épouser Pernelle mais je ne sais si vous estimez que je fais un gendre convenable ; je suis bien plus vieux qu'elle, et peut-être préféreriez-vous un damoiseau plus adapté à son âge, je suis un errant qui ne sait que marcher sur une corde et faire faire quelques tours à ces animaux que vous n'aimez pas beaucoup.

Il désignait Chipo et Chipi qui étaient allés s'asseoir près de Blaise, leur vieil ami. Celui-ci tenait toujours son orgue, mais il n'en jouait pas, l'instant lui paraissait trop grave ; doucement il parlait aux animaux qui l'écoutaient sagement, s'épouillant l'un l'autre avec application.

— Tu es tout de même l'homme le plus haut du royaume... répondit Gauthier dont la sympathie pour Landry n'avait pas faibli depuis le premier jour.

— Par saint Ursin, j'oubliais cet argument de poids, plaisanta Landry, presque soulagé, avant d'ajouter après quelques instants de réflexion :

— Je crois que Pernelle est consentante. (La jeune fille s'était approchée de lui et avait glissé sa main dans la poigne rude de Landry qui brandit leurs doigts enlacés.) Et elle a accepté d'aimer Ursine comme sa fille ou sa sœur. Dites-moi où elle est, je vous en supplie !

— Ursine t'a vu le soir de la Saint-Jean avec Pernelle ; elle était furieuse, elle ne veut pas te partager, expliqua Austremoine ; elle a voulu partir et souhaitait ne jamais te revoir. Elle dit qu'il ne peut y avoir place dans ton cœur pour elle et pour Pernelle. Epouse-la si tu veux, mais pars ! Et nous garderons Ursine ; ou alors pars avec elle.

Le ton tranchant du garçon étonna aussi bien ses parents que Landry qui demanda à s'entretenir en particulier avec Tiphaine et Gauthier. Son regard s'était soudain durci ; Pernelle l'observa qui rentrait avec ses hôtes dans la cuisine dont Tiphaine referma soigneusement la porte. Austremoine vint se poster devant elle. Il avait grandi et dépassait légèrement sa sœur ; les yeux étranges se croisèrent, rallumant de vieilles connivences d'une fratrie unie.

— Sidoine m'a dit que tu courais depuis longtemps derrière Landry...

— Il ne pouvait pas garder sa langue, celui-là, murmura Pernelle.

— Cornedouille, il n'a jamais rien dit, avant que tu n'avoues à tous ton amour sans retenue !

— Laisse Pernelle !

Blaise, toujours encadré de Chipo et de Chipi, soupira en jouant sur son orgue quelques notes qui allèrent crescendo sur ce mode langoureux dans lequel il excellait ;

c'était le morceau de musique préféré d'Ursine qui passa sa tête par la petite fenêtre de la chambre ; un moineau picorait la mousse sur le corbeau de pierre voisin, profitant du dernier rayon de soleil accroché à la muraille ; un autre vint le rejoindre et tous deux s'envolèrent ; Ursine les suivit du regard, puis retourna se terrer au fond de la petite pièce. Une araignée tissait consciencieusement sa toile entre deux poutrelles de bois sombre ; Ursine l'observa sans bruit.

— Araignée du soir, espoir, murmura-t-elle.

Dans la cuisine, le ton était à la confidence.

— Ursine n'est pas ma fille, avoua Landry, les mâchoires serrées, le regard dur.

L'aveu lui coûtait tant.

— Nous le savons mais nous avons gardé le secret, répondit aussitôt Tiphaine.

— Je l'ai appris à Riom, reconnut Gauthier.

— Et Austremoine le tient aussi de ces maudits bouffons qui n'ont pu tenir leur langue. Il m'a juré de ne rien dire, continua Tiphaine.

— Alors si tout le monde le sait, dit Landry en se laissant tomber dans le petit faudesteuil où Tiphaine installait d'habitude ses clients, je n'ai plus qu'à tout lui raconter.

Le bateleur comprit le coup d'œil peu amène que lui avait jeté le duc ; il n'ignorait pas plus que les autres son infortune passée ; ses fous avaient dû répandre la nouvelle à l'envi. Il lui vint une étrange bouffée de satisfaction à l'idée de la mort des deux hommes, et il regretta presque de ne pas avoir assisté à leur exécution. Mais cela l'aurait-il vengé de ses souffrances ? Bouillant de colère, il se calma en songeant à l'avenir. Ne rêvait-il pas maintenant de refaire sa vie ? Les senteurs du verger de la nuit de la Saint-Jean lui revenaient, obsédantes ; par la fenêtre, à travers les petits vitraux losangés et légèrement colorés, il apercevait Pernelle si désirable.

— N'en faites rien. Imaginez le désordre que vous provoqueriez.

Perdu dans sa méditation, entre haine et amour, il entendit à peine le conseil que lui donnait Tiphaine.

— Que dites-vous ? Ne pouvez-vous interroger vos étoiles ?

— Après Dieu, croiriez-vous bon et loyal conseil venu des corps supérieurs ? demanda Tiphaine qui se souvenait de l'incrédulité de Landry. (Ne l'avait-il pas traitée de magicienne ? Fallait-il qu'il soit en plein désarroi !) Mes étoiles, comme vous dites, ne me disent rien qui vaillent. La malignité de Mars est un empêchement majeur.

Tiphaine avait fait et refait le ciel de Landry depuis l'arrivée soudaine des enfants et, en bonne astronomienne, elle faisait part de ses constatations de façon quelque peu énigmatique, attestant à la fois de l'érudition nécessaire à son art et d'une certaine magie.

— Alors que faire ?

— Peut-être partir, gagner du temps, Ursine oubliera son chagrin...

— Et Pernelle m'oubliera aussi.

La voix était lasse, le ton désabusé.

— Je ne le crois pas, mais son ciel non plus n'est pas bon. Vous traversez tous des jours infortunés. Ils passeront.

— Quand ?

— Je vois pour l'instant beaucoup de jours qui doivent être malheureux. Peut-être l'année des treize lunes ? ajouta dubitativement Tiphaine. Pourquoi ne pas ramener Ursine à Riom afin qu'elle y exerce son art sereinement ?

— Ursine dessinant, broyant ses couleurs, armée d'un pinceau, ne comprenez-vous pas le crève-cœur que c'est pour moi ? Elle me crie ainsi que je ne suis pas son père, elle étale sous mes yeux la trahison de sa mère que je porterai toute ma vie comme une croix.

Tiphaine comprenait ; elle se souvenait maintenant qu'imperceptiblement, chaque fois qu'Ursine manifestait sa joie de dessiner, son père semblait mécontent.

— Il faut oublier, dit-elle simplement sans plus de commentaire.

— J'aurais sans doute pu avec Pernelle. Et vous voulez que je croie en Dieu ?

— Si tu ne ramènes pas Ursine à Riom, monseigneur sera furieux, prévint Gauthier qui savait depuis longtemps qu'on ne résistait pas impunément aux caprices des grands.

— Vous avez tort de vous opposer à la vocation d'Ursine.

— Elle n'a pas besoin de dessiner, ni de peindre pour vivre.

— Et toi, tu ne te promèneras plus entre les tours au-dessus des toits.

Ursine avait surgi tout à coup entre eux.

— Moi j'en ai besoin pour vivre !

— Et pour mourir peut-être.

Landry haussa les épaules.

— Je renonce à Pernelle par amour pour toi, ne me demande pas l'impossible.

Tiphaine soupira discrètement. Elle ne pouvait oublier ce qu'elle avait lu dans les astres pour Landry et vérifié encore la veille. La Vierge contre Vénus dans sa nativité en ferait un pauvre ménestrel et qui mourrait en sa jeunesse.

22

L'arrivée de Nectaire et d'Alixende quelques jours plus tard fut à la fois joie et chagrin pour la maison de la rue Grenette. Tiphaine ne pouvait que se réjouir du bonheur de son fils, et Gauthier fut aussitôt charmé par celle qui entrerait bientôt dans sa famille.

— Nous allons nous marier, annonça Nectaire triomphalement.

Une nouvelle assortie d'une autre qui déçut d'abord Gauthier, puis satisfit l'homme raisonnable qu'il était : la duchesse Jeanne faisait entrer dans sa maison le jeune homme qui serait attaché au service de la paneterie.

— Alors tu renonces au commerce du grain et aussi au métier des armes, commenta son père. Je doute que tu aies mesuré qu'il n'était pas toujours facile de servir les grands de ce royaume. La duchesse a bonne réputation pour traiter ses obligés, mais on dit que son contrôleur de dépenses s'arrache souvent les cheveux pour honorer ses créances ; elle n'est guère raisonnable.

— Et moi je serai sa chambrière ou sa dame de la garde-robe ; nous ne mènerons pas grand train, admit aussitôt Alixende mais j'y suis habituée. Si vous croyez qu'à Monthaut, on mangeait chaque jour à sa faim.

Leur bonheur fit mal à Pernelle. Impuissante, elle avait

assisté au départ de Landry, accompagné d'Ursine et des singes comme au jour de son arrivée. Il ne lui manquait que sa houppelande rayée.

— Un jour à la croisée des chemins, je suis sûr que nous nous retrouverons, lui avait murmuré Landry. Je dois repartir, laisser le temps panser les plaies et je reviendrai pour t'épouser et crier à tous notre joie d'aimer.

Il lui avait tendu un rameau d'aubépine, lié par un ruban rouge.

— Prends-le comme un gage d'espérance et de fidélité ; autrefois, les chevaliers offraient un tel rameau à la dame de leur pensée avant de partir pour leurs grands voyages d'outre-mer [1].

Plus tyrannique que jamais, au cours d'une explication douloureuse avec son père qui avait convenu avec elle de la nécessité du départ, Ursine avait consenti à ce dernier entretien. Elle-même avait le cœur gros ; le sacrifice qu'elle imposait à son père dans un ultime accès d'amour, elle en mesurait maintenant le prix. Elle aussi devait abandonner une famille qu'elle aimait ; elle aussi devait abandonner ces garçons qui marqueraient à jamais sa vie d'adolescente et quand, le dernier soir, Austremoine et Sidoine l'avaient entraînée encore une fois sur le rempart pour regarder les nuages, elle avait failli décider de rester.

— Tu reviendras, je ne sais quand... chantait Blaise en s'accompagnant de cette musique qu'Ursine aimait tant.

— Ne pars pas, avait soufflé Austremoine dans une ultime tentative, en feignant de s'intéresser à un nuage dont le panache blanc lui rappelait irrésistiblement le visage aux chairs flasques du duc de Berry.

— Et pourquoi ne vas-tu pas travailler au palais de Riom ? interrogeait Sidoine. Si j'étais sûr que le duc s'intéresse à mon art, je sculpterais avec plus d'entrain. Et puis tu ne serais pas loin...

— Cela contrarie mon père.

Le regard de celle qui était devenue presque une jeune

1. Croisades.

fille au cours de l'année s'était durci. Ses yeux, si attentifs au moindre détail de la nature ou de l'architecture pour les transcrire en couleurs, s'étaient attachés à la tour de la Monnaie. Landry y était monté la veille pour en décrocher la fameuse corde qui semblait l'attendre pour l'éternité. Pernelle aurait voulu qu'il l'abandonne comme un gage de retour ; Landry avait préféré effacer cette trace de son passage. Il avait eu soin de respecter le nid des cigognes qui s'étaient envolées le jour de la Saint-Jean vers d'autres cieux mais dont les Clermontois espéraient bien une prochaine escale. Et le vieux chanoine Hugues l'avait longuement salué, lui répétant plusieurs fois qu'il avait beaucoup prié pour sa libération et qu'il n'avait jamais douté de son innocence.

Puis l'heure du départ avait sonné, inexorable. Austremoine et Sidoine avaient accompagné le bateleur jusqu'à la porte Champet et Austremoine était resté longtemps assis sur la borne d'où il avait assisté la première fois au spectacle improvisé sur le Champ-Herm par Landry à l'automne précédent. Il vit au loin disparaître lentement près de l'église des Jacobins la forte stature du bateleur, les deux singes et Ursine qui ne donnait plus la main à son père, mais marchait à côté de lui d'un pas décidé. De la tour voisine, cachée entre deux créneaux, Pernelle avait elle aussi assisté au départ, et elle ne quitta que beaucoup plus tard ce refuge où elle venait de verser tant de larmes sous le regard apitoyé et curieux des sergents. L'un d'eux lui proposa même de la consoler sans succès ; Pernelle semblait murée dans un chagrin dont il ignorait la cause.

Le soir, elle resta longtemps accoudée à la petite fenêtre de la chambre où avait dormi Ursine, et qu'elle ne partagerait plus longtemps avec Apolline dont le mariage avec Eloi était maintenant fixé autour de l'Assomption. La lune de la Saint-Jean déjà pleine éclairait la cité comme dans un rêve ; sans doute éclairait-elle aussi les pas de Landry.

— Viens dormir, la lune diminue fort le cerveau ! dit Apolline. Maman dit toujours qu'il n'est pas bon de la regarder trop attentivement et assidûment pendant le temps où elle est pleine.

Pernelle soupira.

— Ne dit-elle pas aussi que les astres sont la cause de tout ce qui se passe dans les corps inférieurs ?

— L'homme sage domine les astres, rétorqua Apolline qui avait si souvent entendu Tiphaine répéter la phrase de l'astrologue Ptolémée.

— La pleine lune transforme aussi les hommes en loup.

Pernelle frissonna ; elle se rappelait des récits lus par un ménestrel un soir au palais de Riom ; ils l'avaient fascinée et avaient enflammé son esprit. N'avait-il pas raconté aussi que rêver d'un loup indiquait au rêveur ou à la rêveuse que son prétendant aspirait à une vie commune ?

A ce souvenir encore si présent, son imagination exacerbée par une sensibilité à fleur de peau, presque maladive, l'entraîna dans ces forêts hantées de mille périls ; il lui sembla entendre, au-delà des toits où se développaient des ombres étranges, les hurlements de ces animaux qu'elle n'avait jamais vus ; enfin lasse, elle vint se coucher près d'Apolline, et s'endormit dans l'espoir de voir surgir un loup. Près d'elle étaient posés le bouquet d'aubépin et son ruban rouge.

— Nous nous marierons à Usson, la duchesse y tient, annonça Nectaire à sa mère. Et c'est aussi là qu'Alixende a passé son enfance.

— Je serai heureuse d'y retourner même si ma famille a péri de la peste ; ceux qui en avaient échappé ont été massacrés par les routiers d'Aymerigot !

Une ombre voila le regard clair d'Alixende qui ne sembla retrouver la paix qu'en se blottissant contre Nectaire qui poursuivit pourtant joyeusement :

— Viendrez-vous assister à notre noce ?

— Peut-être, si ton père veut bien m'emmener, moi qui ne suis jamais allée au-delà de Chanturgue ou de Beaumont...

— Tu vas bien plus loin dans les étoiles, répondit en riant Nectaire qui se délectait des crêpes servies par sa mère.

— Auriez-vous imaginé que l'homme des Brandons était votre fils ? demanda Alixende.

— Non je ne l'ai compris, je crois, que le jour où vous êtes partie pour Riom. Il n'a pu cacher son adoration ; son regard brillait comme lorsqu'il vous avait décrite quelques mois plus tôt en rentrant de La Roche d'Onzac. Ce signe ne pouvait tromper.

Une nouvelle ombre passa dans les yeux d'Alixende ; le nom de la sombre forteresse où elle avait été prisonnière d'un homme qui la soumettait aux sévices les plus horribles évoquait toujours des souvenirs pénibles qu'elle n'avait pas tout à fait enfouis au fond de sa mémoire. Nectaire baisa ses cheveux qu'elle avait liés le matin avec un ruban vert.

— Et aujourd'hui que me diriez-vous si je venais consulter l'astronomienne ?

Chassant résolument les ombres de son passé, la jeune femme préférait se préoccuper de son avenir. Cet avenir qui s'était soudain éclairé le soir de la Saint-Jean, le jour de son anniversaire, quand, retrouvant ce garçon dont le souvenir la brûlait depuis des semaines, elle s'était donnée follement à lui. Comme si elle avait attendu depuis toujours cet homme à la fois timide et capable des plus grandes audaces par passion. Et depuis, elle ne pouvait douter que leurs deux destins ne soient liés. Elle interrogeait Tiphaine mais n'aurait cure de prévisions négatives.

— En réalité, expliquait celle qui allait devenir sa belle-mère, les étoiles auraient dû me souffler beaucoup plus tôt l'identité de l'homme des Brandons. Vos nativités se ressemblent étrangement et plus elles sont semblables, plus les personnes concernées ont des chances d'être amies.

— Et même amants, souffla Nectaire.

Au côté d'Alixende, il baignait dans le bonheur, écoutant avec béatitude Tiphaine qui s'était mise à feuilleter le gros manuscrit qu'elle consultait pour éclairer ses clients. Une feuille d'armoise tomba sur les carreaux vernissés ; Nectaire la ramassa et la tendit à Tiphaine qui s'arrêta enfin sur une page où l'écriture serrée du scribe avait été complétée par de multiples notes. Beaucoup étaient de la main du fameux grand-père dont Tiphaine avait si souvent parlé à ses enfants. Elle-même en avait ajouté quelques-unes. En omettant l'avertissement habituellement donné en préambule à ses clients, elle exposa calmement :

— Pour toi, Nectaire, fie-toi hardiment à ceux qui dans leur nativité auront le signe de la Vierge à l'ascendant ; ils t'aimeront naturellement et seront à tes côtés aussi bien dans le succès que dans l'adversité. Je ne te cacherai pas qu'Alixende a justement la Vierge en ascendant. Et je crois que son signe du Cancer doit bien s'accorder avec le Bélier.

Attendri, le jeune homme se saisit de la main d'Alixende.

— Et pour notre mariage ?

— Attendez une grande conjonction de Saturne et de Mars...

— Je vois que vous êtes en plein pronostic ! plaisanta Gauthier qui rentrait de l'étuve, frais et dispos. L'étuvière m'a demandé de tes nouvelles.

Gauthier s'était adressé à Nectaire qui rougit et regarda fixement le carrelage où jouaient les rayons d'un soleil enfin venu à bout des gros nuages accumulés depuis le matin.

— Je lui ai annoncé ton prochain mariage et ta bonne fortune ; elle te souhaite réussite et espère bien retrouver ta clientèle.

— Et la mienne aussi peut-être. Perpétue était ma voisine à Clermont et m'accueillait avec gentillesse. C'est dans son étuve que Nectaire a retrouvé ma trace.

Sous le charme, Gauthier regarda celle qui allait devenir sa belle-fille. S'il n'y avait eu le chagrin de Pernelle qui ne se consolerait sans doute pas avant longtemps du départ de Landry, le marchand de grain retrouvait décidément beaucoup de sel à cette vie qui lui avait semblé si difficile. La libération de Landry lavé de tout soupçon et maintenant les projets de Nectaire apportaient à la famille ce crédit qui lui avait fait défaut au cours des derniers mois. La mise au pilori du jeune homme quelques semaines plus tôt était oubliée. Le combat de coqs aussi.

— Et si nous buvions le vin des fiançailles, proposa Gauthier en pénétrant dans le cellier où il tira d'un tonneau de bois clair cerclé de fer noir un vin blanc délicat.

Eloi et Apolline, qui arrivaient justement, se joignirent à la fête improvisée ; Blaise s'empara de son orgue et joua quelques notes d'un air où mélancolie et gaieté se mêlaient indiciblement. Tous étaient encore trop marqués par le départ de leurs amis pour être tout à la joie d'un événement heureux. Assise près de la fenêtre, Pernelle n'en finissait pas de regarder le ciel qui s'était à nouveau encombré de nuages. La lune n'éclairerait pas les pas de Landry. Austremoine vint près d'elle et regarda aussi ces nuées qui ne le faisaient plus rire.

Pernelle ne se joignit à sa famille, et à regret, que lorsque les paroles accompagnant le vin de fiançailles allaient être prononcées. Gauthier mena la cérémonie qui serait le lendemain entérinée par un prêtre :

— Nectaire, donne à boire à Alixende pour la loyauté de votre futur mariage et toi, Alixende, donne à boire à Nectaire.

— Tiens et bois en loyauté de mariage, dirent ensemble ceux qui étaient désormais considérés comme fiancés.

— A bon amour je fais vœu et promesse, ajouta Nectaire qui avait retenu le début d'un poème récité lors de leur dernière soirée à la cour de Riom.

Sur la table dressée au milieu de la cuisine, Tiphaine posa la purée de lentilles finement aromatisées de romarin acheté le jour de la Saint-Jean à un marchand ambulant. Une poulaille farcie[1] compléterait le repas.

Installée entre Austremoine et Eloi, pâle et éteinte, Pernelle ne sortit de sa langueur que pour presser avec insistance sa cuisse contre celle du jeune orfèvre qui la regarda d'un air suppliant et rougissant. Autour d'eux, personne ne pouvait voir le jeu de la jeune fille désespérée qui persécuta son voisin jusqu'au dessert, une déli-

1. Ballottine de volaille.

cieuse mousse de pommes au lait d'amandes dont Eloi, réputé gourmand, se resservit deux fois.

— J'y ai mis grand foison de sucre, expliquait Tiphaine dont le cœur de mère se réjouissait de voir sa nichée enfin réunie et presque heureuse. Même Pernelle lui semblait avoir repris des couleurs.

Comment Tiphaine aurait pu supposer que son futur gendre, grisé par le vin des fiançailles abondamment servi et resservi par Gauthier, se sentait étrangement bien entre les deux sœurs et, troublé plus qu'il ne l'aurait fallu, commençait même à douter qu'il fût vraiment le fiancé de la sage Apolline quand Pernelle lui faisait monter le feu aux joues ?

Elle avait tant changé ; la jeune fille, si simple, sans apprêt qui était partie à Riom, en était revenue avec des manières de dame, inconnues de sa mère. Jamais Tiphaine ne s'était fait épiler le front, ni les sourcils qui, chez Pernelle, avaient perdu leur courbe naturelle et fournie au profit d'un arc savamment dessiné ; la nuque également dégagée de son duvet superflu permettait une coiffure nette qui n'avait plus rien à voir avec les macarons ou les nattes portées depuis la tendre enfance par les deux filles de Tiphaine. De plus le bandier, cette large ceinture qu'elle avait adoptée, montait haut des seins que la robe décolletée rendait encore plus attrayants. La peau doucement laiteuse de cette gorge délicate ne demandait qu'à être caressée. Avec sa cotte à collet prudemment fermé, Apolline paraissait une adolescente pudique et timide à côté de cette presque jeune femme, dont tous les hommes sensibles à la féminité mesuraient aisément le charme. Le jeune orfèvre n'avait pu manquer de faire la différence avec sa fiancée.

Pour la plus grande joie de tous, Tiphaine leur contait des histoires qu'elle tenait de son grand-père.

— Ainsi l'amoureux éconduit peut porter des os de grenouille verte pour vaincre l'indifférence de sa belle...

— Cornedouille.

Austremoine écarquillait les yeux et retrouvait son vieux tic d'enfant, en pointant la langue entre ses deux dents dont l'écart s'était encore accru quand il en avait légèrement ébréché une en chutant dans la cour.

— Grand-père me racontait, ce qui m'effrayait, qu'on pouvait tremper la tête d'une grenouille dans l'huile de sureau, en faire une mèche et voir apparaître un homme en noir...

— Fasse que je ne vois pas apparaître l'homme en noir cette nuit... On est déjà à basse-vêprée.

Constatant que la nuit ne tarderait pas à tomber, Gauthier quittait le banc qu'il partageait avec Tiphaine ; il était temps pour lui de partir afin d'assurer le tour de garde auquel il était astreint chaque mois comme tous les hommes de la cité ; et ce soir, il quittait à regret la chaude atmosphère familiale.

Tiphaine souleva le couvercle d'un coffre pour en sortir une brigandine qu'elle l'aida à revêtir ; c'était une sorte de légère armure de mailles, fixée sur une toile grossière et de la longueur d'un pourpoint. Il la tenait de son père qui l'avait achetée au temps où la famille avait les moyens de s'offrir quelque luxe alors que l'insécurité était moins patente. Aujourd'hui son emploi se justifiait sans doute davantage et surtout, elle donnait au marchand de grain peu versé dans les choses de la guerre une impression de sécurité et d'autorité, que pouvait motiver aussi son état de conseiller.

— Et si je t'accompagnais ? proposa Austremoine à l'affût de la moindre distraction depuis son retour de Riom.

Depuis le départ d'Ursine, le garçon désemparé errait souvent dans la cité. Son ami Sidoine avait réintégré l'atelier paternel et Gilbert veillait jalousement au travail de son fils. Austremoine certes allait aider son père et le vieux Léonard mais depuis son séjour à Riom, où il avait connu une réelle indépendance, il ne parvenait pas à retrouver une vie normale à l'intérieur du cercle familial. Il continuait à répéter que, comme Landry, il voulait être l'homme le plus haut du royaume. Pernelle haussait les épaules avec dépit et dédain ; comment celui qu'elle considérait toujours comme son petit frère pouvait-il prétendre rivaliser avec Landry ? Ses parents semblaient encore moins partager ce désir ; il apparaissait évident à tous que celui qui reprendrait le commerce du grain après trois générations serait Austremoine.

— Cornedouille, disait-il d'un air las, c'était Nectaire qui devait vendre le grain, pas moi.

— Et tu hériteras de la brigandine de grand-père, répondait Nectaire pour le consoler.

— Cornedouille, la guerre avec les Anglais sera bien finie.

— Il y aura toujours des brigands, des traîtres et de mauvais larrons, rétorquait Gauthier, tu feras le guet et tu seras peut-être comme moi conseiller de notre cité, voire un élu respectable et respecté de tous.

— Avec des bajoues comme Jean Chalmeyrat, plaisantait quand même Austremoine en se tirant les joues pour mimer le vieil élu du quartier du Port.

Un tour de guet ou de garde était dévolu à chaque feu de la cité ; s'il était possible de se faire remplacer moyennant vingt sous, un boisseau d'avoine et une paire de poulets, Gauthier n'en abusait pas ; le conseiller estimait faire son devoir en montrant l'exemple. Les élus et le capitaine de la cité avaient d'ailleurs condamné ces remplacements qui témoignaient d'un certain désintérêt pour la défense de la ville, surtout en temps de crise. Il y avait suffisamment de passe-droit ; l'évêque n'avait-il pas obtenu que ses serviteurs soient dispensés ?

Gilbert l'imagier était aussi de guet ce soir-là ; Sidoine ne se fit pas prier pour l'accompagner avec Austremoine ; désœuvrée, renonçant à son jeu pervers, mal à l'aise entre les deux couples d'amoureux qui cachaient mal leurs sentiments, Pernelle leur avait emboîté le pas. La nuit de guet commençait rituellement par un passage à la tour Notre-Dame[1] pour y recevoir son arme. Le capitaine Jean de Flatelle veillait jalousement chaque soir à la distribution des arcs, arbalètes, épées et dagues. Ils arrivèrent en même temps que le chanoine Durand Eyrier, lui aussi de guet, ce qui fit faire la grimace à Gauthier et Gilbert. Très sévère, le clerc ne tolérait pas que les autres

1. Approximativement au niveau de la place Michel de l'Hospital.

jouent aux dés comme c'était l'habitude pour passer le temps !

— Prenez les torches et faites le tour du quartier du Port, ordonna le capitaine et ensuite vous relèverez les guetteurs de la porte des Cordeliers. Le crève-feu ne va pas tarder à sonner.

En effet, avec un parfait ensemble, tous les sonneurs de la cité actionnaient leurs cloches en concert. A tous ceux qui devraient se déplacer, il était désormais recommandé de se munir de torches et de chandelles.

— Vous, vous ferez le tour du rempart et relèverez le guet des tours [1].

Le capitaine s'adressait maintenant à un autre groupe qui partit aussitôt pendant que Gauthier et ses compagnons s'engageaient dans la rue des Etuves. Fouillant coins et recoins du regard, ils n'étaient guère aidés par les rares torchères plantées aux croisements des rues ; celles qu'ils brandissaient étaient d'un maigre secours dans une pénombre grandissante ; elles créaient même des ombres inquiétantes qui faisaient vagabonder l'imagination au détour d'une venelle, ou sous l'encorbellement d'une maison dont les gros piliers corniers pouvaient servir de cachette à un mauvais larron. Chicanes ou étranglements devenaient autant de chausse-trappes et, le soir, apparaissaient plus que jamais les défauts d'une cité bâtie sans plan, le long de rues dessinées de façon fantaisiste au cours des siècles et sur lesquelles certains ne se privaient pas d'empiéter. C'était un sujet de discussion pour les élus qui étaient cependant bien impuissants face à une situation anarchique qui existait depuis des générations.

Déambulant d'un bon pas, pressés de rentrer chez eux, au moment où la cité s'enfonçait dans l'obscurité, les rares passants saluaient les gardes, comme Martin qui distribuait l'eau bénite à Sainte-Marie Principale et rapportait dans son aumônière de cuir râpé une maigre recette pour nourrir sa nombreuse famille. Deux buveurs sortirent en titubant d'une taverne.

1. Le pourtour faisait à Clermont 1 844 brasses, c'est-à-dire 2 950 mètres et il y avait 18 tours.

— C'est l'heure où les amoureux rejoignent leur belle dont le père sommeille, annonça l'un d'eux, la voix pâteuse, en regardant Pernelle.

— Il est temps de rentrer, recommanda Gauthier aux enfants.

Mais, entêtés et curieux de tout, Austremoine et Sidoine préférèrent accompagner leur père jusqu'à la porte des Cordeliers. Traversant le carrefour de l'Echaudé, ils s'engagèrent dans la descente qui, longeant l'église des Cordeliers, conduisait à la porte du même nom au-delà de laquelle s'étendait le faubourg de Jaude. Les moines devaient chanter complies ; derrière les verrières sans couleur, on distinguait de pauvres lueurs tremblotantes.

La lourde porte entre deux tours, dont les murs couverts de mousse trahissaient le manque d'entretien, avait été fermée depuis longtemps. Une lanterne vacillait devant l'image de la Vierge Marie ; la petite statue de bois, installée derrière une grille ouvragée, rappelait aux visiteurs que la cité était protégée par la madone. L'effigie reproduisait d'ailleurs la fameuse Vierge dite du clerc Alleaume qui trônait, magnifique, dans le chœur de la cathédrale. Elle avait servi de modèle aux statues que l'évêque avait fait installer à chaque porte, de même qu'elle avait été copiée sur les monnaies locales.

— Les chaînes sont en place, déclara le guetteur avec le sourire d'un homme heureux qui termine son service.

Méfiant, le chanoine tint à entrouvrir le guichet qui pivota sur des gonds grinçants ; Austremoine se faufila à ses côtés pour regarder. Les grosses chaînes de protection étaient bien tendues entre deux bornes de pierre et barraient le pont qui enjambait le fossé ; au-delà tout était calme.

— Bonne nuit, cria l'équipe qui s'en allait. Ne vous endormez pas !

Tous avaient en tête l'incident de la nuit précédente quand l'un des guetteurs s'était assoupi et avait basculé dans le fossé. Il faut dire qu'au-dessus des murailles maçonnées de terre à l'économie et qui devaient être souvent étayées car elles donnaient des signes de faiblesse, le sol de la courtine n'était souvent qu'un vulgaire plancher en surplomb. On y trouvait des planches pourries et les fientes des oiseaux les rendaient souvent glissantes.

— Bonne nuit à vous, répondirent ceux qui se mettaient en place. Nous veillerons à ne pas laisser entrer les Anglais.

Les autres éclatèrent de rire ; la plaisanterie était devenue habituelle ; mais on savait bien qu'il n'y avait pas grand risque à voir des Anglais près de la cité. A des femmes de Montferrand qui avaient demandé à en voir, on n'avait jamais pu montrer que des Gascons ou simplement des brigands ! L'affreux Aymerigot Marchès qui avait terrorisé les Auvergnats quelques années plus tôt n'avait rien d'un Anglais !

Gauthier prit le premier tour de garde dehors tandis que les autres s'installaient dans le petit réduit où brûlait dans une cheminée au linteau enfumé un maigre feu destiné à combattre l'humidité. Le chanoine profita de sa lueur pour entamer la lecture de son bréviaire qui lui tiendrait compagnie une partie de la nuit. Il avait posé près de lui l'arbalète confiée par le capitaine ainsi que le carquois rempli de flèches. Gilbert vint rejoindre Gauthier ; ils regardèrent les garçons qui remontaient en direction de l'Echaudé. Gauthier réalisa que Pernelle n'était plus avec eux mais ne s'en inquiéta pas. Il savait que sa fille n'était pas peureuse ; sans doute avait-elle préféré rentrer directement rue Grenette.

23

Pernelle leur avait depuis longtemps discrètement faussé compagnie ; elle aimait se promener seule dans les rues et après avoir erré sans but, elle pressa le pas, comme mue par une idée soudaine, et ne s'arrêta plus qu'au Terrail, près de l'échoppe d'Eloi. Elle qui ne pensait qu'à Landry, elle qui souffrait tant de se savoir abandonnée, peut-être pour toujours — elle avait tant de difficulté à imaginer la possibilité de son retour —, elle gardait un souvenir plaisant des baisers qu'elle avait arrachés au pauvre Eloi quelques mois plus tôt quand elle lui avait extorqué la médaille astrologique. Landry lui avait avoué l'avoir portée le jour de son spectacle au-dessus des toits clermontois ; il lui avait aussi raconté les questions du duc à son propos. Ils en avaient ri ensemble et Pernelle avait appris que sa mère n'en commandait plus à Eloi depuis les divers incidents dans lesquels la famille avait été impliquée.

Un léger courant d'air la fit frissonner ; un chien aboya, un autre lui fit écho sur le mode du hurlement lugubre qui se répercuta entre les murs pignons ; puis ce fut un chat qui miaula ; Pernelle chercha l'animal dans l'obscurité ; elle n'aimait pas les chats que certains disaient maléfiques et détestait entendre Gauthier raconter que son grand-père avait fait emmurer un chat vivant lors de la construction de la maison de la rue Grenette afin de la rendre, selon une vieille croyance, indestructible. Elle n'avait jamais pu savoir si c'était une légende familiale inventée pour faire peur aux enfants ou si c'était la vérité !

Le chat miaula à nouveau, mais plus loin. Sans doute avait-il mieux à faire et courait-il après quelque rat. Rassurée, Pernelle s'assit au bord de la fontaine dont le mince filet rappelait la sécheresse de l'été déjà caniculaire, et attendit.

— Que fais-tu dans cette fontaine à te mirer ?

Perdue dans ses pensées, Pernelle n'avait pas prêté attention aux pas qui se rapprochaient. Elle sursauta. Ce n'était pas Eloi mais un homme de stature moyenne.

— Qui attends-tu ?

— Personne, plus personne... J'attends seulement que le temps s'écoule comme cette eau qui n'en finit jamais dans cette cuve de pierre.

— Et tu n'as pas peur dans le noir ? Le diable rôde dans les ténèbres.

— Ne cherchez pas à m'effrayer, supplia la jeune fille qui s'était levée et faisait face à cet homme dont elle discernait mal les traits et qu'elle n'avait encore jamais vu dans la cité ; sa voix chaude, un peu rocailleuse, lui disait qu'il ne pouvait être mauvais. Et vous qui êtes vous ?

— Par saint Jacques, je m'appelle Santiago ; la seule bonne action de ma vie fut d'aller au pèlerinage de Saint-Jacques pour expier un vilain crime. Le bon Dieu m'a puni en me prenant ma main à Roncevaux.

L'homme avait levé son moignon vers elle ; elle ne distinguait rien, la nuit s'épaississait dans la petite rue malgré la lune triomphante dont la lumière ne pouvait se glisser entre les pignons serrés. Pernelle frissonna malgré elle ; cet homme lui faisait peur et, en même temps, l'intriguait.

— Et après ? questionna-t-elle.

— Après ? Damoiselle, je ne vais pas te conter ma vie de brigand assoiffé de sang et d'horreurs, ou de ribaudaille... je la garde pour une folle femme qui en fera bien ses délices ! *Nous avons le diable entré dans la tête...*

Santiago s'était mis à fredonner le vieux refrain du temps où il était parmi les gens dits de mauvais repaire.

Devant le geste de recul qu'avait esquissé la jeune fille, Santiago se reprit :

— Non j'exagère ! J'ai fait le larron, enfin le mauvais larron pour vivre, et ce maudit maréchal m'a jeté dans les geôles de monseigneur le duc, d'où je viens de sortir.

— Les geôles du duc ?

— Oui et il y fait sombre, si sombre que mes yeux ont eu bien du mal à s'habituer à la lumière de ce soleil que j'avais tant maudit sur la route de Saint-Jacques quand il me brûlait le visage mais que j'espérais tant revoir !

— Et maintenant, qu'allez-vous faire ?

Vaguement rassurée, Pernelle s'était assise à nouveau sur la margelle.

— Les sergents ont bien voulu me laisser entrer dans la cité ; je suis à la recherche d'un certain Landry...

— Landry ?

Pernelle tressaillit.

— Tu le connais ?

— Est-ce l'homme le plus haut du royaume ? questionna-t-elle innocemment.

— Oui, c'est ce qu'il m'a dit pendant ces jours sans fin que nous avons partagés dans notre prison.

— Et alors ?

— Je voudrais partir avec lui ; c'est un fou, ou peut-être le diable, mais il m'a tant fait rêver avec ses histoires de ciel et ses singes, les as-tu vus ?

— Oui je les ai aperçus, répondit prudemment la jeune fille.

— C'est fini, ce vacarme, on voudrait bien dormir !

— Vous allez réveiller mes chèvres, allez votre chemin !

— Et moi, mes enfants, que j'ai eu bien du mal à endormir !

Des têtes apparaissaient çà et là au milieu des pignons.

Santiago s'effaça derrière le poteau cornier de la maison voisine.

— Peut-être connais-tu cette Pernelle dont il m'a parfois parlé ? Je suis sûr qu'il est allé la retrouver, il en mourait d'envie.

Santiago avait chuchoté ces mots qui firent rosir de plaisir son interlocutrice.

— Je suis Pernelle... avoua-t-elle dans un murmure.

C'est à cet instant qu'Eloi déboucha du Terrail ; ses pas crissèrent sur la terre ; Pernelle se précipita à sa rencontre en criant :

— Il est parti Landry, très loin !

— A qui parles-tu ? s'étonna le jeune orfèvre, ébahi de trouver Pernelle seule dans cette obscurité inquiétante.

— Aux étoiles ! répondit-elle. Et toi, bel Eloi, qui me mets tout en émoi, me parleras-tu ?

— Tu es folle !

Une ombre passa près d'eux ; le dos voûté, la silhouette se dirigeait vers la rue du Port. Entre eux passa un chat qui détala en miaulant, mais Pernelle ne songeait plus à ses maléfices.

— Fais partir la nuit obscure et ses tourments, beaucoup de joie et de plaisir.

Le dernier crieur de la nuit terminait sa tournée.

— Beaucoup de joie et de plaisir, répéta Tiphaine, songeuse ; elle était assise près de la fenêtre dans la cuisine de la rue Grenette. Elle avait interrompu un instant sa lecture du livre posé sur ses genoux et la reprit à haute voix. Elle était obligée d'éloigner le texte devant elle pour le lire. Bientôt elle serait obligée de chausser les petites lunettes léguées par son grand-père.

— La maison est perdue si la femme n'économise pas, la femme qui ne se soucie point du gouvernement de la maison est l'ennemie de son mari, de ses enfants et d'elle-même ; elle est alors traîtresse à la fidélité promise à son mari car la foi que se promettent les époux ne concerne pas seulement la fidélité au sens de chasteté mais s'étend à tous les genres de biens qu'ils peuvent se procurer l'un à l'autre.

Tiphaine inculquait à la hâte quelques ultimes conseils à Apolline qui convolerait très bientôt avec Eloi. Ils avaient échangé leurs promesses du futur qui avaient officialisé leurs fiançailles, au cours d'une brève cérémonie présidée par un clerc qui avait béni les anneaux. Depuis Apolline portait à l'annulaire gauche la bague où Eloi avait serti une fine émeraude. Les quarante jours qui devaient obligatoirement séparer la cérémonie des fiançailles de celle du mariage seraient bientôt écoulés, et les chanoines de Saint-Genès avaient déjà publié les bans au cours de trois dimanches consécutifs. Conformément à l'usage, Gauthier leur avait apporté en remerciement du pain au gruau, justement appelé pain de chapitre et destiné à ces clercs. Nectaire et Alixende avaient attendu la cérémonie pour rejoindre la duchesse qui s'était installée dans son château d'Usson.

Docile, Apolline écoutait sa mère avec application, tout en confectionnant un poulet au fenouil ; une fois coupé en morceaux, elle l'avait fait frire dans du lard avec des oignons et les transvasait avec soin dans une marmite où bouillait une petite quantité d'eau.

— N'oublie pas le persil ; il est temps de le hacher avec les amandes, souffla Tiphaine en levant les yeux de son livre.

— Cela sent bon !

Austremoine venait d'entrer dans la cuisine ; il se frottait encore les yeux, et ses cheveux étaient hérissés d'épis. Tiphaine le regarda s'attabler devant une grosse miche de pain qu'il entama de bon appétit. Comme il avait changé ! D'abord, il ne portait plus la cotte misérable que ses deux frères avaient portée avant lui et que sa mère faisait durer encore, mais un pourpoint acheté chez un fripier de Riom, grâce à quelques sous recueillis lors d'une exhibition des singes. Il avait choisi un vêtement rembourré qui lui donnait une allure curieuse avec des épaules et des pectoraux développés. Ce matin, négligemment, il le portait partiellement délacé et ses chausses étaient roulées sous les genoux.

— Cela sent bon !

C'était Gauthier qui rentrait maintenant du guet, après avoir fait le détour par la tour Notre-Dame afin d'y rendre son arme, et enlevait déjà la brigandine trop chaude.

Tiphaine avait posé son livre.

— Ta garde s'est-elle bien passée ?

— Oui, tout était calme.

Mais Gauthier n'était pas seul ; derrière lui, Tiphaine aperçut un homme qu'elle ne connaissait pas. Son mari répondit aussitôt à son regard interrogatif.

— Voici Santiago ; il s'occupait de moi à La Roche d'Onzac ; il prétend avoir été dans le même cachot que Landry à Riom. Je l'ai rencontré ce matin rue des Etuves où il avait passé la nuit dans les bras de quelque folle femme. Je l'ai tiré des mains des sergents qui voulaient le jeter hors de la cité.

Le manchot salua Tiphaine de son unique main.

— Je vais l'emmener chez le fripier et chez Perpétue ; un passage à l'étuve lui fera du bien.

Effectivement, en même temps que Santiago, une odeur désagréable avait pénétré dans la cuisine, heureusement combattue par le fumet de la marmite quand Apolline souleva le couvercle pour vérifier la cuisson du poulet.

Pernelle entra à cet instant. Elle était pâle ; ses yeux cernés faisaient pitié à voir ; Tiphaine la dévisagea un instant ; elle qui avait toujours su trouver des solutions soit en interrogeant les étoiles, soit en recourant à ses recettes médicales, elle se sentait désarmée par le désarroi de sa fille.

— Voici Pernelle... annonça Gauthier, que notre ami Landry disait vouloir épouser, mais son destin en a décidé autrement.

La jeune fille hocha la tête aux paroles paternelles ; le manchot qui l'observait attentivement sut d'instinct qu'il valait mieux ne pas faire allusion à leur rencontre nocturne. Les yeux tristes de Pernelle croisèrent les siens et approuvèrent d'un cillement discret.

Blaise, qui arrivait à son tour, fit diversion ; il bouscula les morceaux de bois soigneusement rangés devant la cheminée ; il y avait là neuf espèces différentes qui protégeraient la famille pendant toute l'année des fièvres et autres maux. Tiphaine les avait minutieusement recueillies quelques jours plus tôt dans le bois du Cros, au-delà du faubourg de Jaude ; une pratique qu'elle tenait pour une fois, non de son fameux grand-père, mais de la famille de Gauthier. Et le marchand n'aurait pas supporté que la tradition ne soit pas respectée.

— Ne peux-tu faire attention ? maugréa Apolline qui s'employait à les ranger à nouveau.

— Prête-moi tes yeux, répondit d'un ton boudeur Blaise qui s'était déjà assis près d'Austremoine et s'emparait à son tour d'un quignon de pain. Qu'est-ce que cela sent ?

— Ce n'est rien, répondit Tiphaine, surprise de l'humeur du garçon.

Ce n'était pas son habitude.

Lui aussi n'était plus comme avant ; comme avant le départ d'Ursine... Sa musique avait perdu sa gaieté et lui sa joie de vivre. Et il ne pouvait même pas voir la peinture laissée par Ursine et qui demeurerait longtemps sur le petit chevalet à côté de la crédence.

— C'est moi, intervint Santiago ; il est temps que j'aille aux étuves.

— Qui moi ? demanda Blaise.

— Santiago, un ami de Landry.

— Et d'Ursine ?

— Je ne l'ai jamais vue mais je la connais peut-être aussi bien que vous tant Landry m'en a parlé ! Je vous salue bien... Après les étuves, je me remettrai en route. Landry ne doit pas être si loin, je le rattraperai.

— Si vous le voyez, dites que vous m'avez rencontrée ! lança Pernelle.

Ses joues avaient repris quelques couleurs.

— Dites à Ursine qu'on ne l'oublie pas, dit aussi Blaise.

Précédé par Gauthier, Santiago passait déjà le seuil de la cuisine ; au fond de la cour, l'inénarrable Coqueluche paradant au milieu de petites poules rousses salua de sa voix éraillée. Une jeune femme traversa la cour avec un bébé dans les bras ; elle venait faire faire la nativité de l'enfant.

Dans la cuisine, Tiphaine avait repris sa lecture :

— La femme honnête de son corps ne sera ni convoiteuse, ni quémandeuse, ni dépensière...

— Et l'homme ? interrogea Apolline tout en retirant la marmite du feu.

— Il doit être large, courtois, hardi et sage... lut encore Tiphaine avant de s'interrompre pour accueillir sa cliente.

— Ici je te prends comme épouse et j'engage ma foi envers toi.

— Ici je te prends comme époux et j'engage ma foi envers toi.

A la voix forte d'Eloi, avait fait écho l'intonation assourdie d'Apolline dont la voix trahissait l'émotion.

Le prêtre les avait accueillis sous le porche de l'église au tympan représentant les Noces de Cana. Après l'échange des consentements, il bénissait les nouveaux époux avant de les inviter à le suivre dans l'église avec le cortège de leur famille et de leurs amis pour écouter la messe. Blaise les précéda en jouant un air guilleret qui résonna avec bonheur sous les hautes voûtes de l'église.

Selon l'habitude, les dalles de pierre grise avaient été jonchées de pétales de fleurs et le long des bancs des branchages avaient été posés avec des rubans colorés sur lesquels venaient jouer les reflets des vitraux de la nef ; après un début de journée flamboyant, le soleil jouait maintenant à cache-cache avec les nuages, orchestrant à l'intérieur des éclairages nuancés. Le verre blanc qui avait parfois remplacé celui peint d'imagerie donnait ainsi une lumière plus crue.

— Le mariage a été fondé par Dieu même, dès le début du monde, la Mère de Dieu fut mariée, le Christ honora le mariage en assistant aux noces de Cana ; il est le septième sacrement et, grâce à lui, des actes sont permis qui autrement sont des péchés mortels...

Le prêtre célébrait dans un court sermon ce que les clercs avaient coutume d'appeler les douze chefs d'honneur du mariage.

Nectaire regarda Alixende qui se tourna à son tour vers

lui ; ils savaient qu'aux yeux de l'Eglise la « compagnie charnelle » dans laquelle ils vivaient depuis la fameuse nuit de la Saint-Jean était répréhensible. Alixende ne put réprimer un frisson de plaisir et en demanda immédiatement pardon dans une prière psalmodiée rapidement.

Les mariés avaient été installés dans la dernière travée de la nef, le chœur étant bouleversé par l'installation du jubé dont les plaques seraient sculptées par Gilbert et Sidoine. Ils avaient installé la veille du mariage l'Annonciation qui débutait le cycle de l'Enfance du Christ choisi par les chanoines de préférence à la Passion dont les effets dramatiques leur semblaient trop conformes à la vie quotidienne des fidèles. La Vierge annoncée ressemblait aux jeunes femmes de la cité, avec sa taille fine et son décolleté gonflé par une poitrine provocante sous un surcot à larges emmanchures. Les chanoines, qui l'avaient trouvée un peu trop séduisante, avaient été rassurés par les tresses sages. Et heureusement l'ange dans son ample dalmatique n'avait pas adopté les tenues étriquées des jeunes gens qui ne laissaient pas ignorer grand-chose de leur anatomie.

Gilbert qui assistait à la messe de mariage eut un sourire au souvenir des inquiétudes des chanoines et se promit de leur offrir d'autres personnages assagis. Devant lui se tenaient justement Austremoine et Sidoine dont les pourpoints et les chausses ajustés provoquaient les réflexions des clercs.

— Regardez-moi ces fesses et ces sexes qui pointent ; l'homme se prend pour un animal !

Toujours, l'Eglise se méfierait de tout ce qui pourrait faire ressembler l'homme à l'animal, condamnant aussi le port de la fourrure à l'extérieur des vêtements.

— Le mariage est comme un ordre, poursuivait de sa voix grave le prêtre, avec ses règles et ses statuts, mais à la différence des autres ordres, il ne comporte pas de noviciat avant l'engagement définitif. J'espère que vous en avez bien étudié les règles.

Le clerc interpellait les mariés d'un doigt autoritaire pointé vers la voûte. Eloi s'épongea le front d'un geste rapide. Le pourpoint neuf, étroitement lacé, qu'il inaugurait pour l'occasion, lui semblait épouvantablement serré ; oppressé, il respira bruyamment, attirant l'attention d'Apolline qui le regarda, étonnée. Contrit, il lui sourit pour la rassurer mais son esprit vagabondait au-delà des voûtes de l'église, le ramenant sans cesse à cette nuit qu'il avait passée avec Pernelle. Depuis ce moment qu'elle avait provoqué en se plaçant sur son chemin de sage fiancé, il se reprochait d'avoir cédé et même plus, d'avoir sans doute été au-delà de ce qu'elle lui offrait avec autant d'innocence que de perversité.

Combien de fois depuis, dans son atelier, avait-il repassé l'enchaînement de ces événements qui avaient bouleversé intérieurement sa vie ? Devant la chandelle vacillante de son établi, au milieu de ces objets qu'il travaillait amoureusement de ses mains habiles, combien de fois s'était-il reproché d'avoir entraîné Pernelle jusqu'à la petite soupente au-dessus de son échoppe ?

Et il avait accepté les reproches que lui avait adressés quelques jours plus tard la jeune fille enfin réveillée d'un mauvais rêve. Il avait abusé de son désarroi, elle ne pourrait plus jamais se présenter devant Landry, elle quitterait un jour la cité pour aller, elle ne savait où... elle trouverait bien, disait-elle avec une détermination inquiétante. Les yeux de Pernelle avaient des lueurs étranges.

Mal à l'aise, Eloi sentait justement peser sur ses épaules le regard de Pernelle ; pour se rassurer il observa celle qui était maintenant, devant Dieu et les hommes, son épouse. Ses cheveux longs dénoués sur les épaules, comme c'était la coutume lors des mariages, étaient seulement retenus par un chapel d'orfèvrerie, un bijou modeste qui venait de la grand-mère de Gauthier et qui avait servi aux femmes de la famille. Menue et fragile, innocente dans sa cotte bleu clair, elle ne supporterait jamais cette trahison ; il fallait la protéger. Indissoluble, avait bien répété le prêtre qui poursuivait maintenant sa messe ; il était allé se laver les mains dans la petite niche ménagée dans le mur et les essuyait rapidement avant de reprendre sa place devant l'autel. Déjà Austremoine et Sidoine passaient les bassins à aumônes. Au fond de l'église, ils vérifièrent que leurs provisions de grain les attendaient toujours sur un banc ; c'était Léonard qui les avait approvisionnés ; tout près, le vieil employé de Gauthier, de tout temps associé aux moments heureux et malheureux de cette famille qui était un peu la sienne, leur fit un clin d'œil.

Et quand le cortège mené par les mariés remonta la nef pour se présenter au portail central de l'église, il ne fut pas le dernier à leur jeter ces grains, promesses de joie, de fécondité et de prospérité. Tout heureux, Gauthier participa pour une fois à ce qu'il considérait habituellement comme un « beau gâchis ».

Il n'y avait plus qu'à rentrer rue Grenette où dans la cour avaient été dressées des tables nappées de belles toiles blanches sorties du trousseau autrefois apporté par Tiphaine. Guillotin avait livré le pain de tranchoir et les ouvre-bouches avaient été disposés dans de grands plats où voisinaient des fruits de saison, fraises, mûres et raisins, et des salades assaisonnées.

Gauthier en maître de maison attentionné accueillait ses invités en offrant à chacun hypocras, épicé et miellé à souhait, et métier, gaufrette parfumée à la cannelle. Eloi but d'un trait un godet et chassa enfin ses soucis. Pernelle, assise sur la margelle du puits, paraissait absente. Gauthier vint la rejoindre et savoura en silence près d'elle le contenu de son godet.

— Toi aussi, tu connaîtras cela, finit-il par dire.

— Je ne le pense pas ! répondit Pernelle d'un ton aussi buté que boudeur.

— Les bons jours succèdent toujours aux mauvais. Bois donc un peu d'hypocras. Il donne bon sang, bonne couleur et rend bien parlant, comme disait mon grand-père.

Tiphaine appelait à venir à table, invitant chacun à se rincer les mains. Austremoine avait quitté son chaperon tout neuf ; ses cheveux pour une fois soigneusement peignés n'étaient pas hérissés ; Blaise abandonnait son orgue, laissant l'animation musicale à des joueurs de rebecs conviés par les mariés.

— Comme au palais de monseigneur ! commenta Austremoine quand il vit une première servante, au grand devantel blanc sur sa cotte rose, sortir de la cuisine avec un grand plat, puis une autre, puis une troisième.

Comme l'avait souhaité Tiphaine, la cuisinière avait joué les couleurs, associant les tourtes vertes aux blettes ou aux épinards aux divers accompagnements des viandes : aillée rose à base de mûres, sauces noire et sarrasine faites de raisins secs et de pruneaux et enfin sauce au safran. Poulet persillé aux épices, oie rotie à la sauge et capilotade de perdrix étaient tout aussi artistiquement dressés.

Un menu au coût raisonnable car si les belles récoltes de l'année permettraient à Gauthier de retrouver un peu d'aisance dans sa trésorerie, il n'était pas question de jeter les deniers par la fenêtre.

24

Gauthier descendait d'un bon pas la rue du Port ; il avait encore dans les narines le fumet de l'oie qu'Apolline leur avait offerte lors d'un repas mémorable, la première réception des jeunes mariés. Avec application, elle avait cuisiné une des recettes de sa mère, l'oie communément servie au temps de la Toussaint, rôtie à la sauge, et si elle avait eu la main un peu lourde sur le gingembre, Gauthier et Tiphaine ne s'en étaient pas moins régalés, tout heureux d'être reçus chez leur fille.

Gauthier venait de quitter Tiphaine dans le haut de la rue où elle s'était arrêtée chez un épicier que l'on disait le mieux approvisionné de la cité. Elle avait dit avoir grand besoin de poivre et souhaitait surtout acheter des graines de sénevé qui lui serviraient à confectionner la moutarde de l'année ; une opération à laquelle elle avait convié Apolline. Gauthier avait déjà rapporté à cet effet du moût frais de vendanges.

Gauthier était accompagné d'un homme petit et bedonnant, son cousin Pons, élu de Thiers ; il était arrivé la veille pour assister à la réunion des Etats. Cela ferait bientôt quarante ans que les premiers Etats de la province avaient été appelés pour la première fois à Clermont en 1346 sur convocation royale pour financer de nouvelles troupes. Clercs, nobles et bourgeois s'étaient vu ainsi assemblés depuis très régulièrement sur convocation du duc de Berry.

La session avait débuté la veille au couvent des frères prêcheurs au-delà du Champ-Herm, lieu habituel quand les Etats se déroulaient à Clermont, avec le couvent des cordeliers, cette fois à l'intérieur de la cité. Quand ils pénétrèrent dans l'église dont la nef unique se prêtait particulièrement bien à ces assemblées, beaucoup de représentants étaient déjà là. Gauthier et son cousin se hâtèrent de rejoindre les rangs des élus et conseillers des cités, aisément reconnaissables à leur tenue presque toujours écarlate, auprès desquelles les clercs faisaient piètre figure, et même les nobles quand l'argent se faisait si rare dans les châteaux de la province.

— Installez-vous, dépêchez-vous !

Du haut de l'estrade installée dans le chœur, espace pentagonal assez modeste pour le volume de la nef, un homme tentait de mettre un peu d'ordre dans cette assemblée bruyante et peu disciplinée dont les membres paraissaient heureux de se retrouver. Cet homme, de taille moyenne, au regard très vif, était le lieutenant du bailli ducal. Il assistait à toutes les réunions et était baptisé irrespectueusement « l'œil du duc ».

Le silence finit par s'imposer enfin après quelques rappels à l'ordre et le débat, immédiatement lancé sur une contribution nouvelle, devint rapidement houleux.

— Ce n'est plus possible ! lançait La Roche-Aymon, le bouillant seigneur du Crest.

— Je n'ai que deux écus, répondit Guillaume de Murol, c'est toute ma fortune ; voilà ce que je laisserai à mes enfants !

— Comment faire ? s'interrogeait tout haut La Roche-Aymon. Il faut payer nos gens, nos impôts, je ne parle pas des frais de fondations ou anniversaires, dont vous, messires les clercs, êtes si friands.

Un murmure de réprobation venu des rangs des ecclésiastiques, qui se regardaient en dodelinant de la tête, salua ces derniers mots, interrompant La Roche-Aymon ; furieux, l'homme, très décidé, réclama le droit de finir son intervention.

— Accordé ! dit le lieutenant en tapant sur son pupitre avec énergie.

— Nous avons assumé beaucoup de frais de guerre et nous devons encore payer !

— Nécessité est de lever un fouage de trente sous par feu[1] dans les bonnes villes et de dix-huit sous dans le plat pays[2]. Il s'agit de fournir pendant quatre mois le paiement de trente hommes d'armes et de trois chevaliers.

— Et ensuite, il faudra renouveler, oui nous connaissons !

Etienne Souchet, l'élu clermontois, hochait la tête d'un air entendu.

— Mais que fait donc monseigneur le duc pour notre sécurité ? lança un élu d'Issoire.

— On raconte qu'il dote ses filles de sommes fabuleuses ! Ne dit-on pas qu'il doit payer à sa fille Marie dix mille francs or à chaque fête de tous les saints pendant huit ans ? Et pour sa fille Bonne qui va épouser Bernard d'Armagnac, on parle de cent mille francs de dot ! Où trouve-t-il cet argent, sinon dans nos aumônières ?

Jean Chalmeyrat, l'autre élu de Clermont, avait manifesté la rancœur qu'il aimait exhaler contre le pouvoir. Une façon pour lui de dégager sa responsabilité face à ceux qui l'avaient élu et donc d'éviter les reproches. Un jeu dans lequel il excellait ! Comme d'habitude, les mots s'étaient bousculés dans sa bouche pour finir presque inaudibles, et ses yeux bleus globuleux n'en finissaient pas de s'agiter dans leurs orbites au-dessus de bajoues de plus en plus impressionnantes.

— Revenons à l'objet de cette réunion, tempêta le lieutenant ducal.

— J'ajouterai quand même, poursuivit l'élu, ses bajoues tressautant nerveusement au-dessus du collet de sa belle robe écarlate, que le payeur des œuvres du palais de Riom reçoit six cents francs chaque mois du receveur de l'Auvergne...

1. Foyer fiscal ; le fouage est un impôt par feu.
2. Campagnes.

— Suffit, ordonna le lieutenant furieux.

Le débat reprit encore plus animé, chacun souhaitant profiter de la tribune pour s'exprimer et ce fut finalement fort tard à la vêprée que le fouage fut voté. Il ne restait plus au lieutenant qu'à faire une annonce qui déclencha encore moult commentaires dont les tavernes se firent l'écho tard dans la nuit.

— Un pèlerinage d'enfants est en train de s'organiser pour se rendre au Mont Saint-Michel afin de prier pour la guérison du roi ; le roi ira aussi implorer l'archange ; monseigneur le duc l'accompagnera ; la duchesse Jeanne le rejoindra. Tout le royaume doit se mettre en marche pour la guérison du roi, il y va du salut du royaume, le duc vous adresse ce message ; laissez partir vos enfants quand ils le souhaitent.

Quelques jours plus tard, Nectaire et Alixende faisaient une halte à Clermont ; la duchesse Jeanne regagnait Riom avant de reprendre la route pour Bourges d'où elle gagnerait un peu plus tard le Mont Saint-Michel.

Ils avaient quitté à regret Usson où l'été et le début de l'automne avaient été délicieux ; ils s'étaient mariés au cours d'une cérémonie à laquelle Gauthier, Tiphaine et leurs enfants avaient assisté avec bonheur ; une réception avait été organisée par la duchesse dans l'étrange forteresse qui couronnait un piton de basalte au milieu de mamelons jalonnant le cours de l'Allier. Pour son premier voyage, Tiphaine avait été gâtée ; la promenade était superbe depuis Clermont et la découverte du grand chaperon que semblait constituer le château avec ses niveaux successifs avait été un enchantement.

— Les couleurs de l'automne étaient si belles autour de nous, racontait Alixende à sa belle-mère.

Ils avaient surpris Tiphaine en train de délayer des graines de sénevé, au préalable broyées dans un mortier, avec du vinaigre. Une odeur suave remplissait la longue pièce ; c'était le moût de raisin qui bouillait.

— Je jette tout cela dans le moût ardent[1] et je suis à vous. Je suis très occupée dans la cuisine en ce moment ; il faut bien préparer l'hiver. Demain, nous tuerons le cochon !

Nectaire se rappela en effet que le mois de novembre était, comme chez beaucoup, le moment rituel de cette tuerie qui l'avait toujours un peu dégoûté. Plus intéressants lui semblaient les mistembecs qui attendaient d'être frits dans l'huile ; il raffolait de ces beignets croquants, et serait heureux de faire découvrir à Alixende ces délices au goût d'enfance.

Le soir, la famille réunie discuta longtemps après le souper ; Gauthier entretint avec ardeur le feu qu'il dut réalimenter à plusieurs reprises tant la conversation avait pris un tour particulièrement animé quand Nectaire avait parlé de ce pèlerinage des enfants qui s'organisait peu à peu.

— Le lieutenant du bailli a fait un appel, lors de nos Etats, convint Gauthier qui n'en avait pas informé sa famille.

— Le duc a mandé à la duchesse que déjà, de certaines villes, on avait vu partir jusqu'à mille personnes, grands et petits, des femmes aussi, expliqua Nectaire.

— N'est-ce pas folie de jeter sur les charrières ces enfants et ces femmes en ces temps de grande ribaudaille et de mauvais larrons ?

— Peut-être, convint Nectaire ; nous en avons vu qui venaient du Puy ; ils portent une bannière où sont peints d'un côté l'archange saint Michel et de l'autre les armes de France et de leur cité ; il y avait avec eux des enfants qui venaient d'Avignon. Ils seront bientôt ici !

— Ils racontent aux parents qui s'opposent au départ de leurs enfants qu'ils en ont vu mourir sur-le-champ après un tel refus ! ajouta Alixende.

— Et qui les nourrit ?

— Ils disent trouver en chemin suffisamment à manger et boire, et qu'il leur est fait assez d'aumônes par les gens des pays qu'ils traversent.

1. Ce qui a donné « moutarde ».

— Moi, je partirais bien !

Austremoine avait écouté sans dire un mot. Jouant négligemment avec le soufflet, il paraissait absent mais il avait prêté une oreille attentive aux récits de son frère.

— Toi ?

— Moi aussi !

A mi-voix, une voix sourde et chaude, Pernelle avait prononcé les deux mots. Eloi, qui venait de mordre dans un mistimbec bien doré, resta la main en suspens. Deux jours plus tôt, Pernelle était venue lui dire qu'elle attendait un enfant et depuis il ne dormait plus. Elle lui avait dit qu'elle allait partir, mais elle semblait tellement indécise et désemparée qu'Eloi ne l'avait pas crue.

— Je trouverai une solution, je ne veux pas faire souffrir ma sœur ! avait-elle dit en refermant la porte de l'échoppe.

— Et pourquoi pas moi ? (C'était maintenant Blaise qui s'en mêlait.) Ne pas voir n'empêche pas de marcher ! Je veux bien aller prier pour notre roi.

— Et moi alors ?

Tiphaine avait violemment repoussé le tabouret sur lequel elle était assise devant la cheminée ; il alla rouler aux pieds de Gauthier.

— Si vous ne me laissez pas partir, je risque de mourir, dit Austremoine qui avait bien écouté le récit de Nectaire.

— Tu ne vas pas croire ces mensonges ! Quelles idées tu leur as mises dans la tête !

Tiphaine levait une main menaçante vers Nectaire qui se récria :

— Il faut bien que des enfants de Clermont aillent prier pour le roi ! Pourquoi pas mes frères et sœur ? Moi j'y vais bien !

— Je suis sûr que Sidoine voudra venir aussi ! continuait Austremoine qui ne doutait déjà plus de son départ.

— Il faut empêcher cela ! Gauthier, tu ne vas tout de même pas laisser partir tes enfants quand tu ne cesses de proclamer que sur les chemins truandaille rime avec ribaudaille !

Deux jours plus tard, la cité fut envahie par des bandes d'enfants. Trop heureux, arguant de son bon cœur, Austremoine en ramena dans la maison de la rue Grenette et Tiphaine les soigna et les nourrit avec dévouement. Elle priait surtout le ciel pour que ses propres enfants évaluent tous les dangers que comportait une telle expédition, en écoutant les récits de certains. Dans les rues de la cité, on ne parlait plus que de ces pèlerins et de leurs malheurs qui n'engageaient guère les parents à laisser partir leur progéniture. A l'hôpital Saint-Esprit, trois enfants étaient morts d'épuisement ; à l'hôpital Saint-Barthélemy, les médecins ne savaient trop se prononcer sur le sort de plusieurs d'entre eux. Tiphaine fut même appelée pour donner son avis et découvrit avec effarement l'état de garçons qui ne repartiraient pas avant longtemps ! Elle frémissait à l'idée que ses enfants pourraient se joindre à une telle expédition menée par des clercs illuminés.

Et pourtant Pernelle semblait déterminée ; Eloi avait bien tenté de la dissuader au cours d'une rencontre fortuite mais la jeune fille ne voulait rien entendre.

— J'ai fait une faute et je vais l'expier ainsi, répétait-elle, l'air buté.

Eloi s'était découragé ; il devait s'avouer que la décision de Pernelle l'arrangeait singulièrement, le sauvant de l'infamie. Il espérait aussi guérir à jamais cet émoi qui faisait battre son cœur à la vue de la jeune fille.

Laissant une maison désemparée, dans une situation bloquée où nul ne voulait céder, Nectaire et Alixende étaient déjà repartis. Ils devaient rejoindre la duchesse à Bourbon ; elle s'était arrêtée chez son cousin Louis et les y attendrait sur le chemin de Bourges.

— A Bourbon où il ne vient boiteux ou éclopé qui ne s'en retourne guéri, avait dit la duchesse qui, ravie, les accueillit un soir après une belle chevauchée.

L'automne se poursuivait, ensoleillé, préservant encore

les feuilles des arbres qui jouaient sur tous les registres d'or et de rouille. Pour les jeunes mariés, la course avait été enchanteresse, fraîche le matin, délicieuse jusqu'à la vêprée, et les paysages de douces collines, inoubliables ; comme à Usson, Alixende avait renoué avec ses souvenirs campagnards et avait même vu pour sa plus grande joie, comme dans son enfance, un vol de grues cendrées, déployées en V, dans un ordre impeccable. Les grands échassiers les avaient accompagnés, en ponctuant leur course majestueuse de cris stridents, presque désespérés.

— Regarde comme ils sont beaux...

— Tout est beau quand on aime, répondait, béat, Nectaire.

Les soucis de ses parents étaient loin.

C'est donc tout heureux qu'ils découvraient la cour de Louis II[1], qu'on appelait dans les campagnes le « bon duc » ; une cour brillante dont le seigneur était comme Jean de Berry un amateur d'art et de luxe. Il s'était lancé dans un vaste programme de rénovation du vieux château de Bourbon qui, assis sur un rocher surplombant la Burge, commandait les routes alentour. C'était lui qui avait fait bâtir la fameuse tour Quiquengrogne, contre laquelle les bourgeois de la cité avaient cependant manifesté leur mécontentement, car elle leur semblait tournée contre eux ! Un mauvais procès, répondait philosophe Louis de Bourbon.

La forteresse importait peu à Jeanne de Boulogne qui aimait séjourner à Bourbon, moins pour voir son cousin et y mener une vie de cour, dont elle était plutôt lasse, que pour profiter des sources thermales de la cité et des bains installés autour de l'antique piscine. Elle en avait tant vanté les plaisirs à Alixende que celle-ci était impatiente de les découvrir et n'aurait voulu à aucun prix manquer cette étape.

Ce fut un enchantement dont elle jouit avec bonheur

1. Louis II de Bourbon (1356-1410) était le beau-frère du roi Charles V qui avait épousé Jeanne de Bourbon et donc un oncle de Charles VI. Comme Jean de Berry, il participa activement au gouvernement de son neveu.

avec son jeune époux, la duchesse et sa suite. Découvrant d'abord les bains dont de petits écriteaux vantaient les mérites, tous étant pourvus de deux sources, l'une chaude et bouillonnante, l'autre froide et jaillissante, ils allaient de l'un à l'autre, s'amusant à se laisser entraîner et rouler par l'eau, offrant leurs corps à ces délices inconnues, sous l'œil débonnaire des étuviers ; dans les murs, des niches leur offraient des abris provisoires.

Tout semblait fait pour le plaisir ; Perpétue et ses bains étaient loin derrière en matière de raffinements. Après les sources excitantes, la règle voulait que l'on passe aux étuves privées. Abandonnant la duchesse et ses amis, Nectaire et Alixende eurent alors le privilège, en tant que mari et femme, de pouvoir se baigner ensemble, cette fois dans une grande baignoire, goûtant les plaisirs d'une oisiveté luxueuse sous la houlette d'une étuvière coquine, auprès de laquelle la brave Perpétue aurait paru bien innocente.

— Je vais vous tirer le bain, avait-elle annoncé aussitôt en jaugeant ses nouveaux clients présentés par la duchesse.

La journée continua ainsi avec un deuxième bain, toujours pris à jeun, et cette fois dans une eau tiède et claire additionnée d'une décoction de plantes où se mêlaient romarin, sureau, camomille et mélilot, et de fleurs ; roses rouges et nénuphars flottaient à la surface de la vaste baignoire de bois habillée d'un moelleux drap pour éviter d'éventuelles échardes.

— S'il vous manque quoi que ce soit, avertit la drôlesse au sourire malicieux qu'une dentition calamiteuse pouvait apparenter à un rictus, agitez le cordon de la sonnette. Vous devez rester une heure pour tuer les fièvres malignes et dans le calme...

Ils l'entendirent ensuite chuchoter avec une jeune femme installée dans la petite salle voisine ; Jeanne de Boulogne avait expliqué à Alixende que le lieu était propice aux adultères et que la vieille jouait parfois les entremetteuses avec un plaisir aussi sadique que lubrique.

Nectaire et Alixende pouffèrent de rire avant de se laisser aller à une douce torpeur.

— Tuons les fièvres malignes ! murmura Nectaire en songeant au pauvre Austremoine qui avait découvert à Riom le plaisir des étuves et en était rentré enthousiasmé. Que dirait-il ici ?

— Oh oui, tuons, répondit Alixende qui fermait les yeux.

Nectaire lui avait pris la main tendrement. Il avait envie d'elle mais Alixende l'arrêta, en répétant le conseil de l'étuvière :

— Dans le calme.

Ils étaient presque endormis quand elle revint ; le bain avait refroidi, et Alixende frissonna quand elle en sortit pour s'envelopper dans le grand drap que lui tendait l'étuvière.

— Et maintenant, les tourtereaux vont se reposer en buvant à petites gorgées ces doux breuvages ; pour elle, ce sera une infusion d'armoise avec de la noix muscade et du miel, elle soigne tout chez les femmes !

La femme avait appuyé ses mots d'un geste des bras qui semblait englober tout alentour.

— Elle vaut aussi contre les mauvaises pensées et les diableries, ajouta-t-elle d'un air entendu. Quant à toi, mon gaillard, j'ai mis un peu de sariette, l'herbe des satyres, et si l'effet est réussi, n'hésite pas à caresser ton épouse ; mais auparavant, je l'enlève pour son épilation, je te la rendrai aussi douce que l'enfant qui vient de naître. Et toi, ne t'inquiète pas, tu vas être massé et peigné !

Entraînée dans une nouvelle salle, oubliant la jeune fille aguichante venue quérir son époux pour ses nouveaux soins, Alixende se laissa aller aux raffinements annoncés par la vieille étuvière. Des femmes appliquaient aux endroits à épiler des bandes de tissu imbibées de poix brûlante puis finissaient le travail avec des pinces ou des aiguilles chauffées que l'on enfonçait dans le bulbe pileux. Des raffinements qui n'étaient pas indolores mais qui se déroulaient dans une atmosphère si lénifiante que les patientes s'endormaient presque avant d'être, pour couronner les soins, enduites de parfums à base d'épices. Puis ce fut pour Alixende le lavage de ses longs cheveux d'abord abondamment peignés, ensuite massés à l'huile d'olives.

Alixende et Nectaire n'eurent cependant guère le temps de jouir des félicités que leur avait promises l'étuvière car Jeanne de Boulogne leur faisait dire qu'il y aurait le soir même bal au château.

Le ménestrel qui chantait ses complaintes près de la grande cheminée de l'étuve reprenait toujours le même refrain :

> — *Je les vis vermeilles et belles*
> *et pleines de grande chaleur*
> *que leur faisaient avoir couleur*
> *les bains chauds et les bons vins frais...*
>
> — *Ah oui, personne n'irait jamais croire*
> *qu'il lui a pris ce baiser sans lui faire plus,*

chantait à son tour une jeune femme alanguie, en grattant négligemment son rebec dont il sortait quelques notes grêles accompagnant le pétillement des flammes dans l'âtre.

Propres, épilés, coiffés, Alixende et Nectaire n'avaient plus qu'à se préparer.

Jeanne de Boulogne se fit cependant désirer. Colin le chevaucheur lui apportait depuis Poitiers un message comminatoire du duc de Berry qui réclamait qu'on se mît en route rapidement afin d'être bien présent au Mont Saint-Michel quand le roi y serait. Son état de santé chancelant un jour, meilleur le lendemain, l'avait fait hésiter mais il était désormais bien décidé à implorer l'archange maître des lieux de lui rendre sa vigueur.

— Monseigneur le duc est heureux que le roi préfère ce pèlerinage aux diableries vers lesquelles il s'est parfois laissé entraîner par de viles personnes, avait commenté Colin. On dit qu'il ne mange guère, ne faisant que penser et muser avec ces ensorceleurs.

25

Deux mois plus tard, tout le monde était au Mont Saint-Michel, ou sur le point d'y arriver.

Jacquot est en pèlerinage à Saint-Michel
Qu'il soit guidé par Raphaël...

Le chant rabâché depuis des semaines par Austremoine et ses compagnons ne les soutenait plus guère dans leur marche. Ils l'ânonnaient, plus qu'ils ne le chantaient, haletants, épuisés, traînant les pieds, proches du désespoir. Voire de l'abandon certains jours, mais pour aller où et se retrouver seul ? Exaltés mais vigilants, les clercs qui les accompagnaient tentaient de prévenir les actes désespérés en ne cessant pas de les encourager et en leur répétant à chaque détour des charrières empruntées qu'ils arriveraient bientôt au but de leur voyage. Ils n'y croyaient plus.

Durant les derniers jours, la neige avait rendu très difficile la progression du cortège dépenaillé. Les flocons gorgés d'eau s'écrasaient sur la terre des chemins, formant d'immenses flaques dans les ornières créées par un charroi trop intense. Austremoine et Sidoine ne se quittaient guère, entourant Pernelle qui s'était lancée dans l'aventure, clamant son désir de partir et peut-être d'oublier Landry dont elle n'imaginait plus le retour. Comme leurs compagnons, tous trois n'auraient jamais pu envisager de telles souffrances.

Jamais les prieurs dont les monastères servaient d'étapes à la pauvre troupe n'avaient vu autant d'enfants et d'adolescents jetés sur les routes pour cet étrange pèlerinage. Ils ne pouvaient croire que le roi exige de tels sacrifices et encore moins que Dieu les réclame pour accorder la guérison de leur souverain aux gens du royaume de France. Chaque soir, la même troupe hagarde et terrorisée au sortir de forêts interminables où rôdaient loups et sangliers venait réclamer un peu de réconfort.

Au début, Austremoine s'en souvenait bien, les clercs qui les avaient enrôlés leur avaient vanté les mille joies de la route qui les mènerait jusqu'à la Merveille.

— Le chemin du paradis, proclamaient-ils alors en promettant des récompenses innombrables. Une pluie de miracles !

Quels prodiges n'avaient-ils pas racontés pour soutenir l'espérance ? La clarté fulgurante éclairant à minuit le monastère, les tisons de feu, signes du ciel un jour de Pentecôte, l'auréole de flammes autour des clochers...

Las de ces récits enchanteurs, de ces légendes incroyables, les jeunes pèlerins avaient vite rebaptisé leur route de souffrances « chemin des mille peines » ou « chemin de l'enfer ». Et Austremoine n'était pas le seul à rêver des bouillons chauds de sa mère, de ses purées de lentilles ou de ses volailles rôties à point ; pour la première fois de sa vie, il n'avait pas eu de crêpes le jour de la Chandeleur ! Il enviait Blaise qui avait accepté à contrecœur de rester à Clermont et les avait vus partir la mort dans l'âme.

Comment, certains soirs, ne pas maudire ces fous qui les avaient entraînés dans cette aventure ? Sidoine les comparait aux bonimenteurs qu'il avait souvent entendus, aux foires du mercredi ou du samedi, vanter avec habileté des marchandises douteuses. Et si Austremoine avait été longtemps soutenu par l'idée qu'il croiserait peut-être un jour la route de Landry et d'Ursine, il n'y croyait plus aujourd'hui. Comme il regrettait d'avoir désobéi à sa mère qui s'était opposée farouchement jusqu'à la dernière seconde à leur départ. Que n'aurait-il donné pour être tranquillement rue Grenette quand ils avaient traversé la fameuse forêt du Mans où l'un des clercs avait conté les débuts de la maladie du roi, précisément là où s'était dressé devant eux menaçant, hirsute et barbu, un pauvre hère conforme à la description « nu-tête et pieds nus avec une pauvre cotte de bure blanche ». Tel celui qui avait effrayé le roi pendant l'été de 1392 en lui criant : « Arrête, noble roi, ne passe pas outre, tu es trahi ! »

— Il était midi et le roi sortait de la forêt, ici même, avait expliqué le clerc, pour se diriger vers cette plaine de sable, là-bas devant vous.

— Demain vous serez arrivés !

Les yeux rougis par le froid, les lèvres gercées, titubant presque, Austremoine sursauta comme s'il s'était subitement éveillé d'un cauchemar.

— Et si vous voyez une lumière cette nuit, c'est l'archange... poursuivait le clerc. Il ne vous reste plus que quelques marais à traverser !

— Plus de forêt ? avait interrogé Austremoine qui gardait un mauvais souvenir de ces peupliers gaillardement dressés dans le ciel ou de ces saules dont les branches n'en finissaient pas de pleurer, au milieu desquels ils venaient de se perdre pendant deux longues journées.

— Non c'est fini, le rassura le prieur qui les accueillait avec une douce bonhomie.

Il n'avait pas une tête de bonimenteur !

Pour la première fois, il lui sembla, en dépit de l'annonce incantatoire de l'apparition du saint, que le prieur de ce monastère dont ils avaient envahi la correrie [1], était sincère et devant la soupe chaude et odorante, Austremoine reprit espoir. Près de lui Sidoine soupira ; il avait

1. Maison basse du couvent réservée aux convers qui se consacrent aux travaux manuels.

confié ses brodequins dix fois rapiécés au chaussetier du couvent et enfilé à la place les estivaux de peau de chèvre rouge qu'il avait emportés dans sa besace, ceux qui leur servaient pour leurs exercices sur la corde. Que tout cela était loin !

— Priez, nous y serons demain.

Près de lui, Pernelle se signa. Austremoine la regarda à la dérobée ; comme elle avait changé. D'une maigreur effrayante, elle flottait dans sa cotte qui n'avait plus de couleur et les emmanchures du surcot doublé de fourrure étaient maintenant disproportionnées, démesurées. Le garçon n'avait pas compris quand les commères lui avaient annoncé, d'un air entendu, que sa sœur avait perdu l'enfant qu'elle portait, un beau soir de Noël. L'enfant de qui ? De Landry ? Il l'avait écoutée délirer ; un délire où Landry et Eloi étaient présents à égalité. Intrigué, Austremoine n'avait pas osé lui poser de questions ; elle était si fragile et en même temps si forte quand elle marchait auprès d'eux sans jamais se plaindre. Son seul espoir était-il vraiment d'arriver jusqu'à cette Merveille tant vantée ? Il l'avait trop souvent entendue crier « Landry » pendant ces nuits sans fin qu'ils avaient partagées pour ne pas en douter. Un jour, Pernelle lui avait confié le cauchemar qui la poursuivait : Landry déséquilibré qui n'en finissait pas de tomber dans des abîmes où il l'entraînait. La nuit suivante, Austremoine avait fait lui aussi ce cauchemar et s'était réveillé terrifié.

Près d'eux, dévorant la soupe offerte par l'un des moines, Sidoine avait posé sur le sol la bannière dont ils étaient responsables. En effet, le troupeau en haillons de ces enfants, accompagnés de quelques femmes et de clercs, proclamait avec force sa destination en brandissant des emblèmes où l'archange saint Michel terrassait le dragon. Cela excitait encore plus la pitié de ceux qui les regardaient défiler. Les couleurs de la pauvre effigie, que se passaient et se repassaient Sidoine et Austremoine quand leurs doigts gelés ne pouvaient plus tenir la hampe, avaient bien pâli ; et le tissu était en piteux état depuis que, deux jours plus tôt, une ronce avait eu raison de la queue du dragon qui y était restée accrochée.

— Nous y serons demain !

Ces mots circulaient, semblables à une lueur qui leur permettrait de sortir enfin de cette nuit sans fin. On commentait aussi une autre nouvelle que le prieur avait répétée à chacun :

— Et le roi doit arriver au Mont ; un chevaucheur nous a dit, il y a deux jours, qu'il était à Falaise avec ses oncles, la reine et tout un cortège...

— Il y a peut-être Nectaire dans ce cortège ! avait aussitôt espéré Austremoine pour qui la présence de son frère aîné ne pouvait être qu'un réconfort.

— S'il est là, jure-moi, Austremoine, et toi aussi, Sidoine, que vous ne raconterez rien de ce que vous savez sur moi !

Les deux garçons n'avaient guère le choix ; l'air buté et décidé de la jeune fille qui semblait prête à tout ne pouvait que les dissuader de parler.

— Montjoie !

— Montjoie !

Le cri de joie fusait de toutes parts. Le prieur de la veille n'était donc pas un bonimenteur ; il avait raison. Le brouillard avait seulement rendu la marche pénible ; les retardataires ne pouvaient apercevoir l'avant de la triste caravane et, quand les premiers avaient crié, les autres avaient dû réunir toutes leurs forces pour courir et maintenant tous se signaient, tous mettaient un genou à terre, ou même s'agenouillaient pour se prosterner.

— Par saint Michel, voici la Merveille, le château de l'archange !

Comme par miracle, le voile de brume s'était déchiré, délivrant le soleil qui illuminait de ses pâles rayons l'étrange mont, découvert ainsi dans son splendide isolement au milieu de cette eau grise sur laquelle se balançaient mollement quelques barques à la proue relevée.

— La mer !

Austremoine écarquillait les yeux. Ses pieds s'enfonçaient dans le sable clair, si doux aux pieds après les cailloux des charrières qui maltraitaient les chaussures.

— La mer ! répéta Sidoine aussi étonné que ravi.

Pas plus qu'Austremoine, il ne savait ce que cela représentait ; il découvrait une vaste étendue d'eau dont ils ne pouvaient mesurer l'ampleur. La troupe qui s'avançait doucement à la rencontre de l'eau ne s'arrêta que lorsque les premières vaguelettes vinrent lui lécher les pieds ; on riait, on sautait, on s'éclaboussait. Lâchant la fameuse bannière, Sidoine la vit s'éloigner un instant, puis revenir pour s'échouer devant lui ; il la ramassa et la brandit en direction de l'îlot avant de la planter dans le sable. Austremoine se pencha à son tour pour recueillir dans sa main une gorgée d'eau qu'il but avant de la recracher.

— Pouah, elle est salée !

— Priez, l'archange va faire reculer la mer et nous pourrons aller toucher ses saintes reliques.

Emerveillés, incrédules, ignorant tout des choses de la mer, ils regardaient le clerc qui venait de prononcer ces paroles magiques. Et ils étaient prêts à le croire. Impatients de vérifier la justesse de ses paroles, tous s'assirent et attendirent ce qu'ils appelaient déjà, innocemment, un miracle. Austremoine avait croisé les jambes et posé les coudes sur ses genoux. Le menton dans les mains, il observait attentivement le jeu des vagues qui semblait ne jamais devoir finir. Il rabaissa son chaperon sur ses oreilles ; s'il n'était plus question de neige, la brise venue de la mer était glacée. La bannière claquait doucement comme toutes celles qui avaient été fichées dans le sable et qui flottaient au gré du vent capricieux.

— Priez l'archange, répétaient les clercs, et la mer va reculer.

— Cornedouille, il dit vrai !

Les vagues ne léchaient plus les brodequins d'Austremoine qui s'avança de quelques pouces et vit l'eau reculer encore imperceptiblement, puis plus nettement, laissant sur le sable mouillé des coquillages épars. Tous se précipitaient pour en ramasser et chacun oubliait les peines des semaines précédentes en faisant jouer les nacres au soleil. Devenu conquérant, celui-ci détachait une à une les pierres du Mont et faisait jaillir de l'eau, tout près, un étrange rocher pointu...

— Les Anglais tiennent Tombelaine ! expliqua un clerc avec un air entendu ; ils ne sont qu'à quelques brasses.

Il n'était guère d'enfants qui n'aient connu les menaces du plus vieil ennemi du royaume. Pourtant conscients d'un danger possible, les jeunes pèlerins frissonnèrent à peine. Leurs souffrances avaient été telles qu'ils ne craignaient plus rien.

— Nous pourrons passer avant la vêprée ! annonça un clerc qui s'efforçait d'être rassurant.

La main en visière, Austremoine écarquillait les yeux, découvrant avec étonnement cet étrange pâté de maisons et d'églises, curieusement imbriquées, qui ne ressemblait à aucune autre cité — et Dieu sait si depuis quelques semaines, il en avait vu ! Si les maisons aux pignons étroits dont les fondations semblaient curieusement reposer dans l'eau lui étaient familières avec leurs colombages et leurs fenêtres à meneaux, l'énorme rocher qui les dominait, simplement ceint d'une muraille, était impressionnant. Surtout, cette bâtisse qui était posée dessus et semblait partir à la conquête du ciel étonnait le garçon qui fouillait dans ses souvenirs pour retrouver une telle concentration de bâtiments. La cathédrale de Clermont inachevée lui semblait bien modeste, et même celle de Bourges qu'il avait découverte dans toute sa splendeur au cours de leur voyage était surpassée.

— Cornedouille, je rêve !

Les yeux d'Austremoine s'attachaient aux murailles sombres de l'abbaye, renforcées de contreforts géants, suivaient les toits d'ardoises des bâtiments les plus bas, puis montaient lentement vers les clochers et les tours dont les flèches menaçaient les nuages. Des nuages auxquels Austremoine et Sidoine avaient renoncé depuis longtemps à attribuer des formes ou des ressemblances !

— Cornedouille, Landry !

Pernelle sursauta.

— Landry ?

— Oui, regarde, là-haut, au-dessus du toit de l'église, il y a une corde, ce ne peut être que Landry !

— Mais tu le vois, lui ?

Pernelle s'était remise debout ; les yeux grands ouverts, elle était tendue de toutes ses forces vers l'île.

— Tu délires !

Sidoine, lui aussi, avait mis ses mains en visière et relevé la casquette de son chaperon pour mieux voir.

— Qui veux-tu qui ait pu installer une corde entre ces deux tours, sinon l'homme le plus haut du royaume ? demanda Austremoine en haussant les épaules.

Si l'incrédulité de Sidoine l'agaçait, il réalisait tout à coup combien la nouvelle pouvait bouleverser Pernelle. La jeune fille s'était assise sur le sable mouillé où les vagues avaient laissé des ondulations d'une extraordinaire régularité ; elle les fixait, n'osant plus lever les yeux comme si elle craignait d'effacer l'espoir insensé qu'avait fait naître Austremoine.

— Ne joue pas avec moi, finit-elle par murmurer.

Gêné, tempérant son enthousiasme, Austremoine détourna la tête ; une mouette vint se poser à ses pieds pour picorer le sable ; une autre vint la rejoindre, puis toutes deux s'envolèrent ; le garçon les observa ; elles dessinèrent un grand cercle au-dessus de la plage, plongèrent dans l'eau qui baignait encore les maisons, puis s'élevèrent dans une course désespérée pour dépasser les pignons pointus, s'arrêtèrent un instant sur la longue muraille de pierres régulières, puis repartirent toujours plus haut pour se poser sur la corde et disparaître enfin derrière la plus haute des tours au couronnement carré hérissé de flèches. Austremoine laissa errer son regard sur la corde qui était tendue depuis cette tour. Sa langue passant entre les dents écartées vint lécher ses lèvres gercées. Il fit une grimace.

— Tu crois que c'est vraiment la corde de Landry ? demanda Sidoine qui ne pouvait y croire.

— Nous avançons maintenant ! ordonna un clerc.

Austremoine ne répondit pas ; il aida gentiment Pernelle à se mettre debout, lui prit le bras. Elle avait peigné ses cheveux en nattes et les avait roulées en macarons ; un geste qu'elle n'avait pas fait depuis longtemps, peut-être depuis leur départ de Clermont. Austremoine ne savait plus ; presque heureux, il avança la main pour en saisir un comme il le faisait autrefois pour faire enrager ses sœurs.

— Tu es belle ! murmura-t-il seulement.

— C'est pour l'archange, répondit Pernelle en rougissant.

Autour d'eux, les clercs rassemblaient leur troupe dispersée comme une volée de moineaux. Les nuages ne laissaient plus aucune trouée de ciel bleu et quelques gouttes de pluie chassèrent les attardés. Un nouveau groupe de pèlerins venait d'arriver ; il n'aurait pas à attendre que la mer se retire et, puisant leurs forces dans la vision du sanctuaire tant attendu, les michelins ou miquelots, comme on appelait ceux qui venaient prier dans les lieux consacrés à l'archange, se précipitèrent vers les premières maisons de l'île dont les fondations étaient enfin au sec.

Deux chevaucheurs lancés au grand galop débouchèrent au même instant et les précédèrent. Leur livrée bleue et fleurdelisée leur ouvrit immédiatement le passage de la lourde porte qui défendait l'entrée du Mont, et on entendit décroître lentement le bruit, d'abord relayé par l'écho, puis étouffé, des chevaux qui s'éloignaient dans la ruelle où s'engouffrèrent à leur tour les jeunes pèlerins. Après la découverte du Mont dans toute sa splendeur lointaine, ils se sentaient comme oppressés entre les pignons resserrés et quand ils levaient la tête, c'était pour apercevoir l'énorme masse sombre du rocher où était accrochée l'abbaye, telle une menace pesante se détachant sur un ciel d'encre.

Soufflant, trébuchant ou glissant sur les cailloux mal jointoyés d'un sol humide, ils progressaient lentement ; ils touchaient au but et les derniers pas leur semblaient insupportables. Impatient, anxieux de vérifier la présence de Landry, Austremoine s'était porté en tête du convoi, avec, au bout d'un bras, la bannière dont la hampe tapait parfois bruyamment sur les pavés. En bandoulière à l'autre bras, ballottait le sac misérable où il rangeait la pauvre cotte élimée qu'il enfilait les jours de grand froid sur son fameux pourpoint acheté quelques mois plus tôt à Riom. Pernelle essayait de le suivre. Alors que la rue esquissait un léger coude, ils découvrirent enfin le fameux Grand Degré qu'on leur promettait depuis le matin et dont les marches, selon les clercs, devaient les conduire à l'hôtellerie des moines. Ils y trouveraient chaleur et nourriture.

Là, au moment où Pernelle mettait le pied sur la première marche, elle sentit qu'on lui prenait la main ; étonnée, elle se retourna et vit Santiago. Elle le reconnut instantanément ; son visage au nez camus, sa bouche édentée et sa chevelure hirsute étaient aussi inoubliables que la manche flottant sur son moignon. Il la retenait. Autour d'elle, tous ses compagnons escaladaient d'un pas régulier les marches qui montaient au ciel ; Austremoine était toujours en tête, suivi de Sidoine. Bloquée contre le mur, Pernelle regarda Santiago et comprit qu'Austremoine avait sans doute raison. Landry était là ; comme il l'avait juré, entêté et prêt à braver toutes les aventures, Santiago l'avait retrouvé ; elle allait revoir Landry. En un instant, elle balaya toutes ses souffrances, oublia ses doutes et toutes ses forces presque retrouvées se tendirent vers l'homme qu'elle aimait et qu'elle ne cesserait plus jamais d'aimer.

— Venez, murmura Santiago. Landry vous attend.

Landry n'attendait pas Pernelle. Attablé dans la taverne où il avait ses habitudes depuis qu'il était arrivé au Mont Saint-Michel, il guettait Santiago. Le manchot qu'il avait rencontré un jour de décembre au détour d'une rue de Tours, un soir qu'il venait d'offrir à quelques bourgeois une exhibition des singes, ne l'avait plus quitté depuis. Le lendemain, il avait enfin vu l'homme le plus haut du royaume se lancer au-dessus des toits de la cité des bords de Loire depuis le clocher de Saint-Martin.

— Tu es un magicien ! avait-il proclamé, et je mets ma main unique à ta disposition pour t'aider. A la vie, à la mort, je suis ton homme !

Si Ursine avait eu des difficultés à accepter l'étrange compagnon que lui présentait son père, Landry n'avait guère hésité à continuer sa route avec celui qui l'avait soutenu pendant ses mois d'emprisonnement. Et quand quelques jours plus tard, ils avaient appris le projet du roi de se rendre en pèlerinage au Mont Saint-Michel pour demander à l'archange sa guérison, Landry avait décidé de s'y rendre aussi, et proposé à Santiago de l'accompagner. Le manchot avait d'abord renaclé ; n'avait-il pas dit et répété que plus jamais il n'irait en pèlerinage où que ce soit ?

Mais Landry avait fait miroiter qu'il voulait rivaliser avec l'archange, réputé apparaître au sommet des clochers de l'abbaye ; alléché par ce pari insensé, Santiago s'était laissé convaincre. Ils étaient arrivés quelques jours plus tôt. Landry avait aussitôt obtenu de l'abbé du Mont, Pierre Le Roi, un homme dont l'autorité et la prestance l'avaient impressionné, de préparer en l'honneur du roi un spectacle. L'entreprise était périlleuse car les toits étaient rendus glissants par l'humidité, voire le gel certains matins. Mais tout était en place. Depuis le clocher qui couronnait le transept de l'église une corde avait été tendue jusqu'à la tour à l'ouest dont le chantier avait été justement lancé par cet abbé et où les échafaudages destinés aux ouvriers avaient facilité la tâche. Comme toujours Ursine s'était désintéressée de l'affaire. Enfermée dans l'auberge où ils séjournaient, elle n'en finissait pas de dessiner et de peindre. Quand le temps le permettait, elle allait parfois s'asseoir près du rempart et regarder la mer dont elle reproduisait maladroitement les vagues. C'est ainsi qu'elle avait rencontré un jour un des moines qui lui avait donné des conseils, et l'avait même invitée à l'abbaye afin de lui faire découvrir l'extraordinaire collection de manuscrits qui y étaient conservés. Il lui avait confié ses regrets de ne plus voir fonctionner dans le monastère ni l'atelier d'écriture, ni celui d'enluminure si brillants au cours des siècles précédents.

Ainsi après une vie ballottée de cité en cité, qui lui avait souvent fait regretter le doux nid de la rue Grenette, après l'angoisse sans cesse renouvelée par les spectacles offerts par son père, Ursine était apaisée ; la venue du roi qui se faisait attendre était une occasion de s'arrêter, de nouer des liens avec les habitants du Mont, même si la perspective de voir à nouveau Landry se lancer dans les airs, dans ce site extraordinaire, était un souci permanent qui hantait ses journées et ses cauchemars.

Au bout de quelques jours, Santiago avait pris ses habitudes chez une certaine Nicolette dans une maison qui jouxtait la porte principale et l'une de ses occupations lorsque Landry n'avait pas besoin de lui était d'observer les allées et venues des pèlerins et autres visiteurs ; il espérait être le premier à voir le roi dont la venue était, disait-on, imminente. C'est ainsi qu'il avait repéré Pernelle au milieu de la troupe dépenaillée de ces enfants et commères annoncée depuis quelques jours par des chevaucheurs qui les avaient rencontrés sur quelques charrières.

Santiago entraînait maintenant Pernelle dans les venelles tortueuses. La nuit tombait, apportant avec elle un brouillard qui étouffait les pas ; Pernelle butait parfois sur une pierre, mais Santiago lui tenait fermement la main, et elle avait l'impression qu'elle l'aurait suivi n'importe où. Tout à coup, il s'arrêta sous une enseigne qui balançait au gré du vent un joli porc tout rose sur un fond noir, et affichait le nom de l'établissement La Truie-qui-file. Hésitant un court instant, Santiago poussa la porte, en attirant l'attention de Pernelle sur les trois marches qui permettaient l'accès à une salle étroite et enfumée. Pernelle reconnut aussitôt la silhouette assise devant la cheminée. La nuque épaisse, les cheveux presque blancs, les épaules carrées et surtout la houppelande à rayures vertes et jaunes, identique à celle que portait Landry quand il était arrivé à Clermont. Pernelle sourit à ce souvenir. C'était ainsi que le bateleur lui était apparu pour la première fois ; il avait donc retrouvé un vêtement qui faisait partie de sa personnalité.

Pernelle s'était arrêtée devant les marches ; elle n'osait pas avancer. Délicat et réservé, Santiago ne voulait pas brusquer la rencontre. Quand il avait aperçu Pernelle, il n'avait pas hésité ; maintenant, il se demandait s'il avait bien fait de provoquer des retrouvailles qui de toute façon auraient eu lieu. Le Mont était si petit !

Dans la cheminée, une bûche en équilibre roula presque aux pieds de Landry qui se leva, dépliant sa haute stature ; muni des pinces posées avec le soufflet à proximité, il la saisit et la reposa sur les braises ; heureuses de retrouver leur proie, les flammes se mirent à crépiter gaiement, provoquant un regain de lueur dans la salle pauvrement éclairée de torchères de suif accrochées dans les angles et d'une misérable chandelle sur une crédence. Resté quelques instants, les pinces à la main, Landry les posa doucement et se retourna pour reprendre sa place dans le petit faudesteuil de bois sombre dont la paille semblait bien fatiguée. C'est alors qu'il aperçut Santiago.

— Tiens, le manchot, que fais-tu là ? interrogea-t-il, étonné.

— Je t'amène quelqu'un...

Enfin décidée à se montrer, Pernelle fit trois pas en avant. Incrédule, Landry la regardait comme il aurait regardé une apparition.

— C'est bien elle, fit Santiago en poussant en avant Pernelle.

Les bras ballants, Landry secouait la tête ; il ne pouvait y croire.

— C'est bien moi...

Pernelle était contre lui ; elle posa la tête sur la houppelande rayée qui sentait la fumée et Landry referma les bras. Santiago remontait déjà les trois marches et quittait la taverne. Dans la rue où il fallait écarquiller les yeux pour voir son chemin, il se mit à siffloter, heureux, très heureux, et quand Nicolette lui ouvrit la porte, il lui dit :

— Je viens de faire une bonne action.

— Toi, capable d'une bonne action ? railla la femme en déposant devant lui le potage relevé de persil frit au beurre.

— Je suis sûr que le roi n'en mange pas d'aussi bon, dit Santiago après l'avoir goûté.

Décidément, il était de fort bonne humeur.

— Le roi sera là demain, répondit Nicolette. Tu m'aideras à mettre mes tentures aux fenêtres.

De la cheminée montait une fumée odorante ; Nicolette avait posé sur les braises des sardines qui grillaient en douceur.

26

— Alors tu nous as poursuivis !

Folle de rage, Ursine venait de découvrir Pernelle, près de son père, dans la pénombre de la taverne.

— Ursine, calme-toi...

Le ton autoritaire de Landry fit taire sa fille.

— Je ne vous ai pas poursuivis, expliqua calmement Pernelle ; je viens ici en pèlerinage avec Austremoine et Sidoine. Comment aurais-je su que vous étiez là ?

Renfrognée, désarçonnée par la réponse simple de Pernelle, Ursine ne put s'empêcher de trahir l'intérêt que suscitait l'arrivée des deux garçons et demanda d'un ton qu'elle aurait voulu indifférent mais qui révélait une certaine impatience :

— Et eux, où sont-ils ?

— Ils doivent être à l'abbaye, répondit Landry ; c'est Santiago qui a rencontré Pernelle et l'a amenée ici.

— Celui-là, c'est ton mauvais génie ! maugréa Ursine qui continuait à se méfier du manchot.

Landry se mit à rire ; butée, Ursine haussa les épaules en proclamant qu'elle allait se coucher.

— Demain, le roi arrive ! lança-t-elle furieuse.

Landry ignora le caprice de sa fille ; il approchait déjà un faudesteuil pour Pernelle à proximité du sien ; elle s'y assit en faisant craquer le bois un peu vermoulu et se mit à regarder fixement les flammes qui crépitaient joyeusement. Croyant encore à peine à sa présence, Landry l'observait sans bruit. Il n'osait pas parler. Pernelle était à la fois si proche et si lointaine. Il se demandait quelle volonté insensée l'avait ainsi jetée sur ces routes dont il connaissait trop les périls. Comment Gauthier et Tiphaine avaient-ils pu laisser partir leurs enfants ? se demanda-t-il, intrigué.

Pernelle soupira. Elle qui aurait tout donné la veille pour retrouver enfin Landry, elle dont le cœur s'était emballé le matin même quand Austremoine avait repéré la fameuse corde, elle ne savait plus trop quoi dire à celui qu'elle aimait. Combien de fois avait-elle inventé des dialogues avec celui qu'elle avait trahi un soir de détresse dans les bras d'Eloi ! Et maintenant qu'elle était près de lui, elle n'osait plus parler. Lui aussi semblait embarrassé que Pernelle surgisse à nouveau dans sa vie, une vie qu'il avait organisée sans elle. Nourrissait-il encore l'espoir de la revoir ? Pernelle voulait le croire mais elle en doutait.

Il la regardait toujours à la dérobée ; elle était bien là, mais si inaccessible ; il ne savait pourquoi. Elle lui semblait si fragile, la jeune fille plantureuse dont il avait aimé la force de caractère ; elle avait tant maigri, ses pommettes hautes semblaient transpercer la peau si fine d'un visage où les yeux prenaient une dimension insolite. Elle était redevenue celle qu'il avait connue en arrivant à Clermont, sans les raffinements découverts à la cour de Riom auprès de la duchesse et d'Alixende. Pour preuve, les sages macarons qui retenaient les cheveux comme le jour où Pernelle avait avoué, malgré elle, son amour au bateleur au sommet de la tour de la Monnaie. Aujourd'hui, une étrange langueur avait remplacé la vivacité d'alors. Une langueur que seule la fatigue de cette longue marche des dernières semaines ne pouvait expliquer. C'était beaucoup plus profond. Que lui était-il arrivé depuis qu'il avait quitté Clermont ? Son départ n'expliquait pas le regard désemparé et absent que leur rencontre ne parvenait pas à rallumer. Il lui prit la main, la caressa comme il aurait fait avec un oiseau tombé du nid, et murmura doucement :

— Raconte-moi...

Il avait tourné une clé ; mise en confiance, abandonnant sa main aux caresses qui lui redonnaient de la force, Pernelle s'ouvrit enfin du secret qui pesait tant sur son cœur. La confession commença par les mots « je t'ai trahi » qui ponctuèrent ensuite le récit de ses turpitudes. Désespérément, elle fixait le feu ; Landry avait rajouté une bûche que les flammes léchèrent d'abord avant de s'y attaquer plus franchement.

Soulagée par son aveu, elle se tourna enfin vers Landry. Les yeux délavés dans le visage buriné qui avait retrouvé au grand air des charrières le hâle séduisant des premiers jours s'accrochèrent au regard dont l'étrange ambivalence était atténuée par le désenchantement cruel. Il fallait rompre le silence qui s'était à nouveau installé, pesant.

— Tu m'as trahi, c'est vrai, mais je t'ai abandonnée et je m'en veux, comme je m'en suis voulu à chaque pas qui m'éloignait de toi. Combien de fois aurais-je voulu rebrousser chemin ? Les yeux d'Ursine, suppliants et farouches, m'en enlevaient aussitôt l'envie. Nous allons nous marier, je te le promets, et plus rien ne nous séparera.

— Et Ursine ?

— J'ai eu la faiblesse de lui céder une fois ; je vais lui parler. Le roi arrive demain ; je lui offrirai mon spectacle, puis je parlerai à Ursine ; un moine d'ici nous mariera, je te le promets.

Tout comme Pernelle avait scandé sa confession des mots « je t'ai trahi », Landry répétait « je te le promets », comme une formule incantatoire qui viendrait à bout de tous les obstacles.

Il s'était mis debout ; il tenait toujours la main de Pernelle qui se leva à son tour et lui tendit des lèvres impatientes. Il la serra contre lui, puis l'éloigna brusquement.

— Ne me tente pas, nous voilà fiancés ! Je te raccompagne au monastère où vous logez. Les moines ont tant attendu les pèlerins étranges que vous faites. Austremoine doit être à l'Aumônerie ; c'est là que les moines logent leurs hôtes.

Cette nuit-là, Pernelle rêva de fleurs et de senteurs extraordinaires ; elle se perdait dans un labyrinthe de verdure comme dans le verger de Riom où ils s'étaient déclaré leur amour, mais au bout de chaque allée, Landry était toujours là pour la consoler. Son terrible cauchemar ne vint pas troubler son sommeil.

— Place au roi ! place au roi !

Les jeunes pèlerins arrivés la veille avaient retraversé sous un soleil éclatant la baie pour aller à la rencontre du roi. Cette fois sous la houlette des bénédictins eux aussi heureux d'accueillir le souverain dont c'était, en une année, la deuxième visite. Ils avaient à cœur de surpasser la première.

Les moines, qui connaissaient parfaitement les lieux, avaient servi de guides aux garçons et aux filles impatients, pour prévenir tout risque d'enlisements ou de noyades. Ils tenaient à effacer de l'esprit des visiteurs l'appellation si souvent répétée aux pèlerins effrayés, de « Saint-Michel-au-péril-de-la-mer ».

— Place au roi ! place au roi [1] !

Austremoine se retourna et vit dans le soleil surgir des cavaliers. Ils étaient si beaux qu'il crut un instant qu'il s'agissait de l'armée des anges de saint Michel. La main en visière, il les observa et se signa.

— Place au roi ! criaient toujours les huissiers d'armes en livrées de drap de soie vert, blanc et vermeil, les couleurs choisies par le roi au début de son règne, sur leurs grands destriers à selle de velours. Ils portaient en écharpe les parements de France bleu fleurdelisé.

Pétrifiés, tous ne regardaient plus ni la mer ni la Merveille.

— Cornedouille !

Bouche bée, Austremoine exprimait à sa manière son admiration.

1. Ce pèlerinage se situe en février 1394.

— Cornedouille, répéta en écho Sidoine qui tenait bien droite la fameuse bannière que Nicolette avait raccommodée pour faire plaisir à Santiago.

— Cornedouille, répéta Ursine en éclatant de rire.

Pernelle sourit à son frère ; elle avait l'enthousiasme plus discret. Et pourtant Austremoine était trop fin pour ne pas déceler chez sa sœur un changement. Elle n'aurait soufflé mot de sa rencontre avec Landry à Austremoine si, lorsqu'elle était arrivée dans le dortoir offert aux pèlerins par les moines, Austremoine ne lui avait pas annoncé triomphalement que Landry était bien là. Un moine questionné le lui avait confirmé.

— Je sais, avait seulement répondu Pernelle.

Les yeux de sa sœur avaient été suffisamment persuasifs pour qu'il s'abstienne de toute question. Sa curiosité naturelle en avait souffert. Mais, le matin, à peine réveillé, il avait entraîné Sidoine et rapidement retrouvé la trace de Landry, provoquant chez Ursine une joie qu'elle n'aurait jamais imaginée. Depuis, Ursine n'avait pas quitté les garçons et s'était précipitée à leur suite pour accueillir le roi ; Landry avait préféré parfaire son entraînement pour la représentation qu'il offrirait le lendemain.

— Place au roi !

Embouchant leur trompe d'argent à panonceaux brodés de fleurs de lis ou de cerfs-volants, l'emblème personnel du roi avec les cosses de genêts, les trompettes en tête du cortège sonnèrent une marche triomphale qui parut s'envoler bien au-delà des clochers.

Comme ils avaient dit « la mer » la veille, les jeunes pèlerins s'écrièrent dans un ensemble presque parfait.

— Le roi !

Sur un grand palefroi blanc aux armes de France, se tenait un homme grand, impressionnant dans son manteau d'écarlate fourré d'hermine. Sa prestance était encore rehaussée par le chaperon de castor blanc à barrettes d'écarlate vermeille. L'air vif avait rosi le teint clair d'un visage aux traits rudes, mais mobiles et surtout animés d'un regard perçant. L'une de ses mains gantées de pourpre brodée lâcha les rênes de cuir brun pour saluer les pèlerins qui répondirent en brandissant les bannières. Austremoine qui était au premier rang vit que même la selle de velours, suprême élégance, était perlée.

Et le spectacle ne faisait que commencer. Féerique, enchanteur même pour un garçon qui avait connu les fastes du palais de Riom. Derrière le roi avançaient au pas, superbes, deux destriers, l'un blanc, l'autre maurel[1]. Leurs cavaliers n'avaient pas moins de prestance. Sidoine fut le premier à reconnaître le duc de Berry, qui chevauchait près de son frère le duc de Bourgogne. Tous deux portaient aussi des chaperons de castor blanc et leur houppelande bleu fleurdelisé était bordée pour le premier de rouge, de blanc pour le second, rappelant ainsi leurs armoiries respectives. Les deux frères se ressemblaient étrangement ; leurs visages avaient une lourdeur similaire et des nez proéminents qui contribuaient à des profils rudes. Venait ensuite une litière attelée de quatre beaux mulets blancs et de deux coursiers gris. Les rideaux de velours bleu étaient ouverts, laissant voir une femme blonde, alanguie, dont les traits s'étaient sans doute légèrement empâtés pendant ses dix années de mariage ; en effet la reine Isabeau avait déjà mis au monde six enfants. La dernière, la petite Marie, était née pendant l'été.

Le convoi s'était arrêté ; un homme venait à sa rencontre à pied et se dirigeait vers le roi. C'était Pierre Le Roi, l'abbé du Mont, qui portait mitre de brocart et crosse d'or et d'argent. Lestement, le roi sauta de cheval et vint s'incliner devant le moine, imité par ses oncles, avec une déférence onctueuse. C'était le signal que semblaient attendre les vendeurs d'enseignes de monseigneur saint Michel, de coquilles et autres œuvres en plomb moulé qui alimentaient les pèlerins en souvenirs. L'un d'eux qui semblait leur porte-parole s'approcha à son tour du roi. Sur un coussin de velours vermeil était posée une coquille d'or qu'il lui offrit cérémonieusement. Un autre se dirigea à pas rapides vers la litière de la reine en portant devant lui un coussin bleu où une grosse coquille d'argent voisinait avec une couronne de petites, autant

1. Noir.

que d'enfants royaux. Une attention dont la reine le remercia avec grâce. Massés sur le côté, les marchands l'ovationnèrent gaiement.

— Il est temps d'y aller, dit l'abbé à ses invités qui, imitant leur hôte, remontèrent aussitôt à cheval.

Les huissiers d'armes reprirent leur lente progression et les trompettes jouèrent une longue sonnerie à laquelle répondirent cette fois joyeusement les cloches de l'abbaye. C'est alors qu'on vit une meute de chiens se répandre sur la plage, aboyant, hurlant. Derrière eux courait une autre meute, celle des valets, qui les avait lâchés imprudemment. Oubliant tout, les jeunes pèlerins, dont les joues avaient repris des couleurs, s'élancèrent à leur poursuite.

— Ce sont les lévriers de monseigneur ! Et je reconnais Niquet, son valet de la garde-robe.

Austremoine et Sidoine avaient entraîné Ursine qui n'en finissait pas de rire comme une enfant ; derrière, Pernelle courait aussi, les joues rosies par l'air de la mer. Quand ils s'arrêtèrent, essoufflés, près des valets qui avaient difficilement rattrapé les chiens et tentaient de les calmer, Ursine abandonna les deux garçons pour s'approcher de Pernelle dont un macaron s'était déroulé pendant la course. Ses yeux avaient retrouvé leur flamme ; ils croisèrent ceux d'Ursine qui, solidement plantée devant elle, les pieds dans le sable, la regardait. Derrière elles, la chevauchée royale s'égaillait dans la baie et les huissiers d'armes qui l'escortaient n'en finissaient pas de crier :

— Pressons !

Ursine fit trois pas et mit sa main dans celle de Pernelle.

— J'ai toujours vécu avec mon père, sans jamais le quitter, jamais ! En partant de Clermont, c'était la première fois que je me trouvais séparée de gens que j'aimais ; Austremoine et Sidoine m'ont tellement manqué que je peux comprendre ton bonheur d'avoir revu mon père. Je vais me décider à accepter l'invitation de monseigneur le duc et vous, mariez-vous, sans vous soucier de moi et même, si j'avais un petit frère, j'en serais très heureuse.

Austremoine et Sidoine les avaient rejointes. Pernelle essuya deux larmes.

— Cornedouille, dépêchons-nous ! dit Sidoine.

— Regardons surtout les nuages ! répondit Ursine en riant.

Un rire qui ne cessa pas quand ils se remirent à courir et rejoignirent à bout de souffle le convoi royal qui s'était arrêté à la porte du Mont.

— Austremoine ! Pernelle !

Les retrouvailles continuaient ; Alixende et Nectaire se précipitaient maintenant au devant d'eux. Les garçons avaient oublié les souffrances des jours passés et Pernelle pouvait enfin accueillir son frère et sa belle-sœur sans envier un bonheur qu'elle connaîtrait sans tarder. Un secret qu'elle garderait pour elle, comme un trésor, avant de le révéler à tous. Alixende et Nectaire lui avaient pris chacun un bras ; Pernelle sentit une grande bouffée de bonheur l'envahir. Devant eux, Austremoine et Sidoine tenaient chacun une main d'Ursine.

Il fallait patienter. Le roi était arrivé devant la grande porte de bois dont les battants ornés de lourdes pentures s'ouvrirent lentement, découvrant un cortège de moines sagement alignés sur trois rangs. Les premiers portaient encens et eau bénite en gages de bienvenue. Une fois le rituel d'accueil accompli avec dévotion, dans un silence que ne troublaient que les mouettes et le vent, des vivats jaillirent des étroits pignons couronnés de tuiles et de cheminées.

A toutes les fenêtres paraissaient des têtes, des mains s'agitaient. Comme Nicolette, l'amie de Santiago, tous les habitants avaient sorti des tentures de couleur que le vent faisait bouger doucement devant les façades ocre.

— Place au roi !

Charles VI avait mis pied à terre et galamment venait aider la reine Isabeau à descendre de la litière ; vêtue d'un ample mantel de soie blanche, qui cachait mal son embonpoint, blonde et pâle, elle tendit au roi une main où brillait le superbe rubis reçu en cadeau lors de son mariage ; derrière eux, se tenaient leurs oncles, les ducs de Berry et de Bourgogne ; en mantel de velours bleu, Jeanne de Boulogne vint se glisser près d'eux. L'abbé très cérémonieux fit signe qu'on pouvait s'engager dans la Grand Rue ; les cloches redoublaient de vigueur et d'allégresse ; les nuages, dont Ursine aurait aimé avoir le temps de scruter les formes, abandonnèrent sans conviction quelques gouttes de pluie.

Il y eut très vite embouteillage et patiemment, sans bousculade, tout le monde attendit son tour ; au premier tournant étaient postés Landry et Santiago. Ursine fit signe à son père, lui murmura quelques mots à l'oreille et plaça en souriant sa main dans celle de Pernelle. Leurs doigts s'entrelacèrent comme s'ils ne devaient plus jamais se quitter. Ils auraient aimé musarder mais étaient poussés par ceux qui venaient derrière eux ; épaule contre épaule, ils gravirent les marches interminables du Grand Degré. Pernelle avait l'impression qu'elle montait au paradis où l'archange l'accueillerait.

En bas, plus prosaïquement, les valets de la suite royale n'avaient guère le temps de rêver ; ils devaient s'affairer autour de la Grande Roue pour hisser les vivres nécessaires ; cinq d'entre eux enfermés comme des écureuils la faisaient tourner activement.

Dans l'abbatiale, le moine chargé du luminaire avait fait un éclairage grandiose. Les chandelles illuminaient avec bonheur les pierres roses et grises de la nef où Austremoine et ses compagnons s'installèrent sur un des derniers bancs de bois blond. Sidoine qui tenait toujours la fameuse bannière fut convié à s'installer au premier rang.

Tous leurs regards se portèrent aussitôt vers le chœur où se tenaient les moines dont la blancheur des aubes était exaltée par les treize cierges de la grande perche installée près de l'autel. Dans leurs stalles, ils avaient déjà entonné un cantique à la louange de Dieu et leurs timbres mélodieux merveilleusement unis donnaient l'illusion d'un chant céleste. L'archange, maître des lieux, planait indiciblement.

Pernelle, qui serrait toujours la main de Landry, se crut vraiment au paradis. Austremoine leva même les yeux tant la présence de l'ange semblait évidente ; il ne vit que le plafond de bois qui étonna l'Auvergnat habitué aux lourdes voûtes de pierre. Près de lui Ursine soupira ; il l'interrogea du regard ; elle lui répondit par un sourire.

Quand les chants s'interrompirent enfin, cessa la magie du lieu et du moment. La voix grave de l'abbé prit le relais, à laquelle répliquèrent en psalmodiant les moines et l'assistance. Puis un lecteur commença à réciter le texte écrit dans la grosse bible posée sur un pupitre de bois sombre.

Ursine reconnut l'un des manuscrits que lui avait montrés son ami le moine. Elle imagina l'enluminure qui devait accompagner ces lignes, sans doute un archange en grand drapé enfonçant avec fougue sa lance dans la gorge du dragon. Elle aurait aimé avoir sa mine de plomb et une feuille de parchemin pour ébaucher à son tour un saint Michel qui ressemblerait aux cavaliers de l'escorte royale.

— *Michaël et angeli ejus praeliabantur cum dragone...*

Les yeux mi-clos, l'abbé avait écouté la lecture avant de se recueillir quelques instants ; puis, conviant les jeunes pèlerins porteurs de bannières à se rassembler autour de lui, il entama une longue invocation au saint patron du lieu, appelant sa protection sur le roi pour qu'il foudroie son mal comme il avait terrassé le dragon. Le duc de Berry se pencha vers son frère, Philippe de Bourgogne et lui chuchota quelques mots. Désormais, saint Michel, que le roi venait prier pour la deuxième fois en un an, était le patron du royaume de France, comme saint Georges dans le même temps avait été peu à peu accaparé par l'Anglais. La reine toussa ; près d'elle, la brune Jeanne de Boulogne semblait mince et fragile.

A l'invitation de l'abbé, le roi vint se prosterner devant les précieuses reliques ; Jean de Berry ne le quittait pas des yeux ; depuis plusieurs jours que durait leur chevauchée entre Paris et le Mont, il avait l'air si heureux. Qui pourrait croire qu'il souffrait de cette « faiblesse de tête » comme disaient les physiciens ? Charles VI était revenu à sa place et les reliques étaient maintenant, selon le rite destiné à tous les pèlerins, promenées autour de l'église avec aspersions d'eau bénite et encensements. Le moine chargé des encensoirs n'en finissait pas de les remplir et une épaisse fumée embrumait la nef.

Ursine avait la tête qui tournait. Avant de s'asseoir au bord de l'évanouissement, Pernelle s'accrocha un instant à la manche de la fameuse houppelande rayée de Landry. Dans une douce béatitude, celui-ci ne priait pas. Impressionné, il ne parvenait pas à retrouver les mots de son enfance ; les mots du temps où sa mère lui recommandait de prier son saint patron, un évêque de Paris. Près de lui, Santiago et Nicolette chuchotèrent ; une femme de petite taille leur fit signe de se taire ; Landry reconnut dame Tiphaine Raguenel, la veuve du connétable Duguesclin dont le visage était encadré de la guimpe de fine toile blanche portée par les veuves. Landry l'avait plusieurs fois croisée dans les rues du Mont où elle s'était installée depuis la mort de son mari. Aimable et enjouée, elle allait volontiers à la rencontre des nouveaux arrivants.

Le dernier épisode de la cérémonie fut le dépôt dans le chœur des bannières apportées par les jeunes pèlerins ; les pauvres emblèmes en piteux état iraient en rejoindre d'autres, sommes de souffrances, hommages dérisoires mais fervents. Une fois encore le rite fut réglé avec autorité par l'abbé dont le visage encadré d'une fine barbe grisonnante affichait une rondeur lisse qui ne cachait pas un caractère énergique et parfois même vindicatif.

Tout était dit. L'abbé vint chercher le roi et la reine qu'il entraîna avec leur suite vers l'aile nord de la grande église afin de les conduire dans la salle des hôtes, cette belle salle d'apparat où avaient été reçus, avant eux, saint Louis et Philippe le Bel. Derrière eux c'était la cohue ; tout le monde refluait vers le septentrion, canalisé le mieux possible par les moines inquiets de voir déferler cette foule désordonnée vers le cloître où ils cultivaient habituellement leur solitude.

27

Un léger fumet de poisson embaumait la petite cuisine de Nicolette qui avait entraîné avec elle non seulement Santiago mais aussi Landry, Pernelle, Ursine et les garçons. Saisissant une braise dans la cheminée où ronronnait un pot de bouillon sur un trépied, Santiago alluma avec adresse deux chandelles. Elles vacillèrent ; sous la porte passait le vent qui s'était levé pendant la cérémonie.

— J'espère qu'il va s'arrêter pour demain, tu ne peux aller là-haut s'il y a la tempête, observa le manchot soucieux.

Landry ne semblait pas inquiet ; Pernelle le regarda.

— Je te confie mon père, lui glissa Ursine, et je te cède l'angoisse de chacun des jours où il doit marcher sur cette maudite corde.

Pernelle soupira ; le souvenir de son cauchemar traversa son esprit ; mais elle ne voulait penser qu'à son bonheur retrouvé. La silhouette massive et solide de Landry était si rassurante.

— Les garçons s'occupent des tréteaux et de la table, commanda Nicolette, et les filles vont m'aider. La cretonnée de pois et la raie en aillé sont prêtes mais il reste les huîtres.

Pendant que les garçons disposaient les écuelles sur la nappe de toile rêche, Pernelle découvrait ces étranges coquilles que Nicolette prétendait leur faire manger. Landry et Ursine s'amusèrent de son étonnement.

— Tu verras, c'est très bon ! affirmait Nicolette.

Ursine s'était déjà emparée du panier où s'entassaient pêle-mêle les coquilles aux formes tourmentées. A l'aide de pinces à feu, Santiago constituait avec application un lit de braises sur lesquelles, tout aussi attentive, Ursine posa une première série d'huîtres. Elle eut vite les joues rougies par la chaleur et, médusée, Pernelle vit s'ouvrir peu à peu les coquilles que Nicolette saisit une à une d'une pince adroite.

— Les voila béantes... arrosez-les de verjus et d'épices, et elles seront bonnes à manger !

Méfiant, Austremoine plongea le nez dans la première huître qu'on lui tendait.

— Cela sent la mer ! commenta-t-il légèrement réticent avant de porter le coquillage à ses lèvres. Un instant déconcerté par l'eau salée, il finit par avaler le mollusque. Sidoine et Pernelle le regardaient ; chacun avait dans la main une coquille et attendait avec impatience le jugement d'Austremoine qui mâchait consciencieusement.

— C'est bon, conclut-il, en en prenant une autre.

Pernelle aima aussi ; Sidoine fit la grimace et préféra se réserver pour le potage et la raie. Santiago avoua qu'il n'y tenait pas. Il était heureux comme jamais il ne l'avait été depuis bien longtemps. L'avait-il jamais été ?

Tous les habitants du Mont furent réveillés le lendemain matin par la tempête qui se déchaînait tout autour de l'îlot. Consternée, Ursine avait aussitôt couru derrière Landry qui promenait ses singes autour du rempart, en compagnie des garçons, trop contents de retrouver leurs anciens amis dont l'accueil avait été délirant.

— Tu ne peux marcher dans les airs !

L'apostrophe de sa fille accompagnée d'un air farouchement buté fut emportée au loin par le vent, sans doute au-delà du rocher de Tombelaine, le repaire des

Anglais. Landry était très calme et quand Santiago arriva pour annoncer que, selon Nicolette, le vent allait cesser vers sexte, il les prit tous à témoin qu'il n'y avait pas lieu de se faire du souci. Puis ce fut au tour de Nectaire de les rejoindre ; c'était Jeanne de Boulogne qui l'envoyait.

— Le roi se souvient bien de toi et souhaite te rencontrer avant ton exhibition ; monseigneur le duc est heureux d'avoir retrouvé Ursine ; il lui pardonne de ne pas avoir encore travaillé pour lui mais y compte toujours !

Landry fut donc reçu par le roi qui l'encouragea vivement, tout heureux de revoir ce spectacle qui l'avait fasciné autrefois. Il expliqua en quoi cela consistait à la reine qui n'était pas encore son épouse à l'époque où Landry avait fait sa traversée depuis Notre-Dame. Avec eux se trouvait l'abbé Pierre Le Roi dont on murmurait que le roi, approuvé par les ducs de Berry et de Bourgogne, souhaitait faire son conseiller. Une nouvelle d'importance pour le monastère qui se trouvait ainsi assuré de la bienveillance royale.

Pour fêter l'événement, les moines jouèrent, comme ils le faisaient aussi bien devant leurs hôtes de marque que devant de simples pèlerins car c'était une tradition, le *Roman du Mont Saint-Michel*, rédigé deux siècles plus tôt par un moine trouvère. Landry fut heureux qu'Ursine l'ait accompagné quand le premier acteur figurant Aubert, l'évêque d'Avranches, simula à merveille le sommeil au cours duquel il avait eu, selon la légende, trois visions de l'archange ; ce dernier joué par un jeune bénédictin au visage poupin, revêtu d'une armure de fer brillant, obtenait enfin, après avoir fait par trois fois son apparition, de l'évêque d'abord peu empressé qu'il rallie le Mont et annonce la construction d'un sanctuaire. Le second tableau mettait en scène un guerrier plus terrestre, le duc de Normandie, Rollon, autre personnage de légende. Seule l'absence de ses amis gâchait le plaisir d'Ursine, que le duc de Berry avait accueillie avec indulgence. Près d'elle, dame Tiphaine Raguenel, la veuve de Duguesclin, s'amusait elle aussi d'un spectacle qu'elle connaissait pourtant presque par cœur.

Quand Landry prit congé de son hôte, le vent avait

effectivement molli, comme l'avait prévu Nicolette. Il n'avait plus qu'à se préparer ; après avoir endossé le pourpoint mi-parti jaune et rouge sur des chausses également bicolores, des vêtements qu'il avait fait refaire après sa libération, à l'identique de ceux qu'il avait toujours portés, il chaussa les estivaux de peau de chèvre rouge qui fascinaient tant Austremoine. Puis il posa sur ses cheveux un fin chapel de ruban rouge pour en retenir la frange. Unies dans une commune angoisse, Ursine et Pernelle le virent s'en aller accompagné de Santiago qui n'aurait jamais voulu abandonner ses prérogatives à Austremoine et Sidoine. Les garçons n'avaient pas cédé et eux aussi assisteraient le bateleur ; Ursine et Pernelle les regardèrent s'éloigner, chacun tenant une extrémité de la longue perche dont Landry se servait pour équilibrer sa marche. Landry se retourna et leur fit un petit signe.

— Viens !

Pernelle avait saisi la main d'Ursine ; elle voulait l'entraîner vers la plage où les spectateurs étaient contraints de s'installer pour avoir suffisamment de recul. Tout d'abord, Ursine refusa ; morte de peur, elle n'assistait jamais aux exhibitions de son père ; elle préférait rester avec Chipi et Chipo. Pernelle, qui préférait voir pour tromper son angoisse, insista tant qu'elle finit par se laisser convaincre.

Dévalant la Grand Rue pour le plus grand bonheur des singes, elles passèrent ensuite rapidement la porte monumentale. La mer s'était retirée ; Pernelle qui trouvait maintenant cela normal n'en avait cure ; tenant toujours Ursine par la main, elle courut aussi vite qu'elle put jusqu'à l'endroit où la maudite corde était visible. Le roi n'était pas encore installé sur la petite estrade que le menuisier du Mont avait hâtivement dressée sur le sable ; les mouvements de foule, les allées et venues des huissiers d'armes indiquaient qu'il ne tarderait pas à arriver. Le soleil avait enfin percé les nuages qui s'accumulaient par intermittence au-dessus des clochers, puis s'échappaient doucement vers la terre ; le vent ne les poussait plus. Serrées dans leurs mantels dont le drap trahissait l'usure et montrait des accrocs, Pernelle et Ursine frissonnèrent, moins de froid que de peur. Nicolette s'approcha d'elle et leur offrit des oublies ; les friandises sucrées leur donneraient des forces ; elles les grignotèrent sans y penser, l'œil rivé sur le couronnement de la grosse tour carrée du transept de l'abbatiale.

Quand le roi et la reine furent effectivement installés, entourés d'une foule qui avait grossi peu à peu, il ne devait plus guère y avoir d'habitants dans les maisons du Mont, hormis les ouvriers des tours occidentales de l'église qui avaient là-haut le meilleur observatoire. Certains avaient aussi embarqué pour voir le spectacle de la mer. Les vendeurs d'enseignes de monseigneur Saint-Michel qui avaient obtenu du roi le matin même un dégrèvement d'impôts, en arguant des frais inhérents à leur résidence sur le Mont, offraient pour remercier quelques coquilles porte-bonheur aux uns et aux autres. Ursine en reçut une qu'elle donna à Pernelle.

Landry ne se fit pas attendre ; son apparition provoqua comme toujours un remous dans la foule et un certain émoi ; Pernelle songea au spectacle de Clermont dont elle avait fixé chaque moment de façon indélébile dans sa mémoire. Ursine se pressait contre elle, prête à s'enfouir le visage dans le drap du mantel pour ne plus rien voir. Les trompettes royaux embouchèrent leur puissant instrument ; le bateleur pouvait commencer. Il s'installa d'abord sur la petite murette ornée d'arcades ; adossé à l'un des huit pyramidions qui entouraient la flèche principale, il attendit quelques instants avant de prendre la fine perche qu'il équilibra avec soin. Les clameurs de la foule ne lui parvenaient que fort assourdies. Les cris que poussaient habituellement les spectateurs impatients étaient retenus, sans doute en raison de la présence du roi. Ursine en bénit le ciel pendant que Pernelle, paupières closes, adressait une intense supplique à l'archange. Quand elle les rouvrit, Landry avait entamé sa traversée ; le silence régnait sur la plage, seulement troublé par les piaillements des mouettes et des goélands.

— Tout va bien, murmura Ursine.

Il avait fait la moitié du parcours et à l'autre bout de leur échafaudage deux ouvriers tendaient déjà les bras pour l'accueillir. En un instant, ce fut chose faite ; la foule en délire acclama son héros ; des chaperons s'envolèrent ; le roi et la reine se congratulaient avec l'abbé. Puis l'excitation retomba ; le bateleur allait repartir en direction du transept ; il tendait devant lui la perche ajustée avec précision et plaça son pied droit sur la corde, puis l'autre. C'est alors qu'une mouette vint se poser devant lui, suivie d'une autre et d'une troisième. Les mâchoires serrées, Ursine cacha son visage dans ses mains et quand la foule poussa un hurlement, elle sut aussitôt que son père était tombé. Ce qu'elle redoutait depuis tant d'années venait d'arriver.

Pernelle n'avait rien perdu du drame. Gêné par les mouettes, Landry avait fait osciller la perche, puis tentant de se rattraper, il avait basculé ; une de ses mains avait agrippé la corde avant de la lâcher ; le corps avait rebondi sur le toit d'ardoises de la nef, puis sur un contrefort qui l'avait projeté désarticulé vers le rocher. Sans doute sa course fatale avait-elle été arrêtée par la muraille qui ceignait le rocher à mi-hauteur. Pernelle ne l'avait pas quitté des yeux.

Croyant un instant vivre le cauchemar qui avait hanté ses nuits, elle avait été ramenée à la réalité par la confusion qui régnait sur la plage. Le roi s'était levé et dépêchait ses deux physiciens qui se frayaient difficilement un chemin vers le corps ; on commentait la nouvelle dans l'effroi, et tous commençaient à refluer vers le Mont. Ballottées, comme ivres, Pernelle et Ursine avançaient aussi, suivies des deux singes étrangement calmes. Subitement chacun se figea sur place.

— Il y en a un autre ! s'exclama un homme en montrant du doigt la petite tour d'où venait de s'élancer le pauvre Landry.

— Qui est ce fou ?

— Arrêtez-le !

Le roi avait crié cet ordre à l'un des huissiers d'armes qui l'entouraient pour le protéger. L'homme se précipita en avant, répétant « Arrêtez-le » pour tenter de gagner du temps.

— C'est Austremoine, hurla à son tour Pernelle. Mon Dieu, arrêtez-le !

— Par saint Michel, arrêtez-le ! reprit Nicolette.

Mais Austremoine ne pouvait rien entendre ; et même s'il avait entendu, se serait-il arrêté dans son pari insensé ? Il s'était saisi d'une perche et à son tour s'élançait, inconscient ; à l'autre bout, Santiago, après avoir tenté de l'arrêter en faisant des signes de son unique bras, était pétrifié. Il ne regardait plus le garçon mais les maudites mouettes qui tournoyaient en tous sens.

Arrêtée dans son élan, la foule restait silencieuse. Le roi debout ne bougeait plus ; pas plus que la reine, assise sur le petit faudesteuil qu'elle n'avait pas quitté ; près d'elle, Jeanne de Boulogne lui racontait qu'elle connaissait ce garçon. Un peu plus loin, Nectaire, le cœur battant, regardait impuissant ; tendu de tout son être vers le ciel et les clochers maudits de l'abbatiale, il pensait à son père, à sa mère.

— Il en sera ainsi si telle est la volonté de Dieu, se surprit-il à murmurer.

C'étaient les mots dont Tiphaine usait à la fin de ses prévisions. Il se souvint que l'astronomienne avait fait la moue quelques mois plus tôt à propos du ciel des membres de sa famille et que Gauthier avait, comme d'habitude, haussé les épaules. Que savait-elle ?

Austremoine progressait doucement ; il devait être à mi-chemin ; le silence oppressait chacun, parents et étrangers, dans cette foule où Ursine et Pernelle se sentaient étrangement seules. Puis tout à coup, des vivats éclatèrent.

— Il a réussi ! criait-on de toutes parts.

Et la foule inconséquente, quelques minutes plus tôt horrifiée par la chute de Landry, était prête à s'enthousiasmer pour un nouveau héros. Malgré le froid, Nectaire dut essuyer d'un revers de manche la suée qui perlait à son front. Alixende se serra un peu plus étroitement contre lui.

— Il ne va pas recommencer ! dit Nectaire dont le soulagement était déjà remplacé par une nouvelle angoisse.

Heureusement, derrière Santiago impuissant, apparurent le long de la murette de la grosse tour carrée deux hommes qui s'emparèrent d'Austremoine quand enfin il posa le pied près d'eux.

En bas sur la plage, dans la confusion, certains en réclamaient encore. C'est alors que Pernelle se mit à pleurer doucement. De sa main tomba sur le sable la coquille porte-bonheur, dérisoire. Ursine la ramassa et la jeta loin.

Le corps disloqué de Landry fut récupéré par les huissiers d'armes du roi et déposé dans la crypte dite des Trente Cierges au-dessous du transept nord de l'abbatiale, près des saintes reliques de la Vierge dont s'enorgueillissait l'abbaye. Le visage était presque intact et le corps recouvert de la fameuse houppelande rayée dont la provocation n'avait maintenant plus d'importance.

Le roi vint s'incliner en silence devant la dépouille mortelle ainsi que ses oncles. Jeanne de Boulogne serra tendrement sur son cœur Pernelle et Ursine. C'était leur dernière soirée au Mont ; le lendemain, tous quitteraient l'hôtellerie de la Licorne pour regagner Paris. Nectaire et Alixende resteraient auprès d'Ursine et de Pernelle. La duchesse pensait à tout.

Nectaire avait joué son rôle de frère aîné. Il avait interpellé Austremoine à sa sortie de l'abbatiale et l'avait violemment pris à partie, lui reprochant son inconscience avec véhémence. Contrit, désespéré par la mort de Landry, des larmes plein les yeux, Austremoine avait d'abord écouté son frère sans répondre ; il l'avait laissé parler, l'avait laissé s'emporter devant Sidoine qu'il prenait à témoin ; un Sidoine qui venait de vivre les minutes les plus éprouvantes de sa vie. Il en tremblait encore. Misérable, il regardait son ami avec qui il venait de vivre tant de misères, et trouvait que Nectaire avait raison. L'attitude contrite d'Austremoine ne dura pas pour autant. Se rebiffant, il avait parlé doucement mais avec une détermination surprenante.

— Cornedouille, que l'archange saint Michel me pardonne, j'ai fait le sot et je regrette de vous avoir donné tant d'émotions. Je l'ai fait pour notre ami ; personne n'a compris comme ma vie a changé depuis l'arrivée de Landry et d'Ursine. J'ai tout de suite été fasciné par celui qui se disait l'homme le plus haut du royaume, et n'ai plus rêvé que de l'imiter. Notre mère a vu cela d'un très mauvais œil, souviens-toi de sa réaction lors de ma fameuse chute dans la cour, rue Grenette ! Notre père se vante d'être un homme de la terre, moi je veux marcher dans le ciel comme Landry ; aujourd'hui, je le pleure de tout mon cœur, et je suis heureux d'être à mon tour l'homme le plus haut du royaume ; désormais, ce sera moi ; je vais continuer. Va le dire à nos parents ; dis à notre mère que je crois en mon étoile.

Impressionné par la volonté farouche de celui qu'il ne pourrait sans doute plus jamais appeler « son petit frère », Nectaire n'avait pas répliqué. Il avait regardé Austremoine, puis Sidoine ; Santiago aurait aimé ajouter son mot, mais il n'osa pas. Les regards de la famille Champgrain l'impressionnaient. Il aurait aimé dire qu'il approuvait Austremoine ; il aurait aimé encore leur confier qu'il l'aurait bien accompagné dans les pérégrinations qui attendaient le futur bateleur. Mais il savait que Nicolette le retiendrait peut-être enfin en un lieu d'où il n'avait plus envie de bouger.

Tous veillaient maintenant Landry dans un chagrin partagé. La nuit enveloppait la petite chapelle ; des moines se succédaient pour prier auprès de la dépouille ; leurs allées et venues étaient rythmées depuis les vêpres par les offices célébrés dans l'abbatiale. Les cloches appelant les moines brisaient ainsi la solitude ; le moine qui avait montré les manuscrits de l'abbaye à Ursine avait même apporté une grande marmite de bouillon chaud que tous avaient bu avidement.

Après les cloches de laudes et de matines, ce furent enfin celles de prime qui sortirent Pernelle de sa torpeur ; près d'elle, Ursine s'était assoupie comme Austremoine et Sidoine. Habituée, rue Grenette, à entendre les cloches de leurs voisins les carmes, Pernelle avait pourtant perdu le fil des offices. Engourdie, épuisée, la tête vide, elle se leva et s'approcha de Landry ; elle l'avait pour elle toute seule. Elle regarda son visage à peine éclairé par la flamme vacillante de chandelles devenues minuscules. Elle avança la main, la posa sur la houppelande rayée. Puis tout à coup, esquissant comme un geste d'adieu, elle se détourna ; une des chandelles s'était éteinte et dans la pénombre, elle chercha la porte ; elle titubait ; trébuchant sur les pierres inégales du sol, elle faillit tomber et se rattrapa au mur, avant de trouver enfin l'issue. Ses yeux qui s'habituaient peu à peu à l'obscurité discernèrent les ombres des colonnes du promenoir des moines. Elle ne savait trop où elle était ; son court séjour de pèlerin à l'aumônerie au niveau inférieur lui avait seulement appris que l'abbaye était un monde sur lequel les moines veillaient jalousement. La veille, elle avait suivi les hommes qui transportaient Landry sans prêter attention à leur cheminement ; elle se souvenait d'un escalier, le chercha, se retrouva dans une immense salle ; dans des cheminées qui lui parurent démesurées des braises entretenaient de pauvres lueurs rougeâtres qui jouaient sur les fines colonnettes centrales et les voûtes qui n'en finissaient pas de répéter leurs nervures finement moulurées.

Dans les cheminées, entre des chenets énormes comme elle n'en avait jamais vu, des marmites remplies d'eau étaient posées sur des trépieds ; elle y plongea les mains et s'en bassina le visage. Puis elle s'approcha doucement, ses estivaux glissant maintenant sur un sol carrelé, des baies à double niveau. Le jour se levait à peine, disputant à la pleine lune le privilège d'éclairer la mer d'un halo évanescent. Fascinée par le spectacle, Pernelle resta là contre l'embrasure, guettant les progrès du jour qui avait déjà inexorablement transformé le noir oppressant en grisaille. La lune encore éclatante au moment où elle avait commencé son observation cédait doucement la place à la lueur du jour naissant. L'eau très calme reprenait possession de la baie, s'éclairait peu à peu, plate et calme, fascinante, attirante...

Traversant à nouveau la salle en zigzaguant entre les colonnes, Pernelle repassa la porte. Un instant déconcertée par l'obscurité retrouvée, elle finit par s'engager dans un escalier ; pour se guider, elle s'agrippait aux murs, s'arrêtant à chaque marche, tâtonnant du pied, descendant enfin un degré, puis recommençant. Il lui sembla avoir quitté la chapelle où reposait Landry depuis une éternité mais le temps n'avait plus d'importance.

Elle reconnut enfin la salle de l'Aquilon, où l'un des moines avait expliqué le premier jour quel était ce vent qui avait donné son nom à cette vaste salle ; froid et violent, il venait du septentrion, où donnaient précisément les rares ouvertures. Elle savait qu'elle n'était plus loin de la sortie. Elle ne titubait plus ; son pas était même assuré et, mue par une volonté qui la dépassait, elle s'engagea dans un couloir étroit qui la mena à la porterie. Le moine de garde voulut l'arrêter. Furieuse, elle le rabroua ; surpris par son regard fiévreux, impuissant à la retenir, il la laissa passer.

Dehors, saisie par le froid, elle se mit à claquer des dents ; de nouveau elle trébucha sur des aspérités du sol ; puis les dalles humides et glissantes l'obligèrent à avancer avec précautions. Rien ne la rebutait ; elle se laissa descendre, passa devant la Truie-qui-File, s'arrêta un instant pour entendre tinter l'enseigne, puis quand une femme apparut sur le pas de la porte et la dévisagea sans vergogne, elle repartit pour éviter d'être reconnue. La femme la regarda s'éloigner, pauvre silhouette misérable, serrée dans un mantel sans couleur.

Devant l'hôtellerie de la Licorne où séjournaient le roi et son escorte, tout était calme. Pernelle ne pouvait savoir que les oncles du roi s'étaient affrontés dans de longues discussions une partie de la nuit. Impatient, le duc de Bourgogne avait pressé son frère d'agir au plus vite sur le front des Anglais, comme dans l'affaire du schisme né de l'élection illégale de deux papes. L'ombre du duc de Bretagne planait aussi au Mont ; un autre souci pour le royaume. Si Jean de Berry l'avait fiancé à la petite Jeanne de France à peine âgée de trois ans, sa fidélité était douteuse. Enfin, leur neveu, le duc d'Orléans, avait aussi fait les frais de la conversation avec sa « vie déréglée », ses beuveries, sa passion des dés et des femmes dissolues. Las et inquiets, ils désespéraient de pouvoir régler un jour toutes ces questions en suspens qui revenaient sans cesse, ils avaient fini par aller se coucher.

— Il me tarde ! avait murmuré Philippe de Bourgogne, dont c'était la devise en pénétrant dans la pièce qui lui était réservée.

— Le temps viendra ! avait répondu Jean de Berry philosophe. Il aimait répéter ainsi sa propre devise qui faisait bouillir les plus impatients. Et Philippe de Bourgogne en était.

Dans la salle voisine, la reine jouait aux cartes avec Jeanne de Boulogne. Las, comme toujours le soir, le roi dormait depuis longtemps. En prenant congé de ses oncles, il avait annoncé qu'il comptait rebaptiser la porte de l'Enfer à Paris porte Saint-Michel et avec une exaltation maladive, qui les avait inquiétés, avait évoqué le grand Dragon Satan que l'archange empêcherait ainsi de pénétrer dans la cité. Ne sachant que dire, ses oncles s'étaient regardés en soupirant. L'archange ne semblait pas avoir fait de miracle !

Pernelle n'avait plus cure de miracle. Les deux huissiers d'armes qui montaient la garde, engourdis par le froid, ne prêtèrent guère attention à la jeune femme. Elle passait déjà son chemin, se dirigeant vers la porte ouverte quelques instants plus tôt par la garde de nuit qui serait bientôt relevée par celle de jour.

Se faufilant, Pernelle passa sans plus d'encombre sous le grand arc de pierre entre les deux énormes vantaux renforcés de pentures. En un instant, elle fut au bord de l'eau. Le jour avait fait d'énormes progrès ; elle se retourna ; la lune avait presque disparu ; à deux pas, les pignons des maisons affirmaient peu à peu leur présence ; les tentures de couleurs se balançaient doucement. Derrière l'une des fenêtres, Nicolette devait s'affairer auprès de son feu. L'odeur de la marée lui souleva le cœur. Mais déterminée, serrée dans son manteau, Pernelle mit un premier pied dans l'eau, puis l'autre ; elle eut vite de l'eau jusqu'à la taille, puis jusqu'à la poitrine. Tout était calme autour d'elle ; elle aurait aimé aller suffisamment loin pour pouvoir regarder une dernière fois les tours de l'église qui avaient fait son malheur, mais l'eau l'emprisonnait ; elle sentit le sol se dérober et elle perdit pied ; son manteau se gonfla autour d'elle, la soutenant un instant. Elle eut le temps d'appeler Landry, puis sa mère, et fut enfin submergée.

28

Gauthier était distrait ; il n'arrivait pas à fixer son attention sur le monologue débité d'un ton monocorde par Jean Chalmeyrat, l'élu du quartier du Port.

Elus et conseillers avaient été rassemblés pour débattre de diverses questions en suspens qui empoisonnaient le climat de la cité. Cette assemblée restreinte, dite de chapelle, se tenait ce soir-là dans l'oratoire de l'hôpital Saint-Barthélemy éclairé par des chandelles vacillantes qui combattaient mal l'obscurité grandissante après que les cloches de l'église Saint-Pierre eurent sonné les vêpres.

La voix forte du percepteur du quartier Saint-Genès sortit Gauthier de sa torpeur en particulier quand, une fois ses propos terminés par la formule sacrée « ont exposé mesditseigneurs les élus » la discussion s'envenima rapidement. Il s'agissait d'un sujet brûlant.

— Doivent contribuer tous, marchands, laboureurs, officiers, tabellions, notaires et autres... tonitrua Etienne Souchet. L'élu du quartier Saint-Genès où habitait Gauthier prenait, au fil des séances, de plus en plus d'autorité.

— Sauf pauvres et misérables et tous ceux qui n'ont ni feu, ni lieu, ajouta un commis chargé des taxes qu'il n'appliquait donc pas à cette catégorie de manants.

« Ceux qui n'ont ni feu, ni lieu, qui n'habitent donc nulle part vraiment », pensa Gauthier prêt à replonger dans sa rêverie. Austremoine entrait maintenant dans cette espèce. Où était donc celui qui se vantait maintenant d'être l'homme le plus haut du royaume, avec ses maudits singes ? Gauthier ne l'avait pas revu depuis qu'il était parti et qu'il faisait le bateleur.

— Les ouvriers garnisseurs de métal empiéteraient sur les activités des fourbisseurs d'épée, disait maintenant Jean Chalmeyrat dont tout le monde savait que le gendre exerçait ledit métier.

Gauthier le dévisagea. Vieilli et amaigri, il avait perdu ses bajoues et son ton était toujours saccadé, et difficile à comprendre. Même sur le déclin après plusieurs mandats, il faisait l'innocent avec une certaine hypocrisie, maniant habilement arguments et arguties. Il venait de mentionner un des multiples conflits qui embrasaient régulièrement la vie de la cité, opposant tel ou tel métier dans des différends souvent bien difficiles à régler.

— Si nous voulons protéger nos fourbisseurs, il faut surtout veiller à ne pas laisser rentrer de marchandises qui leur fassent concurrence, continuait un conseiller tout acquis à la cause de l'élu.

— Là est toute la question, car la concurrence fait bien l'intérêt des habitants qui peuvent acheter moins cher et avoir le choix, rétorqua Etienne Souchet que Jean Chalmeyrat fustigea aussitôt du regard. Est-il en notre pouvoir de tout régler ? Les cordonniers et les baudroyeurs s'opposent et je ne parle pas des tisserands qui veulent teindre les draps ce qui rend les teinturiers furieux !

Gauthier hocha la tête d'un air entendu mais l'un des conseillers avait déjà entamé un nouveau sujet brûlant : les dépenses, qu'il recensait en suivant d'un doigt à l'ongle sale des lignes écrites à l'encre rouge sur une feuille de velin grossier :

— Les plumes et le parchemin pour le clerc de la ville, les sacs de toile et les coffres de bois pour ranger les documents, la cire pour le sceau, les chandelles... et j'oublie les cadeaux à nos visiteurs ; cette année, nous avons consacré beaucoup de deniers aux chapons, confiseries et quartiers de saumon offerts aux uns et aux autres.

— On ne pouvait faire moins que de combler le roi lors de sa visite. On dit qu'il aimerait bien recevoir à nouveau des pâtes d'abricots dont il raffole ! dit Etienne Souchet. N'oubliez pas que les habitants d'Aigueperse, eux, ont offert deux bassins à laver en argent !

Gauthier ne risquait pas de l'oublier puisque son gendre Eloi avait participé à la confection de ce cadeau somptueux ; c'était même ce qui lui avait valu l'honneur d'accompagner le cortège du roi jusqu'au Puy où il avait emmené Blaise.

— Et ce projet d'horloge, messire Champgrain ? demandait l'élu soucieux de passer rapidement au sujet suivant.

L'angélus avait sonné maintenant depuis longtemps à l'église Saint-Pierre dont il apercevait le clocher par la petite baie.

Sobrement, Gauthier exposa avec clarté ce qu'il avait appris sur le fonctionnement de l'horloge installée à Riom par les consuls et à la demande expresse du duc de Berry aussi féru de nouveautés que d'arts ; pour être vue de tous, une horloge devait être placée dans un lieu élevé, à Clermont ce serait évidemment la cathédrale ; le gouverneur de l'horloge touchait vingt-deux sols, six deniers par mois ; il n'était évidemment pas exclu de faire contribuer à ce salaire les chanoines de la cathédrale.

Son exposé fait, Gauthier était sans illusion, il savait que les élus n'étaient pas vraiment décidés. Ils reculeraient à la fois devant la dépense et la nouveauté.

— Maintenant que le roi nous a exemptés d'impôts à cause de toutes les mortalités, nous disposerions bien d'un peu d'argent, suggéra le commis des taxes qui rappelait le geste du roi lors de sa visite l'année précédente.

— Et nous pourrions faire payer Montferrand et Chamalières qui en profiteraient ! ajouta Gauthier plein d'espoir.

— Voire ! dit Jean Chalmeyrat, les habitants d'Aigueperse se sont brouillés avec ceux de Chaptuzat au sujet de leur horloge dont profitaient certes les seconds mais qu'ils n'entendaient pas financer pour autant.

Le projet fut donc vite balayé ; on attendrait encore. A quoi servaient donc ces séances ? soupira intérieurement Gauthier revenu à sa mélancolique rêverie.

Plus que la mort de Pernelle, plaie vive au plus profond de lui-même, plus qu'Austremoine qui, après tout, vivait sans regret sa vie sous d'autres cieux et sous d'autres étoiles, loin du toit paternel, c'était Blaise qui était cause de souci pour Gauthier et Tiphaine.

L'aveugle avait beaucoup souffert de se retrouver tout à coup seul ; Austremoine lui manquait terriblement ; lui parti, plus personne ne passait du temps à lui raconter en détail la vie de tous les jours ; il ne cavalait plus dans les rues de la cité, mais y déambulait avec précaution ; personne ne lui décrivait plus les cigognes, ou les nuages, les barbes fleuries, les nez camus des uns, les grimaces des autres, les scènes pittoresques...

Et maintenant Blaise rêvait. Depuis quelque temps, il n'en finissait pas de rêver et de sombrer dans une mélancolie qui ne lui ressemblait guère ! Il rêvait qu'il voyait, voyait tout ce qu'Austremoine lui avait décrit depuis leur enfance, tout ce qu'Ursine lui avait expliqué à longueur de journée quand elle était là. Et quand il empoignait son orgue, c'était pour entonner toujours la même chanson qu'il avait recomposée sur un vieil air :

Avant qu'il vente, gèle ou pleuve,
mes yeux seront tout neufs
quand la fleur sera nouvelle,
je la verrai belle, très belle !

Inquiète, encore plus que Gauthier, Tiphaine avait tenté de lui enlever de la tête l'idée qu'un moine de Saint-Augustin y avait fait entrer. Mais peine perdue, depuis que Blaise avait rencontré ce maudit clerc au Puy où il avait accompagné Eloi lors du pèlerinage du roi, l'année précédente, il ne rêvait plus que d'aller voir cette Vierge qui guérissait les aveugles.

Eloi avait, comme lui, été impressionné par le récit du moine et l'avait raconté à ses beaux-parents incrédules.

— De ses yeux, il dit l'avoir vu, n'avait-il cessé de répéter, heureux de soutenir son beau-frère dont il avait vu naître le fol espoir.

— Il a vu quoi ? avait demandé Gauthier dont le solide bon sens se prêtait mal à ces fantasmagories.

— Eloi, raconte, avait supplié Blaise.

— Il y a bien des années, le moine n'a pas su dire quand...

— Mensonge, tu vois bien que c'est une histoire...

Gauthier avait haussé les épaules ; guère plus crédule, Tiphaine lui avait fait cependant signe de se taire et d'écouter.

— Donc il y a longtemps, avait repris patiemment Eloi alors que Blaise se tordait les mains nerveusement, une femme qui ne voyait rien avait été conduite à Vauclair la veille de la Visitation de Notre-Dame...

— Non, de sa Nativité, avait corrigé Blaise.

— Oui si tu veux, avait concédé l'orfèvre, et quand elle arriva en haut du vallon, elle descendit de la charrette et se mit à marcher toute seule, affirmant qu'elle pouvait y aller seule, car elle voyait bien où était la chapelle.

— Comment peux-tu croire cela ? avait demandé Gauthier peu convaincu.

— Moi, je le crois... avait dit Blaise en se signant, et l'histoire n'est pas finie, raconte, Eloi.

— Oui, la dame avait promis de faire un don à Notre-Dame de Vauclair, mais ses amis lui dirent qu'elle pouvait aussi bien l'offrir à sa paroisse, ce qu'elle fit. Elle redevint aveugle !

— Oh !

Apolline n'avait pu réprimer son étonnement.

— Ce n'est pas fini, avait tempêté Blaise.

— Elle convint de son erreur et envoya un autre don à Notre-Dame de Vauclair ; aussitôt, elle recouvra la vue. Et Vauclair est devenu la vallée où on voit clair...

— Et vous y croyez ?

— Moi j'y crois et j'irai, avait affirmé Blaise, et si vous ne voulez pas m'y amener, je trouverai bien un moyen.

— Je l'emmènerai, avait proposé Eloi, et j'offrirai même un beau fermail à Notre-Dame.

— Et où est-ce, Vauclair ?

— A vingt-cinq lieues environ vers le midi ; il faut prendre le chemin que suivent les pèlerins pour aller vers la Haute Auvergne et Aurillac.

Si Gauthier avait cru enterrer la question en ne reparlant plus de ce qu'il considérait comme une folie, il affectait, quand il partait dans ses longues chevauchées à travers la campagne à la recherche de récoltes pour approvisionner ses greniers, de ne pas répondre à Blaise s'il le questionnait sur sa destination.

— Père, ne vas-tu pas vers le midi ?

Et quand Blaise affirmait qu'il se joindrait un jour à ces pèlerins qui s'arrêtaient parfois dans la cité avant de repartir par le chemin de Saint-Jacques au sud de la cité, son père se mettait en colère :

— Tu as vu ce qui est arrivé à Pernelle. Tu ne vas pas désobéir comme Austremoine !

Blaise baissait alors la tête et jouait les résignés. Sa mère savait pourtant qu'il n'en était rien, et ce soir-là, tout en surveillant son petit-fils du coin de l'œil, elle écoutait Blaise pianoter de ses doigts agiles et chantonner encore et toujours :

Avant qu'il gèle, vente ou pleuve
mes yeux seront tout neufs...

Planté devant son oncle, Arthème, le fils d'Eloi et d'Apolline, bercé par la musique, se balançait d'une jambe sur l'autre. Il avait près de deux ans et ce n'était déjà plus le bébé emmailloté, mais un enfant vêtu gaiement d'une robe longue à raies rouges et vertes dont la large échancrure laissait voir la chainse de toile fine. Autour de sa tête, un bandeau rembourré était là pour amortir les chutes.

Mais pour l'instant, il n'y avait rien à craindre puisque Tiphaine l'avait installé dans le petit parc à roulettes, exhumé du grenier et dans lequel tous les enfants de la famille Champgrain avaient fait leurs premiers pas. Quand Blaise eut plaqué énergiquement les derniers accords de la chanson, l'enfant se remit à déambuler, les mains solidement accrochées à la barre de bois devant lui ; hardi et vif, il parcourait en un instant la pièce d'un bout à l'autre. Tiphaine ne le quittait pas de l'œil, se précipitant dès qu'il faisait mine de se rapprocher de la cheminée où crépitaient des flammes vigoureuses. L'enfant s'était un jour brûlé en posant la main contre une marmite, mais grâce aux soins de sa grand-mère qui avait aussitôt appliqué du jus de houblon mêlé à de l'huile, il avait vite guéri. Sa fascination pour le feu n'avait pas pour autant été entamée et il faisait un jeu de s'en approcher jusqu'à ce que sa grand-mère s'en saisisse et le serrât sur son cœur. Un instant de bonheur dont Blaise percevait la ferveur avec un brin de jalousie.

L'angélus tintait au clocher de Saint-Genès ; Tiphaine, abandonnant un instant l'enfant, repoussa au fond de l'âtre le trépied où était posée la marmite ; depuis l'après-none une comminée de volaille mijotait doucement. La porte s'ouvrit juste au moment où Tiphaine reposait la grosse toile qui avait protégé ses doigts de la chaleur ; un léger courant d'air fit crépiter les flammes qui chantèrent en s'attaquant à une nouvelle bûche. Tiphaine ne se retourna pas ; elle s'était à nouveau saisi de l'enfant qui babillait, et croyait que c'était Gauthier.

— Chipi, Chipo !

Blaise s'était levé d'un bond ; Austremoine était dans ses bras ; bien dressés, les singes attendaient à la porte, mais l'aveugle avait tout de suite reconnu leurs petits couinements et un vent d'aventures était à nouveau entré dans la maison.

— Cornedouille ! lançait Austremoine en étreignant son frère, heureux qu'il ne puisse voir les larmes qui perlaient entre ses cils. Cornedouille, répéta-t-il en laissant errer son regard sur les objets familiers de la cuisine, si familiers qu'il avait soudain l'impression de ne les avoir jamais quittés.

Puis il se dirigea vers sa mère. Dans les bras de sa grand-mère le petit Arthème battait des mains.

— Par saint Austremoine, te voilà revenu ! Heureuse, Tiphaine laissait couler ses larmes auxquelles Austremoine mêla les siennes pendant que Blaise caressait les singes qui tendaient vers lui des bras affectueux et s'emparaient déjà de ses mains pour l'entraîner dans la cour. Il les aurait suivis n'importe où !

Austremoine serra sa mère dans ses bras ; puis elle se recula pour le regarder et réalisa alors que, comme Landry, il affichait son état de bateleur en portant la fameuse houppelande de drap rayé jaune et vert. Elle en conçut un étrange sentiment où se mêlaient dépit et fierté.

Assise sur le petit faudesteuil, Arthème sur ses genoux, Tiphaine n'en finissait pas d'observer et d'écouter Austremoine. L'oiseau parti du nid dans des circonstances qui avaient échappé à l'astronomienne et contre lesquelles elle n'avait pu lutter était revenu. Tiphaine avait mis des mois à se remettre de la terrible nouvelle apportée l'année précédente par Nectaire et Alixende ; la mort de Pernelle que l'on avait retrouvée le lendemain de celle de Landry, noyée au pied de ce Mont qu'Alixende lui avait décrit avec force détails, qu'Ursine lui avait dessiné sans que jamais elle ne pût imaginer le site extraordinaire. Nectaire avait raconté comment on avait enterré ceux qui auraient tant souhaité être réunis dans la vie et qui ne l'auraient été finalement que dans la mort. A la mort de Pernelle s'était ajoutée la volonté d'Austremoine de faire le bateleur et d'être l'homme le plus haut du royaume. Cette fois, c'est Ursine qui avait expliqué comment Austremoine s'était lancé dans les airs après la mort de son père, déchaînant l'angoisse et l'enthousiasme de la foule.

— Quand le reverrai-je ? avait sangloté Tiphaine à bout de nerfs.

— Je ne sais ! avait répondu Nectaire qui s'estimait coupable de ne pas avoir su convaincre son frère d'abandonner ses projets fous. Il ne pouvait oublier l'image d'Austremoine sur fond de forêt, au détour d'une charrière où ils s'étaient séparés, cheminant seul entre Chipi et Chipo.

— Maudits singes, ne savait depuis que murmurer Tiphaine, injuste, comme si ces animaux étaient responsables de son malheur.

Maintenant, Alixende et Nectaire étaient loin ; ils suivaient l'hôtel de la duchesse dont les séjours en Auvergne avaient été peu fréquents ; les résidences ducales étaient si nombreuses que l'apprenti panetier et la chambrière étaient plus souvent occupés à Etampes, Poitiers ou Mehun !

Quant à Ursine, elle avait été installée, selon le désir du duc, au château de Riom, où elle peignait de beaux manuscrits commandés par monseigneur. Elle était venue passer Noël rue Grenette, apportant un peu de joie et de fantaisie. Surmontant le chagrin de la mort de son père, elle s'adonnait avec passion à son art et avait su communiquer en quelques jours un peu de gaieté au pauvre Blaise. Tiphaine et Gauthier lui en avaient su gré.

Avec un nouveau mandat de conseiller, depuis le début de l'année, le marchand de grain continuait son commerce qui, après une saison faste, avait connu à nouveau des difficultés. Il était las de ces longues et souvent vaines chevauchées ; après lui qui s'occuperait de son commerce ?

Souvent seule avec Blaise, sa gaieté coutumière elle aussi envolée au cours des derniers mois, Tiphaine tentait d'oublier chagrins et soucis en accueillant une clientèle fidèle ; mais ses étoiles ne lui suffisaient pas, et elle allait de plus en plus souvent prier le saint patron d'Austremoine dans la chapelle qui lui était consacrée dans le chœur de la cathédrale. Elle apaisait ses angoisses en regardant les verrières aux couleurs chatoyantes qui n'en finissaient pas de raconter l'histoire du premier évêque de Clermont. Cet Austremoine envoyé par le pape bien des siècles auparavant et qui, lui aussi, avait connu beaucoup d'aventures jusqu'à sa décapitation que le peintre avait dépeinte crûment sur l'un des vitraux. Abîmée dans une méditation mélancolique qui ne lui ressemblait guère, Tiphaine priait le saint de protéger celui qui portait son nom ; et elle lui disait parfois qu'il n'y avait pas beaucoup de jeunes garçons qui portaient ce nom étrange et qu'il pouvait donc être particulièrement vigilant !

Et voilà que le saint l'avait exaucée. Austremoine était revenu et près d'elle, avec une excitation jubilatoire qui lui rappelait ses enthousiasmes d'enfant, il lui narrait ses aventures. Ses yeux brillaient comme le jour où il avait ramené à la maison Landry et Ursine.

— C'était au mois de juillet...

Son visage, encore enfantin au moment de son départ, avait maigri, faisant apparaître une ossature où les pommettes hautes renforçaient encore l'étrange regard ; la flamme qui y brûlait avait gagné en intensité, et la langue pointait moins souvent entre les dents du bonheur. Tiphaine le buvait des yeux, avant de l'écouter.

— C'était au mois de juillet, répéta Austremoine, j'avais fait une exhibition de mes singes près de la cathédrale de Maguelone ; il faisait très beau, très chaud et, le soir, nous dormions à la belle étoile quand la cité fut mise sens dessus dessous. Réveillé, je vis comme tous ceux qui étaient là un grand astre rond, qui brillait d'une splendeur extraordinaire ; cinq autres plus petits se mirent à tourner autour du premier tant et si bien qu'ils se heurtèrent à plusieurs reprises ; on aurait dit des chevaliers dans des armures brillantes qui s'affrontaient en duel ; et c'est alors qu'apparut un homme de feu sur un cheval de cuivre et armé d'une longue lance d'où jaillissaient des flammes. Frappant le grand astre, il disparut aussitôt[1]...

— Tout cela est étonnant.

Tiphaine hochait la tête, dubitative.

— Et toi aussi tu es inquiète de la fin du siècle ? demanda Austremoine ; j'ai rencontré un astronomien qui en avait très peur.

— Je ne sais trop ce qu'il faut en penser, c'est peut-être ce qui explique que nous ayons toujours deux papes

1. Ces événements se seraient produits en juillet 1396.

et cette guerre qui n'en finit pas vraiment, et notre roi malade un jour et gaillard l'autre. Mais...

— Et alors, personne ne m'accueille !

Gauthier était entré sans que personne, en effet, n'y prêtât attention. Fascinée par l'étrange récit que lui faisait son fils, songeuse, Tiphaine se retourna vers son mari qui comprit que le bonheur était revenu dans sa maison.

— Les cigognes se sont posées tout à l'heure au sommet de la tour de la Monnaie, dit-il simplement avant de serrer à son tour son fils sur son cœur.

29

Le temps très sombre avait obligé Tiphaine à garder allumées deux lampes à huile alors qu'il était presque sexte. Gauthier avait maugréé contre cette dépense mais Tiphaine avait haussé les épaules ; elle le prenait à témoin qu'elle n'était pas dépensière, mais elle avait besoin de lumière pour lire ses livres. Le vieux Léonard était venu réclamer une chandelle car il ne voyait rien dans la petite pièce où il faisait les comptes.

— Ces mèches de filasse ne valent rien, avait-il commenté en bataillant pour en allumer une avec un tison.

— Je ne peux le dire au chandelier de la rue des notaires, il m'en a fait cadeau pour la nativité de sa fille ! répondit Tiphaine qui, assise devant la fenêtre, feuilletait les pages de parchemin jauni d'un gros livre relié de cuir brun.

Sa cliente était une jeune femme qui ne manquait jamais, après chaque naissance, c'est-à-dire à peu près chaque année, ce rendez-vous avec l'astronomienne, dont elle buvait les paroles avec crédulité. Aujourd'hui, elle était venue avec un nouveau bébé emmailloté de toile blanche serrée par des liens bleus, depuis sa petite maison au bord de la Tiretaine où son mari exerçait son métier de tanneur ; en arrivant, elle avait lancé en habituée, presque triomphalement :

— C'est encore un garçon !

— Ton mari sera content d'avoir de l'aide ! avait répondu Tiphaine qui songeait au dépit de Gauthier de ne pas avoir de successeur malgré ses trois fils.

Serrant tendrement son enfant sur sa poitrine, la cliente avait encore amusé Tiphaine en commentant la nativité que celle-ci lui avait faite un peu plus d'un an auparavant.

— Ne me dites qu'il sera colérique comme mon Etienne, car pour être colérique, il l'est et moi je n'en peux plus de le voir se rouler par terre de fureur !

— Je ferai ce que je pourrai, avait répondu, cette fois en riant, Tiphaine ; mes conseils sont bons et loyaux et venus des corps supérieurs ! Ce n'est pas moi qui les invente...

La mère de famille avait ri à son tour de bon cœur ; son mari se moquait d'elle quand elle venait consulter Tiphaine, parlant de sorcellerie ou de magie, mais elle n'aurait pour rien au monde manqué ce rendez-vous.

— Donc son corps est soumis au signe des Gémeaux... commença enfin Tiphaine qui se plaisait à faire durer l'attente et qui, n'écrivant rien aujourd'hui puisque la femme ne savait pas lire, distillerait calmement ses informations.

Depuis que ses filles ne l'assistaient plus, Tiphaine rédigeait elle-même ses prévisions selon que sa clientèle savait lire ou non. Très attentive, la jeune mère écoutait les observations de Tiphaine qui parlait doucement afin qu'elle enregistrât bien tous les détails mais quand elle dit avoir terminé en concluant que l'enfant ne serait pas coléreux, sa cliente ne semblait pas pressée de s'en aller.

— Tu as autre chose à me demander ?

— Voilà. (Elle semblait embarrassée mais finit par se jeter à l'eau.) Il paraît que vous avez guéri un chanoine de la cathédrale de ses maux de reins...

Tiphaine ne répondit pas tout de suite, puis demanda :

— Comment diable peux-tu savoir cela ?

— Le chanoine est venu acheter une peau pour faire

faire une ceinture et une aumônière ; il s'en est vanté à mon mari qui souffrait affreusement ce jour-là ! J'ai peur qu'il ne puisse plus travailler, alors avec tous nos enfants...

Comment dire à la jeune femme que le chanoine, très douillet, était venu la supplier de lui vendre une de ces fameuses médailles que l'Eglise réprouvait comme objet de sorcellerie ? Elle avait cédé mais y avait joint une décoction et un emplâtre à base de sauge.

— Dis à ton mari de venir me voir ! J'étudierai ce que je peux faire !

Tout était dit ; l'enfant geignait ; satisfaite, la mère se leva enfin. Dans la cour, elle croisa une autre jeune femme qui venait chercher des feuilles de charme cuites dans du lait, dans l'espoir que ce remède lui accorderait le miracle de garder enfin l'enfant qu'elle portait. Elle jeta un regard triste et attendri sur le bébé de l'autre qui s'était mis à hurler franchement.

Sexte avait sonné depuis longtemps et quand la future maman repartit à son tour pleine d'espoir, laissant la maison à son silence et Tiphaine à sa solitude, l'astronomienne, ravie, entendit enfin les singes qui passaient le porche. Les garçons ne devaient pas être loin. Depuis tierce, Austremoine et Blaise étaient partis dans les rues, heureux de renouer avec leurs habitudes, et Tiphaine était sûre qu'ils avaient entraîné au passage Sidoine, au grand dam sans doute de Gilbert qui était submergé de commandes et aurait donc perdu son aide pour la matinée.

Les trois garçons étaient en effet ensemble, et leurs joues rouges attestaient leur course dans les rues et sans doute sur les remparts ; autour d'eux, très excités, les singes poussaient leurs cris habituels. Gauthier traversait la cour à son tour ; il venait de quitter le vieux Léonard toujours fidèle et, après avoir jeté un coup d'œil à Chipi et Chipo qu'Austremoine avait attachés à la margelle du puits, il lâcha la corde du seau, puis la remonta vivement afin de se laver les mains.

— Vous feriez bien d'en faire autant, lança-t-il aux

garçons qui aidaient Tiphaine à poser les deux planches sur les tréteaux installés au milieu de la cuisine.

— Tu resteras bien avec nous, dit Tiphaine à Sidoine trop heureux d'accepter l'invitation et de jouir du plaisir de rester un peu plus longtemps avec Austremoine.

Blaise rayonnait ; il avait empoigné son orgue et l'air guilleret qu'il improvisa proclama assez qu'il nageait dans le bonheur. Tiphaine l'observa du coin de l'œil ; elle n'aurait jamais cru qu'il ait pu être aussi malheureux ces derniers mois. Mais sa mélancolie envolée ne reviendrait-elle pas dès le départ d'Austremoine ? Tiphaine soupira, puis, voulant jouir pleinement de l'instant présent, chassa cette pensée en se concentrant sur les derniers préparatifs du repas.

Tiphaine avait cependant à peine posé devant eux le potage de courge qu'elle servait souvent les jours maigres, qu'Austremoine, assis entre Blaise et Sidoine, qu'il dépassait légèrement en taille, lança, le regard brillant et volontaire :

— Je suis revenu pour épouser Ursine mais auparavant je vais conduire Blaise près de cette Vierge qui guérit les aveugles. Ensuite, je ferai comme Landry ; les chanoines me donneront bien l'autorisation de marcher de la Bayette à la Monnaie ; à mon tour de prouver à mes amis les Clermontois que je suis l'homme le plus haut du royaume...

Gauthier, qui venait de se servir un grand godet de vin de Chanturgue et s'apprêtait à le porter à ses lèvres, le reposa sur la nappe si brusquement que son contenu déborda, créant sur la toile écrue une grande auréole rougeâtre. Tiphaine s'était immobilisée, la louche à la main. Blaise, qui tendait déjà son écuelle, ne bougeait plus. Conscient de l'effet produit, Sidoine regardait son ami, sans rien dire. Le silence régnait tout à coup dans la cuisine, simplement troublé par le ronronnement de l'eau dans la grande marmite et les craquements des châtaignes dans la large poêle noire posée sur les braises.

— Cornedouille !

Gauthier fit trembler la table en y tapant du poing. Ses yeux sombres jetaient des étincelles.

— Cornedouille, répéta-t-il, tu arrives et tu veux faire le seigneur ; tout le monde va obéir à messire le bateleur.

Il avait insisté par dérision sur le messire.

— Messire l'homme le plus haut du royaume revient et chacun va faire ce qu'il dit, cornedouille !

Blaise avait pâli ; Sidoine piquait du nez dans son écuelle toujours vide ; Tiphaine était toujours figée, son regard allant de l'un à l'autre, les doigts crispés sur la louche. Prenant son temps, calmement, Austremoine se leva.

— Cornedouille ! répéta-t-il à son tour comme si les hommes de cette famille n'avaient que ce mot à la bouche.

Et son tic de la langue pointant entre ses dents était inévitablement associé à ce terme qui tenait de l'injure autant que de l'invocation.

— Ne dis rien, je t'en supplie, pria Blaise encore plus pâle, son pauvre regard sans vie errant sans objet dans la salle où se répandait l'odeur de châtaignes grillées. Père, excuse-moi, je n'aurais jamais dû lui raconter...

— Tais-toi !

Gauthier était hors de lui. Il s'était approché de la cheminée et posait la main sur les épis de blé qui y étaient sculptés. Ce geste, disait-on dans la famille, que son père et son grand-père avaient fait avant lui, le calmait.

Toujours très maître de lui, Austremoine vint se poster devant son père. Comme il avait changé ! Comment reconnaître l'adolescent un peu frêle qui avait quitté la maison deux ans plus tôt dans ce garçon aux épaules élargies et à la stature solide ? Il s'était mis à ressembler à Gauthier, beaucoup plus que Nectaire, proche de sa mère. En son for intérieur, Gauthier convint qu'ils parlaient maintenant d'égal à égal.

— J'ai quelques deniers dans mon aumônière...

Austremoine avait plongé la main dans le petit sac de cuir qui pendait à sa ceinture et montrait à son père des pièces de monnaie qui brillèrent à la lueur des flammes.

— Avec ces deniers, je suis libre d'emmener Blaise où je veux, que tu le veuilles ou non ; le roi va bien de pèlerinage en pèlerinage, il est même retourné au Mont Saint-

Michel dans l'espérance de guérir, je ne peux comprendre votre entêtement.

Il s'adressait maintenant aussi à Tiphaine qui avait enfin reposé sa louche et s'était assise au bout du banc que Gauthier venait de quitter.

— Nous avons voulu préserver ton frère de ces sornettes ! prétexta-t-elle maladroitement.

— Toi, maman, toi qui vends de ces sornettes, ne peux-tu croire à cette lueur d'espoir ?

— Un espoir insensé ! murmura Gauthier.

Il avait recouvré son calme. Etait-ce le contact des épis sculptés ou la froide détermination d'Austremoine ?

— Mais un espoir tout de même ; si Blaise ne va pas à Vauclair, il y pensera toute sa vie et sera malheureux toute sa vie !

— Et s'il revient sans être guéri, il sera aussi sans espoir ! répondit Tiphaine dont le cœur battait.

Comptant y puiser quelque force, elle serrait dans ses doigts nerveux la petite améthyste posée sur le fin linon qui couvrait pudiquement sa gorge.

— Oui mais sans regret !

Austremoine regardait ses parents sans animosité avec seulement l'intense désir de les convaincre. Ses yeux allaient de l'un à l'autre, dans l'attente que le front uni qu'ils semblaient afficher allait se fissurer. Le silence s'était à nouveau installé, pesant ; dehors le soleil avait enfin percé la brume persistante et la baie aux petits losanges finement assemblés dispensait un peu plus de lumière.

— Parle-leur, finit par dire Austremoine en se tournant vers Blaise.

— Tu as tout dit, soupira l'aveugle qui sentit alors une main se poser sur son épaule.

C'était Tiphaine. Gauthier la regardait. Interrogateur, il ne savait que faire.

— Heureux les cœurs purs car ils verront Dieu, finitelle par dire. (Elle s'était souvenue tout à coup du sermon du prêtre de Saint-Genès le dimanche précédent, et cédait.) Allez-y, mes enfants, tu as sans doute raison Austremoine.

Gauthier fixait Tiphaine, médusé de ce qu'elle donnait sa bénédiction à ce projet sans l'avoir consulté ; les bras ballants, il resta là quelques instants sans parler, bien conscient que tous étaient encore suspendus à ses lèvres. Le regard bicolore de sa femme semblait sans appel ; il était vaincu, sinon convaincu.

— C'est bon, allez à Vauclair et revenez vite...

— Clermont !

Blaise était appuyé sur le bâton de châtaignier dont, à son départ, Tiphaine l'avait muni comme lorsqu'il était allé au Puy, l'année précédente ; le bois et l'odeur de cet arbre avaient la réputation de donner force et bonne santé. Austremoine avait évidemment reçu le même. Autour d'eux, Chipi et Chipo gambadaient, retenus par la laisse de cuir que leur maître tenait un peu lâche.

Austremoine n'en finissait pas de jouir du bonheur de Blaise depuis qu'ils avaient quitté Vauclair quelques jours plus tôt. Ils y avaient connu une telle félicité quand, au milieu des pèlerins qui se pressaient devant la Vierge miraculeuse, Blaise avait soudain tiré la manche d'Austremoine et lui avait dit :

— Est-ce que le visage de maman lui ressemble ?

Eberlué, Austremoine l'avait regardé. Leurs regards s'étaient croisés.

— Alors, voilà ces yeux de deux couleurs, s'était contenté de dire Blaise.

Deux grosses larmes coulaient sur ses joues auxquelles la marche de plusieurs jours avait donné de belles couleurs.

— Mais tu vois, cornedouille !

— Il voit ! Notre-Dame, siège de toute bonté, merci.

C'était le moine rencontré l'année précédente au Puy, qui avait accueilli les deux garçons avec enthousiasme. Il se mit à genoux et se signa avant de psalmodier doucement une prière de ses lèvres tremblotantes.

— Et il paraît que tu me ressembles ! continua Blaise.

— Oui mais tes yeux sont noirs comme ceux de notre père.

— Et Notre Dame, elle porte une robe rouge et un manteau bleu...

Austremoine regarda encore son frère avec étonnement.

— C'est Ursine qui m'a expliqué les couleurs ! Et devant son cou, Marie a un gros bijou.

— C'est une relique, murmura le moine, interrompant sa prière d'actions de grâce.

— Et l'enfant, est-ce qu'il ressemble à Arthème ?

— Peut-être, mais Arthème ne lit pas encore de livre, convint Austremoine en riant. (L'enfant Jésus tenait en effet un livre ouvert devant lui.) Il faut vite rentrer maintenant, pour prévenir nos parents.

— N'oublie pas de donner le fermail d'Eloi, car je ne voudrais pas redevenir aveugle comme la femme dont le frère Paul m'a raconté l'histoire.

Austremoine avait déjà dans la main le bijou sur lequel Eloi avait serti autour d'une opale des améthystes. Guidés par le moine, ils s'approchèrent de la statue en se frayant difficilement un chemin parmi les pèlerins.

— Il voit ! ne cessait de répéter le moine de Saint-Augustin et les gens s'écartaient en se signant.

— Il voit, répétait-on partout d'un bout à l'autre de la chapelle.

Ils furent enfin près de la Vierge entourée d'une forêt de cierges ; comme une sorte de halo où tout semblait irréel. Austremoine déposa le fermail qui se mit à briller de mille feux.

— Quand nous habillerons la statue, nous attacherons son mantel avec ce bijou, dit le moine d'un air entendu.

— Cornedouille ! murmura Austremoine.

— Prie donc au lieu de dire cornedouille, souffla Blaise dont les yeux grands ouverts ne pouvaient se détacher du visage de Marie.

Et maintenant, ils arrivaient à Clermont après une marche où Blaise était sans cesse tombé en arrêt devant le soleil et la lune, les « étoiles de maman », devant les paysages dont il scrutait chaque détail, devant les cités, les forêts et leurs arbres, les champs où poussaient les récoltes que son père achèterait peut-être. Il avait découvert aussi bien les clochers des églises, que les châteaux comme celui du duc et de la duchesse, à Usson, perché sur un étonnant piton de basalte. Il y était allé avec ses parents pour marier Nectaire et Alixende mais il n'avait guère compris ce qu'on lui dépeignait.

— Je t'avais bien dit qu'il ressemblait à un grand chaperon !

— Cornedouille, j'avais bien du mal à l'imaginer comme cela, avait répondu Blaise en donnant une grande tape dans le dos de son frère ravi.

— Clermont, répéta Blaise. Tous ces clochers !

— Pressons-nous, l'orage arrive. Nous devons y être avant l'heure du soleil couchant !

Sur le Puy de Dôme et les monts qui l'entouraient, d'énormes nuages couleur d'encre stationnaient, prêts à dévaler vers la cité et à l'arroser d'abondance. Blaise aurait voulu jouer aux nuages comme le faisait Ursine mais Austremoine était pressé. Il fallait prendre de vitesse ces nuées insolentes, en courant aussi vite qu'ils le pouvaient dans la charrière caillouteuse, de plus en plus encombrée au fur et à mesure qu'ils s'approchaient de la ville. Des charrettes tirées par des ânes ou des mulets, des piétons ou des cavaliers, chacun avançait à son rythme vers la cité dont les remparts surgissaient des faubourgs plus ou moins habités.

— La Porte Neuve ! annonça Austremoine essoufflé.

Les singes excités par leur course tiraient sur leur laisse. Les hommes du guet s'en amusèrent gentiment.

— Tiens, voilà les singes, vous voilà revenus avec vos animaux du diable ! dit un des sergents en imitant la démarche de Chipi et Chipo, ce qui fit s'esclaffer l'autre.

— Mon frère voit ! répondit le bateleur qui depuis longtemps n'attachait plus d'importance aux sarcasmes que pouvaient soulever ses singes.

— Laisse-moi aller seul ! quémanda Blaise qui en avait encore moins cure.

Il ne pensait qu'à avancer dans cette ville où il avait tant déambulé et qu'il souhaitait maintenant découvrir avec une curiosité encore insatiable.

— Il voit ? répéta le sergent incrédule en regardant

Blaise qui, en effet, avait perdu sa démarche hésitante et se dirigeait maintenant d'un pas assuré vers la rue Grenette tout en faisant connaissance avec ces lieux qu'il hantait depuis son enfance et dont il devinait le moindre recoin ou la moindre embûche.

Au carrefour de l'Echaudé, il s'arrêta un instant pour regarder la vue au-delà de l'église des cordeliers dont les cloches sonnaient les vêpres, relayées plus loin par celles de la cathédrale et au-delà par celles de Sainte-Marie Principale. Il ne prêtait guère attention au charroi qui s'intensifiait toujours lorsque s'achevait la journée. Chacun se dépêchait de rentrer chez soi ; les échoppes faisaient le plein de marchandises pour le lendemain, puis fermaient leurs portes ; les artisans achevaient une commande urgente à livrer. Quelques gouttes de pluie commençaient à tomber, faisant se hâter les piétons ; Blaise n'en finissait pas de regarder encore et encore. Jamais il ne serait rassasié, il voulait tout voir en détail, ses yeux s'accrochaient à une enseigne, à un poteau cornier, à une échoppe, à une fenêtre, à une gargouille... Il en aurait presque oublié son but, la maison de la rue Grenette. Sans hésiter, il s'y engagea enfin, passa devant l'atelier de Gilbert qui l'interpella gaiement.

— Je vois, lui cria-t-il.

— Sidoine, Blaise voit !

Sidoine s'était déjà précipité, suivi de son père. Alerté, à l'affût de la moindre nouvelle, Guillotin, le boulanger, était sorti sur le seuil de son échoppe, les mains blanches de farine.

— Il voit ! cria-t-il à son tour à deux carmes qui descendaient la rue, mais qui passèrent leur chemin en haussant les épaules.

— Ces Champgrain vont encore nous étonner, murmura le plus grand en se penchant vers l'autre.

Blaise qui avait entendu sourit.

— Ta mère est sortie, dit Gilbert.

— Et qu'est-ce que j'entends, Blaise voit ? C'est quoi ce miracle ?

Une commère avait passé à son tour la porte de sa

maison dont l'étroit pignon crépi d'ocre jouxtait le fournil de Guillotin.

— Un miracle ? répondait en face son amie, appuyée à la balustrade d'un petit balcon de bois au dernier étage d'une maison délabrée. Et sa mère l'avait-elle vu seulement dans ses étoiles ?

Blaise sourit encore ; la vieille Célestine n'avait jamais été tendre pour l'astronomienne qu'elle traitait de « magicienne » et même certains jours de sorcière.

— Tais-toi, dit l'autre qui se faisait volontiers soulager de ses maux de tête grâce à du jus de joubarbe que confectionnait Tiphaine.

D'abord déçu de l'absence de sa mère, Blaise laissait dire, employant son temps à détailler la façade et le porche de cette maison qui était la sienne.

C'est là, au milieu de la rue, bousculé par les uns et les autres, que Tiphaine le découvrit en contemplation. Elle revenait de la cathédrale où elle était allée prier devant l'image de saint Blaise peinte sur un des murs d'une chapelle au sud du chœur. Le saint évêque, assis face aux fidèles sur un fond rouge éclatant, avait autrefois guidé son choix dans le prénom de son deuxième fils. Réputé grand guérisseur, elle l'avait souvent prié et connaissait par cœur les traits dessinés par un peintre adroit au début du siècle. Ce matin-là, elle avait aussi assisté à la messe solennelle chantée, comme chaque semaine, au pied de Notre-Dame de Grâce au portail nord de la cathédrale. Depuis vingt ans, les Clermontois qui y accouraient nombreux avaient la faveur d'une indulgence. Anxieuse depuis le départ de ses fils, Tiphaine avait grand besoin du réconfort de cette madone qui veillait, belle et miséricordieuse, sur les habitants de la cité.

Ainsi rassurée, presque sereine, elle avait débouché quelques instants plus tôt de la rue Four-L'Evêque et avait reconnu la silhouette de son fils, et tout de suite elle avait su qu'il voyait. Quand il la dévisagea enfin, il murmura seulement :

— J'étais sûr que tu lui ressemblais !

— Qui ? demanda surprise Tiphaine.

— La première femme que j'ai vue, Notre-Dame de Vauclair ; elle a seulement les deux yeux de la même couleur.

La pluie se mit à tomber drue ; l'eau ruissela en un instant dans la rue emportant tout sur son passage ; vite à l'abri sous le porche, Tiphaine et Blaise virent arriver Austremoine et les singes que le tonnerre roulant au-dessus des courtils du côté de l'orient mettait dans tous leurs états.

— Un éclair, s'écria Blaise, je sais enfin ce qu'est un éclair ! Il faudra aussi m'apprendre à lire...

Les larmes aux yeux, Tiphaine opina et Blaise ajouta :

— Je m'intéresserai peut-être aux étoiles, moi aussi, elles sont si belles ! Et puis c'est moi qui vais reprendre le commerce du grain.

— Qui parle de grain ici ?

Gauthier venait de pousser la lourde porte.

— Moi, père ; j'attends avec impatience que tu m'apprennes à reconnaître le blé et le seigle. Austremoine n'y connaît rien.

— Je pense bien, lui c'est un bateleur, dit en riant Gauthier.

Sans rien demander, il savait que Blaise voyait ; il le serra contre lui avec une joie indicible.

30

— Réveillez-vous, vous qui dormez et priez pour les trépassés. Fais partir la nuit obscure et ses tourments. Beaucoup de joie et de plaisir.

Ne plaignant pas sa peine, le nouveau crieur du quartier avait réuni deux formules en un long message qu'il clamait chaque matin avec entrain. Depuis qu'il avait remplacé son prédécesseur, dont la voix chevrotante n'était guère encourageante, tous les habitants du quartier ne peinaient plus pour se lever. Tiphaine se retourna sur sa couche ; Gauthier grogna.

Il s'était pourtant couché bien avant Tiphaine qui avait longtemps traîné à la cuisine pour interroger ses étoiles.

— Alors ? demanda Gauthier, retrouvant peu à peu ses esprits et curieusement soucieux, lui qui n'y croyait pourtant guère, de ce que Tiphaine avait pu voir dans ses étoiles.

— Tout va bien ! s'empressa de répondre Tiphaine que sa « pronostication » avait cependant laissée rêveuse.

Encore une fois, il lui semblait que les destins de Blaise et d'Austremoine étaient intimement liés, tout en divergeant dans des directions qu'elle appréhendait mal.

Toute la famille avait vécu dans l'euphorie depuis le retour de Blaise et d'Austremoine. On avait couru d'un sanctuaire à l'autre pour remercier Notre Dame, et Gauthier avait même prélevé sur ses maigres économies une somme non négligeable pour le chantier de la cathédrale. Fort opportunément puisque les chanoines envisageaient, pour la énième fois depuis le début du siècle, d'achever enfin leur édifice !

Ainsi fut-il convenu qu'aux frais de Gauthier, Gilbert réaliserait la statue d'une Vierge qui pourrait être installée à l'occident au portail de la nouvelle façade. Le sculpteur avait montré des modèles sur un petit carnet de croquis qu'André Beauneveu, l'un des maîtres qui travaillaient pour monseigneur le duc, de passage à Riom, avait offert à son confrère clermontois. Mais Blaise avait refusé toute idée d'une Vierge debout présentant avec tendresse l'Enfant ; il ne voulait qu'une madone assise comme Notre Dame de Vauclair. Il s'en était suivi une longue discussion qui n'avait pas eu raison de l'entêtement du jeune homme. Gilbert n'entendait pas réaliser ou faire réaliser par Sidoine un modèle comme n'en sculptaient plus que des artistes guère au courant de la mode.

— Les Vierges sont maintenant debout et elles ressemblent à Alixende ou à Ursine.

Blaise hochait la tête et répondait invariablement :

— Notre-Dame de Vauclair ressemble bien à maman.

Ce matin-là le souci de Gauthier était motivé par le nouveau départ des garçons. Ils allaient à Riom voir Ursine qu'Austremoine proclamait toujours vouloir épouser. Blaise piaffait aussi à l'idée de voir enfin la jeune fille.

Leur départ fut cependant retardé par l'arrivée inopinée du messager Colin. Il était devenu un ami de la famille et chaque fois qu'il passait à Clermont au cours d'une de ses chevauchées, il en profitait volontiers pour saluer les habitants de la rue Grenette. Il arrivait de Paris, s'était arrêté à Mehun et Bourges, deux résidences de monseigneur le duc, et continuerait vers le Languedoc par la célèbre voie Regordane. Il connaissait par cœur ces charrières où déambulaient tant de charrois.

C'est Austremoine qui l'accueillit ; il venait juste

d'ajuster la laisse des deux singes près du puits ; ils étaient prêts à partir.

— Quel bon vent t'amène ? demanda le bateleur.

— Et toi, que fais-tu ici, l'homme le plus haut du royaume ?

— Je pars bientôt.

— Tes parents sont-ils là ? J'ai une bonne nouvelle pour eux.

— Laquelle ?

— Te voilà bien curieux !

Austremoine sourit ; depuis toujours, en effet, la curiosité n'était pas son moindre défaut. Sa mère le lui avait assez dit autrefois. A ce souvenir, s'associa son vieux tic. Entendant du bruit, Blaise avait paru sur le pas de la porte de la cuisine, suivi par Tiphaine qui découvrit Colin.

— Gente dame !

Ôtant son grand chaperon dont la couleur ducale, du bleu autrefois bien franc, était fort passée, il s'inclina cérémonieusement devant Tiphaine qui s'en amusa en répondant sur le même ton.

— Beau chevaucheur, quelle nouvelle apportes-tu ?

— Gente dame Tiphaine, j'ai le plaisir de vous annoncer que vous êtes grand-mère d'un garçon beau et dru que ses parents ont nommé Michel comme la dernière petite princesse mise au monde par la reine Isabeau. Il est né à Mehun.

— Dieu soit loué !

Tiphaine avait joint les mains en regardant le ciel. Alixende avait perdu un premier enfant, et maintenant tout était bien.

— Je dois repartir, dit à regret Colin en montrant sa boîte de messager, toujours la même, qui pendait sur sa hanche droite. Je chevauche pour la comtesse d'Armagnac[1] qui réside en ce moment à Rodez.

— Tu boiras bien un verre d'hypocras.

Gauthier venait d'arriver.

— Je veux bien boire avec un nouveau grand-père, répondit en riant Colin

1. Il s'agit de Bonne, une des deux filles du duc de Berry.

Abasourdi, Gauthier posa affectueusement le bras sur l'épaule de Tiphaine qui le regarda tendrement. La famille Champgrain continuerait donc envers et contre tout. Décidément, en quelques jours, il avait trouvé un successeur, et maintenant arrivait un enfant qui porterait son nom.

— Et dis-nous les nouvelles. D'où viens-tu ?

— De Paris. Depuis que la trêve a été prolongée pour encore deux ans, on parle moins des Anglais, si ce n'est pour le mariage de la princesse Isabelle avec le roi Richard ; la pauvre, elle n'a que sept ans et son promis près de trente ; enfin, si c'est pour la paix ! Toute la cour va partir à Calais pour la cérémonie ; messeigneurs les ducs ont déjà reçu pour l'occasion de belles livrées de velours cramoisi...

Colin racontait tout cela avec force gestes et grimaces. Il réfléchit un instant, puis poursuivit :

— Je ne vous parle pas des papes qui sont toujours deux au grand dam de tous ! Moi, cela ne me dérange pas !

— Et notre roi, comment va-t-il ?

— Plutôt bien et comme toujours quand il va bien, il cherche à secouer la tutelle de ses oncles, et les marmousets relèvent la tête, sans oublier le frère du roi, monseigneur d'Orléans. Monseigneur le duc de Berry est revenu siéger au Conseil pour veiller au grain.

Colin prononçait « monseigneur » en feignant une déférence teintée d'ironie. Pour avoir couru les routes depuis des années au service des grands, pour avoir satisfait dans les plus brefs délais certains de leurs caprices, il en savait long sur chacun. Il avait reposé son godet sur la margelle du puits et remettait déjà son chaperon.

— Il est bon ton hypocras, mais je dois vraiment m'en aller. Adieu, la famille Champgrain !

— Adieu.

Blaise et Austremoine découvrirent Ursine dans la librairie du palais, occupée à consulter un carnet de croquis entièrement consacré aux animaux les plus divers ;

la page ouverte montrait un lion à la superbe crinière. Au-dessous, le dessinateur avait écrit hâtivement : « lion de Saint-Pôl ». Le secrétaire du duc, qui avait apporté le carnet, lui avait expliqué que du temps du frère de monseigneur, le roi Charles, cinquième du nom, il y avait des lions à l'hôtel Saint-Pôl qui était son principal lieu de résidence à Paris. Et le bouffon qui avait remplacé Plantefolie avait imité bruyamment le rugissement de l'animal.

Absorbée, Ursine n'avait pas prêté attention à la porte qui s'ouvrait doucement ; le tapis de Turquie qui recouvrait les carreaux de terre cuite amortissait les pas des garçons ; elle ne releva la tête que lorsqu'ils firent écran à la lumière en se postant devant l'une des deux baies qui, entre les volets intérieurs de bois blond sagement repliés, laissaient passer le soleil de l'après-none.

— Austremoine ! Blaise !

Rouge de plaisir, la jeune fille s'était levée d'un bond et leur sautait au cou.

Près d'elle, la page d'un manuscrit attendait sur un petit pupitre ; une palette était posée à côté. Blaise s'en saisit et pointa le doigt dessus.

— Voilà le rouge qui est fort, violent, c'est le sang, la cruauté, la colère mais aussi le courage et la force. Et le jaune brille comme l'or, le soleil, mais on dit que c'est une mauvaise couleur qui montre la fausseté et l'avarice...

— Mais Blaise qui t'a dit cela ?

— Toi, le jour où ton père marchait sur la corde entre la Bayette et la Monnaie et je ne l'ai jamais oublié, et aujourd'hui, je sais ce qu'est le rouge, et le jaune et toutes les couleurs de la terre et du ciel.

— Mais tu vois ?

— Oui je vois et je vois comme tu es belle.

Bouche bée, Ursine n'en revenait pas, et Blaise n'en finissait pas de la regarder ; elle n'était pas très grande ; le léger décolleté de sa cotte dévoilait une peau claire ; la poitrine était haute et ferme et la taille fine au-dessus de hanches étroites qui la faisaient paraître frêle ; ses cheveux si longs, comme quand ils créaient un écran autour d'elle lors des fameuses pirouettes qui avaient fasciné Austremoine, tombaient en nattes sur les épaules et le visage offrait un ovale parfait. Blaise eut soudain envie que la madone offerte par son père à la cathédrale lui ressemble ; il le dirait à Gilbert qui avait bien raison de vouloir sculpter une belle madone debout.

— Et si nous allions voir Chipi et Chipo...

Brusquement et intensément jaloux, mis devant une concurrence qu'il n'avait pas soupçonnée et qui lui rappelait le temps où Sidoine et lui cherchaient à briller aux yeux d'Ursine, Austremoine avait soudain ressenti le besoin de briser la contemplation muette de Blaise qui, en plein rêve, sursauta.

— Ils sont là ? demanda Ursine qui avait refermé le carnet de croquis, et le rangeait dans une des roues à livres constituant l'essentiel du mobilier de la salle consacrée aux manuscrits.

— Nous les avons laissés à la ménagerie, dirent en chœur les deux garçons qui s'étaient saisi chacun d'une main d'Ursine et l'entraînaient déjà dans l'escalier à vis dont les marches de pierre sombre s'enroulaient en douceur.

Chipi et Chipo firent grande fête à Ursine qui le leur rendit bien. Après tout, ne constituaient-ils pas les seuls souvenirs de son enfance ? Autour d'eux, la ménagerie et sa cour étaient très calmes ; Blaise voulut aller voir l'ours dont il avait entendu parler et s'étonna de ne pas avoir imaginé l'animal ainsi.

— Je ne sais pas finalement si vos descriptions étaient si vraies, railla-t-il en regardant Austremoine et Ursine. Je suis sans cesse surpris quand je découvre enfin les choses.

L'ours ne fit pas bon accueil à ses visiteurs ; Austremoine se souvenait d'un animal plus aimable.

— Marmouset est triste, commenta le valet qui y était attaché comme à un enfant ; monseigneur n'est pas venu depuis si longtemps ! S'il ne tenait qu'à moi, je le ramènerais dans sa forêt où il était sans doute plus heureux, mais je ne tiens pas à m'attirer les foudres de monseigneur !

Après un dernier signe à Marmouset toujours aussi taciturne, le trio alla ensuite s'installer dans la cour où les dernières roses de l'été s'épanouissaient au milieu de pelouses bien entretenues. Volubile, Austremoine se mit à raconter sa vie au cours des dernières années, une vie sans surprise pour Ursine qui connaissait assez l'existence d'un bateleur ! Elle l'écoutait, sans poser de questions ; Blaise, toujours aussi muet, avait sombré dans une rêverie qui l'emportait loin. Inquiet, l'œil inquisiteur, Austremoine le fixait de temps à autre. Blaise ne disait mot et paraissait impénétrable. Entre eux, Ursine avait sagement posé les mains sur le devantel qui protégeait sa robe quand elle peignait ; ses doigts portaient des traces de couleurs. Un chien était venu se coucher à ses pieds ; un des lévriers du duc à la recherche de caresses qu'elle lui donna doucement. Derrière eux, les canards du bassin houspillaient le grand cygne noir que sa garde de cygnes blancs vint protéger en créant autour de lui une sorte de rempart. Scène familière qu'Austremoine avait souvent vue lors de son séjour à Riom.

Le garçon cessa enfin son bavardage, invitant Blaise à raconter sa guérison. Ursine s'était tournée vers lui ; les grands yeux clairs croisèrent le sombre regard et une sorte d'intimité parut naître entre eux qu'Austremoine, quittant brusquement le banc de pierre, s'employa une nouvelle fois à rompre. Debout, subitement, intimidé, la main sur le cœur, il se tint devant Ursine qui le regarda étonnée. Elle redécouvrait l'étrange regard dont elle avait parfois affublé certains acteurs des scènes qu'elle peignait comme un hommage à cette famille qui avait été la sienne pendant quelque temps. L'image fugitive de Tiphaine se superposa à celle d'Austremoine, puis celle de Pernelle à laquelle elle pensait souvent, définitivement liée dans son souvenir à ce père qu'elle avait tant aimé.

— Eh bien, parle ! finit-elle par dire à Austremoine dont la bouche pourtant si prompte au bavardage, entrouverte sur les dents écartées, semblait garder prisonnière la déclaration qu'il s'apprêtait à faire.

— Maintenant, la nuit va bientôt tomber, finit-il par dire, d'une voix mal assurée, et il est temps de te dire le but de ma visite. Ursine, veux-tu m'épouser ? Je rêve de cet instant depuis que je t'ai quittée après la mort de Landry. Tu sais ce qu'est ma vie, je t'offre de la partager.

Ursine n'avait pas bougé ; Blaise se leva à son tour et très calmement vint se placer près d'Austremoine. Lui aussi avait la main sur le cœur ; elle tremblait. Ses yeux noirs qu'Ursine avait connus inertes brillaient ; jamais elle n'avait remarqué autant ces longs cils sombres si bien assortis aux cheveux noirs et drus.

— Ursine, Austremoine te propose de l'épouser, mais moi aussi, je veux que tu deviennes ma femme. (Le ton était posé, énonçant l'évidence sans inquiétude.) C'était un rêve inaccessible quand j'étais aveugle, mais aujourd'hui je peux t'épouser si tu veux bien devenir l'épouse d'un marchand de grain. Tu es si belle, il n'y a aucune raison pour qu'Austremoine ait plus le droit...

Blaise ne put finir sa phrase ; son frère l'avait saisi au menton et lui bloquait la mâchoire d'une main tandis que l'autre se portait à sa gorge ; suffoquant, Blaise recula d'un pas pour tenter d'échapper à l'emprise de son frère ; le visage d'Austremoine portait les stigmates de la haine ; Blaise songea un instant qu'il aurait mieux aimé ne jamais voir cela. Ses yeux se fermèrent pour échapper à cette vision qui lui faisait si mal. Austremoine en profita pour le bousculer un peu plus ; il était beaucoup plus fort que Blaise qui trébucha et tomba à la renverse, entraînant dans sa chute son frère dont les deux mains serraient maintenant sa gorge. Tous deux à terre, haletants, luttaient sans merci, Austremoine conservant toujours le dessus et Blaise tentant de desserrer l'étreinte en agrippant les mains maudites. Le chien s'était mis à aboyer, puis à hurler ; un hurlement désespéré qui électrisa Ursine.

— Arrêtez !

D'abord paralysée et abasourdie par le tour que prenaient les événements, la jeune fille s'était enfin levée ; elle empoignait déjà les bras d'Austremoine pour tenter de lui faire lâcher prise, mais vite convaincue de son impuissance, elle se mit à hurler. Le valet chargé de Marmouset se précipita ; d'autres, alertés par ses cris, le suivirent. En un tournemain, Austremoine fut maîtrisé et Blaise remis debout. Son cou portait des traces rouges et un filet de sang marquait l'une de ses joues.

— Austremoine, je te déteste ! dit aussitôt Ursine. Comment peux-tu être aussi méchant ? Quant à ta demande c'est non et ce sera toujours non. J'ai trop souffert avec mon père ; je ne veux pas recommencer cette vie errante, à me faire un sang d'encre chaque fois que tu monteras sur cette satanée corde. Fais ce métier si tu veux mais ne compte pas sur moi pour te suivre !

— Et moi ? osa demander Blaise dont la voix tremblait.

— Toi ? Imaginez que j'étais bien tranquille en train de peindre ces images qui me ravissent et je vois arriver soudain deux garçons qui croient que je vais tout abandonner pour leurs beaux yeux. Qui vous croyez-vous donc ?

Comme pour entériner le verdict de la jeune fille, le chien se remit à aboyer. Le ton était sans appel. Renvoyés dos à dos, les deux frères n'avaient plus qu'à s'en aller. Blaise mesurait que la vie n'était pas si facile, qu'il ne suffisait pas de voir pour être heureux.

Quelques jours plus tard, Austremoine attendait le moment de s'élancer au sommet de la tour de la Monnaie ; son père avait obtenu des chanoines une nouvelle autorisation.

— La dernière, je vous le promets ! avait-il affirmé.

Le chanoine Hugues, perclus de douleur, courbé en deux sur un tau de bois noueux, mais toujours en charge de l'administration de la fameuse tour, avait levé les bras au ciel quand il avait appris que c'était le jeune Austremoine qui faisait maintenant le voleur, comme ce satané Landry, quelques années plus tôt.

— Cela fait combien de temps ? avait-il demandé à Austremoine quand celui-ci était venu inspecter les lieux.

— Quatre ans, messire le chanoine.

Les cigognes avaient quitté leur perchoir pour d'autres cieux plus cléments ; l'automne avait commencé dans la fraîcheur et Austremoine reprendrait bientôt ses pérégrinations.

En bas, comme quatre ans plus tôt, la foule attendait, avide de spectacle et de frayeur ; comme quatre ans plus tôt, des musiciens avaient profité de l'événement pour donner un concert ; comme quatre ans plus tôt, Tiphaine était venue avec Apolline qui portait sur ses épaules le petit Arthème. Gauthier, qui, à l'époque prisonnier de l'affreux Olim Barbe, n'avait pas vu Landry entre ciel et terre, découvrait cette folle ambiance avec Blaise. Si ce dernier avait affiché dès le début sa volonté de voir enfin, et il insistait sur le verbe, cet exploit qu'il avait vécu quatre ans auparavant à travers le récit d'Ursine, terrée à l'auberge des Trois Moineaux et terrorisée, ses parents avaient d'abord annoncé qu'ils ne supporteraient pas le supplice de voir leur fils là-haut. Puis ils s'étaient laissé fléchir par les deux garçons dont le comportement avait été des plus étranges depuis leur retour de Riom.

Aux questions de Gauthier et de Tiphaine ils n'avaient apporté que des réponses évasives. Trop fine pour ne pas sentir que des choses graves s'étaient passées entre ses fils, Tiphaine s'en était cependant contentée, espérant qu'ils finiraient bien par parler. Quant à Ursine, il avait fallu leur tirer chaque mot pour en avoir des nouvelles. Que s'était-il passé ? Gauthier se posait des questions, et Tiphaine interrogeait ses étoiles en refaisant le ciel de chacun mais elle désespérait d'y voir clair.

Tout ce qu'elle savait, c'est que Blaise avait vanté avec passion la beauté d'Ursine à Gilbert et avait enfin admis que le sculpteur et son fils créent une madone qui ressemblât aux jeunes filles de son époque ; il avait décrit avec des mots choisis les « nattes blondes » d'Ursine avec « un léger reflet de feu », le « nez court » et la bouche aux « lèvres bien dessinées » et seulement regretté que l'art du sculpteur ne lui permette pas de donner une idée de la clarté de son regard.

— Blaise est amoureux d'Ursine, avait commenté Gilbert en prenant acte de ses désirs.

— Peut-être, mais c'est Austremoine qui veut l'épouser, avait répliqué Sidoine d'un air entendu.

Sidoine qui n'avait rien demandé, lui non plus, au retour de son ami, mais qui avait été promu, comme du temps de Landry, premier aide du bateleur, et se trouvait donc avec lui au sommet de la tour de la Monnaie. A la Bayette, c'était Eloi qui l'accueillerait.

— Je vais y aller, murmura Austremoine.

Comme Landry, qu'il voulait imiter en tous points, il portait des chausses mi-parties de velours jaune et d'écarlate qui s'arrêtaient au mollet, et un pourpoint bicolore, très collant et à manches courtes. Des estivaux de peau rouge complétaient la tenue.

Il avait gravi l'échelle d'un pas rapide, suivi de Sidoine qui tenait la longue perche. Sur le corbeau où était accrochée la fameuse corde depuis toutes ces années, il posa un pied, puis l'autre, et se retourna, les bras levés pour saluer la foule prête à s'enflammer. Sidoine lui tendit la perche qu'il ajusta longuement en tendant en avant les mains ; il se remémorait doucement les conseils que lui avait donnés Landry à Riom, le jour de sa libération. Des mots qui revenaient lancinants chaque fois qu'il se lançait ainsi au-dessus des toits :

— Tu vois, seulement les bras un peu plus devant, l'équilibre sera meilleur...

En bas, le silence s'était installé. Apolline remarqua qu'autour d'eux tous étaient encore beaucoup plus tendus, lui semblait-il, que quatre ans plus tôt. Austremoine, enfant de la cité, était un peu le fils de toutes ces commères, de tous ces manants. Tous avaient peur. Nul n'aurait voulu qu'il lui arrivât malheur ! Ils connaissaient trop ce galopin !

Tremblante, Tiphaine n'osait pas regarder en l'air ; elle comprit seulement qu'Austremoine était enfin sur la corde quand elle sentit la tension redoubler autour d'elle ; Gauthier avait posé la main sur son épaule et la serrait convulsivement. Il ne quittait pas des yeux son fils qui se détachait étrangement sur ce ciel sans couleur d'une vêprée d'automne. Puis soudain, après un temps qui sembla une éternité, la foule laissa exploser sa joie ; Gauthier embrassa Tiphaine qui leva enfin la tête. Austremoine était au sommet de la Bayette. Les cloches se déchaînèrent ; d'un commun accord, ne voulant à aucun prix troubler le voleur, les sonneurs de la cité avaient attendu pour faire tinter les vêpres. Le plaisir de savoir que l'enfant de la cité avait réussi parut décupler leur énergie.

— Il va revenir... murmura Gauthier.

Soulevant légèrement son chaperon de feutre bleu, il s'épongea le front. Nullement rassurée par ce premier exploit, Tiphaine frissonna. Arthème battait des mains.

De nouveau, pesant, le silence s'installa dans cette foule anxieuse mais qui ne pouvait douter que son héros ne réussisse. La-haut, près du ciel, il semblait invulnérable, et même Tiphaine finit par trouver le courage de lever la tête, de garder les yeux fixés sur la corde où progressait sans peine, avec une facilité déconcertante, son fils. Elle pensait au fameux jour où Austremoine était tombé dans la cour et où elle avait jeté Landry dehors. Comme elle avait été injuste !

Derrière elle se tenait Blaise ; lui aussi avait chaud, avait froid ; ses doigts nerveux martelaient un orgue imaginaire ; le cœur battant, il n'aurait voulu donner sa place pour rien au monde, écarquillant les yeux pour ne rien perdre de ce spectacle que lui offrait son frère. A lui d'abord, puisqu'il n'en avait pas encore fini de rattraper le temps perdu dans l'obscurité.

Si absorbé et tendu vers ce ciel qu'il aurait rêvé lui aussi d'atteindre, Blaise ne sentit pas qu'on lui touchait le bras, puis qu'on lui prenait la main. Il ne le réalisa que lorsqu'une nouvelle fois tout explosa autour de lui ; les chaperons volaient de tous côtés et chacun congratulait son voisin, ou interpellait un ami, vantant les mérites de l'« homme le plus haut du royaume », « un garçon de notre cité ». Les taverniers appelaient déjà les spectateurs ravis à fêter l'événement.

Tiphaine avait caché son visage couvert de larmes dans le pourpoint de Gauthier qui se retourna pour parler à Blaise, et fut étonné de ne voir personne.

— J'aurais juré que Blaise était là, il y a un instant, murmura-t-il.

— Blai, Blai, Blai...

Sur les épaules d'Apolline, Arthème s'agitait ; il tendait les bras tout en répétant le nom de son oncle qu'il écorchait. Tiphaine regarda dans la direction qu'il semblait indiquer. La foule refluait autour d'eux dans un désordre indescriptible.

— Il est là !

Tiphaine avait enfin repéré le pourpoint écarlate que Blaise avait étrenné pour l'occasion. Près de lui, une tête blonde, à hauteur de son épaule, et de longues nattes.

— N'est-ce pas Ursine ? demanda Gauthier qui tenait contre lui sa femme.

— Oui, assura Tiphaine, je crois que l'avenir de ton commerce est assuré !

— Mais tu ne l'avais pas vue dans tes étoiles, cette bonne nouvelle, railla Gauthier, fou de bonheur.

Le 5 janvier 1997

DANS LA MÊME COLLECTION

Jean Anglade
Un parrain de cendre
Le Jardin de Mercure
Y a pas d' bon Dieu
La Soupe à la fourchette
Un lit d'aubépine
La Bête et le Bon Dieu (Essai)
La Maîtresse au piquet
Sylvie Anne
Mélie de Sept-Vents
Jean-Jacques Antier
Autant en apporte la mer
La Croisade des Innocents
Marie-Paul Armand
La Poussière des corons
Le Vent de la haine
Le Pain rouge
La Courée
tome I *La Courée*
tome II *Louise*
tome III *Benoît*
La Maîtresse d'école
Edouard Axelrad
Au fil du fleuve
Erwan Bergot
Les Marches vers la gloire
Sud lointain
tome I *Le Courrier de Saigon*
tome II *La Rivière des parfums*
tome III *Le Maître de Bao-Tan*
Rendez-vous à Vera-Cruz
Mourir au Laos
Annie Bruel
La Colline des contrebandiers
Alice Collignon
Les Jonchères
Didier Cornaille
Les Labours d'hiver
Les Terres abandonnées
La Croix de Fourche
Georges Coulonges
Les Terres abandonnées
La Fête des écoles
La Madelon de l'an 40
L'Enfant sous les étoiles
Yves Courrière
Les Aubarède
Anne Courtillé
Les Dames de Clermont
Florine
Dieu le veult
Alain Dubos
Les Seigneurs de la haute lande
Alain Gandy
L'Escadron
Adieu capitaine
Quand la Légion écrivait sa légende
Un sombre été à Chaluzac
Michel Hérubel
La Maison Gelder
Denis Humbert
La Malvialle
Un si joli village
La Rouvraie
La Dent du loup
Michel Jeury
Au cabaret des oiseaux
Jean Mabire
Opération Minotaure
Henry Noullet
Sur la piste de Samrang
La Falourde
Michel Peyramaure
Les Tambours sauvages
Pacifique Sud
Louisiana
Claude Riffaud
Mékong Palace
La Crique de l'or
Rêve de Siam
Jean Rosset
Vir'vent
Les Derniers Porteurs de terre
Annie Sanerot-Degroote
La Kermesse du diable
Le Cœur en Flandre
Jean-Michel Thibaux
La Bastide blanche
Le Secret de Magali
Violaine Vanoyeke
Les Schuller
Le Serment des 4 rivières
Brigitte Varel
Un village pourtant si tranquille

Cet ouvrage a été composé
par Nord Compo (Villeneuve-d'Ascq)
et imprimé par ***Bussière Camedan Imprimeries***
à Saint-Amand-Montrond (Cher),
pour le compte des Presses de la Cité

Achevé d'imprimer en janvier 2000

N° d'édition : 6540. — N° d'impression : 000251/1.
Dépôt légal : mars 1997.

Imprimé en France